教養のための
中国古典文学史

松原　朗
佐藤浩一著
児島弘一郎

研文出版

教養のための中国古典文学史　目次

教養のための中国古典文学史

序論

一　中国古典文学の特質

中国古典文学についてよく言われるのは、そこに見られる政治的関心の強さである。しかしそう言われたところで、文学が政治的であることの意味が分からない私たちには、特定の政治的メッセージを宣伝するための質の悪いプロパガンダ文学、という程度に理解するのが落ちである。

芭蕉は奥の細道を辿って衣川に着いた時に、往事を思って「夏草や兵どもが夢の跡」と詠じた。杜甫は、安禄山の乱によって破壊された長安の都をその眼で見て、「国破れて山河あり、城春にして草木深し」と詠じた。前者が、滅び去ったものに対する詠嘆の思いに満たされるのに対して、後者は、政治の失敗に対する慨嘆を吐露するものである。作者の生きた時代も異なる、制作の情況も異なる、それに表現の形式も異なる。たったこの一事から、日本と中国の文学の相違を推し量ることは、いかにも無謀な仕業である。しかしながら中国文学を読み進めるほどに、中国文学の特徴はやはり此処にあるとの思いが募るのである。中国の文学は、日本と、ことほど左様に異質なのである。

中国の文学が政治的関心を持つことは、中国の文学の制作者が、官僚層（士人）によって独占されていたためだと説明される。しかしこの説明で十分かと言えば、必ずしもそうではない。文学の制作者となる知識階層が、貴族や官僚によってほぼ独占されるのは、中国に限ってのことではなく、世界に共通した事態である。またそもそも、政治の世界の住人である貴族や官僚が文学を作ろうとした時に、必ずしも政治的な関心を、文学に持ち込むわけでもないのである。しかし中国に限っては、それを文学に持ち込んだ。この中国の特異性を確認することが重要であろう。平安時代の貴族は、朝廷の官僚でもある。彼らは十分に政治的な人種だったのだが、しかしその文学は、いっこうに政治的ではなかった。彼らの文学（和歌）は、自分の政治的抱負を語ることもなければ、社会の民生に対する関心を示すこともない。むしろ政治的関心を文学に持ち込まないことこそが風流だと考えているかのようである。このような文学的伝統の中に育った日本人である私たちには、文学が、特に和歌のような抒情文学が、政治的関心を持つとはどういうことか、そうやすやすと理解できるものではない。つまり、『古今和歌集』の中に、恋の歌や、桜や紅葉を詠んだ歌があるのは知っていても、そこに政治的感慨を詠じた和歌があることを期待したこともないのである。

そのような日本の文学（和歌）では極めて稀な例外として、山上憶良の「貧窮問答歌」（『万葉集』巻五）があり、餓えに苦しむ農民の暮らしが描かれている。

……伏廬《ふせいお》の　曲廬《まげいお》の内に　直土《ひたつち》に　藁《わら》解き敷きて　父母は　枕の方《かた》に　妻子《めこ》どもは　足の方に　囲《かく》み居て　憂え吟《さまよ》ひ　竈《かまど》には　火気《ほけ》ふき立てず　甑《こしき》には　蜘蛛の巣懸《か》きて　飯炊《いひか》く　事も忘れて……楚取《しもと》る　里長《さとおさ》が声は　寝屋戸《ねやど》まで　来立《きた》ち呼ばひぬ【つぶれかけた家、傾いた家の中には、地べたに藁を敷いて、父母は枕の方に、妻子は足の方に、自分を囲むようにざこ寝して、悲しみうめき、かまどには火の気もなく、甑には蜘蛛の巣がはって、飯を炊くこともとうに忘れた。……しかしそれなのに鞭を持って、里長の税を取り立てる大声が、臥所の中まで聞こえてくる】

山上憶良は、七〇一年の遣唐使の随員として唐に渡った経歴を持ち、万葉の歌人の中にあって屈指の中国通である。その彼に、このような民衆の窮乏に関心を示す歌があることは、彼の個性もさることながら、それ以上に中国文学の直接的な影響を考えるべきものであろう。

二　政治的抒情の由来

中国の知識人（貴族・官僚）は、政治を忘れて文学を楽しむのではなく、政治を思うところで文学を作った。少なくとも、そうあるべきだと考えていた。世界の平均値と異なって、なぜ中国の文学に限ってそうなったのか？　この問題を解く鍵は、中国の知識人が、何を模範として文学を制作したのかを理解することにある。

中国の文学は、『詩経』以来の三千年の歴史がある。しかしその後への持続的な影響を考えるならば、三国時代、魏の曹操の宮廷で興った「建安の文学」こそが重要な起点となる。魏の武帝曹操は、自身が当時の中国における最高権力者であったが、同時に、新しい時代の文学を牽引する代表的な詩人であった。

曹操には「短歌行」という詩があり、いかにすれば有為の人材を周りに集めて、己れの政治的事業（天下統一）を実現できるかと、その抱負を語っている。「酒に對して当《まさ》に歌うべし、人生幾何《いくばく》ぞ。譬えば朝露《ちょうろ》の如く、去りし日に苦み多し。……青青たる子《きみ》が衿《えり》。悠悠たる我が心。但だ君の為《ため》の故に、沈吟《ちんぎん》して今に至る。……山は高きを厭《いと》わず、海は深きを厭わず。周公哺《ほ》を吐き、天下　心を帰《き》す」【酒を前に歌を唱おう、人生は短いのだ。朝の露のように儚く消える、しかも過去は苦しみばかりだった。……青襟の服を着た若人たる君、明日を思い悩むわが胸の内。君に参じてもらいたくて、今まで思い煩ったのだ。……山はもっと高くなりたいのだ、海はもっと深くなりたいのだ。古代の哲人政治家である周公は、客人を大事にした。食事中でも口の物を吐き出して面会し、天下の人々はそんな周公に懐いたのだ】

曹操はこの詩の中で、政治的抱負と、その実現のために思い巡らす感慨の表白を、詩の主題に据えた。そして中国のその後の詩人たちは、このような曹操の詩を、実作の模範に据えたのである。貴族文学が栄えた南北朝時代には、好んで花鳥風月のような美的題材が取り上げられることもあった。しかしその場合でも、政治的抱負を語った美的ならざる詩を、野暮と見てさげすむ風潮は生まれなかった。と言うよりも、単に美的であるだけの詩を作ることに、彼らは内心引け目を感じていたというのが真実に近い。

曹操によって導かれた建安の文学が、その後の中国文学の持続的発展の起点であったこと、またその政治的抱負を語る建安の文学が、その後の実作の模範となったことは、中国文学史の大きな事件であった。とは言え、その建安の文学も、突然変異的に出現したのではない。漢代の詩経解釈学によって培われた儒教的文学観がその土壌を準備していたと見られる。この点について、詩経解釈学の提供する観点を紹介してみよう。

中国の文学（詩）の出発点は、三千年前にも遡る歌謡も収めた『詩経』である。その後『詩経』は、孔子に始まる儒家の人々によって経典に祭り上げられた。しかし何分にも難解な古代文学であり、そこで漢代の儒教の中で、詩経を専門とする解釈学が成立することになる。

詩経解釈学では、「六義《りくぎ》」すなわち風・雅・頌《しょう》・賦《ふ》・比・興《きょう》という詩学の基本概念を提示する。まず「風・雅・頌」とは、詩体の区別である。黄河流域の各地の民謡である「風」（国風）、周の宮廷歌謡である「雅」、王の祖先を祭る宗廟で歌われた宗教歌謡である「頌」、この三種類の歌謡が三本柱となって『詩経』を構成すると考える。これに対して「賦・比・興」は、詩の表現手法の区別である。「賦」は、直叙、つまり比喩を用いない直接的な描写である。これに対して「比」は、明喩、「興」は、暗喩のことを言う。しかし後世になると、「六義」なる語を、『詩経』の文学を支える精神、という観念的な意味に用いるようになる。白居易がみずからの文学論を開陳した文章「元九に与うる書」の中で、南朝の貴族文学を批評して「六義 尽く去る」と言うとき、それは、この時期の文学が『詩経』の精神を喪失したとして批判するものだった。――文学が備えるべき『詩経』の精神、それは、社会生活を見すえる「比興」「美刺」「諷諭」の批判精神のことと考えられたのである。

「比・興」は、上述した「六義」の一部である。しかし両者をまとめて「比興」と熟語化した場合、政治批評を意味する「美刺（賛美と風刺）」「諷諭」の意味となる。そもそも「比興」とは、明喩と暗喩との相違はあるものの、ある対象に仮託して作者の意図を提示する技巧である。そしてこの「比興」の技巧は、為政者に対する諷刺の中で効果的に活用されていた。例えば、『詩経』「魏風」の「碩鼠《せきそ》」の詩は、表面上は、農作物を毎年のように食い荒らす巨大な鼠「碩鼠」を呪って、鼠のいない楽土に逃れ行こうとする農民の願望を述べた詩である。しかしその「碩鼠」は、実は、苛斂誅求《かれんちゅうきゅう》を事とする為政者の暗喩なのである。このようにして「比興」は、特に「興」の技巧は、直接的ではない婉曲な政治批判、つまり諷刺（風刺）・諷諭の手法となるのである。

『詩経』は、儒教においては、文学のあるべき模範の姿を示すと考えられた。その『詩経』の解釈学において、文学の価値が「比興」（諷刺・諷諭）にあると認定されたことは、その後の中国文学の方向に決定的な影響を与えた（↓17頁の「楽府」）。中国の知識人には、儒教的教養が必須であり、彼らが文学の実作に当たる時には、政治について批判的な関心を持つことが要請されることになる。曹操が、自らの文学を政治的抱負を語る文学となしたことは、春秋戦国時代から漢代にかけて、詩経解釈学の形をとって育まれた儒教的文学観の、一つの実践であった。曹操らの「建安の文学」は、こうした下地があって実現されたと理解すべきであろう。

三　詩の形式

次に、文学の具体的な形式について概説したい。中国文学の中央に位置するのは「詩」であり、日本では漢詩と称されているものである。

中国の古典詩には、この狭義の「詩」以外にも、幅広く見れば様々な韻文がある。とくに唐の後半以降、民衆文学に由来する口語系の韻文が、士人（知識人＝官僚層）をも巻き込んで、存在感を主張し始める。例えば、唐末から宋代にかけて盛んに作られた「詞」（塡《てん》詞・詩余）、また元代に流行した「曲」等は、広義の中国古典詩に不可欠な、重要な一角を占めるものである。しかし本書では、最も伝統的な「詩」を中心に説明することにしたい。この狭義の「詩」こそ、中国の歴代文人がもっとも正統的な文学と考えるものであった。それはまた我が国においても、奈良朝以前から親しみ、また自らその実作にも参加してきたものである。明治時代には、一般の新聞にも、短歌や俳句と肩を並べて、漢詩の投稿欄が用意されていたほどに、漢詩は日本人に身近な文学であった。

中国古典詩型一覧表

中国古典詩（広義）
- 辞賦（準定型）
- **詩（漢詩）**〔狭義の古典詩〕（定型・準定型）
- 詞（塡《てん》詞《し》・詞《し》余《よ》）（定型・準定型）
- 曲（定型・準定型）
- その他　銘・賛・偈《げ》・誄《るい》など（準定型）

詩（漢詩） ↓
- **古体詩**〔古詩〕（平仄・句数、不定—準定型）
  - 斉《せい》言《ごん》
    - 四言古詩
    - 五言古詩
    - 七言古詩
  - 雑言
    - 雑言古詩
- **近体詩**〔今体詩〕（平仄・句数、一定—定型）
  - **絶句**（四句）
    - 五言絶句
    - 七言絶句
    - △六言絶句
  - **律詩**（八句）
    - 五言律詩
    - 七言律詩
  - **排律**（十句以上）
    - 五言排律
    - △七言排律

△印は、作例の少ないもの。

狭義の「詩」、また日本で言うところの漢詩は、近体詩型が成立した唐代前期に、詩型上の完成に達している。従って、完成態である唐詩を基準に詩型の説明するのが最も分かり易い。その唐詩の詩型は二種類、一つは「近体詩」、つまり唐代において完成され、韻律において厳密な規則を持つ詩型と、もう一つは「古体詩」、つまり唐以前からの歴史を持ち、厳密な韻律規則を持たない詩型である。

＊参考：近体詩成立以前の魏晋南北朝時代においては、「近体詩⇕古体詩」の対立はまだ成立せず、「徒詩⇕楽府」、つまり〈朗誦・朗読の形で読まれる詩〉と〈楽器伴奏を伴って歌われる詩〉との対立が、重要な枠組であった。その後、楽府は次第に歌われなくなって徒詩との区別が曖昧になり、やがて唐代的な「近体詩⇕古体詩」の対立構造に取って代られた。

古体詩とは、唐代に近体詩が成立する以前から存在していた詩型の総称である。従って、唐代以前の詩は、原則としてすべて古体詩に属している。また、唐代以降であっても、あえて近体詩の韻律を外した詩は、やはり古体詩である。古体詩には、近体詩の要件である韻律上の厳格な規則はない。句中の平仄規則もない。脚韻についても、仄声の韻が許容され（近体詩は平声の韻のみ）、また途中で韻を換えること（換韻）も許容された（近体詩は一韻到底のみ）。

なお〝古体〟という概念は、〝近体〟の概念が確立した後に、これと対立するものとして自覚されたものである。それ故、近体詩成立後の古体詩は、かえって意図的に近体の韻律を破壊するものも現れることになる。また一方、近体詩成立の直前時期（南北朝後期～初唐時期）の古体詩には、近体詩の一歩手前まで洗練された韻律を持つものも少なくなかった。

近体詩は、唐代前期に成立した新しい詩型である。特定の韻律規則を持ち、それを持たない古体詩と区別される。近体詩の韻律は、「平仄《ひょうそく》」の対立を基礎に作られている。現代標準中国語（普通話）では、全ての文字は、第1声～第4声の四つの声調（トーン）のいずれかを持つ。これと同様に唐代の中国語においても、全ての文字は、平・上・去・入の四つの声調のいずれかを持つものであった。そのうち、「平声《ひょうしょう》」の文字は、単独に扱った。これに対して、上・去・入の三種の声調は合わせて「仄声《そくしょう》」とした。こうして、全ての字を、平声（平らなトーン）と仄声（変化を含むトーン）との二系列に大別し、その組み合わせによって、詩歌の音調について、調和や変化を自覚的に追求しようとした。近体詩の韻律を支える原理とは、いわば「平仄」対立の思想であった。

近体詩の平仄規則は、具体的には以下の各項に整理される。

① 「二四不同」：各句の第二字と第四字の平仄を反対にする。

② 「二六対」：七言句では、各句の第二字と第六字の平仄を一致させる

③ 「反法」：同じ一聯に属する二句、つまり奇数句とこれに続く偶数句において、対応する字、とくに第二字・第四字・第六字同士の平仄を反対にする。

④ 「粘法」：聯と聯との接触面、つまり偶数句とこれに続く奇数句において、対応する字、とくに第二字・第四字・第六字同士の平仄を一致させる。

⑤ 「押韻」：平声の字（平字）のみを用い、また換韻（途中で韻を換えること）は許されない。

＊「二四不同」「二六対」の条件を満たした句を、「律句」と言う。近体詩は、全ての句を、この律句で構成する。なおこの条件を満たさない句を、「拗句《おうく》」と言う。また古体詩では許容されるので、「古句」と言うこともある。

＊近体詩は、上述の平仄規則によって、「第一句の第二字目」の平仄が決ると、これに連動して詩全体の平仄の骨格が決ることになる。これが平字のものを「平起式」、仄字のものを「仄起式」と称する。五言詩では仄起が正格、七言詩では平起が正格とされる。

「近体詩」は、絶句・律詩・排律（また長律とも）の三種の詩型から成る。韻律の規則は厳格であり、これに合致しないものは拗体（破格）とされた。次に各詩型の概要について、説明する。

＊絶句

(1) 句法——一首四句。五言絶句、七言絶句、まれに六言絶句がある。

(2) 押韻——五言では偶数句の末尾、七言では第一句および偶数句の末尾で押韻するのが原則である。

(3) 平仄——①「二四不同」、②「二六対」（七言句のみ）、③「反法」、④「粘法」の四項の規則がある。

＊律詩

(1) 句法——一首八句。五言律詩、七言律詩がある。律詩では、二句を一聯として四聯からなる。第一・二句を首聯、第三・四句を頷《がん》聯、第五・六句を頸《けい》聯、第七・八句を尾聯と称する。頷聯・頸聯の二聯が対句であるのを要件とする。

(2) 押韻——絶句に同じ。

(3) 平仄——絶句に同じ。

＊対句とは、同類のものの対置を軸とする対偶表現が句を単位として構成されたものである。従って対句の対偶的要素は、①字数（音節数）、②字義、③文法構造（品詞、文法上の関係）、④平仄、⑤字音（「双声」「畳韻」「重言」「音通」→各項目参照）、⑥字形（偏旁冠脚）等の各方面に及んで、それら全ての総体として、対句が構成される。この場合、①〜⑥の順序はほぼ重要性の順序と言ってよく、対句一般の要件は①②③までである。なお近体詩の場合は、④は「反法」の平仄規則との関連で必要となる。これ以外の⑤⑥は、古体・近体詩のどちらも必要条件とはなっていない。

七言絶句の韻律〈王翰《おうかん》「涼州詞《りょうしゅうし》」〉

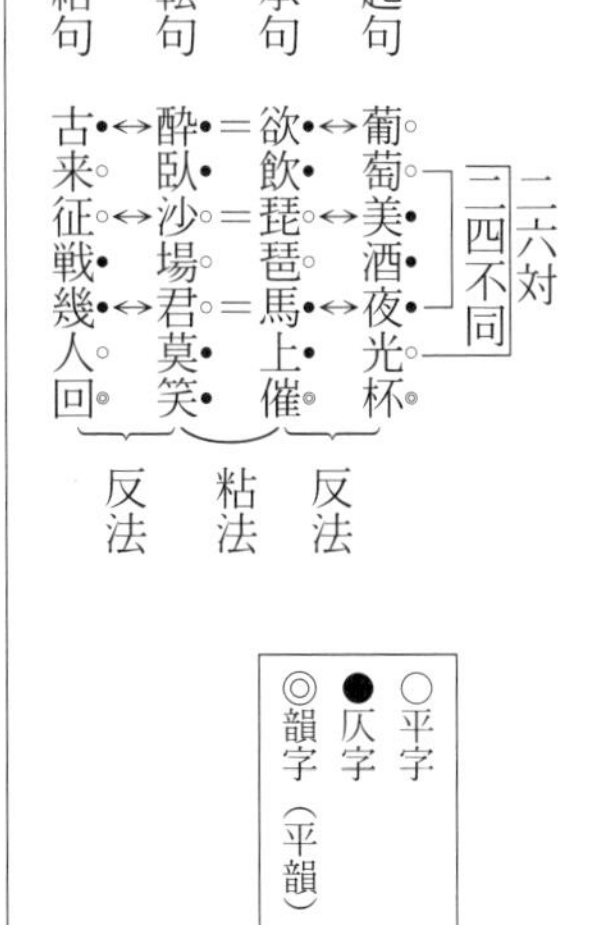

五言律詩の韻律〈杜甫「春望」〉

二四不同

句	関係
国●破●山○河○在●	
城○春○草●木●深◎	反法
感●時○花○濺●涙●	粘法
恨●別●鳥●驚○心◎	反法
烽○火●連○三○月●	粘法
家○書○抵●万●金◎	反法
白●頭○搔○更●短●	粘法
渾○欲●不●勝○簪◎	反法

○平字
●仄字
◎韻字（平韻）

＊排律（長律）

(1) 句法――十句以上の偶数句で、特に長さの制限はない。四句の倍数が好まれ、特に十二句、十六句のものが多い。五言排律が中心だが、まれに七言排律もある。最初と最後のそれぞれ一聯を除いて、中間の聯は全て対句で構成するのを要件とする。

(2) 押韻――絶句・律詩に同じ。

(3) 平仄――絶句・律詩に同じ。

次に、押韻について概説しておこう。

中国の詩は、その最も古い『詩経』の段階から句の末尾の韻、すなわち「脚韻」を踏むのを常としている。

脚韻（以下「韻」と呼ぶ）は、通常、二句ごとに偶数句の末尾で韻を踏む。これを「隔句韻」と呼ぶ。近体詩と、五言の古体詩は、全て隔句韻である。これに対して一句ごとに韻を踏むのを、「毎句韻」と呼ぶ。古い時期の七言古体詩、およびこれを模倣した後世の「柏梁《はくりょう》体」の詩で、この毎句韻が用いられる。七言詩が、近体と古体とを問わず、原則として第一句で韻を踏むのは、この毎句韻の名残と考えられる。

毎句韻の一例として、杜甫の「飲中八仙歌」（部分）を示そう。

李白一斗詩百篇◎　　李白　一斗　詩百篇

長安市上酒家眠◎　　長安市上　酒家に眠る

天子呼来不上船○　天子　呼び来たるも　船に上《のぼ》らず
自称臣是酒中仙○　自ら称す　臣は是れ　酒中の仙と

李白は一斗の酒を飲んで、たちどころに百篇の詩を書上げ、長安の盛り場では、正体もなく酒場で眠ってしまうのだ。お召がかかっても天子の船に乗ろうとはせず、自分は酒の国の仙人だとうそぶく有様だ。――この七言古体詩は全体で二十二句、その全ての句で韻を踏む、つまり毎句韻の詩である。なお中国の古典詩は「二句一聯」の原則を踏まえ、作品全体は偶数句で構成される。しかし、こうした毎句韻の詩に限っては「二句一聯」の意識が薄いので、しばしば奇数句で構成される作品が出現する。

一篇の詩を、同じ韻目に属する韻字で通すことを「一韻到底」という。近体詩は、全て一韻到底が条件である。また古体詩にも、一韻到底のものがある。これに対して「換韻」とは、一篇の途中で韻を踏み換えることを言う。古体詩には、換韻するものが少なくない。換韻は、原則として意味上の段落と対応しており、これを目安に作品の構成を考えることが出来る。なお七言古体詩には、規則的に四句（解）ごとに換韻するものがある。こうしたものを、特に「逐解換韻」と呼ぶことがある。

峨眉山月歌、送蜀僧晏入中京　峨眉山月の歌　蜀僧晏の中京に入るを送る　李白

我在巴東三峡時○　我　巴東の三峡に在りし時
西看明月憶峨眉○　西のかた明月を看《み》て　峨眉《がび》を憶《おも》う
月出峨眉照蒼海　月は峨眉に出《い》でて蒼海《そうかい》を照らし
与人万里長相随○」　人と万里に長く相い随う
黄鶴楼前月華白●　黄鶴楼前　月華《げっか》白く
此中忽見峨眉客●　此《こ》の中《うち》に忽《たちま》ち見る　峨眉の客《かく》

峨眉山月還送君　峨眉山月　還《ま》た君を送る
風吹西到長安陌●」　風は吹いて西に到《いた》る　長安の陌《みち》
長安大道横九天○　長安の大道　九天に横たわり
峨眉山月照秦川○　峨眉山月　秦川《しんせん》を照らす
黄金獅子承高座　黄金の獅子　高座に承け
白玉麈尾談重玄○」　白玉の麈尾《しゅび》　重玄《ちょうげん》を談ず
我似浮雲滞呉越●　我は浮雲《ふうん》に似て　呉越に滞り
君逢聖主遊丹闕●　君は聖主に逢《あ》いて　丹闕《たんけつ》に遊ぶ
一振高名満帝都　一たび高名を振るいて　帝都に満たば
帰時還弄峨眉月●」　帰る時　還《ま》た弄《ろう》せん　峨眉の月

（○平声の韻字、●仄声の韻字。以下同様）

峨眉山月の歌、蜀の僧侶である晏が、長安に上るのを送る。――自分が巴東（四川省東部）の三峡にいたころは、西に明月を眺めながら故郷の峨眉山を懐かしんだものだ。月は峨眉山の上に出て、東の大海原を照らす。こうして月は、故郷を後にした自分にどこまでも一緒に付いて来てくれた。』黄鶴楼のほとりに、月影はさやかに輝いて、ここで思いがけずも峨眉山からの旅人に出会った。そして峨眉山に上った月は、なおも君を送って、風の吹くままに西のかた長安に向かわせるのだ。』長安の都大路は天空に横たわるほどに広々と連なり、峨眉山に上った月は、この長安のまわりを明るく照らす。君の訪ねる寺院では、黄金の獅子が立派な台座に据えられ、白玉の柄の麈尾を手に振って、高僧たちは深遠な議論を闘わせているだろう。』自分は空を漂う浮雲に似て、これから呉越の地方に放浪しよう。一方、君は天子に逢うために、皇居におもむくのだ。君は、名声を博して帝都に知れ渡った暁には、故郷へ帰る道すがら、また峨眉山に上る月を楽しむがよかろう。』――この七言古体詩は、四句ごとに整然と換韻されている。また作品の第一句も含めて、換韻後の第一句は、奇数句であっても韻を踏んでいる。「逐解換韻格」の典型的な作例である。

換韻直後の奇数句は、五言古体詩では原則として韻を踏まないが、七言古体詩は、上記の李白の詩のように韻を踏むことが多い。

中国では、詩人の間で互いに詩を唱和する習慣があった。その唱和において、押韻に特別の工夫を凝らすようになった。

詩を唱和するときに、原作と同じ種類の韻を用いることを「和韻」と言う。因みに詩を唱和することを、「和詩」と言うが、唐代の前半までの和詩は、韻に頓着せず、和韻することは少なかった。和韻が盛んになるのは、中唐以降のことである。

「和韻」には、その厳格さの程度によって「依韻」「用韻」「次韻」の三種類に分けられる。「依韻」は、原作と同じ韻目に属する文字を用いて押韻することを言い、必ずしも原作と同じ韻字を用いなくとも良い。「用韻」は、原作の韻字を、原作の順序にとらわれずに用いること。「次韻」は、最も厳格な和韻の形式で、原作の韻字を、しかも同じ順序（次序）で用いることを要件とする。特に北宋中期以降、文人同士の唱和が流行する中で、次韻の愛好も盛んになった。

以下、次韻の例を見ることにしたい。

宜陽別元明用觴字韻　宜陽にて元明《げんめい》に別る　觴《しょう》字の韻を用う　黄庭堅

霜須八十期同老　霜須《そうしゅ》　八十　同じく老いんことを期し
酌我仙人九醞觴　我に酌《く》む　仙人　九醞《きゅううん》の觴《さかずき》を
明月湾頭松老大　明月湾頭　松　老大

永思堂下草荒涼○　永思堂下　草　荒涼
千林風雨鶯求友　千林の風雨　鶯《うぐいす》　友を求め
万里雲天雁断行○　万里の雲天　雁《かり》　行《つら》を断つ
別夜不眠聴鼠囓　別夜　眠らず　鼠の囓《か》むを聴く
非関春茗攪枯腸○　春茗《しゅんめい》の枯腸を攪《みだ》すに関わるに非ず

宜陽（広西チワン族自治区宜山市）にて、長兄の黄大臨（字は元明）に別れる。「觴」の韻目を用いる。――霜のような白い鬚になる八十歳まで一緒に年を取ろうと誓って、兄さんは、仙人が特別に醸《かも》す九醞の酒を、私の觴《さかずき》に満たしてくれました。懐かしい故郷を思えば、あの明月湾の頭《ほとり》では、松の木もすっかり年を取り、永思堂の下では、雑草も生い茂っていることでしょう。大きな林に風雨が激しくつのるとき、鶯は、見失った兄弟を求めて飛びまどい、雲が一面をおおう大空には、行列からはぐれた雁が、ただ一羽だけ渡ってゆきます。この別れの夜、何時までも眠れずに、鼠が物をかじる音を聞いていています。決して、春摘みの茶が、空っぽの腸を刺激して目が冴えたためなどではありません。――黄庭堅は、蘇軾と並び称される、北宋の代表的詩人。この時、彼は、政争に巻き込まれて、辺境の宜陽に左遷されていた。長兄の黄大臨は、弟をこの地に見舞い、いま帰ろうとしている。それは、この仲の良い兄弟の永訣の時となった。

　ところでこの詩の韻字は、「觴・涼・行・腸」である。黄庭堅には、これに先だって黄大臨に贈った二篇の詩、「和して元明の黔南《けんなん》贈別に答う」「新喩道中にて元明に寄す、觴字の韻を用う」がある。しかもその二篇とも、韻字は、その順序に「觴・涼・行・腸」を用いているのである。この中の一篇を、例示してみよう。

　新喩道中寄元明用觴字韻　新喩道中にて元明に寄す　觴字の韻を用う　黄庭堅
中年畏病不挙酒　中年　病を畏《おそ》れて　酒を挙《あ》げず
孤負東来数百觴○　孤負（厚意に背く）す　東来の数百觴に

喚客煎茶山店遠　客を喚《よ》びて茶を煎《に》れば　山店《さんてん》　遠く
看人獲稲午風涼。　人を看て稲を獲《か》れば　午風　涼し
但知家里倶無恙　但《た》だ知る　家里　倶《とも》に恙《つつが》無きを
不用書来細作行。　用いず　書の来たりて　細かに行を作《な》すを
一百八盤携手上　一百八盤　手を携えて上《のぼ》りしこと
至今猶夢繞羊腸。　今に至るまで猶《な》お夢む　羊腸（つづら折りの山道）を繞《めぐ》るを

――黄庭堅は、自らの作ったこの詩に次韻して、先の永訣の詩を作ったのである。宋代になると、最も厳格な和韻の型式である次韻が流行し、このように自分の詩に対しても次韻が行われた。

四　楽府（古楽府・擬古楽府・新題楽府・歌行・新楽府）

ここで、楽府《がふ》について概説しておきたい。楽府とは、本来、前漢の武帝（在位、前一四〇―前八七）が設置した、民間の歌謡を採取して、それを宮廷音楽に編曲して管理する役所である。後世では、この楽府に集められた民間歌謡そのもの、さらには、民間歌謡一般のことも、やはり楽府の名で称するようになった。

ところで後世「古楽府」と呼ばれるものは、何らかの形で採取され記録された民間歌謡のことを指す。その古いものは、前漢にさかのぼり、比較的新しいものは、南北朝期にまで下る。その楽府の題名（楽曲名）を「楽府題」という。またその歌の歌詞（歌辞）を、「古辞」という。民間歌謡の常として、古辞は、一般に無名氏（詠み人知らず）のものである。古辞は文字として記録され伝わったが、楽曲は、記譜されることもなく、次第に失われていった。

魏晋以降になると、文人が古楽府に擬《なら》い、いわば替え歌を作る要領で新しく歌辞（歌詞）を作った。これを「擬古楽府」と言う。一例として、「戦城南」は、漢魏にさかのぼる古楽府である。これに対して、南朝梁《りょう》の呉均と唐の李白に

も「戦城南」があるが、この二篇は、いずれも擬古楽府（替え歌の歌詞）となる。ただし、二人の頃にはおそらく「戦城南」の楽曲はすでに失われており、従ってこの二篇の擬古楽府は、実際に歌われることを想定していなかったであろう。

一方「新題楽府」とは、措《そ》辞や発想の面で古楽府を模倣しながら、古楽府題を用いず、新規に詩題を設けて作った詩歌のことを言う。古楽府に「塞上曲」があるのをもじって、李白が「塞下曲」を作ったのは、これに当たる。古楽府・擬古楽府、そしてこの新題楽府には、共通項がある。即ち、作品は、①作者の個別的な体験を生のまま作品に持ち込むことなく、しかも、②自らの立場を離れた第三人称的視点から発想される、ということにある。こうした特徴を共有する「擬古楽府」「新題楽府」は、いわば「古楽府」の忠実な模倣であり、それゆえにこの三者を一括して伝統楽府と呼ぶことが出来るであろう。

しかし以下に述べる「新楽府」と「歌行」は、古楽府題を用いないと言う点では広義には「新題楽府」の仲間であるが、上述の「伝統楽府」の様式から意識的に逸脱するものなので、項目を別に立てて説明する必要がある。

まず歌行について説明しよう。「伝統楽府」は、作者自身の体験や、作者の一人称的視点を持ち込まないこと、つまり誰が作者か一見分からないようにして作ることが、特徴であった。しかし「歌行」は、むしろ積極的に作者自身の体験を述べ、自分の視点を主張するものである。次に、歌行の作例を掲げよう。（前掲13頁の李白「峨眉山月歌」も歌行）

胡笳歌送顔真卿使赴河隴　胡笳《こか》の歌 顔真卿の使して河隴《かろう》に赴くを送る　岑参《しんじん》

君不聞胡笳声最悲　君聞かずや 胡笳 声の最も悲しむを
紫髯緑眼胡人吹　紫髯《しぜん》緑眼の胡人吹く
吹之一曲猶未了　之を吹いて一曲 猶《な》お未だ了《おわ》らざるに
愁殺楼蘭征戍児　愁殺す 楼蘭 征戍《せいじゅ》の児《じ》
涼秋八月蕭関道　涼秋 八月 蕭《しょう》関の道

北風吹断天山草　北風 吹き断つ 天山の草
崑崙山南月欲斜　崑崙《こんろん》山南 月 斜めならんと欲《ほっ》し
胡人向月吹胡笳　胡人 月に向かいて胡笳を吹く
胡笳怨兮将送君　胡笳 怨《うら》みて 将《まさ》に君を送らんとす
秦山遥望隴山雲　秦山より遥かに望む 隴山の雲
辺城夜夜多愁夢　辺城 夜夜《やや》 愁夢多からん
向月胡笳誰喜聞　月に向かう胡笳 誰《たれ》か聞くを喜ばん

「胡笳の歌、顔真卿が使者として河隴の地に赴任するのを送別する」
君聞きたまえ、胡笳の調べがひときわ悲しく響くのを、紫の髯《ひげ》と緑の目をしたソグドの男が吹いている。一曲を吹き終わらぬうちに、楼蘭出征の兵士たちを悲しい思いに沈めるのだ。秋八月の、蕭関を抜けて西域に延びる街道では、北風が、天山山脈の麓の草を吹きちぎる。南の崑崙山を見れば、月は傾きかけて、ソグドの男は、その月に向かって胡《えびす》の蘆笛を吹き鳴らす。胡の蘆笛が悲しげに鳴って、君を見送るのだ。ここ秦山（長安）から、君の行く手の隴山にかかる雲を遠く眺めやる。君はこれから過ごす辺境の町で、夜ごと悲しい夢を見ることだろう。月に向かって吹き鳴らされる胡の蘆笛を、いったい誰が好んで聞くものか。

この「歌行」は、二三の点で、楽府を意識することを示す痕跡を持っている。先ず、詩題の「歌」。これは、漢魏期の古楽府が、多く「～歌」の詩題を用いていたことを、模倣するものである。第二に、一句の長さを長短不揃いにした雑言体であること（第一句目に「君不聞」を用いる）。そして第三に、同一の、あるいは類似の表現（「胡笳」「胡人」「悲・愁殺・怨・愁夢」）を、作品中にしきりに反復すること。これら後二者は、楽府（歌謡）の修辞上の特徴である。岑参は、この様な配慮を組み合わせることで、この詩を、歌辞系文学としての歌行に仕立て上げているのである。

とはいえ「歌行」は、最も肝心なところで伝統楽府の特徴を踏み破る。ここでも、作者岑参は、自らの体験（長安で、河隴に赴任する友人の顔真卿を送別する）を、自らの一人称的視点で、詠出しているのである。そもそも「伝統的な楽府」は、いわば名も無き民衆の歌謡のように装って作るものであり、作者は、自らの体験を、それと分かる生の形で表現してはならないのである。この点で、作者が自らの体験を進んで自分の視点から述べようとする歌行の様式は、伝統楽府と、はっきり方向を異にしているのである。

次に、新楽府（→102頁）について説明しよう。伝統楽府から意識的に脱線する点では、新楽府も歌行も同様だが、その脱線の仕方が違っている。「新楽府」は、①個別的具体的な状況（主に政治情況）に対して、②作者自身の知見や体験に基づく主体的判断（主に時政に対する批判）を、③暗喩の手法に依らずに明確に主張するものである。

新楽府は、現実の社会と政治の状況に対して、作者の批判的精神を明確に主張しようとする。新楽府の先駆的な作者と目されるのは、杜甫である。杜甫の「兵車行」（→84頁）、また「三吏《り》三別」と称される「新安吏」「潼関吏」「石壕吏」「新婚別」「衰老別」「無家別」等は、この方面の代表的作品である。杜甫にやや後れる中唐前期では、元結の「系楽府」、顧況の「上古之什《じゅう》補亡訓伝十三章」が、この系譜に連なるものである。（なお新楽府は、作者自身の社会や政治状況についての具体的な体験や知見が踏まえられるが、しかし自らの一人称的視点を避けて、漠然とした第三者の視点から述べられることが多い）。

中唐後期に至って、新楽府の制作を一つの自覚的主張を伴った運動にまで発展させたのが、李紳・元稹《しん》・白居易の三人である。李紳は「新題楽府二十首」（亡逸）を作り、元稹はこれに唱和して「李校書郎の新題楽府十二首に和す」を作り、白居易はさらにはこの二人に対抗して「新楽府五十首」を作った。ジャンルの名称として「新楽府」の名が定まったのは、この白居易の作においてである。その後、新楽府の制作は下火になるが、その中では、晩唐の皮日休《じつきゅう》「正楽府」が代表的作品である。

ではなぜ政治的な意見表明に、「楽府」が持ち出されたのか。詩経解釈学に基づく儒教的な文学観によれば、『詩経』および漢魏の古楽府に至る民間歌謡系の文学には、民衆の思い、特に政治に対する批判意識が内在している、と考えたからである。しかし新楽府の提唱者の見るところでは、貴族文学が流行した南北朝時代以後、文人が作る擬古楽府には、こうした楽府の正しい姿が承け継がれなくなっていた。元稹《げんしん》は次のように主張する。「古楽府題を踏襲して、いたずらに文辞の巧を競うだけの擬古楽府には、何の意味もない。かりに古楽府題を用いた場合でも、そこに現実に働きかける美刺諷諭の意をこめるべきである。近頃の詩人では、杜甫の『悲陳陶』『哀江頭』『兵車行』『麗人行』等の作が、この擬古楽府の弊害を克服し、現実に即して新しい楽府題を設け、それまでのように古い楽府題に依拠するのをやめたことで（「事に即して篇に名づけ、復《ま》た依傍する無し」）、すぐれた成果を上げている」（元稹「楽府古題序」）。彼の認識によれば、新楽府とは、擬古楽府の陥った隘路を脱して、楽府本来の政治批判の機能を持った正しい姿に復帰するものだったのである。

*采詩《さいし》の官　周代に、民情を察するために各地の民間の歌謡を採取したと伝えられる官。『詩経』「国風」の諸篇は、こうして集められた諸国（諸侯の封国）の民間歌謡と考えられてきた。『漢書』（「芸文志」）に、「古《いにしえ》に采詩の官有り。王者の、風俗を観《み》、得失を知り、自ら考え正す所以《ゆえん》なり」と記されている。その後、前漢の武帝が「楽府」という役所を開き、民間の歌謡を採取した。武帝の真意は、そこで集められた民間歌謡を、宮廷音楽に編曲し、宮廷生活の娯楽に供することにあったのであろう。しかし後世の詩経解釈学では、武帝による楽府の開設は、「采詩の官の復活」と理解された。こうした歴史的事実による補強を得て、理念としての重きを加えた「采詩の官」は、その後、白居易らの新楽府制作に大きな理論的支柱を提供することになった。

楽府を中心とする歌辞系文学の輪郭を確認するためには、そうでないもの（「徒詩」）との区別が明らかでなければならない。

「徒詩」とは、歌唱を目的とせずに作られた詩。つまり朗読するか、独特の節回をつけて朗誦される詩のことである。この徒詩に対する概念は、楽府である。歌辞文学である楽府は、漢～魏晋期には、実際に楽器の伴奏のもとに歌唱されるものであった。従って「徒詩」とは、この時期には「楽府以外の詩」を指すものであった。

しかし南北朝期以降の、文人たちが作ったいわゆる擬古楽府では、制作の時点で、すでに大部分が楽曲を失っていた。つまり歌われることはなく、眼で読まれるか、せいぜい朗誦されるだけのものとなっていた。さらには、楽府の影響の下に形成された新題楽府や歌行や新楽府に至っては、そもそもが固有の楽曲を持つものではなかった。しかしこうした擬古楽府・新題楽府・歌行・新楽府も、濃淡の差こそあれ、また単に理念に止まるものであれ、楽府を介して楽曲への志向を持っている。こうしたものは、広義には、歌辞系文学に数えるのが適当であろう。従って唐代以後の古典詩について言う場合、「徒詩」とは、「これら歌辞系文学一般を除いた詩」と考えるのがよい。

「徒詩」対「楽府（歌辞系文学）」の対立が、第一義的な重要性を持っていたのは、南北朝時代までである。唐代以降になると、近体詩という強力な様式が新たに成立し、また楽府そのものも楽曲を失い、実際に歌唱されることもなくなってくる。この新たな情況の中で、詩歌のより重要な対立原理は、「近体詩」対「古体詩」へと移ってゆくことになる。

五　「詩」以外の古典韻文——辞賦・詞・元曲

辞賦は、楚辞《そじ》と漢賦、ならびにそれらを踏襲する様式である。楚辞は、戦国時代後期の楚（長江中流域）で流行した「辞」とよばれる韻文様式であり、楚の王族で忠義憂国の士と伝えられる屈原（一説に前三三九？～前二七八？）、並びに屈原の弟子と言われる宋玉らの作品が代表する。脚韻を踏む韻文であるが、分量も句型（字数や句中の音数律）も自由であり、また概して長篇である。前漢の劉向《りゅうきょう》は楚辞作品の中から主要なものを選んで『楚辞』という書物をまとめ、後漢の王逸はそれに注釈を付けて『楚辞章句』を編纂した。王逸によれば、「離騒」「天問」「九歌」「九章」「漁父」などは屈原の作、「九弁」

「招魂」「高唐賦」などは宋玉の作とされる。

漢代になると、「賦」とよばれる韻文様式が流行する。漢代の賦は、はじめは楚辞と区別がなかったが、次第に楚の地域性が稀薄になり、抒情的なものから叙事的なものに変化した。そこで、楚辞風の抒情性の強いものを辞*、叙事性の強いものを賦とよんで、両者を区別する。前漢の司馬相如《しょうじょ》（前179―117「子虚賦」「上林賦」）、後漢の班固（32―92「両都賦」）・張衡（78―139「両京賦」「帰田賦」）らが有名である。なお魏晋南北朝時代に至っても、漢代の延長として、理念的には「賦」が一級文学に位置づけられていた。『文選』（→64頁）では、冒頭に「賦」が置かれ、その後に「詩」「辞」が配列されているのは、その証拠である。

＊東晋・陶淵明の代表作に「帰去来の辞」があるが、これは抒情性が強いので「辞」と命名されたものである。

詞は、唐代後期から宋代にかけて流行した、新たな韻文様式である（→198頁・200頁・202頁）。唐・五代では曲子詞とも言い、また詩に対して詩余とも、また曲に合わせて歌詞を塡《う》めるので塡詞《てんし》とも呼ばれた。曲にはそれぞれの名称があり、これを詞牌《しはい》という。詞の題名には詞牌が当てられたが、詞牌からは作品の主題を知ることは出来ない。それを補うために、詞牌の下に「詞題」を添えたり、「小序」を作ることもあった。詞は、字数によって小令（60字ぐらいまでの短篇）と慢詞（長篇）に分類される。北宋中期までは、小令が大部分を占めた。また段落（闋《けつ》）の数により、単調、双調（二闋）、三畳（三闋）、四畳（四闋）などと分類する。南宋が滅んで元になると、詞は、元曲の流行に押されて衰退する。詞が再び文人たちに注目されて盛んに制作されるようになるのは、清代中期になってからである。

元曲は、元代に流行した散曲と雑劇を総称したものであり、ともに当時の北方に流行した北曲のメロディーに乗せて歌われた（→204頁）。「散曲」は、短篇の抒情歌曲であり、既存の曲に合わせて作詞され歌われたという点で、宋代に流行した「詞」と似ている。また男女の纏綿たる思いを好んで詠ずるところも、「詞」に通ずるところがある。一方「雑劇」（また元雑劇）は、四幕からなる歌劇であり、単に元曲と言うときは、むしろこの雑劇を指すことが多い。雑劇の代表的な作者には、元曲四大家と呼ばれる関漢卿《けい》（代表作「竇娥冤《とうがえん》」）・馬致遠《ばちえん》（「漢宮秋」）・白樸《はくぼく》（「梧桐雨《ごとうう》」）・鄭光祖（「倩女離魂《せんじょ》」）がいる。なお北曲のメロディーはやがて失われたために、散曲も雑劇も、今日では目で読むだけの文学となっている。

＊　＊　＊

本書は「中国古典文学史」と銘打った。そもそも中国文学は、知識人の伝統的文体である文言《ぶんげん》（文《あや》ある言《ことば》）と、民衆の言文一致風の文体である白話（白《まつさら》な話《ことば》）のいずれによって書かれるかで、大きく二分される。この点で言えば、本書はこのうちの前者で書かれたもの、つまり日本では漢詩・漢文と称されるものを中心に、中国文学史を叙述する道を選んだことになる。これは文学史を簡略化する便法でもあるが、実はそれ以上に、わが国において「漢文学」として尊重されてきたものを、もう一度大切に見直したいという願いをこめたものである。本書の趣意が、読者諸氏に理解されることを祈りたい。

本書執筆に当たっては、序論を松原、第Ⅰ部を佐藤、第Ⅱ部を児島が担当した。なお松原は全体に目を通して調整を行った。

I

詩経

中国最古の詩集。周代の初期（前一一世紀）から春秋時代の中期（前七世紀）までの詩を、三〇五篇収録する。四言詩を基調とする。すべて無名氏（詠み人しらず）の手に成る歌謡であり、編者は孔子と伝えられる。詩の聖典として、中国のみならず日本でも知識人必読の書であった。

後世の儒教的教養を持つ知識人たちは、周王朝を理想的時代と考えていた。その時代、民意を察知するために、役人（采詩《さいし》の官→21頁）を派遣して各地の歌謡を採取した。歌には民衆の率直な心情が反映されており、政治に対する美刺（賛美と風刺）をそこから読み取ることができると考えたからである。およそ三千余篇もの歌謡が各国で採取され、その中から孔子（→30頁）が三〇五篇を厳選して、『詩経《しきょう》』の原型が成ったと言われている。

当初は単に『詩』とのみ称した。編者が孔子であるかは疑わしいとしても、孔子が『詩』を重視していたことは事実であり、『論語』（→30頁）の中にもたびたびその名が見えている。儒者たちは秦の始皇帝による焚書《ふんしょ》の危機もくぐり抜けて、この書を大切に伝承していった。漢代に儒教が国教化されるのに伴い、『詩』は「五経《ごきょう》（儒教の五つの経典）」の一つに制定され、『易経・書経・礼経・春秋』とともに、教養人必読の経典となった（→31頁）。

『詩経』は、「風・雅・頌《しょう》」という内容によって構成されている（→6頁）。「風」は「国風」とも呼ばれ、北方の一五国（周南・召南・邶《はい》・衛・鄘・斉《せい》・魏・豳《ひん》など）の民間歌謡を収録する。男女の愛を歌う「静女《せいじょ》」や「子衿《しきん》」、出征兵士の辛さを嘆く「君子于役《うえき》」や「陟岵《ちょくこ》」、領主の徳を讃える「甘棠《かんとう》」、結婚を祝福する「桃夭《とうよう》」、農民の生活苦を訴える「碩鼠《せきそ》」等々、生活に密着した率直な感情が歌われている。次の「静女」は、逢い引きした娘がやってこないのを嘆いた、男の歌。

静女其姝　俟我於城隅　静女（しとやかな娘）は其れ姝《かおよ》し、我を城隅（城壁そばの街はずれ）に俟《ま》つ。

愛而不見　搔首踟躕　愛すれども見えず、首《かしら》を搔《か》きて踟躕《ちちゅう》（うろうろ）す。

「雅」は宮廷雅楽であり、大雅《たいが》・小雅《しょうが》から成る。大雅は、周の建国伝説を謡う「生民《せいみん》」「崧高《すうこう》」等が収録されている。

小雅は、祝宴や政治批判の歌を収める。同時に小雅には、「鹿鳴《ろくめい》」等、「国風」を想起させる民謡調の歌が散見され、このことから「雅」は、採取してきた民間歌謡「国風」に、周朝の楽工が手を加えて奏する場合もあった、と考えられる。

「頌」は、王の祖先を祭る儀式の歌であり、周頌・魯頌・商頌から成る。

『詩経』は必読の書ではあるものの、古すぎて解釈が難しい。すでに前漢の時点で「詩に達詁《たつこ》（確定した解釈）無し」（董《とう》仲舒《ちゅうじょ》『春秋繁露』）とさえ言われている。前漢では、朝廷で斉《せい》・魯《ろ》・韓の三学派が注釈を著した（三家《さんか》注）。また民間では毛亨《もうこう》・毛萇《もうちょう》父子が注釈を著し（『毛伝《もうでん》』）、これに後漢の鄭玄《じょうげん》が補注（箋《せん》）を加えた『毛伝鄭箋《もうでんていせん》』が通行した。この補注に唐の孔《く》穎達《ようだつ》がさらに注釈（疏《そ》）を加えた『毛詩正義』（『五経正義』の一つ）は、絶大な権威を持った。この権威に異議を唱えたのが、北宋の欧陽脩《おうようしゅう》（→122頁）『詩本義』である。さらに南宋の朱熹《しゅき》（→134頁）『詩集伝』によって旧説の多くは退けられ、これにより漢唐の注釈を古注、宋以降の注釈を新注と称して区別する。近代以降は『詩経』を儒教の経典ではなく、古代文学・民俗資料と見る立場から、マルセル・グラネ、聞一多、目加田誠、白川静、赤塚忠《きよし》らが新解釈を提出した。

『詩経』は、毛氏が伝えた『毛詩』が、現存する最古のテキストとされる。『毛詩』の各詩篇には序文が附され、とりわけ巻頭の「関雎《かんしょ》」には、『詩経』全般に関わる総論が述べられ、これを大序という。大序では、まず詩の起源を述べ、ついで詩と政治との関連を説明し、「詩の六義《りくぎ》（風・賦・比・興・雅・頌→6頁）」という分類によって、詩の意義を解説する。この「詩の六義」が後世へ与えた影響はきわめて大きく、紀貫之『古今和歌集』仮名序では「詩の六義」を和歌にあてはめ、風を「添《そ》への歌」、賦を「数《かぞ》へ歌」、比を「擬《なずら》へ歌」、興を「喩《たと》へ歌」、雅を「正《ただ》ごと歌」、頌を「祝《いは》ひ歌」、と呼んでいる。

焚書坑儒《ふんしょこうじゅ》　秦の始皇帝は儒教を危険視し、関連の書籍を焼き、儒者を生き埋めにした。儒者たちは経典を保存するため、書籍を隠したり、暗誦によって伝承に努めた。

詩に達詁無し　右に挙げた「静女」の訓読は、一般的な古注に従った解釈であり、これ以外の解釈も多く存在する。「愛」を曖昧《あいまい》（ぼんやり）の意に解し、「ぼんやり薄暗いので、姿が見えない」という説。あるいは、「愛」を隠れるの意に解し、「隠れてしまって、姿を見せない」という説……等々。

楚辞

戦国時代の楚（長江の中流域）に生まれた、朗誦される韻文学。激しい感情表現と躍動的な韻律を特徴とする。北方詩歌の源流『詩経』に対し、南方の源流として、後世の中国文学に多大な影響を及ぼした。主要な作者は、屈原（前三三九？〜前二七八？）だが、実在の人物ではないとも言われる。

北方で『詩経』が生まれたのち、春秋時代後期から戦国時代中期に至るまでの約三百年は、中国文学の空白期間となる。戦国時代の思想家孟子《もうし》（前三七二〜前二八九）は、「王者の迹熄《あとや》んで詩亡《ほろ》ぶ」（『孟子』離婁《りろう》章句下）と、文学の不在を嘆いている。しかし実は、このとき遙か南方で、新たな文学が興《おこ》っていた。その作り手が楚《そ》の屈原《くつげん》である。

楚の貴族である屈原は、王の信任を得て内政外交で腕を振るったが、彼の才能をねたむ者たちの讒言《ざんげん》に遭《あ》い、放逐される。失意の屈原は、洞庭湖周辺の荒野をさまよい、やがて楚の都が秦の攻撃で陥落したという悲報に接すると、絶望して汨羅《べきら》の淵（湖南長沙市）に入水《じゅすい》し、命を絶ったという。

屈原の代表作「離騒《りそう》」は、二四九〇字から成る自伝的長篇である。主として七言と六言の句から構成され、『詩経』が基調とする四言句に比べ、いっそう起伏に富んだリズムとなっている。

時曖曖其将罷兮　結幽蘭而延佇　時は曖曖《あいあい》（ぼんやり）として其《そ》れ将《まさ》に罷《く》れんとし、幽蘭《ゆうらん》を結びて延《なが》く佇《たたず》む。

世溷濁而不分兮　好蔽美而嫉妒　世は溷《みだ》れ濁《にご》りて分かたず、好《この》んで美を蔽《おお》いて嫉妒《しっと》す。

「幽蘭（人知れず生える香草）」とは、己れの高潔さを暗示する。屈原は徳行を修めた自分こそが、王を助け理想的政治を実現するにふさわしい人物だと自負していた。しかし美徳を悪《にく》む人々に嫉妬されて地上世界に居場所を失い、そこで天上世界へと飛翔して真実の知己（主君）を求めるが、結局願いは叶わずに終わる。「離騒」には、そうしたやり場のない憤懣《ふんまん》と憂愁が、『詩経』には見られない激情を以って吐露されている。自己の高潔を、世俗の邪悪と対比する「離騒」の枠組みは、小離騒とも言うべき「九章」の諸篇にも再現されており、屈原文学の基調をなしている。

屈原の後を継いだのが、宋玉・景差・唐勒《とうろく》たちの作品である。宋玉「高唐の賦」は、男女のロマンスを幻想的に述べる内容、「九弁」は秋の悲哀を述べるいわゆる悲秋文学の先駆として、その後の詩文に大きな影響を与えた。

「離騒」を頂点とするこれら楚地方で発生した文学を、楚辞とよぶ（→22頁）。楚辞に共通するのは、多分に神秘的な要素を含む点にある。地方では古来より巫風《ふふう》（シャーマニズム）が強く、楚辞はそうした多くの神話伝説や民謡を承けて形成されていった。北方の乾燥した寒冷地に生まれた『詩経』が現実生活の中の歌謡であるのに比べ、楚辞は未開の森林の中に生まれた神秘的で呪術的な、朗誦される韻文であった。

これら楚辞の中から、前漢の劉向《きょう》が主要な作品一六巻（「離騒・九歌・天問・九章・遠遊・卜居《ぼくきょ》・漁父《ぎょほ》・九弁・招魂・大招」等）を選び、『楚辞』という書物にまとめた。これに後漢の王逸が自作の「九思」を加えて注釈を加えた『楚辞章句』が、現存する最古のテキストとなっている。のちに、北宋の洪興祖《こうこうそ》『楚辞補註』、南宋の朱熹（→134頁）『楚辞集註』といった優れた注釈書も生まれた。

『楚辞』のうち、「離騒・九歌・天問・九章」は屈原の作である可能性が高く、一方、屈原自身が作中に登場する「漁父」は偽作とされる。しかし厳密には、どれが屈原の手による作品なのかは、はっきりしない。それどころか、その実在すらも疑問視されている。まことに今もって神秘のベールに包まれた文学、それが楚辞なのである。

横山大観『屈原』（一八九八年　厳島神社蔵）

不遇のイメージ　屈原は、不遇の文人の典型として、後世の詩文や絵画に描かれ続けた。横山大観（一八六八—一九五八）の『屈原』もその一つ。モデルは、師匠の岡倉天心（一八六二—一九一三）である。東京美術学校を追われた天心は、新たな美術の創造をめざし、日本美術院を設立する。これが院展の原点であり、その第一回に大観が出展した作品こそ、この『屈原』であった。

諸子百家

春秋時代の末期から戦国時代にかけての群雄割拠の時代（前五世紀 前三世紀）、諸子百家と呼ばれる思想家たちが雄弁をふるい、自己の理論の正統性を訴えた。このとき生まれた思想は、儒家や道家の思想など、その後の中国の思想的基盤となった。

西周が衰えて都を東の洛陽に遷《うつ》すと、これを東周といった。この時期から周王朝の権威は低下し、諸侯が各地に割拠する分裂時代となる。その前半を春秋時代（前七七〇 前四五三）、秦の始皇帝による全国統一までの後半時期を戦国時代（前四五三 前二二一）と呼ぶ。春秋時代の末期になると、多くの知識人が独自の思想を構えて一家を成し、自説を政策論として時の有力者に売り込んだ。彼らを「多くの先生（諸子）と多くの学派（百家）」という意で諸子百家《しょしひやっか》と称する。秦・漢代以降も思想家は多く現れたが、その源流は、おおむねこの諸子百家にまで遡《さかのぼ》ることが可能である。

百家のうち最大の勢力は、儒家である。「仁《じん》（おもいやり）」を最高の徳目と考え、人徳によって世界を感化してゆこうとする。春秋末期の孔子（名は丘《きゅう》 前五五一 前四七九）が開祖である。『論語』は弟子が孔子の言行を筆録したものであり、「子曰く（先生はおっしゃった）」という言葉が、およそ五百条にわたって収録されている。たとえば、弟子のひとりが生涯守るべきことを一文字で表すと何か、と質問したとき、孔子は次のように答えた。

子貢、問うて曰く、「一言にして以って終身これを行なうべきもの有るか」と。子曰く、「其れ恕《じょ》（仁の類語）か。己れの欲せざる所を人に施《ほどこ》すこと勿《な》かれ」と。（衛霊公篇）

それから百年後、孔子に私淑《ししゅく》する孟子（名は軻《か》 前三七二 前二八九）が現れる。孟子は孔子に亜《つ》ぐ聖人として「亜聖」と称され、「孔孟」の併称で儒家を意味することもある。孟子の思想は後世への影響が甚だ強い。人には「仁義礼智」という四つの徳の端緒（四端）が生まれながらに備わると述べる「性善説」、覇道（武力による威圧）ではなく王道（仁徳による懐柔）による徳治主義を主張する「王道論」は、その中心的学説である。詩論「知人論世」（万章）は、「古《いにしえ》の詩を読むとき、その作者を知らずして理解は深まらない。そのためには作者が生きていた時代を論ずる必要がある」という主張である。

主な思想家

儒	仁(孔丘) 性善説(孟軻) 性悪説(荀況)
道	無為自然(老聃・荘周)
法	法治(韓非)
墨	兼愛説(墨翟)
兵	孫子の兵法(孫武・孫臏《びん》)
陰陽	五行《ごぎょう》説(鄒衍《すうえん》)
縦横	合縦《がっしょう》策(蘇秦) 連衡策(張儀)
雑	『淮南子《えなんじ》』(劉安)
名	論理学(公孫龍)

さらに孟子の人生観「兼済独善」(尽心章句)は、「いざ志を得れば天下のために尽くし、無理なときは我が身だけでも善行を守る」という考えであり、白居易(→98頁)らに生き方のヒントを与えた。

墨家は、墨子(名は翟《てき》 前四七〇頃 前三七〇頃)とその後継者たちの思想である。儒家に対する批判を展開し、「兼愛」(血縁の親疎《しんそ》を超越した無差別愛)・非攻(反戦)・節葬(簡略な葬儀)などを唱えた。戦国時代は、儒家に匹敵する勢力を誇ったが、秦の時代に弾圧され絶滅した。

道家は「無為自然(ありのまま)」を重んじ、人為的な儀礼を尊重する儒家と対極をなす思想である。開祖は老子であり、『史記』老子列伝によれば、姓は李、名《な》は耳《じ》、字《あざな》は聃《たん》、かつて孔子の訪問を受けて礼を問われたというが、実際は架空の人物という説が有力である。のちに荘子(名は周 前三六九 前二九五)が現れ思想を継いだので、「老荘」と併称される。二人の著書『老子』『荘子』は多くの共感者を呼び、魏晋の竹林七賢(→44頁)を始めとする多くの文学に大きな影響を与えた。また唐代の皇帝が李姓だったことから、老子は玄元皇帝を追贈《ついぞう》されて、道家の教え(道教)は厚く保護された。

この他、韓非子(? 前二三三)に代表される法家は、強い人間不信を根底にすえた思想である。厳しい信賞必罰を主張する法家思想は、戦国を生き抜く秦の始皇帝から、特に歓迎された。

戦国時代が終わり前漢になると、儒家の思想「儒学」は、国家公認の教え「儒教」に制定される。『易(『易経』)・書(『書経』)・詩(『詩経』)・礼(『礼記《らいき》』)・春秋』は、孔子の編纂とされ、儒学の規範を示す五つの経典「五経」にまで格上げされた。これ以降、諸子百家の時代は去り、儒教が主要な教学となり、中国だけでなく朝鮮・日本・ベトナム等、東アジア一帯に深い影響を及ぼした。

教養としての歴史書

司馬遷（前一四五 前八六?）の『史記』は、当時の中国人が知り得た全ての世界の歴史を綴る、壮大な歴史書である。引き締まった雄弁な文体と、紀伝体という斬新な体裁で編まれたこの歴史書は、つづく『漢書』以下の歴史書に決定的な影響を与え、その後のいわゆる正史の端緒となった。

中国では、その時代に栄えて、後世の規範となる作品が生み出された文芸ジャンルを、「漢文・唐詩・宋詞・元曲」と称する習慣がある。漢代は、文（散文）が発達した時代であった。前漢の司馬遷『史記』・後漢の班固《はんご》（三二 九二）『漢書《かんじょ》』は、歴史書として名を馳《は》せただけでなく、文章の手本としても後世の人々から尊ばれた。とりわけ、唐の韓愈（→92頁）や明の李攀龍《はんりよう》（→157頁）ら、当時の文壇を主導した実力者たちから推奨されたことで、文章の規範たる地位はいっそう高まった。日本でも、『枕草子』にて「ふみは文集《ぶんしゅう》（→99頁）。文選《もんぜん》。新賦。史記五帝本紀。」と記すとおり、平安以来、必読の漢籍として重視された。これに『春秋左氏伝』『国語』（戦国時代の歴史書）を加えた「左・国・史・漢」は、江戸・明治期を通じて、基礎的な漢文教材であり続けた。単に歴史を学ぶためだけでなく、内容を楽しむ文学としても愛読され、教養の重要な源泉となった。夏目漱石も、「余は少時好《この》んで漢籍を学びたり。之《これ》を学ぶ事短きにも関らず、文学は斯《か》くの如き者なりとの定義を漠然と冥々裏《めいめいり》に左国史漢より得たり」（『文学論』）と述べている。

司馬遷『史記』は、従来の歴史書が年代順に記載していた（これを編年体と称する）のを改めて、個別の伝記や事項ごとに記載した。天子の伝記を「本紀」、臣下たちの伝記を「列伝」と分類したことから、この体裁を紀伝体と称する。撰者司馬遷は生死に関わる苦境にも屈せず、むしろそれに発憤し、彼みずからが各地を旅して収集したさまざまな資料を駆使し、古代から前漢に至る三千年の通史をまとめあげた。上は皇帝・大物政治家・文人から、はては遊侠《ゆうきょう》・ペテン師に至るまで、各社会階層の人々を網羅し、多彩な人間模様を活写した。

いっぽう班固『漢書』は、前漢二四〇年間だけに限定した王朝史（断代史）である。謹厳な儒教思想が浸透した後漢時代の著作らしく、遊侠などは道徳の破壊者と見なし、否定的な評価を与える。前半部分が『史記』と重複し、文章の大半を踏襲するが、司馬遷の抑揚に富んだ自在な文体に比べ、整理された簡潔な文体に書き改めている。たとえば項羽と劉邦の劇的シーン「鴻門《こうもん》の会」は、『史記』では宴席の席次を一つ一つ詳述するが、『漢書』では重複を厭い省略する。

『漢書』の次は『後漢書』となるが、実は『三国志』の方が百五十年も先に著されている。『三国志』が重視されてきたのは、そのためでもある。（なお明代の初期に、羅貫中の編とされる『三国志演義』は、『三国志』の史実を元に、それにまつわるさまざまな逸話を編んで作った物語である。日本で『三国志』というとき、この『三国志演義』を指すことが多い。↓206頁）。

唐に入ると、初代皇帝の太宗《たいそう》（五九八〜六四九）が、令狐徳棻《れいことくふん》・房玄齢らに命じて、まだ作られていない王朝の歴史書（『晋書』『北斉書』『梁書』『陳書』『隋書』『周書』）を作らせ、『史記』を筆頭に正史（正統な歴史書）を定めた。それまで個人による編纂（私撰）だった歴史書は、これ以降、国家による編纂（官修）へと変わり、滅んだ王朝の一代史を作ることが次代の王朝の義務となった。またこの結果、歴史の評価は、国家権力の管理するものとなり、硬直した歴史観の温床ともなった。

史記・漢書・後漢書・三国志・晋書・宋書・南斉書・梁書・陳書・後魏書・北斉書・周書・隋書	十三史
南史・北史・新唐書・新五代史	十七史
宋史・遼史・金史・元史	二十一史
明史	二十二史
旧唐書・旧五代史	二十四史
新元史（または清史稿）	二十五史

中国の正史の数え方

歴史書が文学に及ぼした影響は甚だ大きく、『史記』『漢書』等に収録された歴史故事は、詩文に典故として多用されている。たとえば李白の「何ぞ如かん鴟夷子《しいし》、髪を散じて扁舟《へんしゅう》を棹《さお》さす」（「古風」其の十八）や、杜牧の「西子姑蘇《せいしこそ》（呉）より下り、一舸《いっか》鴟夷を逐《お》う」（「杜秋娘」）等に見える「鴟夷」とは、越《えつ》の功臣范蠡《はんれい》の故事。范蠡は越王勾践《こうせん》を支えて呉を滅ぼした後、小舟に乗って祖国を去り、斉《せい》国へ向かい鴟夷子皮《しいしひ》と名乗り、巨万の財を築いて成功を収めた（『史記』貨殖伝）。また「西子」とは、絶世の美女西施《せいし》を指す。呉の弱体化を狙い、范蠡は西施を呉に送り込んだ。呉王の寵《ちょう》愛を得た西施は、政治を怠らせて国力を疲弊させる。ついに呉を滅ぼすと、西施は范蠡を慕って舟に同乗したという（『呉越春秋』）。古来より詩文の作り手は、こうした歴史書に載る故事を踏まえて詩文を詠んだし、詩文の読み手も、これら故事を踏まえて詩文を解することで、作品世界を共有してきた。

六朝志怪

魏晋南北朝時代（二二〇 五八九）に編まれた怪異譚《たん》集。志怪小説ともいう。当時流布していた奇怪譚を記録することに編者の主眼が置かれており、創作の意図はほとんど無い。『捜神記』『述異記』などがある。唐代伝奇の先駆的な存在として重要である。

中国の知識人においては、孔子（→30頁）が「怪力乱神を語らず」（『論語』述而篇）と述べたとおり、むやみに怪奇に関心を示さないことが、嗜《たしな》みとされる。しかし実際に中国の文献を繙《ひもと》いてみると、怪《かい》異譚《いたん》が数多く存在する。たとえば戦国時代（前四五三 前二二一）の後期から前漢にかけて原形が成ったとされる地理書『山海経《せんがいきょう》』には、国内外の怪神異物が挿絵附きで記されている。陶淵明（→50頁）も「この書を楽しまずして他に何があろう」（「山海経を読む」）と言うほどで、古代中国人も決して怪奇に無関心であったわけではなかった。

後漢が滅び魏晋南北朝時代（六朝時代）に至ると、奇怪譚を集めた説話集が次々と作られ始める。後漢の滅亡によって国教としての儒教の権威が動揺し、知識人は、礼の束縛にとらわれない自由な思考が可能となったためであろう。加えて、騒乱の時代にあって、それを厭う知識人たちが非現実世界へ精神的逃避をしたためとも言われる。

魏晋南北朝に現れたこのような怪異譚の数々を、後世、志怪と称した。『荘子《そうし》』逍遙《しょうよう》遊篇に見える「志怪（怪を志《しる》す）」の語を典故としている。

志怪の最も早期の作品は、今は断片として残る『列異伝』である。曹操の長子曹丕《そうひ》（魏の文帝）の撰と伝えられるが、曹丕没後の説話も収録するので俄《にわか》に信じがたい。けれども怪力乱神を語るジャンルが皇帝の名のもとに広まったとすれば、志怪を手掛けようとする知識人たちにとっては、後押しを得た思いであったことだろう。

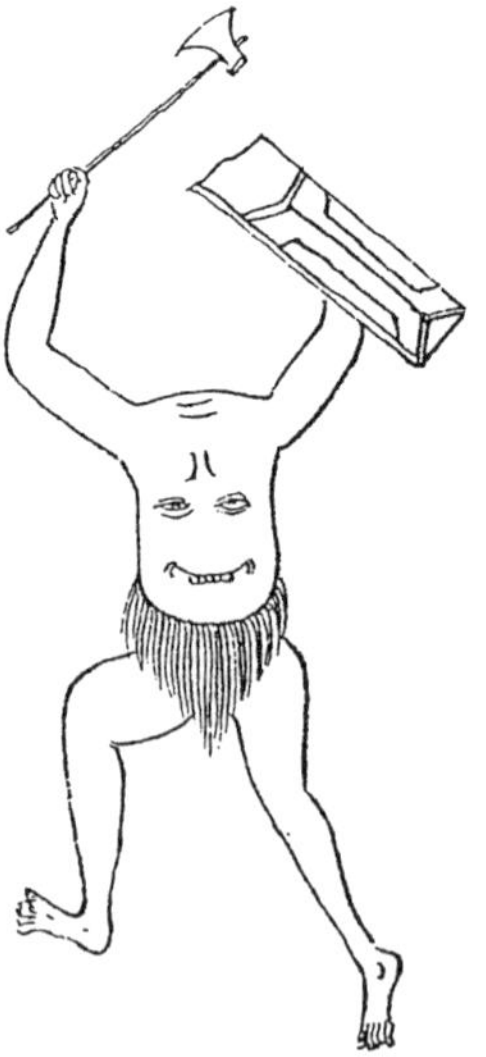

形天（郭璞《かくはく》注『山海経』）

このほか志怪の代表的作品としては、東晋・干宝《かんぽう》の『捜神記《そうじんき》』が挙げられる。神仙や妖怪、吉兆や凶兆、死者の再生、動物の報恩や復仇《ふっきゅう》……等の話が豊富に収められている。そこには、羽衣《はごろも》伝説のごとき太古の昔話を保存することもあり、それらの多くが後の唐代伝奇に多彩な素材を提供することもあって、文学史的に重視される。

志怪の更なる特色として、仏教説話の多さを挙げねばなるまい。宋・劉義慶『幽明録』はその一つである。中国では三世紀頃からサンスクリット仏典の漢訳が始まり、劉宋（四二〇―四七九）時代にもなれば、仏教はいっそうの広まりを見せる。そのさい僧侶たちが布教の一環として、これらの仏典に取材した説話を活用し、人々の関心を引き寄せていたのだろう。

ところで志怪とは、志怪小説とも称される。小説といっても近代のノベルとは異なり、「取るに足らぬ些細《ささい》な説」の意味である。些細ゆえに、歴史書の記載から漏れてしまった取りこぼしを、記録としてまとめたものこそ、この志怪である。当時の編者たちは、見聞した怪異譚を歴史の一環として記録に留めたのであって、虚構に満ちた創作を意図していたわけではない。実際、文献目録『隋書』経籍志では、志怪を史部雑伝類に収めており、歴史に属するジャンルとして意識していたことが分かる。正史『晋書』でも、志怪を数多く引用する。

こうした姿勢を、唐の劉知幾は、『史通』（中国最初の歴史評論書）の中で厳しく批判する。たしかに志怪のオカルト的要素は、史実と呼ぶにはおよそ相応《ふさわ》しくない。しかし考えてみれば、正史『史記』にも怪異譚は含まれており、前漢の高祖劉邦が蛟龍《みずち》の子であるとか、張良（蕭何《しょうか》・韓信とならぶ、劉邦の功臣。軍師として有名）が若き日に出逢った老人が実は仙人黄石の化身であったとか、あり得ない話が数多く見受けられる。『史記』でさえ怪異譚を拒もうとしない事実から考えれば、志怪のエピソードが史書に取り込まれたとしても、当時の通念からそれほど外れたものではなかったのだろう。

蛟龍

辞賦

詩とならぶ、中国を代表する韻文の文体。長短さまざまの句を用いて、句末で韻をふむ。楚辞《そじ》の流れを汲む抒情《じょじょう》的なものと、事物を羅列して描写する叙事的なものに大別される。漢代に盛行したが、六朝以降も、詩を補完する韻文学として作られ続けた。

文であるけど韻をふみ、韻をふむけど詩でもない――中国には、そうした文と詩の中間的な韻文が存在する。これを辞賦（→22頁）といい、漢代四百年を代表する文学ジャンルとして盛行した。辞賦は更に、楚辞に由来する抒情性の強いものを辞、対象をつぶさに描写してゆく叙事性の強いものを賦と称して、区別する。但し楚辞を代表する屈原の作品ですら「屈賦」と呼ばれることもあり（『漢書』芸文志）、両者を厳密に区別するのではなく、辞賦あるいは単に賦と総称して捉えるのが一般的である。

辞賦が漢代を代表する文体となったのは、楚辞（→28頁）の影響による。戦国末期から前漢初期にかけて、辞賦を手掛けた人の多くは、楚の出身か、もしくは楚で仕官した者であった。彼らは、辞賦本来の長篇の作品ばかりか、短い抒情的な作品も楚辞風の歌を用いて詠じたのである。高祖「大風の歌」、武帝「秋風の辞」、あるいは賈誼《かぎ》「鵩鳥《ふくちょう》の賦」等がこれにあたる。次に読むのは、中でも有名な項羽の「垓下《がいか》の歌」。

力抜山兮気蓋世　時不利兮騅不逝　　力　山を抜き　気　世を蓋《おお》う、時　利あらず　騅《すい》　逝《ゆ》かず。

騅不逝兮可奈何　虞兮虞兮奈若何　　騅の逝かざる奈何《いかん》す可《べ》き、虞《ぐ》や虞や若《なんじ》を奈何せん。

項羽は「文字は姓名を記すに足るのみ」と豪語する生粋《きっすい》の武人であったが、そんな彼が最初にして最期に歌ったといわれる「垓下の歌」は、「兮《けい》」というリズムを整える助字と、激情の吐露という、二つの楚辞特有の要素を備える絶唱だった。前漢の武帝（劉徹、在位前一四一～前八七）の「秋風の辞」も、そうした楚辞の流れを承ける。末尾の二句は、特に有名である。

歓楽極兮哀情多　少壮幾時兮奈老何　　歓楽極りて哀情多し、少壮（元気な年齢）幾時《いくとき》ぞ　老いを奈何せん。

この武帝が、とりわけ辞賦の愛好者であり、賦の天才的作家司馬相如《しばしょうじょ》を召した。それにより漢代は、宮廷サロンを中心として、辞賦が急速に発展し、多数の作家を輩出するに至った。

漢代の辞賦は、ほぼ二種類に大別でき、一つは辞本来の抒情的な作品である。賈誼（前二〇〇―前一六八）「屈原を弔《とぶら》う賦」・司馬相如《しょうじょ》（前一七九―前一一七）「士不遇の賦」・班婕妤《はんしょうよ》「自悼《じとう》の賦」・張衡（七八―一三九）「帰田の賦」等、不安と憂愁を独白する、屈原の影響を色濃く受けた文学である。

もう一つは賦本来の叙事的な作品である。賦は土地褒《ほ》め（高台から国土を見渡し讃美すること）に由来するといわれ、『漢書』詩賦略の「歌わずして誦《しょう》するを賦という。高きに登りて能《よ》く賦す」は、それを傍証する記述である。この土地褒めから発展し、土地の魅力を一つ一つ羅列してゆく手法が用いられ、司馬相如「上林の賦」（武帝の庭園を描写）、班固「両都の賦」や張衡「二京の賦」（長安・洛陽を描写）といった雄篇の誕生へとつながる。――叙事的に羅列された対象は土地ばかりでない。やがては琴・月・茘枝《れいし》・馬・屏風《びょうぶ》・酒……等々、あらゆる事物が対象となって、詠物の賦も多作されることになる。たとえば王褒《ほう》「洞簫《どうしょう》の賦」は、洞簫（尺八に似た竪笛《たてぶえ》）に即し、その性状を九七三もの文字を費して表現する。

辞賦は、漢代以降も制作された。西晋の左思《さし》（二五二?―三〇六?）は「三都の賦」を十年の年月をかけて完成した。人々が争って筆写したため紙不足を招き、洛陽の紙価が高騰するほどだったという。しかし賦は新しい局面も迎える。魏の王粲《おうさん》「登楼の賦」や曹植「洛神の賦」のように、抒情的な短篇の賦が現れた。六朝中期になると、五言詩の発展に影響され、謝恵連「雪の賦」・謝荘「月の賦」・鮑照《ほう》「蕪城《ぶじょう》の賦」等、賦の中に五言の詩句が入り込むようになる。六朝後期、駢文《べんぶん》の発展に呼応して、対偶と平仄《ひょうそく》の整った賦が出現し、唐に入ると律賦として完成される。また反対に唐末からは、古文の発展に呼応して、規律の少ない文賦が出現した。北宋の蘇軾（→126頁）の「赤壁《せきへき》の賦」は、その代表的作品である。

ところで賦は、類書（分類別の百科事典）としても活用されていたのではないか。「海の賦」「雪の賦」など詠物の賦には、海や雪をめぐるさまざまな形容が羅列されている。後世の詩人たちは、題詠（決められた題材で詩歌を作る）にさいして、これら羅列された表現を資料に取り込んで作詩した。その意味において賦を珍重する側面もあったのではなかろうか。

古詩十九首

後漢の中期頃に成立したと見られる、無名氏（作者不明）による詩群。最古の五言詩と目され、魏晋以降、五言詩が詩の中心的な詩型となってゆく上での出発点となった。また『詩経』『楚辞』に継ぐ古代の詩歌として、後世の文人たちによって特別に重視された。

古詩十九首は、『文選《もんぜん》』巻二九に収録されている五言《ごごん》詩である。この詩題は『文選』掲載時にかりに名付けられたものに過ぎず、各詩篇は固有の詩題を持たぬばかりか、いつ誰が作ったかさえも分からない。『玉台新詠』がこの中の九首を前漢の枚乗《ばいじょう》の作として収めるが、おそらくこれは偽托であり、じっさいは後漢中期頃の知識階層に属する人々が、当時の楽府（民間歌謡）を参考に作ったもの、と考えられている。

文学史において古詩十九首は、五言詩の祖と見なされている。六朝までの文学理論を解説する『文心《ぶんしん》雕《ちょう》龍《りょう》』（→60頁）は「五言の冠冕《かんべん》（首位）」と評し、また五言詩だけを論じた『詩品』（→60頁）も、数ある五言詩の中で筆頭に掲げている。

五言は中国詩歌における最も主要な詩型であるけれども、古詩十九首が出現するまでは、長短句が入り混じる楽府（歌辞文学）（→17頁）において、五言句がまれに現れる程度に過ぎなかった。漢代は、詩よりも賦が文学の主流を占める時代であった。それだけに、ごくわずかな水脈であった五言を、中国文学の本流へと広げるきっかけとなった古詩十九首は、五言詩の祖と目されて重視されるわけである。

その内容は、さまざまな不安と懐疑の告白から成る。戦後の中国古典文学研究に大きな足跡を残した吉川幸次郎（一九〇四―一九八〇）は、主題を「推移の悲哀」と見なし、以下の三つの悲哀に細分化する（吉川幸次郎『全集』第六巻）。第一に、不幸な時間の持続に対する悲しみ（第1・6・9・10・17・18・19首）。第二に、幸福が不幸へ転移してゆく悲しみ（第2・5・7・8・16首）。第三に、人間の一生は、死へ推移してゆく時間である悲しみ（第3・4・11・12・13・14・15首）。まずは名高い第一四首を見ておきたい。

去者日以疎　来者日以親

去る者は日に以て疎《うと》く、来たる者は日に以て親《ちか》し。

出郭門直視　但見丘与墳　郭門を出で直視すれば、但《た》だ丘《きゅう》と墳《ふん》（ともに墓）とを見るのみ。
古墓犂為田　松柏摧為薪　古墓《こぼ》は犂《す》かれて田《でん》（田畑）と為《な》り、松柏《しょうはく》は摧《くだ》かれて薪《たきぎ》と為る。
白楊多悲風　蕭蕭愁殺人　白楊《よう》　悲風多く、蕭蕭《しょうしょう》として人を愁殺《しゅうさつ》す。
思還故里閭　欲帰道無因　故《もと》の里閭《りりょ》（郷里）に還《かえ》らんと思い、帰らんと欲するも道に因《よ》る無し。

去り行く者は、一日一日と疎遠になってゆく。身近に来る者は親しさを増してゆく。——英語でも、Out of sight, out of mind と訳されるフレーズは、まさに東西古今を問わず、人間関係の本質をついた名句として知られる。死者の墓も、時間の推移とともに生者から忘却される。松と柏《ひのき》も、気候の変化に耐える常緑樹ゆえ、永遠の象徴として墓地に植えられることが多い樹木だが、そんな松柏でさえも薪となってしまう、と歎く。つぎに第一五首。

生年不満百　常懐千歳憂　生年は百に満たざるに、常に千歳《せんざい》の憂いを懐《いだ》く。
昼短苦夜長　何不秉燭遊　昼は短く夜の長きに苦しむ、何ぞ燭《しょく》を秉《と》りて遊ばざる。
為楽当及時　何能待来茲　楽しみを為すは当《まさ》に時に及ぶべし、何ぞ能《よ》く来茲《らいじ》（来年）を待たん。
愚者愛惜費　但為後世嗤　愚者は費《つい》え（費用）を愛惜して、但だ後世の嗤《わら》いと為るのみ。
仙人王子喬　難可与等期　仙人王子喬《おうしきょう》とは、与《とも》に期《き》（望み）を等《ひと》しうす可《べ》きこと難《かた》し。

「及時」は「その時が過ぎ去らぬ内に」という、一種焦燥の気分を含む語である。百年にも満たぬ命が尽きない内に、寝る間も惜しんで楽しむべきだと、ここでは詠われている。

この詩については、字句も内容も酷似した楽府が、すでに漢代に存在している（「西門行」古詞、六解。沈《しん》約『宋書』楽《がく》志三に所収）。このことから、古詩十九首が民間歌謡に起源を持つことはほぼ間違いないことがわかる。

「古詩十九首」の影響

李白の名文「春夜、従弟の桃李園に宴する序」に見える、「夫《そ》れ天地は萬物《ばんぶつ》の逆旅《げきりょ》にして、光陰は百代の過客《かかく》なり。而《しか》して浮生は夢の如し、歓《かん》を為《な》すこと幾何《いくばく》ぞ。古人、燭《しょく》を秉《と》りて夜遊ぶは、良《まこと》に以《ゆえ》有るなり」は、「古詩十九首」の第一五首を下地とする。また李白の影響を受けた、松尾芭蕉『奥の細道』冒頭の「月日は百代《はくたい》の過客《かかく》にして、行《ゆき》かふ年も又旅人也」も、その発想は、ここに源がある。

曹操

字は孟徳、沛《はい》国譙《しょう》（安徽《あんき》亳《はく》州市）の人（一五五 二二〇）。黄巾の乱鎮圧を機に台頭し、官渡の戦い（二〇〇）で宿敵の袁紹《えんしょう》に勝って中国北部を制覇、魏の礎《いしずえ》を築く。さらに全国統一を狙ったが赤壁の戦い（二〇八）に敗れ、呉の孫権・蜀の劉備と天下を三分する。死後に帝位を追尊された（武帝）。

およそ二百年続いた後漢だが、末期は国教である儒教の価値観が揺らぎ、社会の秩序も解体した。この乱世に、実権を握ったのが曹操である。曹操は旧い価値観に縛られず、次々に新機軸を打ち出した。儒教の徳目「孝」でさえも絶対視せず、たとえ不孝の烙印を押された者でも有能であれば、天下の賢人として招き入れた。建安一五年（二一〇）に発した求賢令（能力重視の人材登用）は、その公式声明として名高い。

新しい政治を行った曹操は、文学の開拓者でもあった。彼によって、文人による創作詩が成立したのである。漢代までの文学は、辞賦《じふ》（↓22頁・36頁）という叙事的韻文が主たる表現方法であったが、長篇の辞賦はすでに新鮮味を失っていた。そこで曹操は長篇の辞賦を捨てて、抒情的な短篇の辞賦を試み、更にはこの辞賦に代わるものとして、当時はまだ民間文学の形式に過ぎなかった五言《ごごん》詩に注目した。

去去不可追　長恨相牽攀　　去り去りて追うべからず、長《つね》に恨《うら》み相《あ》い牽攀《けんはん》（ひきとめ）せんとす
夜夜安得寐　惆悵以自憐　　夜な夜な安《いずく》んぞ寐《い》ぬるを得ん、惆悵《ちゅうちょう》（ものおもい）しつつ以て自ら憐れむ
（秋胡行）

曹操は『孫子』（↓31頁）に注釈を書いた兵法家でもあり、右の詩句は、彼が精通する『孫子』虚実篇「退《ひ》きて追うべからざる者」を意識しつつ、去りゆく時間を引き留めがたい、そうした人生の嘆きを表現したものであろう。軍事的表現をも詩に昇華させる力量は、詩人曹操の面目を示している。

五言詩は、これ以前なかったわけではなく、民間の楽府や「古詩十九首」（↓38頁）の中に既に存在してはいた。しかしそれらは、無名氏すなわち詠み人知らずの詩であった。出来上がった詩に署名し、作者として名乗りを上げたのは、曹操が最初である。文学における署名は、単なる自己顕示ではない。自分は他の人間に同調しない、独立した人格であ

ることを主張する、個の自覚を前提とするものである。曹操の場合は、加えて選《すぐ》れた政治家こそ選れた文人でなければならない（曹丕《ひ》「典論」を参照）という自負と使命感もあったであろう。次に読む「短歌行」は、『三国志演義』（↓206頁）では、華北を統一した曹操が、呉を伐つべく赤壁の戦いに向かう船の上で作ったとされる。

月明星稀　烏鵲南飛　　月 明るければ星 稀《まれ》なり、
　　烏鵲《うじゃく》（カササギ）南に飛ぶ。
繞樹三匝　何枝可依　　樹《き》を繞《めぐ》ること三匝《そう》、
　　何《いづ》れの枝にか依《よ》るべき。

第一人者が輝きを増すほど、群雄の影は薄れる。君は頼るべき人を求め、幾度も木の周囲を飛び回る。さあ、わたしが君の止まり木となろう。――

曹操が署名入りの詩を手掛けたことで、実子曹丕《ひ》（↓42頁）・曹植（↓42頁）もこれに従い、曹氏の配下に集った建安七子（↓42頁）たちもこれにならった。以降の中国の詩歌は、個の思いを綴《つづ》る文学として、固有名詞を持つ文人によって担われてゆくこととなる。この流れを作ったのが、建安文学の主導者、曹操である。

求賢令　官渡の戦いで曹操に敵対した袁紹《えんしょう》は、秘書の陳琳《ちんりん》に曹操打倒の檄《げき》（主張を述べて人々に決起を促《うなが》す文書）を書かせ、曹操の素性《すじょう》（曹操の祖父は宦官《かんがん》であり、父は浮浪者から養子となった人物）を貶《おとし》めた。それでも曹操は陳琳の文才を買い、やがて幕下に招いて優待している。ところで曹操の求賢令は、彼自身を後漢に替わる天下の主宰者として宣言するようにも聞こえる。実際、曹操は発令直後に、帝位簒奪《さんだつ》の意が無いことを示して、批判的世論の火消しに努めている。

姦雄《かんゆう》　『曹瞞《ばん》伝』という曹操の伝記は、敵国呉人の作といわれ、そのため曹操を残虐で奸智《かんち》に長《た》けた人物として記載する。徐州では数万人を虐殺し、死体の山で泗《し》水の流れがせき止められた等。陳寿《じゅ》（二三三～二九七）の『三国志』に注釈した裴松之《はいしょうし》（三七二～四五一）は、陳寿が排除した異説を多く採り入れ、この『曹瞞伝』も採録した。これにより正史『三国志』は曹操＝悪役というイメージを帯び、後に『三国志演義』の講釈者たちに格好の話の種を与えた。

京劇の曹操（名優郝《かく》寿臣の臉譜《くまどり》）

三曹と建安七子

三曹（曹操とその子曹丕・曹植）のもとに、天下の文人（建安七子）が集まり、五言詩を中心に文学活動を繰り広げた。政治の主導者によって作られた力強い建安文学は、その力強さゆえに、後世の文学が修辞主義・耽美《たんび》主義に陥ったさいに、顧りみられるべき指標となった。

政情不安の後漢末期は幾たびも年号が変わったが、最後の建安（一九六 二二〇）だけは長く続いた。これは献帝（後漢最後の皇帝）を傀儡《かいらい》とした曹操が、実質的な統治者として権勢を誇ったからである。この建安年間、曹操は政治と文学の両面で、主導者として君臨した。また曹丕・曹植の兄弟も、父曹操の才を継ぐ逸材であった。稀有《けう》の文学一家である彼ら父子を、三曹と称する。儒教倫理を絶対視しない三曹の周辺には、自由な気風が生まれ、そこに集《つど》う文人たちの思考を解き放った。かくして文壇は活況を呈し、自由で気骨に富んだ建安文学が開花するに至る。

曹操の嫡子《ちゃくし》曹丕《ひ》（一八七 二二六）は、字を子桓《しかん》といい、魏の初代皇帝（文帝）である。曹操は帝位を簒奪せず、魏王の立場にとどまったが、曹丕はついに献帝を廃して後漢を滅ぼし、洛陽（河南省）に新しい王朝を打ち立てたのである。こうした時代の中で曹丕は、やがては終わる人間の有限性を予感し、一方で、朽《く》ちることない文学の永遠性を信頼して、詩文を手掛けていった（「王朗に与うる書」）。いま、辞賦三〇篇、詩四〇首が伝わり、とりわけ「燕歌行」は、現存する七言詩の中で最も早い作例として知られる。また、『典論』「論文」は、中国最初の文芸批評として極めて重要である。この中で曹丕は、「文章は経国（国を治める）の大業にして、不朽《ふきゅう》の盛事なり。」と述べて、文学を国家運営にかかわる大事業と位置づけた。このように、文学を芸術至上主義のみでとらえず、人間の社会的営為の全体＝政治との関わりでとらえる考えは、その後の文人たちにおいても一貫して見出すことができ、中国文学特有の観念として留意すべきである。

曹丕の弟曹植（一九二 二三二）は、字を子建といい、陳思王とも呼ばれる。詩才は三曹の中で最も優れる。『詩品』でも、曹操が下、曹丕が中にランクされる一方で、最高位の上に据《す》えられている。杜甫が現れるまでは、屈原以来の最大の詩人と評価されていた。ただその生涯は順風ではなく、特に曹丕との跡目争いに敗れて以降は、不遇の日々を送った。次の

「七歩《しちほ》の詩」は後世の偽作といわれるが、しかし当時の空気をよく伝えている。曹丕は曹植に「七歩進む間に詩を作れ、さもなくば殺す」と迫り、曹植は七歩の間に次の詩を詠んだという（『世説新語』「文学篇」・『三国志演義』）。

煮豆持作羹　漉豉以爲汁　豆を煮て持って羹《あつもの》（ポタージュ）を作り、豉《し》（みそ）を漉《こ》して以て汁と為す。
萁在釜下燃　豆在釜中泣　萁《まめがら》は釜の下に在りて燃え、豆は釜の中に在りて泣く。
本是同根生　相煎何太急　本《もと》は是《こ》れ同根より生ぜしに、相《あ》い煎《に》ること何ぞ太《はなは》だ急なる。

この三曹のもとには優れた文人が集った。なかでも曹丕の『典論』「論文」に名を記された孔融・陳琳《りん》・徐幹・王粲《さん》・応瑒《よう》・劉楨《てい》・阮瑀《げんう》ら七名を、建安七子と称した。筆頭に挙げられた孔融（一五三―二〇八）は、孔子二十世の孫といい、幼少より個性を発揮した才人であった。孔融十歳の時、こましゃくれた孔融をたしなめる大人がいた。「人の小時に了了《りょう》なる者、大にして亦《ま》た未だ必ずしも奇ならざるなり（幼いとき頭が良くても大人になって立派になるとは限らないよ）」。しかし孔融は、この見慣れぬ大人に対して、「即ち言う所の如《ごと》くんば、君の幼時、豈《あ》に実《まこと》に慧《けい》ならんか（だとすると、おじさんは幼い頃、さぞや頭が良かったのでしょうね）」と言い返したという（『世説新語』言語篇）。建安七子の中で唯一、曹操に楯突《たてつ》いたのが、この孔融であった。激怒した曹操は孔融および一家を処刑した。もはや儒教が弱体化した後漢末期に、儒教の宗家たる孔家が粛清されたのは、まことに象徴的というべきか。

文人相い軽んず　『典論』は冒頭にて、「文人の相い軽んずること古《いにしえ》より然り」と、人間の本質を看破する。今も思い当たる指摘が、三世紀初めから既に言われていることに驚くとともに、三世紀よりも更に遡《さかのぼ》る古の時代から文人の姿は同じだったかと思うと、人間の業の深さに気が遠くなる。

親譲りの不敵　孔融本人に続き、家族までも処刑された。しかし孔融の娘は、「これでお父様に会える」と、顔色一つ変えず処刑台に首を差し出したという（『後漢書』孔融伝）。

竹林の七賢

政界に欺瞞《ぎまん》と詐《さ》術のうずまく魏の後期、知識人たちは竹林に隠れて、世俗の煩わしさを断ち切って、酒と薬と音楽、そして哲学の談義に耽った。彼らのうち、嵇康《けいこう》・阮籍《げんせき》・山濤《とう》・劉伶《れい》・王戎《じゅう》・阮咸《げんかん》・向秀《しょう》ら七名を、竹林の七賢と称する。その思想と行動は、多くの模倣者を生んだ。

魏（二二〇―二六五）の後期は、重臣司馬懿《しばい》（一七九―二五一）が着々と権力を掌握し、やがて生まれる西晋（二六五―三一六）の基礎を固めた時期にあたる。そのような政情不安の中、混乱に巻き込まれるのを避けて竹林にこもり、自由な思索に耽《ふけ》った知識人たちがいた。阮籍《げんせき》（父は建安七子の阮瑀《う》）・嵇康《けい》・山濤《とう》・劉伶《れい》・王戎《じゅう》・阮咸《かん》（阮籍の甥）・向秀《しょう》の七人がそれであり、当時の人々は彼らを「竹林の七賢」と称した（『世説新語』任誕《じんたん》篇→62頁）。彼らは玄学（老荘思想に基づく哲学）に傾倒して、清談と呼ばれる観念的で高踏的な談義に興じた。その文学は、玄学が流行した正始年間（二四〇―二四九）にちなみ正始文学と呼ばれ、力強く直情的な建安文学に比べて、屈折して内省的な傾向を特徴とする。

とりわけ嵇康・阮籍は「嵇阮」と並び称され、竹林の七賢の代表格とされる。現存する六《りく》朝の別集（個人作品集）の多くは、明代頃に再編されたものが殆どである中で、嵇康・阮籍には唐代以前の旧集が存在しており、いかに古くより愛読され続けてきたかが窺《うかが》い知られる。

嵇康（二二四―二六三）、字は叔夜、譙《しょう》郡銍《ちつ》（安徽淮《あんきわい》北市）の人。神仙となる実践方法を論じた「養生《ようせい》論」等を著し、老荘思想に没頭した。また音楽理論にも精通し、「声無哀楽論」「琴《きん》の賦」等を著した。嵇康は、偽善的な風潮を敢然と批判し、己れの主張を貫く個性の人であり、竹林の七賢の中で唯一、司馬氏の傘下《さんか》に入ることを拒絶した。これは嵇康が魏王室と姻戚関係（妻が曹操の孫娘）にあったため、簒奪を企てる司馬氏には与《くみ》しなかったためとも見られる。晩年、友人山濤（字は巨源）が、嵇康を人事の選考をつかさどる吏部郎に推薦したところ、嵇康は「山巨源に与《あた》えて交わりを絶つ書」（『文選』巻四二）を送って、頑《かたく》なに断った。しかしこれで時の権力者司馬昭（司馬懿の子 二一一―二六五）の不興を買う。二年後、かねてより嵇康の言行を危険視していた鍾《しょう》会（司馬昭の腹心）の讒《ざん》言に遭《あ》い、司馬昭から死刑を宣告されて、この世とも交わりを絶った。

この嵆康と気脈相通じていたのが、阮籍（二一〇 二六三）である。字は嗣宗《しそう》、陳留尉氏（河南開封市《かいほうし》）の人。常軌を逸した奇矯な言動が多いことで知られ、礼俗（しきたり）を重んじる者に対しては「白眼視」（→コラム）して冷遇する、自由な精神の人であった。ただし息子阮渾《こん》が彼を真似ようとしたさい、「甥《おい》の阮咸《かん》がすでにやっているから、おまえはよしておけ」と告げて制止している（『世説』任誕篇）。阮籍は、あえて奇矯な言動を装って自分の正体を韜晦《とうかい》するような、頭脳の良い人でもあったからだろう。阮籍は、司馬昭や鍾会の面前では、泥酔して本心を包み隠すことで、権力の圧迫をすり抜けていた。人の善し悪しも口にしなかった。物事に頓着しない振りをして、実は至って慎重だったのである。

阮籍の散文は、果敢に論断する傾向を持ち、「大人先生伝」「達荘論」は、彼が理想とする老荘思想に関して述べる。一方で詩は、不透明で象徴的な手法を用いる。「詠懐詩八十二首」は、三曹に次ぐ初期の五言詩として重要である。三曹は楽府を五言に持ち込んだが、阮籍に到って民歌風の性質は消え、知識人の内面を語る、重々しい抒情詩へと変化した。

但恐須臾間　魂気随風飄　　但《た》だ恐る須臾《しゅゆ》の間に、魂気の風に随って飄《ひるがえ》るを。

終身履薄冰　誰知我心焦　　終身　薄冰を履《ふ》む、誰《たれ》か知らん我が心の焦《やけこが》るるを。

たまゆらの内に、風とともに去って死を迎えるのが怖い。薄氷をふむ思いで生きる人生、この焼け付くような胸の不安を誰が理解してくれるか。――

阮籍の「詠懐詩」は、胸中の感慨を詠ずる、五言古体詩の連作として特異であるが、この系譜に連なるものに、庾《ゆ》信（→58頁）の「擬詠懐二十七首」、陳子昂《すごう》（→74頁）の「感遇三十八首」、張九齢（六七八 七四〇）の「感遇十二首」、李白（→78頁）の「古風五十九首」などがある。

韜晦　司馬懿が七〇歳近くで引退すると、魏の皇族である曹家は見舞いの者を遣《つか》わし探《さぐ》りを入れた。しかし司馬懿は警戒されぬよう、わざと耄碌《もうろく》した振りをした。権力闘争を生き抜いた者ならではの老練さである。

白眼視　阮籍は、しきたりばかりを重んずる人物に対しては斜に構えて白眼で対応し、気に入った人物に対しては青眼（＝黒眼）で対応したという。転じて、気に入らない人物を冷遇することを、白眼視という。

潘岳と陸機

西晋時代の貴族文学を代表する詩人。潘《はん》岳（二四七〜三〇〇）は字を安仁《あんじん》といい、河南の滎《けい》陽の人。繊細で感覚的な美を追い求めた。「悼亡《とうぼう》詩」「閑居の賦」等が有名。陸機（二六一〜三〇三）は字を士衡といい、呉屈指の名門出身。深く内省する手法を特徴とし、代表作は「猛虎行」「文の賦」等。

後漢（二五〜二二〇）の後期になると、家柄の社会的評価が固定しはじめる。その傾向は、三国時代（二二〇〜二八〇）の混乱の中でも静かに潜行し、西晋（二六五〜四一九）による中国統一とともに、貴族社会が現出する。文学の世界でも例外ではなかった。魏の時代の曹操たちの建安文学、その後の〝竹林の七賢〟たちの正始文学を経て、太康文学と呼ばれる貴族の文学が、西晋の都洛陽で一気に花開くことになる。美しい文が求められ、対句の活用・出典のある用語（典故）の多用・韻律の調和などが、それを測る尺度となった。武帝の太康（二八〇〜二八九）より恵帝の元康（二九一〜二九九）に到る二〇年間に、張華を始め「三張（張載・張協・張亢《こう》）二陸（陸機・陸雲）両潘（潘岳・潘尼《じ》）一左（左思《さし》）」と称される文人が輩出した。なかでも潘岳と陸機は「潘陸」と並称され、太康文学の代表的担い手であり、ともに詩人として上ランクに位置していた（鍾嶸《しょうこう》『詩品』→60頁）。六朝の文芸理論書『文心雕龍《ちょうりょう》』（→60頁）体性篇によれば、潘岳は〝軽敏（軽妙で敏捷《しょう》）〟で、陸機は〝矜重《きょうじゅう》（誇り高く荘重）〟といい、両者の違いを指摘する。

中国では、官僚の条件として「身・言・書・判」、すなわち容貌・発話・書道・作文にすぐれることが必要とされた。特に美が貴ばれたこの時代、男性の容貌も貴族の重要な条件であった。潘岳が洛陽の街に繰り出すと、女性たちが果《フルーツ》を擲《な》げて歓迎した（醜男《ぶおとこ》だった左思は石を擲げられたという）。自らの美貌を誇るが故に、髪に二毛《しらが》を見つけたときは、深く絶望した（「秋興の賦」序）。この人が、当世風の都人であったことを彷彿とさせよう。なお潘岳は、軽薄な人物で、阿諛追《あゆつい》従《しょう》の悪評も残っている。時のパトロン賈謐《かひつ》が外出するたびに、車が土埃《つちぼこり》を巻き上げる中、友人石崇《せきすう》とともに拝礼して見送ったという。「後塵を拝する」という成語は、これに基づく。

陸機は、三国時代の呉の名将陸遜《りくそん》の孫であり、謹厳な性格で知られる。亡国の人として、戦勝国の都洛陽に上っても、都の流儀に溺れること無く、都人から侮蔑されても、ひるまなかった。むしろ、現世に対する冷徹で批判的な視点をいっそう養った。陸機の文学は、内省的な深みを特徴とし、明君の誉れ高い唐の太宗からは「百代の文宗は一人のみ」（『晋書』）との賛辞を送られている。

潘・陸の文学の特色を一つ挙げるとすれば、潘岳が個人の感傷世界を歌い、陸機が人間に普遍的な形而上的苦悩を歌うことにあろう。潘岳の代表作「悼亡詩《とうぼう》」は、亡き妻を悼《いた》んだ詩である。「帷屏《いへい》に髣髴《ほうふつ》たる無きも、翰墨《かんぼく》に余跡《よせき》有り。流芳未《いま》だ歇《や》むに及ばず、遺挂《いけい》猶《な》お壁に在り。悵怳《ちょうこう》として或いは存するが如く、周遑《しゅうこう》として忡《うれ》え驚惕《きょうてき》す」——部屋にはもはや面影は無いが、彼女が書いた筆跡が残っている。残り香が消えぬのは、形見の衣裳が壁に掛けてあるから。まるでまだ生きている気がするが、われに帰り心を乱す。——それが夫婦の間の情愛であるにせよ、男女の思いを切実に詠ずる「悼亡詩」の出現は、中国文学史の画期的な事件であった。この〝亡妻を悼《いた》む〟詩は、後の元稹《げんしん》・梅堯臣《ばいぎょうしん》（↓120頁）・王士禛《しん》（↓174頁）たちも踏襲して詠じ、一系譜を形成した。

一方、陸機は「猛虎行」の中で次のように詠ずる。「人生　誠に未だ易《やす》からず、曷《なん》ぞ云《ここ》に此の衿《おもい》を開かん。我が耿介《こうかい》の懐《おも》いを眷《かえり》みて、俯仰《ふぎょう》して古今に愧《は》ず」——人が生きるということはやはり難しく、ここでは胸のうちを開きえない。わが忠義の心を顧みるにつけ、古今の賢者に恥ずかしく思う。——「猛虎行」は、古来より旅の苦労を詠う楽府題である。陸機はこれに仮託することで祖国を喪失し、帰る場を持たない自身の境遇を、普遍的な人間の孤独感へと昇華させている。「古今に愧ず」という感慨も、いわば形而上的な苦悩の告白と考えて良い。

ところで潘岳・陸機は、ともに政争の中、私怨がもとで命を落としている。これも乱世に生きる六朝詩人のさだめであろうか。

果物を擲げる　この行為は、古代の習俗では、女性の男性に対する求愛行動、性愛的な意志表示といわれる。『捜神記《そうじんき》』蔣侯神《しょうこうじん》と女巫望子《じょふぼうし》の話などを参照。

髪に二毛を見る　おとずれる老いの予兆を意味する。もとは『春秋左氏伝』僖公二二年に見える表現だが、潘岳の表現として名高く、日本でも藤原宇合《うまかい》や紀長《きのは》谷雄《せお》たちが用いる。

王羲之

東晋の書家であり、後世「書聖」と仰がれる書道の達人。字は逸少（三〇三～三六一）。右軍《ゆうぐん》将軍を務めたことから王右軍ともいう。琅《ろう》邪臨沂《ぎ》（山東）を本籍とする、南朝きっての大貴族に生まれる。「蘭亭の序」を始めとする作品が、今日の書道の規範として尊重されている。

名門貴族の家に生まれた王羲之《ぎし》は、硬骨漢でもあった。ある名士が壻《むこ》を捜していたさい、皆が気に入られようと取り繕う中で、ひとり王羲之だけは気の無い様子であった。それが却って見込まれ、壻に迎えられたという（『世説新語』雅量篇）。高官に任命されても当人には出世欲が無く、辞退を繰り返したが、友人の殷浩（?～三五六）に口説かれて将軍職を受けた。しかし中央官に馴染めず地方転出を願い出て、会稽（浙江紹興市）に赴任してからは、そこに蘭亭の荘園を営んで終焉の地と定めた。永和九年（三五三）、この会稽の蘭亭にて、謝安や孫綽《しゃく》など江南の錚《そう》錚たる名士四二人が集まり、詩会を催す。觴《さかずき》を曲がりくねった小川（曲水）に流し、目の前に流れ着く間に詩を詠む宴であった。このとき成った三七首を『蘭亭集』と名付け、王羲之がその序文を書いた。これが「蘭亭の序」であり、後世の文学・書道に大きな影響を及ぼす傑作となった。前半の、「天朗らかに気清」き春の山水の中に繰り広げられる宴を讃える部分を見てみよう。

此地有　崇山峻嶺　又有　清流激湍　引以為　流觴曲水
　　　　茂林修竹　　　　暎帯左右　　　　　列坐其次

此の地に、崇《すう》山峻嶺（高い峰々）、茂《も》林修竹（林と竹林）有り。又た清流激湍《たん》（せせらぎ）の、左右に暎《えい》帯（めぐり流れる）する有り。引きて以て流觴《しょう》（觴を流す）の曲水と為し、其の次《じ》（席次）に列坐す。

雖無糸竹管絃之盛。是日也　天朗気清　仰観宇宙之大
一觴一詠。亦足以暢敘幽情。　恵風和暢　俯察品類之盛

糸竹管絃（音楽）の盛んなる無しと雖も、一觴一詠（杯を乾し詩を作る）、亦《ま》た以て幽情（風雅の思い）を暢《ちょう》叙（発揮）するに足る。是の日や、天朗らかに気清く、恵風（春風）和暢《ちょう》（そよぐ）せり。仰ぎて宇宙の大なるを観《み》、俯して品類（地上の万物）の盛なるを察す。

四字句・六字句を連ねてリズムを整え、しかも対句を多用する。この様な特徴を持つ文は、駢文（駢儷《べんれい》文）と称される。駢とは二頭立ての馬車を言い、そこから転じて対句や同字句が整然と並ぶ文を指す。駢文は、典故（古典に用例のある表現）を多用し、韻律を重んじ、また四字句・六字句を好んで連ねるので四六文とも言われ、貴族文学の重要な部分としてこの南朝時期に栄えた。王羲之のこの文章は、その初期の駢文の姿を示すものである。

ところでこの文章、後半は調子が一転し、誰にとっても死に例外がないことを悲しみ痛む。「向《さき》の欣《よろこ》ぶ所は、俛仰《ふぎょう》の間に已に陳跡（旧い痕跡）と為り、尤《もっと》も之を以て懐《おも》いを興《お》こさざる能《あた》わず。況《いわん》や修短（寿命の長短）化に随いて、終《つい》に尽くるに期するをや。古人云う、死生もまた大なり、と。豈《あ》に痛まざらんや。」――楽しかったことも束の間に過去のこととなる。慨嘆を興さずにはいられない。ましてや長寿も短命も時の流れに随って、最後は命尽きることに帰着するのだ。古人も、生死は大きな問題だと言った。なんとも痛ましいことではないか。

ここで王羲之は、古代の哲学者荘子の学説を引き合いに出す。「固《もと》より知る、死生を一《いつ》にするの虚誕（うそ）為《た》り、彭《ほう》（仙人彭祖。長寿の代表）と殤《しょう》（若死に）を斉《ひと》しくするの妄作《もうさ》（たわごと）為《た》るを」。荘子は、物事の価値をはかる絶対の尺度などはなく、究極には全ては等しい価値を持つという「斉物《せいぶつ》論」を唱えて、貴賤・美醜《しゅう》・寿夭《よう》（長生きと若死に）・生死の対立を論理的に克服し、魂の平安を得ようとした。死後の世界を誰が知る、死は決して生に劣る苦界などではない、などと。しかし荘子の哲学は、虚誕であり妄作に過ぎない。死の恐怖は逃れがたい、と王羲之は喝破《かっぱ》する。――魏晋の時代は、老荘哲学を踏まえた玄学が流行した。蘭亭の序には、この玄学の影が色濃く落ちている。

末尾「世殊《こと》なり事異《こと》なりと雖も、懐《おも》いを興《おこ》す所以《ゆえん》は、其《そ》の致《おもむ》き一《いつ》なり。後の覧《み》る者も、亦《ま》た将《まさ》に斯《こ》の文（蘭亭序）に感《かん》有らんとす。」――後の時代が違っても、事情が違っても、感慨をもよおす理由は、しょせん一つ、死なのだ。後世の読者も、きっとこの蘭亭の序に感慨を催すだろう。――人生の短さと向き合って哲学的悲哀を吐露してやまない、この蘭亭の序は名文である。

陶淵明

江州潯《じん》陽（江西九江市）の人（三六五 四二七）。字は元亮《げんりょう》。一説には潜が名で、淵明が字だという。五柳先生と号し、後世からは靖節先生と諡《おくりな》された。仕官したが中年で官を辞し、郷里の田園で過ごす生活の中から、滋味に満ちた思索的な詩を作った。虚構を混《まじ》えた詩文にも特徴がある。

陶淵明は酒好きな詩人として有名である。しかしその名も「飲酒二十首」という彼の代表作には、なぜか第七首にしか酒が直接詠まれておらず、不思議な作品である。人口に膾炙《かいしゃ》した次の名作は、その第五首に当たる。

結廬在人境　而無車馬喧
問君何能爾　心遠地自偏
采菊東籬下　悠然見南山
山気日夕佳　飛鳥相与還
此中有真意　欲弁已忘言

廬《いおり》を結んで人境（人里）に在り、而《しか》も車馬の喧《かまびす》しき無し。
君に問う何ぞ能《よ》く爾《しか》ると、心遠ければ地自《おのずか》ら偏《へん》（辺鄙《び》）なり。
菊を采《と》る東籬《とうり》の下《もと》、悠然として南山を見る。
山気　日夕《にっせき》に佳《よ》く、飛鳥《ひちょう》　相い与《とも》に還《かえ》る。
此《こ》の中《うち》に真意有り、弁ぜんと欲するも已《すで》に言《げん》を忘る。

描かれているのは故郷の田園であり、その田園のありふれた日常の生活に過ぎない。しかし日常の生活を一部に包み込んで営まれる、その自然の無窮の循環の中にこそ「真意」がある、と陶淵明は詠う。このように陶淵明の詩は、見過ごしがちな日常の中から、真実の境地を見つけ出す。三九歳のとき、母《も》の喪に服し、長く帰郷していたときの「癸卯《きぼう》の歳《とし》、始春《ししゅん》、田舎《でんしゃ》に懐古す」はその一例である。

雖未量歳功　即事多所欣

未《いま》だ歳功（収穫）を量《はか》らずと雖《いえど》も、事に即して欣《よろこ》ぶ所　多し。

農耕もそうだが、いまの仕事が、のちに実を結ぶとは限らない。けれども、結果に左右されず、日常の一つ一つに即して欣びを見つけてゆけば、それだけで充ち足りた境地に至れるのだ。——この詩の「癸卯の歳（四〇三年）」のように具体的な日付が入った詩題が陶淵明には多い。これは同時代には稀で、その後も唐代の杜甫や白居易に到るまでこのような例は現れない。陶淵明が何くれとない日常の中に詩的興趣をもよおし、人生の意味を見いだしていた証拠である。

四十の不惑の歳を越えた翌年、陶淵明は束縛の多い役所勤めを辞めて、故郷の田園へと帰る。「吾れ五斗米《ごとべい》（わずかな俸禄）の為に腰を折る（こびへつらう）こと能《あた》わず」（『晋書』隠逸伝）がその理由とされる。「帰去来《ききょらい》の辞」は、そのときの作品として名高い。以降、官界との縁を絶って、六三歳で亡くなるまで、自適の生活を送った。

陶淵明の詩は、当初かならずしも高い評価を受けていない。貴族文学が全盛の当時、詩壇は洗練された詩風を重んじて、土臭い農耕生活を詠う彼の詩風は、異質だったためである。当時の陶淵明は「隠者」として意識され、歴史書においても「文学伝」ではなく「隠逸伝」の中で紹介されていた。約百年後に編まれた鍾嶸《しょうこう》の文芸批評書『詩品』でも、陶淵明の評価は中ランクにとどまるが、彼を敢えて「詩人」として評価した点に、むしろ破格の陶淵明評価があったと言うべきかもしれない。

文名が高まったのは、その後に科挙受験者の必携書となる『文選《もんぜん》』（→64頁）に収録されたことが大きい。編者昭明太子は、自ら『陶淵明集』を編むほどの愛好者であった。ただしその昭明太子も、「閑情《かんじょう》の賦」だけは〝白璧《はくへき》の微瑕《びか》なり（宝玉の小さな瑕）〟と批判する。「美人には、その襟《えり》や黛《まゆずみ》や影となって寄り添っていたい」と悩ましく妄想する「閑情の賦」は、陶淵明の中に高潔な隠者の面影を求める昭明太子にすれば、厄介な存在だった。ともあれ儒教的価値観を度外視すれば、陶淵明の豊かな想像力を知る作品だとは言える。彼はけっして田園を詠むだけの純朴な詩人ではなく、その視線の届く世界は意外なほどに広かったのである。たとえば「責子《せきし》」。陶淵明は二〇歳の頃に結婚した先妻と、後に娶《めと》った翟《たく》氏との間に、五人の男子（儼《げん》・俟《し》・份《ひん》・佚《いつ》・佟《とう》）がいて、その五人のうつけに愚痴を漏らした、ユーモラスな詩である。「形影神」は、陶淵明の分身である肉体（形）と、その影法師（影）と、精神（神）とが、人はいかに生きるかを議論する哲学詩。また「桃花源記」は、理想郷を描いた物語。平易な言葉で構成された、含蓄に富む虚構の文学として名高い。

このように陶淵明の詩文には、日常性もあれば虚構性もあり、諧謔《かいぎゃく》もあれば含蓄もあり、とらわれる所がない。それはまさに、束縛を厭い、ありのままの自然の中にこそ真意を見いだそうとした、陶淵明の生き方の反映でもあった。

五柳先生伝

陶淵明の自伝的作品。もっとも内容は虚実が入り混じり、それが作品の不思議な魅力となっている。隠者として描かれた五柳先生は、陶淵明が求める、世間の束縛から解放された理想の人間像であった。後世の白居易たちはこの姿にあこがれ、五柳先生伝をモデルに自伝を作った。

司馬遷『史記』の列伝に代表されるように、歴史記録を重視する中国では、個人の伝記が数多く存在する。一般に伝記は第三者によって客観的に記述されるものだが、陶淵明の「五柳先生伝」は、彼自身によって記述された自伝である。ただし「どこの誰だかも分からない」と他人事のようにそら惚《とぼ》け、自分であって自分でない筆法で記述を進めてゆく。全文を四段落に分けて掲げよう。

　先生は何許《いづこ》の人なるかを知らざるなり、亦《ま》た其の姓字も詳《つまび》らかにせず。宅辺《たくへん》に五柳樹有り、因《よ》りて以て号と為す。閑靖《かんせい》にして言を少くし、栄利《えいり》を慕《した》わず。書を読むことを好むも、甚解《じんかい》を求めず。意に会すること有る毎《ごと》に、便《すなわ》ち欣《きん》然《ぜん》として食を忘る。

「何許の人なるかを知らず」は、劉向《きょう》『列仙伝』や『後漢書』逸民伝等に先例があり、隠者を述べるときの常套句《じょうとうく》である。一般的な歴史記述では、名・字《あざな》・本籍が明記されるが、ここではそのいずれもが不明だと嘯《うそぶ》き、世間一般の枠組みから外れた人物、すなわち隠者であることを設定する。

「甚解を求めず」——無理に甚だしく解釈しない」は、気ままな読書の喩《たと》えとして今も使われ、現代中国でも「不求甚解 bùqiú shènjiě」という四字成語になっている。「意に会する」——これだと思う表現に出会う」と、嬉しくなって食事も忘れるほどだった。

　性 酒を嗜《たしな》むも、家貧しく常には得る能《あた》わず。親旧（親類・旧友）其《そ》の此《か》くの如きを知り、或いは酒を置き之を招く。造《いた》り飲みて輒《すなわ》ち（いつも）尽くし、期すること必ず酔うに在り。既に酔いて退き、曾《すなわ》ち情を去留に吝《お》しまず。

酒好きだった先生は、飲むと必ず酔うことを期待した。「尽くす」は、酒の興趣を尽くす意、または飲み尽くす意に解釈しうるが、前者であろう。「既に酔いて退く――酔いが回ってしまうと退席する」ということは、最後の一滴まで飲み干さなくとも、酩酊《めいてい》に到ったその時点が、量の多寡《か》にかかわらず、先生の適量を意味しよう。

環堵《かんと》（狭い部屋）蕭然《しょうぜん》として（ガランとして寂しく）、風日を蔽《おお》わず。短褐《かつ》（粗末な衣服）穿結《せんけつ》し（穴あき継ぎはぎ）、簞瓢《たんぴょう》（食器）屢《しば》しば空しきも、晏如《あんじょ》（平然）たり。常に文章を著して自ら娯《たの》しみ、頗《すこぶ》る（いささか）己《おの》が志を示す。懐《おも》いを得失に忘れ、此《これ》を以て自ら終る。

貧乏でも平気だった。詩文を書いて楽しく暮らした。「頗る」は日本語の古文と同じく「すこしぶる」の意。損得の気持ちを忘れて、そんなふうにして人生を終える――それが先生の理想的境地であった。

賛《さん》（評論）に曰く、黔婁《けんろう》（古代の隠者）言える有り、貧賤に戚《せき》戚（くよくよ）とせず、富貴に汲《きゅう》汲（あくせく）とせず、と。其《そ》れ茲《か》くの若《ごと》き人の儔《たぐい》を言うか。酣觴《かんしょう》（酒を楽しく飲み）して詩を賦《ふ》し、以て其の志を楽しむ。無懐氏（伝説の理想的帝王）の民か、葛天氏の民か。

「五柳先生伝」が最も早く引用されたのは、沈《しん》約『宋書』「隠逸伝」に置かれた陶淵明伝である。自らを隠者に見立てて「五柳先生伝」を書いた陶淵明にとって、「隠逸伝」に収録されたことは、その願いが叶ったことになる。まさに会心の作というべきこの「五柳先生伝」は、その後多くの追従者を生んだ。王勣《せき》（王勃《ぼつ》の祖父の兄）の「五斗先生伝」・陸羽（茶の達人）の「陸文学自伝」・白居易（↓98頁）の「酔吟先生伝」・陸亀蒙（晩唐の文人）の「甫里《ほり》先生伝」……の如く、いずれも常套句「何許の人なるかを知らず」で始まる隠者の自伝であった。

沈約によれば、当時の人はこれを実録と見なしたという。実際、閑静《ものしずか》で、貧しく、酒を嗜むとは、現実の陶淵明像そのものである。しかし彼は隠者の影の後ろに自らの正体を隠し、全てを虚実皮膜《ひまく》の間に置いた。単純な実録ではなかったのである。制作時期についても、晩年に自らの人生を回顧したという説と、壮年の頃に自らの理想を開陳したという説に分かれ、不明のままである。甚解を求めぬ陶淵明だけに、そもそも読者にも甚解を求めていなかったのだろう。

謝霊運と謝朓

南朝の名門である謝一族は、山水自然の美を詠う二人の名手を出した。宋の謝霊運（三八五〜四三三）は山水詩の祖であり、大謝と称される。次の王朝斉《せい》で活躍した謝朓《ちょう》（四六四〜四九九）は小謝と称され、洗練された韻律と鮮明な叙景手法を活かした詩風は、唐詩の先駆的詩人として知られる。

中国古典詩において、自然の美を詠んだ山水詩は非常に多い。ただしこのジャンルは遥か古代よりあったわけではなく、六朝に至って初めて出現したものである。山水詩を開拓した詩人は、謝霊運である。しかも本人の意図とはよそに、思いがけない形で山水詩は誕生した。

謝霊運は、名門貴族（門閥）が幅をきかせた東晋・南朝にあって、とりわけ由緒ある家柄の生まれであり、父祖以来の爵位を継いで康楽公に封ぜられ、謝康楽とも呼ばれる。「文章の美は江左（江南）において逮《およ》ぶもの無し」と称せられるほどの文才を有していたが、官途では志を得ぬことが多かった。傲慢《ごうまん》な性格が災いしたのである。時の権力者から疎《うと》まれ、建康（江蘇南京市）の都を追われ永嘉（浙江温州市）への赴任を命ぜられる。一年後には、病いと称して永嘉を去り、会稽（浙《せっ》江紹興《こう》市）の別荘に隠遁した。

左遷で中央を追われた日々は、失意の日々であった。しかし結果として、このことが中国文学には幸いした。美を好む謝霊運にとって、美しい山川草木が恰好の癒《いや》しとなり、詩作の場となったからである。ここに山水詩が誕生した。

「石壁精舎より湖中に還りて作る」の一節。

昏旦変気候　山水含清暉
清暉能娯人　游子憺忘帰

昏旦《こんたん》（晩と朝）に気候 変じ、山水 清暉《せいき》（陽光）を含む。
清暉《せいき》 能《よ》く人を娯《たの》しませ、游子《ゆうし》 憺《たん》（安らか）として帰るを忘る。

朝な夕なに気配も変わり、山水は光りを浴びて輝く。何という美しい輝き。見とれて、帰るのを忘れるほどだ。――

謝霊運はこの後、一度は都に呼び戻される。しかし彼の詩文のみが尊重され、政局への参与は叶えられない。誇り高き謝霊運にしてみれば、己れよりも劣る輩が国政の中心に居座っていることが我慢ならなかった。ついに職を辞して、再び別荘に戻り、族弟《いとこ》の謝恵連らと山川に遊んだ。だが、最後は反乱の嫌疑をかけられ、棄市《きし》（公開処刑）に処せられた。

一般に、陶淵明を田園詩人、謝霊運を山水詩人と呼ぶ。だが同じ自然を詠っても、二人には違いがある。陶淵明にとって自然は、彼自身が土と一体となる、日常生活の場でもあった。いっぽう謝霊運にとっては、己れの美意識を充足する、精神浄化の場であった。古ぼけた服を脱ぎ捨てて、いつも最新の衣裳を身に纏《まと》ったともいう美の狩人たる謝霊運は、父祖以来の潤沢な資金を投じて、別荘一帯の土木工事を命じ、自然の美をみずからの庭園の中に囲い込んだ。

謝霊運は仏教に傾倒し、ことに浄土教の感化を受けていた。哲学によって心を浄化しようとしたのだろう。謝霊運の山水詩の美しさとは、そうした心の浄土と感応した美しさでもあった、と考えられる。

謝霊運を大謝と称するのに対し、小謝と称されるのが謝朓である（小謝は謝恵連を指す場合もある）。謝朓、字は玄暉《き》。さっぱりと洗練された五言詩を得意とし、梁の武帝は「三日玄暉の詩を誦《しょう》せざれば、即ち口の臭きを覚ゆ」というほど愛唱した。佳句として名高い「余霞《よか》（なごりの夕焼け）散じて綺《あやぎぬ》と成り、澄江《ちょうこう》静かなること練《ねりぎぬ》の如し。」（「晩に三山に登り還《かえ》りて京邑《けいゆう》を望む」）は、多くの文人を魅了した（芥川龍之介の号「澄江堂」も、この句に因む）。人一倍自信家だった李白（→78頁）でさえも謝朓には敬愛の念を示した。永明年間、沈約《しんやく》（→56頁）らとともに韻律を活かした新しい詩風を推進した。その詩は、唐以降の近体詩がもつ規格を不完全ながらも既に実現していた。

謝朓が生きた斉《せい》（四七九 五〇二）は、暴虐な皇帝や暗愚な皇帝のもとに、中央には政治権力をめぐる危険な人間関係がうずまく時代だった。謝霊運の永嘉がそうであったように、謝朓も都を離れたときに詠んだ詩こそ深みが増し、とりわけ宣城（安徽《き》宣城市）の山水に囲まれて詠じた期間は、質量ともに詩人謝朓が輝いた時期となった。現存約二〇〇首のうち、実に四分の一に及ぶ作品が、この僅か一年半の間に作られ、『文選《もんぜん》』（→64頁）にもこの宣城時代の詩が多く収録されている。――しかし山水を離れて都に戻ると、謝朓は政争の渦中に巻き込まれ、獄死する。三六歳の若さだった。

沈約

字は休文。呉興《ごこう》武康（浙江湖州市）の人（四四一—五一三）。当時の文学集団「竟陵八友」の中心メンバーであり、声律と対偶を重視した文学論「四声八病説」を唱えた。この主張を契機に、中国では韻律に自覚的な詩が新たに作られるようになり、これが唐代の近体詩へと発展する。

中国古典詩は訓読によっても、和文系の詩歌（短歌・俳句）にはない、引き締まった硬質のリズムを楽しめるが、原音の中国語で読んでみると、別種の魅力に触れることができる。中国語は、四声《しせい》（四種の声調）から成り立っており、その四声の絶妙な配分が、詩の重要な魅力として響くからである。しかし古代中国人は、自分たちの使っている言語が声調を持つとは、自覚しないままでいた。三世紀頃に、仏教の梵唄《ぼんばい》（声明《しょうみょう》。サンスクリットによる韻文）等を漢訳したことが自国の言語を客観視する機会となり、中国語には声調が存在することに気付き始める（沈《しん》括『夢渓筆談』）。五世紀に至り、四声（当時の区分で「平声《ひょうしょう》・上声・去声・入声《にっしょう》」）の存在を理論化し、文学に応用する人々が現れた。その主導者が、沈約《しんやく》である。

沈約らが唱えた「四声八病説《しせいはっぺいせつ》」は、詩作において、四声の配列を工夫することで聴覚的効果を上げて、効果を殺《そ》ぐ八種類の禁忌（平《へい》頭・上尾・蜂腰《ほうよう》・鶴膝《かくしつ》…等）は避けよ、という韻律論である。この理論は、煩瑣《はんさ》すぎて沈約自身も実は守りきれなかったらしいが、しかし韻律の美しさに関心が向けられる機会となり、唐代に確立する平仄《ひょうそく》律（平上去入という四分類を、平声と仄声［上声＋去声＋入声］の二分類に簡素化した音調律→9頁）の基盤となった。

斉《せい》の永明年間（四八三—四九三）、皇子であった竟陵《きょうりょう》王蕭子良《しょうしりょう》は、文人を別邸（西邸）に集めて十年にわたりサロンを主催した。また名僧を招いて仏法を重んじ、梵唄の創作も盛んに行った。沈約も招待に与《あずか》る光栄に浴し、その他に、蕭衍《しょうえん》（のち梁《りょう》の武帝）・謝朓《ちょう》・王融・蕭琛《しょうちん》・范《はん》雲・任昉《じんぼう》・陸倕《りくすい》が参加した。彼らを「竟陵八友」と総称する。この文芸サロンでは、精巧な表現・繊細な情感・身近な題材を特色とする詩が多く作られ、さらに沈約が提唱する韻律も追求された。高雅で洗練された詩風は、南朝文学の一つの極致であり、永明体と呼ばれている。次の「范安成に別る」は、サロンの親友に贈った詩。——若い時分は別離も平気だったが、お互い年寄りとなった今は、別れるのも辛い。あすは酒を酌み交わせないとは言わないでくれ。君に夢で会おうとしても道に迷ったら、どうやって気持ちを慰めればよいのか。――

生平少年日　分手易前期　生平《せいへい》　少年の日、分手（別れ）も前期（再会を期待）し易《やす》かりき。
及爾同衰暮　非復別離時　爾《なんじ》と同じく衰暮《すいぼ》し、復《ま》た別離の時に非《あら》ず。
勿言一樽酒　明朝難重持　言う勿《な》かれ一樽《いっそん》の酒、明朝　重《ふた》び持《じ》し難《がた》しと。
夢中不識路　何以慰相思　夢中路《みち》を識《し》らず（道に迷い引き返す）、何を以てか相思《そうし》を慰《なぐさ》めん。

沈約はサロンで知りあった蕭衍に新王朝の創業を勧め、蕭衍が梁を建国すると、勲功として高位を授けられ、ついに尚書令（最高位）にまで登りつめた。官界の重鎮となった沈約は、文学界の重鎮でもあり、彼の知遇を得ようと自分を売り込む文人が相次いだ。その中には『文心雕龍』（→60頁）を著した劉勰《きょう》や、『詩品』（→60頁）の鍾嶸《しょうこう》といった後世に名を知られる文学理論家たちも含まれていた。

乱世を生き抜き、位《くらい》人臣を極めた沈約だったが、最後に暗転が待っていた。武帝となった蕭衍に対して不遜な言動を繰り返したことで不興を買ってしまった。幾度も譴責《けんせき》を受け、沈約は憂悶の中に死去したという。

沈約の著書は多い。『四声譜』は、韻律論の主導者たる面目を物語る。また歴史書の編纂にも関わっており、とりわけ『宋書《そうじょ》』は唐代に正史（→33頁）として認定された。

韻律の貢献者　武帝蕭衍が「四声とは何か」と質問した。沈約の友人周捨が「天子聖哲」と説明した。これは天（平）子（上）聖（去）哲（入）の如く、四声の見本として並べた語であった。だが武帝は理解できなかった。同じ文芸サロンに属していた武帝さえ四声を理解していなかった事実は、当時は四声への認知が充分ではなかったことを示そう。それだけに沈約が四声を唱えたことは、意義深い契機となったと言える。

平安文学と唐代文学のズレ　四声八病説は、中国では主な資料が失われ、わが空海『文鏡秘府論』に引用・保存されたことで、詳細を知ることができる。ただしせっかくの空海の努力にもかかわらず、当地の中国（唐）の詩論では、すでに煩瑣な「四声」の対立原理から「平仄」の二元対立を原理とする簡素で実用的なものへと移行していた。

庾信

南北朝時代の末期を代表する詩人。書道理論の古典的名著『書品』を撰し、詩人としても名高い庾肩吾《ゆけんご》は、彼の父に当たる。梁に仕えた前半生は艶麗な作品を、北周に仕えた後半生からは望郷の念に駆られた沈痛な作品を、非凡な修辞的力量を駆使して制作した。

庾信《ゆしん》（五一三〜五八一　字は子山）は、南朝と北朝の両方を跨いで生きた文人である。対偶と典故に意を用いた詩賦や駢文を得意とし、南朝（梁）で過した前半生では宮廷で艶麗な作品をあらわし、後半生は異境の北朝（西魏および北周）で苦悩する作品を多くのこした。後世にも大きな影響を与え、中でも盛唐の杜甫は（→82頁）、その心酔者として知られる。杜甫は「春日、李白を憶《おも》う」にて「清新たり庾開府」（李白の清新さは庾信のようだ）と詠った。杜甫の眼中で庾信は最高の文人であり、その庾信になぞらえたことは、李白（→72頁）に対する最高の賛辞であった。

庾信の父庾肩吾《ゆけんご》（四八七〜五五一）は、南朝梁の皇太子蕭綱《しょうこう》（後の簡文帝）の側近を務め、徐摛《じょち》とともに、蕭綱の文学活動を支えた。この文学サークルで生まれた作品群は、東宮《とうぐう》（皇太子）を中心とする集団から生まれたことから「宮体《きゅうたい》」と呼ばれ、従来の「永明体」等に比べ、韻律的にも整美が進み、かつ内容もより艶麗《えんれい》になった点に特色がある。この作風は、息子の庾信と徐陵にまで引き継がれ、父子あわせて「徐庾体」と評された。庾信の「詠鏡詩」は、その宮体詩の一例である。

玉匣聊開鏡　軽灰暫拭塵　　玉《うつく》しき匣《はこ》 聊《いささ》か鏡を開き、軽《うす》き灰《ほこり》 暫《わず》かに塵を拭《ふ》けば、
光如一片水　影照両辺人　　光は一片（いちめん）の水の如く、影（光）は照らす両辺の人（あなたとわたし）を。

このような艶麗な作品を多作して時代の寵児《ちょうじ》となっていた庾信に、転機が訪れる。三六歳（五四八）のときに起こった侯景の乱（→コラム）である。建康（南京）首都防衛を担当した庾信は敗走し、しかも幼子三人を失ってしまう。「傷心の賦」はその悲しみをつづる切々たる作品である。

その後、江陵の臨時政府に至り、四二歳のとき、梁の使者として北方の西魏へ赴くが、西魏の首都長安に拘留されてしまう。しかもその間に、江陵は西魏の攻撃を受けて陥落し、梁もまもなく陳に取って代られた。

帰るべき祖国を失った庾信だが、南朝の先進文化の体現者であった彼の存在は、北朝にとって大きな魅力であり、そのまま西魏および西魏に取って代った北周から、鄭重《ていちょう》に迎えられることとなる。しかし以降、二度と故郷の江南へ帰ることも無かった。

杜甫は詠う。「庾信の文章（文学）老いて更に成る」と（「戯れに六絶句を為《つく》る」）。異境に移ってからというもの、庾信の作る詩や賦は、壮年期から一転し、いっそうの深みを帯びてゆく。「擬《ぎ》詠懐二十七首」（↓45頁）は、その後期の代表作。また「哀江南の賦」は、そうした庾信の苦悩を吐露した、自伝的作品として名高い。

燕歌遠別　悲不自勝　燕《えん》歌（離別の歌曲調名）のごとく遠く別れ、悲しみて自ら勝《た》えず。
楚老相逢　泣将何及　楚《そ》老（二君に仕えることを拒絶して自殺した翁）に相い逢《お》うたとて、泣くも将《は》た何ぞ及ばん。

江南を遠く離れ、あふれる望郷の思い、そして抑えきれぬ悲しみ。しかし北朝で高位に就き二君に仕えてしまった今や、慚愧《ざんき》の思いに涙したところで、江南の人に合わせる顔もない――。

このように、庾信の胸中には、さまざまな想いが去来していた。

侯景の乱　北朝の東魏を追われた武将侯景が、南朝梁への帰順を申し出た。梁の武帝は受け入れ体勢を見せたが、同時に東魏との和議も模索した。武帝の動きを警戒した侯景は、五四八年に梁の重臣と内通して反乱を起こす。かくて梁は、亡国へと追いやられる。六《りく》朝はきわめて不安定な時代であり、政変の中で短命に終わる文人が多いのが特徴だが、梁朝だけは五〇年近い繁栄を誇り、この間、長寿を全うできた文人も少なくなかった。そうした国家の安定と南北朝の力の均衡を破ったのが侯景の乱であり、これより時代は、隋による中国の統一へと急旋回する。

梁の朱异《しゅい》　侯景の乱は、梁の重臣朱异の判断ミスにも起因している。侯景の受け入れを容認しておきながら、東魏と和議を武帝に勧めたのが、朱异だった。これにより侯景の不信を招き、反乱を引き起こす結果となった。『平家物語』に、「遠く異朝をとぶらえば、秦の趙高、漢の王莽《もう》、梁の朱异、唐の(安)禄山」と語られた「亡《ぼう》じにし者」こそ、朱异その人に他ならない。

文心雕龍と詩品

西暦五〇〇年頃に著された文芸批評書。劉勰『文心雕龍』は、古代の文学全般を体系的にとりあげ、その文体や修辞をそれぞれの部門ごとに整理・解説する。鍾嶸『詩品』は、前漢から梁にいたる五言詩の作者一二三人を上中下の三段階にランクづけして批評する。

六朝時代の中で最も文学が栄えたのは、梁代である。梁の初代皇帝、武帝蕭衍《しょうえん》（在位五〇二〜五四九）は、南斉の時代、竟陵八友（→56頁）という文人グループに属する一流の文人だった。また皇帝となった蕭衍の側近・沈《しん》約（四四一〜五一三）は斉梁時代の文壇の重鎮だが、彼もそのグループの一員だった。こうした文学愛好の時代背景のもと、かつてない高水準の、しかも編纂態度がまるで異なる、文学の選集と理論書とが出現した。選集は、『文選《もんぜん》』（→64頁）と『玉台新詠』（→64頁）である。前者は正統な作品を収録し、後者は艶麗な作品を収録している。いっぽう理論書は、『文心雕龍《ちょうりょう》』と『詩品』であり、前者はより伝統主義的で体系的・理論的であり、後者は直観的で断定的なスタンスを特徴とする。

『文心雕龍』の撰者は、京口（江蘇鎮江市）の人劉勰《きょう》（四六六?〜五二一?）である。劉勰は幼くして孤児となり、仏寺に住み込んで勉学に励んだ。三〇歳を過ぎた頃、一〇巻五〇章から成る文芸批評書『文心雕龍』を執筆する。前半では、韻文・散文を三三種に分類してその発生の経緯と文体の特徴を詳細に論じ、後半は、創作の方法や作品の批評を、体系的に展開した。当時の文壇は修辞主義が風靡《び》しており、過剰な典故の使用や韻律の追求に陥ることを免れなかったが、その風潮に対しても劉勰は柔軟な理解を示し、典故は誤用を戒めるにとどまり、幅広い教養に基づく典故の活用を肯定した。また韻律に関しても「声律篇」を特に設けて、その音楽性を詳細に論じている。

やや遅れて、『詩品』三巻が鍾嶸《しょうこう》（四六八〜五一八）によって書かれた。古今の一二三人の詩人を上品・中品・下品にランクづけて、その優劣を論じた。序文にて「五言は文辞の要《かなめ》」と宣言して、五言詩のみに限定して批評を展開する。このスタンスは、『文心雕龍』が四言詩の良さも認めているのに比べ、明らかに異なる。また、率直な心情と自然な表現を重んじる立場から、鍾嶸は典故と韻律も否定しており、この点でも『文心雕龍』と大きな違いがある。

ところで鍾嶸は、「（曹植の）源は国風（詩経→26頁）より出づ」の如く、詩人の文学的な由来までもしばしば論断するが、実はそのような『詩品』自体が、後に続く「詩話」の源流と言われている点も、特筆に値する。「詩話」とは、詩・詩人に関する断片的な記事を書き連ねたものであり、北宋の欧陽脩（→122頁）『六一《りくいっ》詩話』に始まって、以後さかんに書かれた。『詩品』のばあい、その詩人の秀句のみを断片的に引用して批評する。またその詩人をめぐる逸話を盛んに挿入して、詩人像を浮き彫りにする方法をとる。こうした『詩品』の構成が、結果として一つのモデルを提示し、後の詩話に引き継がれていった。もっとも大局的には、個別的な知識や印象を羅列する『詩品』や後世の詩話類の方が、中国の伝統的知識人の嗜好に近い。むしろ原理から出発して体系的記述を試みた『文心雕龍』こそ特異な存在と言うべきか。

六朝後期に現れたこの対照的な両書は、六朝前期以来の文芸理論を水脈として生まれている。曹丕（一八七―二二六）「典論」に始まり、陸機（二六一―三〇三）の「文賦」、摯虞《しぐ》（?―三一一）の「文章流別志論」等々がつづき、文芸理論の礎を築いた。後期になると文芸理論の風潮はいっそう高まり、沈約たちが対偶と韻律を説く「四声八病《はっぺい》説」（→56頁）を提唱し、文学理論をより緻密なものにした。劉勰と鍾嶸は、その集大成者である。唐代に至っても、王昌齢（六九八―七五七）『詩格』、皎然《きょうねん》『詩式』、また司空図の作とも言われる『二十四詩品』等々、文芸理論書の水脈は絶えることなく続くことになる。

沈約をめぐる二人の違い　梁代の前期、文壇の領袖は韻律重視の文人沈《しん》約であり、彼の引き立てを得ることが出世に近づく一歩を意味していた。劉勰は、沈約が外出するまで待ち続け、姿を見せるとさっそく『文心雕龍』を献上した。韻律を詳細に論じた劉勰の文学観は、沈約の共感を呼ぶのに成功した（『梁書』巻五〇）。鍾嶸も沈約に面会を求めたが、あいにく断られてしまった。『詩品』では、沈約ほどの文人が中品扱いに留まっているのも、面会拒絶に対する意趣返しと囁《ささや》かれてさえいる（『南史』鍾嶸伝）。もっとも韻律を嫌った鍾嶸の文学観では、沈約と合うはずもなく、おそらくそれが中品に留まった理由であろう。

世説新語

魏晋時代の貴族たちの逸話を収録する。劉宋の劉義慶（四〇三―四四四）が編み、梁の劉孝標（四六二―五二一）が詳細な注をつけた。個別的な専門能力ではなく、人格全体を評価しようとする貴族社会を活写したエピソード集である。洗練されて機知に富み、哲学的味わいを帯びた表現を特徴とする。

魏晋は清談が流行した時代であった。この清談の中で特に行われていたのが、人物批評である。そのような人物批評の先駆けとして、〝月旦《げつたん》〟の逸話が挙げられる。後漢の許劭《きよしよう》は月旦（毎月始め）に人相観を行い、若き日の曹操を「乱世の英雄、治世の姦《かん》賊」と評した。この逸話は他ならぬ『世説新語』にも収録されており（識鑒《しきかん》篇）、このことは『世説新語』という本が人物批評と深く関わることを、象徴的に物語っている。

『世説新語』には一一三〇話のエピソードが、三六篇に分類されて収録されている。巻頭徳行篇から第二四簡傲《かんごう》篇までは、魏晋の人々の好ましい側面に焦点を当て、第二五排調篇以下の後半は、好ましからざる言動を収録する。

夙恵《しゆくけい》篇は、幼くして聡明な人の逸話を収める。曹操は何晏《かあん》少年を気に入り養子にしようとした。何晏は地に四角を描き、その中に入り答えた、「何氏の廬《いえ》です」。曹操は「家に戻りたい」という彼の意図を悟り、帰宅させた。――何晏（一八九?―二四九）は正始文学の中心人物であり、老荘を好み、清談の気風はこの人に始まると言われる。

任誕《じんたん》篇は、自由奔放に生きる人の逸話を収める。王徽《き》之《し》（王羲《ぎ》之《し》の五男）は大雪の日、無性に友人に会いたくなり、一晩かけて出掛けたが、門前に到着したところで興《きよう》が冷めたので、友人にも会わずにそのまま帰宅してしまった。――王徽之の言動は決して気まぐれと非難されるものではなく、むしろ洒脱《しやだつ》として珍重されるのが、この時代の価値観である。

雅量篇は、度量の大きい人の逸話を収める。謝安（三二〇―三八五）は、囲碁の対局中に、戦勝（淝水《ひすい》の戦い）の報せを受けても喜びを表に出さず平然としていた。――この逸話は『世説新語』ではここまでだが、他の文献では続きがある。謝安は対局が終わり部屋に戻るや、小躍りして喜び、下駄の歯が折れたのも気づかぬほどだったという（『晋書』謝安伝）。この『世説新語』の省略からは、言動は野暮にわたらず、あくまで洗練を至上とする貴族社会の価値観が読み取れよう。

排調篇は、機知によって相手を排斥し嘲笑する逸話を収める。諸葛恢《かい》と王導が一族の優劣を争った。王導は「どうして世に葛・王と言わず、王・葛と言うのであろうか」と主張すると、諸葛は「驢《ろ》・馬《ば》とは言っても、馬《ば》・驢《ろ》とは言わないようなもの。驢（ロバ）が馬より優れているわけではない」と反論した。――

『世説新語』は、もともと単に『世説』と称した（『隋書』経籍志）。唐代になって『世説新書』と呼ばれ、五代以降に今日の『世説新語』という書名が定着した。

日本にも早くからもたらされ、平安時代の漢籍目録『日本国見在《げんざい》書目録』に、『世説』という書名がすでに見えている。ただし、多くの読者を獲得するのは江戸時代であった。とくに一八世紀中頃から流行し、服部南郭『大東世語』は『世説新語』の体裁に倣《なら》い、日本の歴史上の人物の逸話を漢文体で記述する。

ところで『世説新語』は、志人小説（人を志《しる》す小説）と呼ばれ、同じ六朝の志怪小説とは別種に分類される。志怪がその後も作られ、やがて唐代伝奇小説へと発展していったのに対し、志人の方はこの時期より後は本格的に作られることが無かった。このことから、志人小説『世説新語』とは、人物批評の流行した貴族の時代だからこそ生まれ得た書物と考えられている。

三大注　劉孝標の注は、裴《はい》松之『三国志』注および酈《れき》道元『水経』注と併せ、六朝の三大注として名高い。唐の史論家である劉知幾も『世説』のような小説（つまらない説《はなし》）を歴史書『晋書』が引用すること自体には批判的だが、劉孝標注の価値については高く評価する（『史通』巻一七「雑説」）。

淝水の戦い　北方の前秦に押されていた江南の東晋が、三八三年、淝水（安徽《あんき》六安市）にて奇跡的な勝利をおさめた一戦。

聴覚資料としての『世説』　王・葛や驢・馬は、単に語呂の良い慣用表現であるだけでなく、平上去入の声調順（↓9頁）に並んだ表現となっている（王＝平・葛＝入。驢＝平、馬＝上）。

文選

南朝梁の昭明太子蕭《しょう》統（五〇一〜五三一）によって編まれた詞華集。五三〇年頃に成立。周から梁に至るまでの作家百数十人の詩文が収録されている。中国では唐代以降、科挙受験の模範文例集として尊重されただけでなく、日本の平安時代以降の文学にも大きな影響を与えた。

文学者のエネルギーは、創作だけに注がれるものではない。こと中国においては、作品を選択してそれを総集に取りまとめること、及び注釈を加えることも、創作に比肩する価値ある文学的行為として位置づけられた。『文選《もんぜん》』こそは、およそ千年の間に生まれた作品の中から選《え》りすぐり、かつ後世に詳細な注釈を施されることになった、中国古典を代表する総集である。

編者昭明太子の序文に拠れば、『文選』の採録基準は「事は沈思《ちんし》より出《い》で、義は翰藻《かんそう》に帰《き》す」ことにあるといい、すなわち深い思考から出てきた内容を、すぐれた修辞で表現した作品が収録されている。「経《けい》（儒教経典）・子（儒教以外の思想書）・史」は排除して採《と》らず、「文」の価値を明確に意識した総集となっている。およそ八百ほどの作品から構成され、賦・詩・表・檄《げき》・序・銘・墓誌など三七種の文体ごとに排列されている。

これら作品を見渡すと、作者が生涯の転機を迎え、それゆえに沈思して己れを語った重量感ある作品が多いことに気づく。陶淵明を例に取ろう。束縛の多い役人勤めを辞めて田園へ帰ることを表明した「園田の居に帰る」「帰去来《ききょらい》の辞」が収録されており、彼の一大転機に生まれた作品に相違ない。当時まだ著名とは言い切れぬ陶淵明の良さを見抜き、しかも詩人の本質が反映された代表作を的確に収録する点は、編者の慧《けい》眼と言うべきであろう。

『文選』と同時期に編まれた『玉台新詠』（↓コラム）は詩のみを収めるが、艶詩《えんし》の重視という特定の傾向を持ち、時代や読者によってその評価が上下されるのに対し、『文選』は一貫して高く評価され続ける。それは、『文選』の選択基準が、伝統を踏まえた安定感を持つゆえであろう。

『文選』注釈の歴史は早く、隋代には文選学というジャンルが興っている。それら注釈書の多くは、中国では散逸しているが、わが平安の博士家によって引用され、その一端を垣間見ることができる。唐代に入っても文選学は衰えず、李善という注釈者が現れる。「書篦《しょへい》（本の付箋）」と綽名《あだな》されるほどの博識を駆使し、詳細な注釈を施して、六五八年に三代皇帝高宗へ奏上した。これを「李善注」という。ただし出典考証中心の「李善注」は「事を釈して意を忘る」という批判もあり、七一八年に呂延済《りょえんせい》ら五人が、新たな注釈を施し玄宗へ奏上する。これを「五臣注」という。宋代になると、李善と五臣の注を合わせた、「六臣《りくしん》注文選」が生まれ、ここに今日最も通行する『文選』の姿が完成する。

『文選』は、日中知識人必携の教養書であった。中国では『文選』風の美文が科挙（官吏資格試験）で出題されたため、受験生から必読の参考書として尊重され、「文選に爛《くわ》しければ、秀才（科挙合格）に半ばす」（陸游『老学庵《あん》筆記』）と評されるほどだった。杜甫（↓82頁）においても、「婢《ひ》を呼びて酒壺《しゅこ》を取らしめ、児に続けて文選を誦《しょう》せしむ」（「水閣に朝霽《は》れて簡を厳雲安に奉る」）と表明するほど『文選』を重視した。実際、杜甫の詩文は『文選』を典故とすることが多く、一字のこさず暗記していたとさえ言われている。

日本においても清少納言が「文は文集《ぶんしゅう》（↓99頁）、文選」と述べる通り（『枕草子』）、『文選』は必読の書であった。また、「文選読み」と呼ばれる音訓併用の訓み方が採られることも多くあった。たとえば「百重」を「ひゃくちょうにモモ　カサナリテ」と先ず音読みした上で続いて訓読みする。この音訓併用する「文選読み」は、他の漢籍でも多く見られ、影響の大きさが窺える。

玉台新詠　簡文帝蕭綱（昭明太子の弟）の命を受け、徐陵らが編纂した総集。梁代後期の宮体詩（艶詩）の流行の中で、漢代以後の艶詩を中心に集める。『文選』が典雅で格調高い作品を集めるのとは対照的である。

五臣注　五臣注に対しては、実証性に欠けると言われ、後世の評価は芳しくない。たとえば蘇軾《そしょく》（↓126頁）は、李善注を称揚する一方で、五臣注を激しく批判する（『東坡《とうば》題跋《ばつ》』巻二）。しかし李善注に無い平易な語釈や通釈は、『文選』の読解の重要な指針となったことも事実である。むしろ、李善注ばかりを重視しようとした学人の精神性・価値観を、今日的視点で捉え直す機会があってもよいかもしれない。

三蔵法師　玄奘

隋から唐初にかけて生きた僧侶玄奘《げんじょう》（六〇二〜六六四）。西域・インドを旅した玄奘は、当地から貴重な仏典を大量に持ち帰って漢訳し、仏教の発展に多大な貢献を果たした。その西域・インドの旅程を記録した『大唐西域《さいいき》記』は、小説『西遊記』（→207頁）の材料ともなった。

『西遊記』の三蔵法師は、孫悟空の力を頼みとした、か弱い僧侶として描かれる。しかし実際のモデルとなった玄奘は、苛酷な旅程を踏破した、強靭《じん》な精神力を持つ傑僧であった。

玄奘は、俗名を陳褘《い》といい、一三歳のとき特例で出家した。時の隋は仏教を重んじる王朝であり、六一六年、煬帝《ようだい》が一四人の出家希望者を募ったところ、志願者が数百人に達した。陳少年は年齢的に資格を満たさなかったが、特異な容貌と志が試験官に見込まれ、玄奘という法名を授かったのである。王朝が唐に交代すると、僧たちは兵乱の巷《ちまた》と化した長安の都を避けて蜀（四川）へ逃れたので、玄奘も彼らを追い、成都で戒律を受けて正規の僧職資格を得た。六二四年、更なる研鑽の機会を求めて長安へ戻り、高僧の教義を受けたが、それは玄奘の思想的な疑問を解決してくれるものではなかった。そこで玄奘は本場天竺《てんじく》（インド）で学ぶことを決意する。

しかし初唐の法律では、国外への旅を禁止していたので、幾度にもわたる出国申請はいずれも却下となった。他の僧侶たちが天竺留学を断念する中で、六二九年、ひとり玄奘だけは国禁を犯して求法《ぐほう》の途についた。トルファン盆地やヒンドゥークシ山脈など数々の難所を踏破し、西域諸国を経て天竺へと至り、念願だった仏教の研究と仏跡の巡礼を果たす。

三蔵法師玄奘

六四五年、玄奘は帰国する。仏教の経典六五七部・仏舎利一五〇粒・仏像八体を将来して、実に一七年間に及ぶ旅程を終えた。唐の太宗は玄奘の密出国を咎《とが》めず、むしろ帰国を歓迎し、西域・天竺の事情を書き記すよう求めた。かくして出来上がったのが『大唐西域記』一二巻である。巻一には往路で通過した西域三四国について、巻二から巻一一まではインドの諸国について、巻一二では復路に経由した西域諸国について、見聞した地理や生活習慣などを克明に記している。この旅行記は、当時の西域・インドを知る史料として貴重であるだけでなく、文学としても魅力に溢れ、広く受容された。のちに娯楽的な虚飾が加えられて、小説『西遊記』を生む素材となった。またわが『今昔物語』にまで影響を与えたほか、芥川龍之介の小説『杜子春』(→106頁)の元になった説話も、ここに収められていた。

ただし『大唐西域記』は玄奘自身が執筆したわけではなく、助手の弁機に代筆させている。玄奘としては、仏典の漢訳、すなわち持ち帰った梵《ぼん》語(サンスクリット)仏典原書を、中国語へ翻訳することに時間を充てたかったからである。

玄奘の漢訳仏典は、従来の漢訳仏典と比べて、原意に忠実な逐語訳であることを特徴とする。仏教は紀元一世紀頃に中国へ伝来し、すでに後漢には仏典の漢訳も始まって、中国の文化に大きな影響をもたらしていた。儒教・道教とならぶ宗教思想として人々の日常に融け込んでいったことは直接的な影響である。サンスクリットの漢訳を通じ、中国語には声調があることを発見したこと(→56頁)は、間接的な影響である。以降、漢訳仏典は、鳩《く》摩《ま》羅什《らじゅう》(三五〇〜四〇九)および真諦《しんだい》(四九九〜五六九)を頂点として、多くの訳経僧《やっきょうそう》(仏典の漢訳に従事する僧侶)によって厖《ぼう》大《だい》な規模の訳出が行われていった。ただしそれらの多くが、翻訳として必ずしも精確ではなく、原典の意味から離れ、独自の解釈を帯びるものもあった。これに玄奘は不満を覚え、自ら天竺にまで行って原典を求め、翻訳し直したわけである。ここから、玄奘以前の漢訳仏典を旧《く》訳、玄奘以後のそれを新訳と呼ぶ。

他にもいる三蔵法師　三蔵法師とは、仏教の基本的な聖典「三蔵(経蔵・律蔵・論蔵)」に精通した僧侶をたたえる呼び名であり、玄奘ひとりのみを指すものではない。たとえば鳩摩羅什や真諦も、三蔵法師の称号を追贈されている。とはいえ『西遊記』の影響は大きく、一般に三蔵法師といえば、玄奘を指す。

大雁塔《だいがんとう》　長安の名刹《めいさつ》慈恩寺は、玄奘が仏典を翻訳した場所である。修復を重ねて今も遺《のこ》る大雁塔は、玄奘が将来した仏典を保存するため建てられ、起工式では玄奘みずから土盛りした。この大雁塔を、多くの詩人たちが詠み込んで以降、重要な詩跡(歌枕)となった。

初唐の四傑

六朝末期以来、詩歌は美文主義的な宮廷文学が主流だったが、その宮廷で活動できなかった王勃《ぼつ》・楊炯《けい》・盧照鄰《りん》・駱賓王《らくひんのう》は、在野の詩人として新しい文学を開拓した。六朝の過剰な美文主義を否定し、雄大な詩風を推し進めた彼ら初唐の四傑は、唐代の詩歌に新しい息吹を与えた。

唐詩は、初唐（→75頁）の四傑（王勃・楊炯・盧照鄰・駱賓王）によって幕開けしたと言って良いだろう。杜甫も、こう評価している（「戯《たわむ》れに六絶句を為《つく》る」其の二）。

王楊盧駱当時体　軽薄為文哂未休
爾曹身与名倶滅　不廃江河万古流

王楊盧駱は当時の体《たい》、軽薄　文を為《つく》り哂《わら》いて未だ休《や》まず。
爾曹《なんじら》　身は名と倶《とも》に滅ぶるも、廃《すた》れず　江河　万古の流れ。

四傑の詩体は初唐当時の陳腐な詩体だと、軽薄な文人たちは彼らを笑うが、そんな輩《やから》こそ一代で滅ぶ。四傑の文学は長江・黄河のごとく途切れずに永遠に評価されるのだ。――唐以前すなわち南朝後期の詩歌は、当時の王朝斉《せい》・梁《りょう》にちなんで斉梁体と言われるが、それは韻律と対偶、および表現の艶麗を重んじるものだった。この詩体は、唐初にも南方文化に憧れを抱く北方貴族たちによって尊重され、名君を謳《うた》われた二代皇帝太宗も率先して斉梁体の詩を多作した。

これに異論を唱えたのが初唐の四傑である。彼らは在野の詩人として、宮廷文学から自由な立場で文学活動を行った。彼らの文学の特徴は、一握りの貴族ではなく、それまで文学とは無縁だった士人（下級貴族）を引き連れて、文学制作に参加したことにある。それを示す好例が、宴序（宴席で詠んだ詩の序文）である。王勃を筆頭とする四傑は、地方で士族たちが催す宴会に招かれると、彼らに詩を作らせて一巻の詩集にまとめて、自らは序文を書いて添えた。たとえば「……各《おの》おの四韻（八句詩）を為《つく》り共に別懐を写《しる》す。」（「感興奉送王少府序」）のように。こうした宴序は、列席者の全員へ一勢に詩作を求める、言わば号砲のようなものだった。初唐の四傑はこのようにして、士人というまだ粗野ではあるが活力に満ちた文学の作り手を、唐代文学に輸血した。また自らも率先して、新しい文学制作の尖兵《せんぺい》となった。初唐の四傑は、この意味において、唐代文学の成立に大きな役割を果たしたのである。

王勃（六五〇〜六七六）は絳《こう》州龍門（山西河津《かしん》市）の人。一七歳で官吏試験に及第したが、闘鶏ブームを煽《あお》る檄《げき》文を書いたため失職。二〇歳で蜀に漫遊して盧照鄰と出逢う。後に長安へ戻るが不祥事を起こす。父もこれに連座して交趾《し》（ベトナム北部）へ左遷される。父を見舞うため交趾へ向かう際に水死したらしい。その途中で作った「滕《とう》王閣」の序および詩は不朽の名作であるが、これが絶筆となった。

楊炯（六五〇〜六九五?）は華陰（陝西《せんせい》華陰市）の人。五言詩のみ三三首が現存し、うち九割近くが近体詩である。六八二年頃、親友王勃の詩文集を編纂し、序文を撰した。奈良朝に日本へもたらされ、古写本（国宝）が今も伝わる。

盧照鄰（六三〇?〜六八四?）は范陽（河北涿《たく》州市）の人。官途に恵まれず赴任地の蜀で病に罹《かか》る。王勃とはこのとき出逢った。長安・蜀・洛陽を行き来し、最期は病苦に耐えかねて入水《じゅすい》し自ら命を絶った。

駱賓王（六三〇?〜六八四?）は義烏《う》（浙《せっ》江義烏市）の人。県の主簿を歴任したが、則天武后の怒りに触れ獄に下された。恩赦を得たが左遷され、失意のうちに棄官する。則天武后打倒の反乱軍に参加した。そのさい起草した檄文は、糾弾の対象だった則天武后すらも感嘆させたという。その後、誅殺《ちゅうさつ》されたとも逃亡して出家したとも伝えられる。

王勃と楊炯は、律詩にすぐれ、近体詩の形成に寄与した。王勃が杜少府の蜀への赴任を送別した「杜少府の任に蜀州に之《ゆ》く」は、若々しく、また気宇の大きな詩風を備えた、四傑らしい名作である。

城闕輔三秦　風煙望五津　城闕《じょうけつ》（長安）三秦（長安周辺の地域）を輔《まもり》とし、風煙（行く手のモヤ）五津《ごしん》（蜀）を望む。

与君離別意　同是宦遊人　君と離別するの意、同じく是《こ》れ宦《かん》遊（官吏として旅する）の人。

海内存知己　天涯若比隣　海内《かいだい》に知己《ちき》存すれば、天涯 比隣（隣近所）の若《ごと》し。

無為在岐路　児女共霑巾　為《な》す無からん岐路《きろ》に在りて、児女《じじょ》のごとく（なみだで）共に巾《きん》を霑《うるお》すことを。

盧照鄰と駱賓王は、七言歌行（↓18頁・70頁）と呼ばれる長篇七言古体詩に特色があり、盧照鄰「長安古意」、駱賓王「帝京篇」が特に有名である。

歌行

「―歌」とか「―行」という題が多いので、この名がある。七言を主体とし、時として五言句などを交えた雑言の詩型を取る。古楽府を模倣して生まれた様式なので、楽曲への連想を持つが、実際には歌われなかった。作者自身の体験を踏まえた一人称的な語り口を持つ。

民間の歌謡として生まれた楽府《がふ》系文学（→17頁）は、細分すると、①古楽府・②擬古《ぎこ》楽府・③新題楽府・④歌行・⑤新楽府――に分類することができる。①古楽府は、古代の無名氏（詠《よ》み人知らず）による民間歌謡であり、その題名を「楽府題（古楽府題）」、歌詞を「古辞」という。古辞は、文字に記録されて後世にまで伝わったが、楽曲は、楽譜に残されることなく、次第に失われていった。②擬古楽府は、伝わった古楽府を元に、魏晋以降の文人たちが替え歌の要領で作った楽府をいう。ただし古楽府の楽曲が失われるにつれ歌われなくなり、楽曲をイメージしつつも朗誦あるいは黙読されるだけとなる。唐代以後の楽府は、それが常態となる。③新題楽府になると、古楽府題を捨てて、題名を新規に立てる。古楽府「塞上曲」を意識して、李白（→78頁）が「塞下曲」を作るのがその例となる。無論、歌われることはなかった。

以上の①古楽府・②擬古楽府・③新題楽府は、共通して、作者個人の一人称的な視点からではなく、第三者的な視点から一首全体が描写される。たとえば、遊侠《ゆうきょう》の生活をうたった「相逢行《そうほうこう》」の作者自身が遊侠者であった保証はない。「孤児行」の作者が孤児である必然もない。他者の口振りを模擬して、あたかも名も無き民衆の歌謡を装うのが、楽府の伝統的手法なのである。

これに対して、④歌行と⑤新楽府は、そうした伝統を意図して踏み破る。両者はともに古楽府題を用いない点で、③新題楽府に似るが、しかし歌行のばあい、作者自身の体験を一人称的視点から積極的に詠いあげる点で、伝統的な楽府と本質的に異なる（→17頁・102頁）。一例として、李白の歌行「襄《じょう》陽の歌」の冒頭を読んでみよう。

落日欲没峴山西　倒著接䍦花下迷　落日没せんと欲す峴山《けんざん》の西、倒《さかし》まに接䍦《せつり》を著《つ》けて花下に迷う。

襄陽小児斉拍手　攔街争唱白銅鞮　襄陽の小児　斉《ひと》しく手を拍《う》ち、街を攔《さえぎ》りて争いて唱《うた》う白銅鞮《はくどうてい》。

傍人借問笑何事　笑殺山公酔似泥

傍人　借問《しゃもん》す何事をか笑うと、笑殺す山公　酔いて泥の似《ごと》きを。

峴山の西に夕日が沈む時、接䍦（羽飾り）の頭巾をさかさまに被って花の下をそぞろ歩く。襄陽（湖北襄樊《じょうはん》市）の土地の子供らが手拍子を拍ち、道いっぱいに広がって白銅鞮の歌を歌いながらその酔漢をはやし立てる。通りすがりの人が、子供らに何が可笑しいのかと尋ねると、あの人（山簡、実は李白）が泥酔しているのが可笑しいからだよと。――李白は、酒の詩人として有名だが、この詩中に現れる酔漢は、その李白自身である。歌行には、必ず作者自身の影が見え隠れする。これは古楽府や擬古楽府にはありえないことである。

この「襄陽歌」は、歌行であり、実際に歌われたことはない。しかし軽快な言葉づかいは、歌うような躍動感に満ちている。歌行が、広義には楽府を念頭に置いた歌辞文学に属するゆえんである。

李白や杜甫（→82頁）が活躍した盛唐期は、擬古楽府と歌行にはそれぞれの領分があって、その中ですぐれた作品が生み出されていた。しかし中唐以後、古楽府の替歌である擬古楽府が久しく歌われなくなると共に、擬古楽府に対する歌行の特徴が次第に曖昧になってくる。これ以後のいわば第二世代の歌行は、作者の一人称的視点を持つか（歌行）、否か（擬古楽府）ではなく、もっぱら長篇の七言（また雑言）古体詩を基本とした、物語性を持つ詩の総称として理解されるようになる。白居易（→98頁）の「琵琶行」は、作者白居易自身の左遷体験を踏まえた一人称的視点から作られており、従来の歌行にすんなりと分類できる。しかし「長恨歌」（→100頁）は、作者白居易の一人称的視点を持つものではなく、従来の歌行の枠組みを逸脱する。両者に共通するのは、長篇の七言古体詩で、物語性を持つという、この第二世代の歌行の特徴なのである。

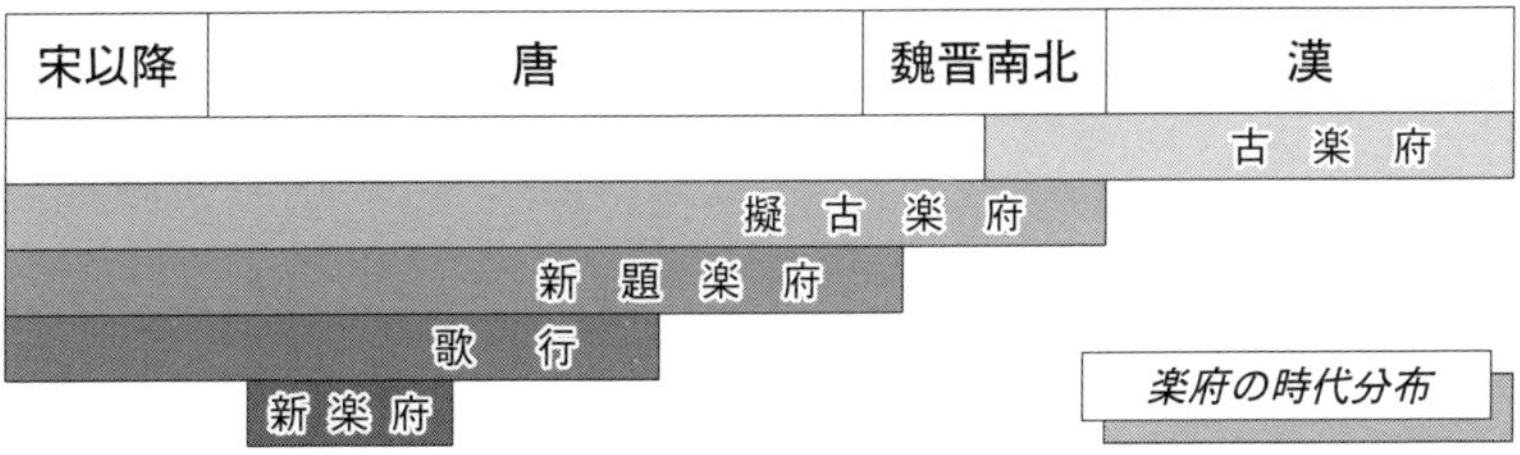

楽府の時代分布

沈佺期と宋之問

ともに則天武后（在位六九〇〜七〇五）朝の宮廷詩人として活躍した。近体詩型の完成者として知られ、初唐後期を代表する詩人である。なお二人とも、晩年には南方に左遷される体験を持ち、そこで作られた詩は、宮廷文学の枠を越えた真情を吐露して、続く盛唐の文学を用意した。

初期の唐詩は、六朝以来の綺麗で繊細な詩風が継承された。この六朝的な詩風には、剛毅な精神を欠いた耽美《たんび》性と、韻律と対句の鍛錬による整然性という両面が含まれていた。そのうち後者は、韻律論に熱心だった沈《しん》約（↓56頁）たちの工夫を経て、唐代に至って韻律上の厳密な規則を必要とする詩型（絶句・律詩・排律↓10頁）へと整備されることになる。これを近体詩といい、従来の詩型は古体詩と称して区別する。

この近体詩完成の最終的な功労者が、沈《しん》佺《せん》期《き》（六五六?〜七一四?）と宋之《し》問《もん》（六五六?〜七一二）である。近体詩は主として宮廷文学の土壌において発展した詩型であり、両者はともに則天武后の宮廷詩人として文才を発揮した。

沈佺期は相《そう》州内黄《ないこう》（河南南陽市）の人。六七五年に進士に及第し、同期及第の宋之問らとともに権力者の間を遊泳して出世したが、七〇四年、賄賂《わいろ》を受けた容疑で収監される。獄中で沈佺期は数首の詩を詠じて、家族への感謝・友人の薄情さに対する慨嘆を、真率な表現でつづる。翌年、則天武后が亡くなると、彼女の寵《ちょう》臣は粛清され（神龍の変）、沈佺期も一味と見なされ驩《かん》州（北ベトナム）へ流される。当時、広東一帯より南は嶺南と呼ばれ、文明の光が届かぬ辺境と意識されていた。この左遷先で詠んだ詩には、突然身に降りかかった不幸の中で人生に対する深い省察を綴《つづ》る名作が多く含まれ、獄中詩とともに一読に値する。およそ三年後、文学好きの中宗に許されて中央へ戻り、ふたたび宮廷詩人として返り咲いた。

宋之問は汾《ふん》州（山西臨汾市）の人。則天武后の寵臣張易之《えきし》に媚《こ》びて遊宴に侍《はべ》り、張易之の詩は宋之問が代筆したという。七〇五年、則天武后政権が倒れると、瀧《そう》州（広東羅定市の南）に流された。その道中で詠んだ五言律詩「大庾嶺《だいゆれい》の北駅《ほくえき》に題す」は、韻律が整い、対句も厳密であり、近体詩の完成者たる詩才を存分に示している。

陽月南飛雁　伝聞至此廻
我行殊未已　何日復帰来
江静潮初落　林昏瘴不開
明朝望郷処　応見隴頭梅

陽月（十月）南飛《なんぴ》の雁《かり》、伝え聞く此《ここ》に至りて廻《めぐ》ると。
我が行《たび》殊《こと》に未《いま》だ已《や》まず、何《いず》れの日か復《ま》た帰来せん。
江《かわ》静かにして潮《うしお》初めて落ち、林昏《くら》くして瘴《しょう》開かず。
明朝郷《きょう》を望む処《ところ》、応《まさ》に隴頭《ろうとう》（嶺の上）の梅を見るべし。

南へ飛ぶ雁でさえも、ここ嶺南まで来ると北へ引き返すとか。だのに私の旅はいっこうに終わらず、いつ帰れることか。潮が引いて水面は静まりかえり、毒気がたちこめて密林は薄暗い。あす大庾嶺を越えるとき、頂きから見えるのは故郷ではなく、南国の早咲きの梅花なのだろう。――

嶺南に着いて半年後、宋之問は洛陽へ逃亡し、知人宅に隠れる。ところが宋之問は、この知人が武三思《ぶさんし》（則天武后の親戚）殺害を企てているのを聞きつけて密告し、この功績で逃亡罪は不問に付され、中央復帰を果たす。しかし、また権勢者に阿諛《あゆ》追従《ついしょう》したことで不興を買い、再び左遷に遭《あ》う。最後は欽《きん》州（広西壮《チワン》族自治区欽州市）で自殺を命ぜられた。この翌年、年号は開元に改まり、時代はいよいよ玄宗皇帝の盛唐（↓75頁）に突入する。宋之問の死は、初唐の終わりを告げる象徴的出来事と言えるかもしれない。

劉希夷　沈佺期と宋之問の同期及第者に、劉希夷《きい》（六五一―六七九?）がいる。宋之問の女婿《むすめむこ》にあたる彼も優れた詩人だった。代表作「白頭を悲しむ翁《おきな》に代わる」は、「年年歳歳 花相い似たり、歳歳年年 人同じからず」の名句で古来より愛唱されている。この句を気に入った宋之問は譲って欲しいと頼んだが、譲らぬために劉希夷を殺したという（『唐才子伝』巻一）。とかく宋之問には、こうした悪評がまとわりつく。

杜審言　神龍の変で沈佺期とともに流されたのは十八人、うち一人に杜審言（六四八?―七〇八）がいる。杜審言も、律詩の名手として、沈宋とともに近体詩の整備に寄与した。彼の孫が杜甫（↓82頁）である。杜甫はこの祖父の薫《くん》陶を受けて、初唐という土壌で育まれた律詩は、杜甫の手の中で開花することになる。

陳子昂

字は伯玉、四川梓州《ししゅう》の人（六六一 七〇二）。六朝の技巧主義を排撃し、漢魏の骨太な精神に立ち返ることを主張した。この復古主義的主張は、李白や杜甫に代表されるその後の盛唐の雄渾《こん》な抒情を生み出す気運を高めた。初唐後期を代表する独創的な詩人であり、すぐれた散文家でもある。

唐詩では、「漢皇 色を重んじ傾国を思う」（白居易「長恨歌」↓100頁）というように、また盧照鄰《りん》の「長安古意」詩（↓69頁）が、唐の長安を漢代の長安になぞらえるように、「唐」と表現すべき箇所を「漢」に置き換えることがある。三百年近くも統一帝国として国威を張った唐朝は、前漢・後漢四百年の大帝国をうちたてた漢朝に擬《なぞら》えてこそふさわしい。江南の地に逼塞《ひっそく》して、しかもわずか十数年ないし数十年のサイクルで興亡を繰り返した「六朝《りくちょう》」では、唐朝に見合うだけのスケールを生み出すことは到底できないのである。

初唐の陳子昂《ちんすごう》は、漢代の雄渾《こん》な気宇を、唐詩に送り込んだ第一の功労者である。唐代初期の文壇は、六朝の貴族文化を模倣する繊細で綺麗な詩風が主流を占めていたが、初唐の四傑（↓68頁）が現れると、雄大な詩風が尊重されるようになる。さらに則天武后（在位六九〇 七〇五）の時代に至って陳子昂が現れ、四傑の主張をさらに明確化して、六朝風の技巧主義を否定して、飾り気のない古代精神の復活を唱えたのである。陳子昂が理想としたのは「漢魏の風骨」であり、その詩風は、盛唐の李白・杜甫らの盛唐期の雄渾な抒《じょ》情を先取りするものであった。単に内容ばかりではなく、当時成熟しつつあった近体詩の韻律規則も、陳子昂はしばしば拒絶して、古体詩を制作した。たとえば五言古体詩からなる代表作「感遇詩三十八首」は、漢魏の阮籍（↓45頁）「詠懐詩八十二首」から影響を受けつつ、同郷の後輩である李白（↓78頁）の「古風五十九首」に影響を与えることになった。

陳子昂は、四川の裕福な豪族の家に生まれ、一八歳までは任侠《にんきょう》で鳴らし、読書すらしなかったが、村の学校に入ってからは己れの無知を自覚して一念発起し、二四歳で進士に及第する。しかし官途に恵まれず、時世の弊害を訴える上申書をたびたび提出しても、採用されなかった。六九六年、東北の辺境に契丹《きったん》族の征伐に従軍したさいも、意見書を上官に提出したが却下されたばかりか、かえって上官の反感を招き、降格の憂き目に遭う。古体詩「幽州の台に登る歌」は、その時に彼の悲憤の思いを綴った詩として名高い。

前不見古人　後不見来者　前《さき》に古人《こじん》を見ず、後《のち》に来者を見ず。
念天地之悠悠　独愴然而涕下　天地の悠悠たるを念《おも》い、独り愴然《そうぜん》として涕《なみだ》下《くだ》る。

私より前に去った人々、後からやって来る人々、そのどちらにも会うことはできぬ。悠久の天地にあって我が身の孤独を思うとき、言い知れぬ深い悲しみに涙がこぼれる。——「幽州（北京）の台」は、戦国時代、燕の昭王が、賢者を招いて優遇するために高殿《たかどの》を建てたという場所である。「古人」とは陳子昂が理想とする古の賢者・君主、「来者」とは彼の才能を認める理解者のことであろう。孤立無援の絶望感が、彼に人生とは何かという思索へと向かわせて、その悲しみが涙となってあふれ出した。翌年、陳子昂は官を辞して故郷に帰る。しかし彼の資産に目をつけた県令に無実の罪で陥《おとしい》れられて、獄死した。一説に、彼の忌憚《きたん》なき直言を憎悪《お》した武三思（則天武后の親族）らが、県令を使って彼の抹殺を謀《はか》ったとも言われる。

陳子昂には一二七首の詩とともに、一一〇余篇の散文が現存しており、唐代を代表する文章家としての顔も持つ。中国には駢《べん》文（六朝に発達した修辞的な美文→49頁）と古文（漢以前の自由で達意な文）の区別があり、古文は唐代中期の韓愈（→92頁）によって復興される。韓愈に至るまでの間に唐代の古文は三度の変化を経験するが、陳子昂はその第一変に数えられている（梁《りょう》粛「補闕李君前集序」）。

隗より始めよ　戦国時代、燕の昭王（在位前三一一〜前二七九）は如何にして優れた人材を集めるか、郭隗《かい》に相談した。郭隗は「先《ま》ず隗より始めよ。況《いわ》んや隗より賢れる者、豈《あ》に千里を遠しとせんや」と答えた。そこで昭王は郭隗のために宮殿を改築してやると、それを聞きつけた賢者たちが各地から集まった。（『史記』巻三四）

四唐　唐代三百年を、文学史では初唐（六一八〜七一二）・盛唐（七一二〜七六五）・中唐（七六六〜八三五）・晩唐（八三六〜九〇七）の四つの時期に分ける。盛唐は、玄宗の時代を中心に李白・杜甫が活躍し、中唐は、安史の乱後の唐朝の小康状態の中で韓愈・白居易が活躍した時期である。

王　維

字は摩詰《まきつ》。太原（山西省）の人（七〇一?〜七六一）。玄宗の治世を中心とした盛唐時代を、李白・杜甫と共に代表する詩人。尚書右丞《ゆうじよう》に就いたので王右丞とも呼ばれる。詩・書・画に長じ、詩では、絵画のように光彩の陰翳《えい》に富む山水詩を詠じた。

杜甫を詩聖、李白を詩仙と呼ぶのに対し、王維は詩仏と称せられる。順に、儒教・道教・仏教の精神の体現者と認めた、後世の人々の詩人像である。こうしたレッテルは、詩人の複雑な性格を単純に整理しすぎる嫌いがあるが、しかし王維は確かに篤《あつ》く仏教を信仰し、その信仰の気配を詩に定着することができた希有の詩人であった。

彼の名「維」と字「摩詰」は、つなぎ合わせれば「維摩詰《ゆいまきつ》」。仏典『維摩詰所説経《しょせつきょう》（維摩経）』の主人公である維摩詰に因《ちな》む。父は幼いうちに亡くなったが、母が篤い仏教徒であり、その薫陶《くんとう》の下に彼は育った。一五歳前後で都に出ると、詩や音楽にすぐれた多才ぶりが都の評判となり、七二一年には早くも進士に及第した。だがその後は順風とはゆかず、地方左遷や妻の死去など試練が続く。王維は仏教への傾倒を強め、半官半隠（官職にありながら隠棲《せい》）の態度をとり、長安の南にそびえる終南山のふもとや輞川《もうせん》の谷間に別荘を得て隠居した。この間、天宝（七四二〜七五六）を迎える頃から官位も昇進し、宮廷詩人として名を成した。阿倍仲麻呂（中国名、晁衡《ちょうこう》）と交流を深めたのもこの時期である。しかし七五五年に安禄山の乱が勃発すると、反乱軍の官職を押しつけられ、乱平定後、そのことで重罪に問われる。弟王縉《しん》の助命運動により、名目的降職に止まったが、これ以降は詩作も減り、亡き母と妻を追福《ついふく》し、仏道を修める日々を過ごしたという。

王維は自然詩人「王孟韋柳（王維・孟浩然《もうこうねん》・韋《い》応物・柳宗元 ↓96頁）」の一人に数えられ、多くの山水詩をのこした。輞川の別荘を詠じた「輞川集」二十首は、特に名高い。そこから「鹿柴《ろくさい》」「竹里館」を読みたい。

空山不見人　但聞人語響　空山《くうざん》人を見ず、但《た》だ聞く人語の響くを。

返景入深林　復照青苔上　返景（夕陽）深林に入り、復《ま》た照らす青苔《せいたい》の上。（「鹿柴」）

宋の蘇軾《そしょく》（↓126頁）が、「詩中に画有り、画中に詩有り」と評するように、この詩は、さながら一幅の絵のような視覚的印象を持つ。それは王維が画家でもあったことと無縁ではあるまい。職業画家が本領とする技巧や規格を排する彼の山水画は、後世、文人画（南宗画）の祖と仰《あお》がれる。

王維は視覚だけでなく聴覚にも敏感であった。琴《きん》をこよなく愛したことは、「竹里館」にもうかがわれる。

独坐幽篁裏　弾琴復長嘯　独り坐《ざ》す幽篁《ゆうこう》（竹林）の裏《うち》、琴を弾じ復《ま》た長嘯《しょう》（詩吟）す。
深林人不知　明月来相照　深林 人知らず、明月 来たりて相い照す。（「竹里館」）

このような王維の詩には、豊かな楽想喚起力があったのだろう。「元二《げんじ》の安西《せい》（新疆庫車《クチャ》県）に使いするを送る」は当時、送別の宴席で曲をつけて愛唱されていた。とりわけ最終句はリフレインして歌ったという（これを陽関三畳と称する）。

渭城朝雨浥軽塵　客舎青青柳色新　渭城《い》（長安北郊の離別の名所）の朝雨《ちょうう》 軽塵を浥《うるお》す、客舎《かく》 青青 柳色新たなり。
勧君更尽一杯酒　西出陽関無故人　君に勧む更に尽くせ一杯の酒、西のかた陽関を出ずれば故人（親友）無からん。

王維の自然詩は、単なる叙景だけではなく、人間の姿まで詠み込まれることがあり、いわば謝霊運（↓54頁）風の山水詩に、陶淵明風の田園詩（↓50頁）を融合させた新しさがある。「終南山」は、彼の真価をよく表す名篇である。

太一近天都　連山到海隅　太一《たいいつ》（終南山の主峰）は天都（天空また首都の比喩）に近く、連山は海隅に到《いた》る。
白雲廻望合　青靄入看無　白雲 廻《かえ》り望めば合し、青靄《あい》（山にかかるモヤ）入《い》りて看《み》れば無し。
分野中峰変　陰晴衆壑殊　分野（天地の区分）中峰に変じ、陰晴 衆壑《がく》に殊《こと》なる。
欲投人処宿　隔水問樵夫　人処に投じて宿《しゅく》せんと欲し、水を隔てて樵夫《しょうふ》に問う。

終南山は、高さは天に、広さは海にまで届くほどだ。ふり返ると白雲が合して視界を遮《さえぎ》り、遠くからは見えていた靄《もや》は山中に入ると消えた。中央の峰を境に世界が異なり、天気も谷ごとに異なる。人家に身を寄せようと思い、川むこうの樵夫《きこり》に声をかけた。——終南山の山容が見せる千変万化は、王維が帰依する仏法の荘厳な世界に通じてはいまいか。向こう岸の樵夫は、王維があこがれる隠者の投影ではあるまいか。

李白

字は太白（七〇一 七六二）。生地家系は不明だが、西域出身の非漢民族とみられる。「盛唐の気象」と呼ばれる玄宗の時代の開放的雰囲気を詩に詠み上げた。奔放で超俗的な詩風から「詩仙」と称され、「詩聖」と称される杜甫とともに、唐代詩人の最高峰である。

李白は、杜甫とともに中国文学最大の詩人である。李白の文学は、奔放飄逸《ひょういつ》と評される。人間社会の束縛を下に見るかのように自在に飛翔する詩句は、天馬空を行くとも言われる。しかし李白の奔放な文学も、細部を見ると、意外なほどに伝統に忠実である。伝統の枠を束縛と感じさせることなく、自分の手足のように自在に奔放に使いこなすのである。その伝統性は、とりわけ先行作品の継承を重んずる楽府《がふ》（擬古楽府＋新題楽府→70頁）の分野に、李白がすぐれた作品を残したことから知ることができる。李白の楽府は二四〇首あり、現存作品約一千首の四分の一を占める。「将進酒」「蜀道難」「戦場南」「子夜呉歌」などが有名だが、ここでは「玉階怨」を掲げよう。男性（君王）の訪れを待つ宮中の女性を描いた閨怨の詩である。

玉階生白露　夜久侵羅襪　　玉階（宮殿の階段）白露生じ、夜久しくして羅襪《らべつ》（絹の靴下）を侵す。

却下水晶簾　玲瓏望秋月　　水晶の簾《れん》を却下して、玲瓏《れいろう》（かがやく様）秋月を望む。

この李白の詩は、次に引く南朝・斉《せい》の謝朓《ちょう》（→54頁）の同題の楽府をなぞって発展させたものである。

夕殿下珠簾　流蛍飛復息　　夕殿《せきでん》（夜の宮殿）珠簾を下《おろ》せば、流蛍飛びて復《ま》た息《いこ》う。

長夜縫羅衣　思君此何極　　長夜羅衣（薄絹の衣服）を縫《ぬ》う、君（男性）を思うこと此《ここ》に何ぞ極まらん。

謝朓の詩も傑作だが、李白のものは伝統的な閨怨詩の発想を踏み外すことなく、一層の光彩に満ちている。

また李白は、古体詩を得意とした。古体詩は、近体詩の厳格な韻律を敢えて踏み外すことによって、唐以前の古風な趣きを出す詩体である。伝統的文学を継承する李白は、この古体詩も重んじた。「古風五十九首」の其の一では、「大雅久しく作《おこ》らず、吾衰うれば竟《つい》に誰《たれ》か陳《の》べん（詩経の正しい歌は長く廃れたまま。もし私がだめになったらば他に誰が作るというのだ）」と文学理念を展開し、伝統的文学の継承者としての自負を表明するのである。実際かれは、『詩経』（→26頁）から漢魏六朝に至るまでの伝統文学から多く手法を採り入れて、中でも謝朓に対しては、彼が愛する〝光りあるもの、透明なもの〟を巧みに詠う先輩詩人として、特に深い共感と敬意を示した。

李白がさらに本領を発揮したのは、絶句である。特に七言絶句において、「早《つと》に白帝城を発す」「天門山を望む」「山中にて幽人と対酌す」など、数々の名作をのこした。絶句の本質は、対句を必要としないことにある。対句は表現が引き締まる反面、躍動を束縛する。この束縛が、李白の体質に合わなかった。李白の代表作「黄鶴楼《こうかく》にて孟浩然の広陵に之《ゆ》くを送る」は、対句はいっさい排して、絶句ならではの余韻を残す。

故人西辞黄鶴楼　煙花三月下揚州
孤帆遠影碧空尽　唯見長江天際流

故人 西のかた黄鶴楼を辞し、煙花三月 揚州に下る。
孤帆《こはん》の遠影 碧空に尽き、唯《た》だ見る長江の天際に流るるを。

わが友は黄鶴楼（湖北武漢市）に別れを告げ、春霞に花々の煙《けぶ》る三月、揚州へと下ってゆく。ぽつんと一つ、遠ざかりゆく帆影は、碧空に吸われて消えた。のこされたわが目に映るのは、天空の果てまで続く万里の長江の流れだけ。——

李白の生地や家系は、未詳の部分が多い。西域キルギス付近の交易商人の家に生まれ、五歳の頃、蜀（四川省）に移住したといわれる。母が太白星（宵の明星）の胎に入る夢を見て懐妊したことから、太白という字となった。若き日は任侠や道士（道教徒）と交わった。四二歳のとき、長安で詩壇の長老賀知章から「謫仙《たくせん》」（天上から流刑《るけい》された仙人）と称賛され、玄宗から翰林供奉《かんりんぐぶ》（皇帝私設秘書）を授けられたが、奔放な気質が災いし、三年で宮廷を放逐される。再び各地を放浪し、その間杜甫《とほ》と出逢った。この時期、道籙《どうろく》（道士の資格）を授けられている。安禄山の乱が起こると、権力抗争に巻き込まれ流罪に遭う。恩赦を受けた後は、当塗《とうと》（安徽《あんき》馬鞍山市）の親族の元に身を寄せた。伝説では、酒に酔って水面に映る月を掬《すく》い上げようとし、誤って溺死《できし》したという。

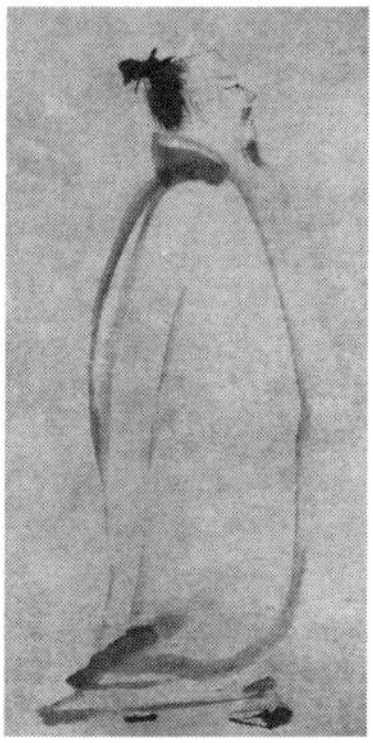
李　白

将進酒

李白を代表する楽府《がふ》詩。李白は、絶句の名手として、律詩の達人杜甫と共に「李絶杜律」と称される。しかし長い詩を作らせても、李白の天才は発揮された。この詩は、躍動感ある雑言のリズムを駆使して、飲酒への強い共感と、有限の人生に立ち向かおうとする奔騰する生命力を示す。

李白は、酒が好きだった。杜甫が「李白 一斗（六リットル）詩百篇、長安市上（盛り場）酒家《しゅか》に眠る」（飲中八仙歌）と評するのは、まさに李白の詩と酒の関係を象徴的に言い当てている。この「将進酒」は、飲酒を愛した李白の代表作として、古来より名高い。要所を読んでいこう。まずは冒頭。

君不見黄河之水天上来　奔流到海不復回
君不見高堂明鏡悲白髪　朝如青糸暮成雪

君見ずや　黄河の水　天上より来たり、奔流して海に到《いた》り復《ま》た回《かえ》らず。
君見ずや　高堂の明鏡　白髪を悲しみ、朝《あした》には青糸《せいし》の如きも暮には雪を成すを。

人生得意須尽歓　莫使金樽空対月

人生まれて意を得《う》れば須《すべから》く歓《かん》を尽《つ》くすべし、金樽《そん》をして空しく月に対せしむる莫《な》かれ。

天生我材必有用　千金散尽還復来

天 我が材を生《しょう》ず必ず用 有り、千金は散じ尽くすも還《かえ》りて復《ま》た来たらん。

見たまえ、黄河の水は天上から流れ下り、激しく海に注ぎ入ると、決して戻ることはない。見たまえ、立派な御殿の鏡の前で、白髪頭を悲しんでいる人が、朝は真っ黒の絹糸のようだったのに、夕には真っ白な雪になったのを。人として生まれた以上、うまく行く時にはとことん楽しむべきだ。黄金の酒壺を飲まずに月に向かい合わせるものではない。天が私という人材を生んだのは、必ず役に立てようとするからだ。酒宴で金を使い果たしても、天が自分を見捨てることはありえない。――「君不見」は、不特定の相手に向かい呼びかける楽府特有の表現だが、李白以降は特定の相手に呼びかける用例も生まれた。ここでも後段に登場する友人（岑夫子《しんふうし》・丹丘生《せい》）を指す。

李白のこの詩に見られる思想、もしくは人生に対する感覚とは、人生の短さに対する嘆きである。孔子は、時間の不可逆性を、不断に流れ去る川に譬えた。「子 川上《せんじょう》に在《あ》りて曰く、逝《ゆ》く者は斯《か》くの如きかな、昼夜を舎《お》かず、と」（『論語』子罕《しかん》）。李白はその川を、天上から流れ落ちる黄河へと壮大化し幻視化したのである。ここにおいて李白は、無常観の消極性に止まるのではなく、その無常を逆手にとって生命を完全燃焼させようとする。李白のこの積極的な無常観は、自己の能力に対する自負に支えられたものであった。李白の文学の偉大さの秘密は、この辺にある。

中段に、初めて酒宴のメンバーが固有名詞で登場する。丹丘生は、元丹丘の愛称。彼は道士（道教の僧侶）であり、李白とは同郷の無二の親友だった。

岑夫子　丹丘生　将進酒　君莫停　　岑夫子《しんふうし》　丹丘生、将《まさ》に酒を進めんとす、君 停《とど》むるなかれ。
鐘鼓饌玉不足貴　但願長酔不願醒　　鐘鼓《しょうこ》 饌《せん》玉は貴《たっと》ぶに足らず、但《た》だ長酔を願い醒《さ》むるを願わず。

岑先生よ、丹丘君よ。さあ酒を進めよう。杯の手を休めないで欲しい。鐘《かね》や太鼓の音楽も、美玉のような御馳走も大した価値はない。この酔いが続いて、醒めて欲しくない。—「鐘鼓饌玉 zhōnggǔ zhuànyù」は富貴で豪華な生活を例え、現代中国では四字成語として定着する。李白のこの詩が出典。

そして作品の末尾。どうも李白は、友人の丹丘生の財産を当てにして、その金で酒を飲み続けようとしている。

五花馬　千金裘　　五花の馬、千金の裘《きゅう》。
呼児将出換美酒　与爾同銷万古愁　　児《じ》を呼び将《ひ》き出《いだ》して美酒に換《か》え、爾《なんじ》と同《とも》に銷《け》さん万古の愁を。

駿馬《しゅんめ》も毛皮の上着も惜しくはない。小僧に持たせて質に入れ、美酒に換えてこさせよう。永遠に晴れぬ愁いを、君らと共に呑んで消そうではないか。——「五花馬」は、たてがみを五つに編んだ立派な駿馬。「爾」は同輩以下に対する二人称であり、尊称ではない。本詩は六度も「君」が繰り返されるが、最後に至っていよいよ親しみの情が極まり、「爾」と呼びかけ直して、一首を締めくくる。

杜甫

字は子美《しび》（七一二七七〇）。杜少陵とも呼ばれる。安史の乱（七五五七六三）に遭遇し、社会の混乱を直叙した詩は、「詩史―詩で書かれた歴史」と評される。また自己内省と、言語の鍛錬から生まれる沈鬱雄渾《ゆうこん》の詩風は、律詩に結実し、絶句に長じた李白と共に「李絶杜律」と並称される。

杜甫の一三代前の先祖は、儒教の五経の一つ『春秋』（↓26頁）についての古典的注釈『春秋経《けい》伝集解《しっかい》』の著者として、また三国の呉の討伐に功績を上げた政治家としても名を馳せた杜預《どよ》（二二八二八四）である。祖父は、初唐を代表する宮廷詩人の杜審言（↓73頁）である。杜甫はその子孫として、儒教的倫理観と、詩人の家に生まれたことに対する矜持《きょうじ》を強く持った。

杜甫は生涯に約一五〇〇首の詩を詠んだが、なぜか三〇歳以前の詩は残っていない。一説では、独自の詩風を確立した後に、若書きとして自ら捨てた可能性もある。杜甫は三三歳のとき、長安の朝廷を追放された李白と洛陽附近で出逢い、およそ一年半しばしば行動を共にした。そのさい、自由奔放な李白の文学に惹かれた一方で、李白にはない、そして自己に固有の精神に気付き、自己と社会の現実を熟視するところから文学を作ろうと決意した、と言われている。

七四六年、李白と別れた杜甫は、いよいよ仕官すべく長安へ上る。ところが現実は厳しく、科挙の試験にも落第して、以後およそ十年にも及ぶ浪人生活が続くことになる。この間、幼児を餓死させてしまうほど貧窮する。社会を見据える目は研ぎ澄まされ、「兵車行」（↓84頁）の名篇が作られる。七五五年の冬、安禄山の反乱が起こり、やがて杜甫は捕えられて、反乱軍占領下の長安に軟禁される。このときに作られた家族の安否を憂《うれ》えた「月夜」と、「国破れて山河在り」の句で始まる「春望」（↓12頁）の詩は、杜甫の代表作として名高い。

七五七年、長安を脱出して、新たに即位した粛宗《しゅくそう》のもとへ赴き、左拾遺（皇帝に忠言する職）を授けられた。しかし愚直にすぎる諫言《かんげん》が粛宗の逆鱗《げきりん》に触れ、わずか十日ほどで罷《ひ》免に遭《あ》い、地方官に左遷される。社会の矛盾を糾《きゅう》弾する「三吏《り》三別」（↓102頁）は、この頃に作られている。七五九年、失意のなか官を捨て、秦州を経て蜀の成都へと向かう。成都では西郊の浣花渓《かんかけい》の畔《ほと》りに草堂を営み（浣花草堂）、節度使（地方軍隊の総司令官）を務める厳武の保護を受けて、生涯最も幸福で安定した時期を過ごす。自然を見つめる穏やかな視線を育む一方で、望郷の念も止みがたかった。有名な「絶句」を読もう。

江碧鳥逾白　山青花欲燃　江碧《みどり》にして鳥逾《いよ》いよ白く、山青くして花燃えんと欲《ほっ》す。
今春看又過　何日是帰年　今春 看《みす》みす又た過ぐ、何《いず》れの日か是れ帰年ならん。

成都を流れる錦江は、中国の黄濁した川には珍しく、今も美しいみどりの水をたたえている。

この時期以降の杜甫は、中国のそれまでの詩の歴史の中で詠われることのなかった日常の情景を、まるで日記でもつけるかのように丹念に描き始める。続く中唐や宋代の詩人が日常に密着する、杜甫はその先駆けの詩人となった。

七六五年、厳武が死ぬと蜀を離れ、長江中流域を漂泊し、「旅夜書懐」や次の「岳陽楼に登る」などの名作を残して、七七〇年、五九歳で生涯を閉じた。

昔聞洞庭水　今上岳陽楼　昔聞く洞庭の水、今上《のぼ》る岳陽楼（洞庭湖に望む楼閣）。
呉楚東南坼　乾坤日夜浮　呉楚 東南に坼《さ》け、乾坤《けんこん》（天地）日夜浮かぶ（湖面に姿を映す）。
親朋無一字　老病有孤舟　親朋（親族と友人）一字（短い手紙）無く、老病 孤舟（杜甫の漂泊する舟）有り。
戎馬関山北　憑軒涕泗流　戎馬（戦乱）関山（関所）の北、軒《けん》（岳陽楼の欄干）に憑《よ》りて涕泗《ていし》（涙）流る。

死後半世紀、中唐の韓愈（↓92頁）・元稹《げんしん》・白居易（↓98頁）たちによって顕彰され、宋代に入ると王安石（↓124頁）や蘇《そ》軾《しょく》（↓126頁）によって評価は確立し、「詩聖」と称されるまでに至った。日本では室町以降に注目され、江戸の松尾芭蕉、近代の島崎藤村が愛読者として知られる。

日本では白居易が先　平安時代の日本では、杜甫は後輩の白居易に比べると無名の存在だった。嵯峨天皇（在位八〇九〜八二三）を始めとして、平安貴族たちは、その当時の流行作家である白居易に真っ先に飛びついたのである。室町になると文化の担い手は五山の禅僧に移る。彼らは中国に留学して直接に彼の地の文化を吸収したが、その時、初めて杜甫が古今最高の詩人として評価されるのを知ることになった。

兵車行

兵車《いくさぐるま》の行《うた》。出征兵士の苦悩と、働き手を失った家族の悲哀を描き、領土拡張政策の無謀を告発した反戦詩。杜甫四〇歳前後に作られた雑言古体詩で、後の白居易らの新楽府を先取りする、文学史上の記念碑的作品である。

玄宗の時代に空前の繁栄を極めた唐朝も、杜甫が青年時代の長い遊歴を終えて長安に腰を落ち着け、求職活動を始める頃（天宝五載〈七四六〉、杜甫三五歳）には、翳《かげ》りが見え始めていた。杜甫自身も科挙の落第が続き、健康は優れず、家族も養わねばならず、その中で杜甫は、現実社会の矛盾に批判の眼を向け始める。従来の詩人たちの綺麗な詩句とは異なる、生々しい詩句によって社会の病理を抉り出し、ここに「三吏三別」などの不朽の社会詩が生まれることになる。

「兵車行」は、その社会詩の中でも最も初期の一首である。詩題に見える「〜行」は「うた」の意であり、歌辞系文学である楽府や歌行の詩題によく用いられる（↓17頁・70頁）。杜甫は伝統的な楽府こそ手掛けぬものの、歌行については八四首をのこしている。まずは「兵車行」の冒頭一段。

車轔轔　馬蕭蕭　行人弓箭各在腰
耶嬢妻子走相送　塵埃不見咸陽橋
牽衣頓足攔道哭　哭聲直上干雲霄
道傍過者問行人　行人但云點行頻

車轔轔《りんりん》、馬蕭蕭《しょうしょう》。行人《こうじん》（出征兵）の弓箭《きゅうせん》各《おの》おの腰に在り。
耶嬢《やじょう》（父母）妻子（妻）走りて相い送り、塵埃《じんあい》に見えず咸《かん》陽橋。
衣《ころも》を牽《ひ》き足を頓《ふみなら》し道を攔《さえぎ》りて哭す、哭声 直《ただ》ちに上《のぼ》りて雲霄《しょう》を干《おか》す。
道傍 過《す》ぐる者 行人に問う、行人 但だ云う点行（徴兵）頻《しき》りなりと。

第一句「車轔轔、馬蕭蕭」。擬態語を含む反復表現は、馬に引かれて突き進む兵車の勢いを活写する。この句がリズミカルな反復を含む点、および不整形な雑言のリズムは、「兵車行」が歌行という歌辞系ジャンルに属すことを示す。「耶嬢妻子走相送…」は注目の一句である。「耶嬢」は「耶《おとっつぁん》と嬢《おっかさん》」の口語表現。これと応じて、「妻子」は二字で、現代中国語と同じく「つま」の意味であろう。口語を用いて、民間歌謡の語気を強く印象づける。出征の兵士の衣にすがりつき、地図駄を踏んで行く手を攔る人々。その泣き声は雲霄（天）にまで突きささった。——

杜甫の詩は〝詩史〟（詩で叙述した歴史）と呼ばれる通り、具体的な事件と対応関係を持つものが多い。この「兵車行」では、玄宗の領土拡張政策（西の吐蕃《とばん》や南西の南詔国に対する外征）によって、徴兵に苦しむ民衆の窮状が詠われている。問答相手の兵士は、一五歳より北の黄河の防衛に付き、ようやく四〇歳で故郷に帰ってきたとたんに、今また西の吐蕃（チベット）戦線に出征を命じられた。四〇歳は、当時はもはや老人の年齢である。

辺庭流血成海水　武皇開辺意未已　　辺庭（国境）の流血 海水を成すも、武皇 辺を開きて 意 未《いま》だ已《や》まず。

君不聞漢家山東二百州　千邨万落生荊杞　　君聞かずや漢家《か》 山東（中国の東半分）の二百州、千邨《そん》万落（多くの村々） 荊杞《けいき》（雑草）を生ずるを。

縦有健婦把鋤犂　禾生隴畝無東西　　縦《たと》い健婦（健気な嫁）の鋤犂《じょり》（スキ）を把《と》る有るも、禾《いね》は隴畝《ろうほ》（田畑）に生じて東西無し（手入れが行き届かない）。

「武皇」「漢家」は、漢朝の武帝を指すが、実際は唐朝の玄宗を意味する（↓74頁）。

信知生男悪　反是生女好　　信《まこと》に知る男《だん》を生むは悪しく、反《かえ》って是れ女《じょ》を生むは好きを。

生女猶得嫁比鄰　生男埋没随百草　　女を生めば猶《な》お比鄰（近隣）に嫁《か》するを得たり、男を生めば埋没して百草（雑草）に随う。

「生男悪、生女好」（生まれた子が女ならば兵隊にとられずに済む）という俗諺が古来よりあり、杜甫はこれを活かし、己れの領土欲のために兵士を無駄死にさせる玄宗の政策を批判している。次は、末尾の一段。

君不見　青海頭　古来白骨無人収　　君見ずや青海の頭《ほとり》、古来白骨 人の収むる無し。

新鬼煩冤旧鬼哭　天陰雨湿声啾啾　　新鬼は煩冤《はんえん》（もだえ）し旧鬼は哭し、天陰《くも》り雨湿《うるお》うとき声啾《しゅう》啾たるを。

「青海」は、今の青海省ココノール湖。当時は吐蕃との係争地帯であった。その青海湖の畔《ほとり》は、戦死者の骨を拾う者もなく、亡霊たちは悶え哭している。——自分も苦境にあるが、社会の底辺を支える民衆はさらに苦境にあることを杜甫の眼は捉え、かれらの無念を代弁するのである。

辺塞詩

北方辺境の風土を題材とした詩。当初は従軍の苦労や悲哀を詠う詩だったが、六《りく》朝後期に、異域特有の風土を詠う新しいジャンルとして再生した。唐代に王昌齢・王翰《かん》・王之渙《しかん》らが想像の中にある辺塞のイメージを詠み込み、王維や岑参《しんじん》らが自らの実体験を基に辺塞の風土を詠じた。

中国の支配者は、その支配を維持するため、常に辺境地域への目配りを必要とした。版図を広げるために軍隊を出し、諸民族の侵入を防ぐために要塞を築いた。だがそのたびに辛苦を強いられたのは、一般民衆であった。広大な中国は、従軍の道のりも長く、しかも東西南北で風土はまったく異なるゆえに、慣れぬ辺境での労役は数倍の辛苦となった。兵隊に駆り出された者、それを見送った家族は、その悲しみを率直に吐露した。辺塞詩の源流は、この従軍の楽府《がふ》（民間歌謡）にまで遡《さかのぼ》る。これら楽府が帯びる従軍や戦闘の困苦のイメージは、六朝時代を通して意識され続け、「従軍行」「戦場南」等といったタイトル（楽府題→17頁・70頁）として定着する。

六世紀の南朝の梁・陳の頃には、従軍の苦難を主題とするのではなく、北方辺境の異質な風土に対する関心を主題に据《す》えて、彼《か》の地を体験する術《すべ》もない南朝の詩人たちが楽府に託して詠うようになり、今日見る辺塞詩の祖型がほぼ成立した。

唐代に入ると、辺塞詩の制作は最盛期を迎える。初唐の代表的詩人沈佺期《しんせんき》（→72頁）に「被試出塞」という五言詩が残されており、科挙の試験で辺塞を主題に作詩が課されるほどだった。辺塞詩が成熟し、独自のジャンルとして認知されるに至ったことを示す証拠であろう。

八世紀の盛唐に至ると、首都長安は、異域との交易を盛んに行う世界都市と化し、シルクロードを介して数多くの文化が流れ込んできた。目に映るグラスや胡姫《こき》の舞、耳に届く西域の音楽は、それまでの中国には無かった異国情緒をかもして、詩人たちの詩想を掻き立てた。彼らは、辺塞という軍事要塞を舞台にしつつも、戦争の直接的描写はせず、むしろ域内とは異質な風土にロマンチックな関心を寄せていった。王翰《かん》「涼州詞」はその典型として名高い。辺塞経験を持たぬ彼が、「涼州詞」という楽府題の持つイメージに依拠しつつ詠じた、辺塞詩の傑作である。

葡萄美酒夜光杯　欲飲琵琶馬上催　葡萄の美酒 夜光の杯《はい》、飲まんと欲《ほっ》すれば琵琶 馬上に催《もよお》す。

酔臥沙場君莫笑　古来征戦幾人回　酔うて沙場《さじょう》に臥《ふ》す 君笑うこと莫《なか》れ、古来征戦 幾人《いくにん》か回《かえ》る。

こうしたイメージを綴《つづ》る辺塞詩がある一方で、盛唐では自らの実体験による辺塞詩も制作されるようになる。王維・高適《せき》・岑参《しんじん》（→18頁）らが名高く、殊に高適・岑参は「高岑」と併称され、唐代を代表する辺塞詩人に数えられる。

走馬西来欲到天　辞家見月両回円　馬を走らせ西に来たり天に到《いた》らんと欲す、家を辞し月の両回円《まど》かなるを見る。

今夜不知何処宿　平沙万里絶人煙　今夜は知らず何《いず》れの処にか宿《しゅく》せん、平沙《へいさ》（一面の砂漠）万里 人煙 絶ゆ。

このまま西に進めば天にまで届いてしまいそうだ、長安を離れてから二度も満月を見てしまった。——右の岑参「磧《せき》中作」は、作者自身が西域に赴く途中で詠じた作といわれ、行けども尽きぬ磧中（砂漠）の風景が、実体験に基づき綴られている。

しかし盛唐期に、このような名篇が多数作られて以降、辺塞詩は急速に生彩を失ってゆく。安史の乱が勃発して、それまで辺塞詩の舞台となっていた北方辺境が異民族の支配下に入り、中国の世界から消滅したからである。

ところで「辺塞詩」という名称は、唐代以前には存在しない。『文選』（→64頁）では「軍戎《ぐんじゅう》」か「楽府《がふ》」という類目に収録され、「辺塞」の部立《ぶだて》が成立するのは、唐代の詩文を中心に編まれた『文苑英華《えいが》』（北宋初期、『文選』の後を承ける意図で編纂された詞華集→118頁）まで待たねばならない。この事実も、辺塞詩が唐詩に特有のジャンルであったことを裏付ける。付け加えれば辺塞詩は、これ以降、再び詩歌の中心に返り咲くこともなかった。

ラクダと辺塞詩　辺塞詩には、意外なことに駱駝《ラクダ》が登場しない。辺塞の位置する西域では、駱駝は重要な交通手段であるにも拘わらず、唐詩の用例はわずか九例のみ。辺塞は軍事に関する場であり、主役は軍馬なので、「砂漠の舟」という美称を持つ駱駝はイメージに合わなかったか。（寺尾剛「西域」『しにか』165）

閨怨詩

夫や恋人の不在による愛の喪失を嘆く女性、あるいは己れの容色が衰えゆくことへの不安をいだく女性の姿を、主として男性詩人が、第三者的な視点に立って詠ずる詩。古くから存在する重要ジャンルの一つである。

俳句は短歌に比べて、恋愛が詠われにくい。そもそも俳句というジャンルが、漢詩との強い影響関係に結ばれていて、恋愛に馴染まないのである。俗文学だった俳諧を俳句にまで昇華させた松尾芭蕉（一六四四―一六九四）。近代俳句を主導した正岡子規（一八六七―一九〇二）。俳句の開拓者たる二人は、ともに漢詩の素養を持ち、漢詩的な風韻を俳句に吹き込んでいたことが、しばしば指摘される。その漢詩には恋愛詩が伝統的に少なかった。漢詩の主たる作者は士人（官僚を出す知識階層）であり、天下の公人を自任する彼らにとって、詩とは士人の主張や感慨を表明する時に用いる、いわば公器であった。それだけに、異性への愛情の告白は、私的な領域に秘めるべきものとして詩の世界から閉め出されたのである。

とはいえ人間にとって、異性の存在は永遠の関心事であり、それは中国の士人とて例外ではない。そこで恋愛詩に替わって作られたものの一つが、閨怨《けいえん》詩であった。閨怨詩では、閨《ねや》に居る女性が、愛を喪失する不安に打ち震えながら、思慕する夫や恋人を待ち続ける姿を詠う。しかもその姿を、女性自身が詠うのではなく、大抵の場合、男性である士人が作者となり、女性を完全な客体に見立て三人称的観点から詠う点に特徴がある。つまり、当時の士人社会の価値観と抵触しないように自分を恋愛の圏外に退避させ、その上で、男性にとって好ましい女性像（男性を待ち続ける女性）を、いわば「置き物」のように描くのである。かくして閨怨詩は、漢詩の中の一つのジャンルとして成立することができた。

描かれる女性像は幾つかのパターンに分かれるが、皇帝の寵愛を失った後宮の女官（宮怨）・行商や兵隊に出た夫を心配する妻（思婦）が多く詠われる。次の王昌齢「閨怨」は後者に属し、愁いを知らぬ若妻という奇抜な起句で始まるが、結句は閨怨詩ならではの、出征した夫の身を案じ、その帰りを願う女性の姿を描いて終わる。

閨中少婦不知愁　春日凝粧上翠楼　　閨中の少婦　愁いを知らず、春日《しゅんじつ》　粧《よそおい》を凝《こ》らして翠楼《すい》に上《のぼ》る。

忽見陌頭楊柳色　悔教夫壻覓封侯

忽《たちま》ち見る陌頭《はくとう》 楊柳《ようりゅう》の色、悔《く》ゆらくは夫壻《ふせい》をして封侯《ほうこう》を覓《もと》めしむるを。

奥深い部屋の若妻は若さゆえに屈託がない。うららかな日に化粧を凝らして高殿にのぼる。そこで思いがけず、街路に植わる柳の新緑が眼に入った。「手柄を立てて出世して」と言ってしまったことを、今にして悔いるのだ。――王昌齢（六九八？〜七五七？）は七言絶句の名手として知られ、この詩も、ふと眼にした柳が夫との離別を思い出させるという第三句を転機として、絶妙な起承転結を展開させる。「楊柳《やなぎ》」は別れの場面に現れる詩語であり、別れの事実を若妻に思い出させることになる。

ところで、当の女性自身によって描かれる女性像は、皆無ではない。ただし唐詩を例に取っても、女性詩人の数は全詩人の五％にも満たず、しかも男性による閨怨詩の中の作り物めいた女性像を、そのまま踏襲するだけのものである。そうした乏しい水脈にあって、魚玄機（八四四？〜八六八）の「送別」はひときわ異彩を放ち、愛に身を焦《こ》がす彼女の情念が、直截《せつ》に詠われている。これは、もはや閨怨詩ではなく、正真正銘の恋愛詩（→100頁）である。

秦楼幾夜愜心期　不料仙郎有別離
睡覚莫言雲去処　残灯一盞野蛾飛

秦《しん》楼 幾夜《いくや》 心に愜《かな》いて期《ちぎ》る、料《はか》らざりき仙郎に別離有るとは。
睡《ねむ》りより覚《さ》めて言う莫《な》かれ 雲の去りし処《ところ》を、残灯一盞《いっさん》 野蛾《やが》は飛ぶ。

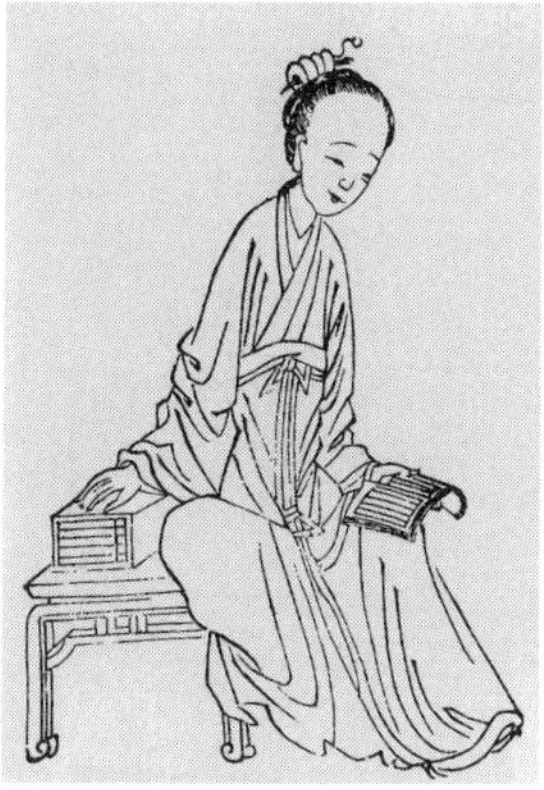
魚玄機（『歴代名媛詩詞』）

妓楼でどれほど夜を重ねたことでしょう。まさかあなたとの別れがくるとは。眠りから覚めても、雲と化して流れる私の行方を探さないで下さい。燃え尽きそうな灯火の中に、野辺の蛾が飛び込んで身を焦がすばかりです。――正妻の嫉妬に困った李億が、妾の魚玄機を棄てたさいの作という。失意の魚玄機は出家するが、その後、一人の男性をめぐる嫉妬心から侍女を殺《あや》めてしまう。その年の内に処刑され、二五歳の短い生涯を閉じた。まさに「野蛾」の如く哀れな末路をたどった彼女を、森鷗外が小説「魚玄機」に仕立てている。

韋応物

中唐前期を代表する詩人（七三七?〜七九一?）。形式主義に陥った大暦年間の詩風を克服して新しい時代の文学を模索し、盛唐と中唐を橋渡しする詩人となった。次代の白居易に多大な影響を与える。好んで山水自然の美を詠じ、王維・孟浩然・柳宗元とともに「王孟韋柳」と評された（↓76頁）。

名門に生まれた韋応物は、高官の子弟に許された恩蔭の制度により、十代の若さで玄宗の侍衛として仕えた。しかし安史の乱に巻き込まれ、試練の時期を迎える。韋応物は出処進退に迷い、退居と仕官とを繰り返す。彼の文学の複雑さは、この苦悶の中に過した人生と無関係ではない。

大暦（七六六〜七七九）になると、戦乱もようやく鎮まり、大暦十才子（『新唐書』「盧綸伝」によれば、盧綸《ろりん》・吉《きつ》中孚《ふ》・韓翃《こう》・銭起・司空曙《しょ》・苗《びょう》発・崔峒《さいどう》・耿湋《こうい》・夏侯審・李端）の出現で、文壇は復活した。しかしその内実は、朝廷の権力者に伺《し》候して、当たり障りのない儀礼的な五言律詩を作るばかりだった。韋応物も当初はその中の一人であった。

しかし彼は一方で、魏晋に模範を求め、素朴で剛毅な五言古体詩を作り始めた。この方法によって、大暦の詩風を克服しようとしたのである。その成果は、四十代の半ばより中央官界から離れ、滁《じょ》州・江州・蘇《そ》州の地方の大官（刺史＝州長官）として、公務の余暇に自分自身の時間を持つようになった時に、独自の文学として開花する。それは白居易が評するところの「高雅閑澹（高尚で俗気がない）」の詩風であった。蘇州刺史時代の名作に、「郡斎（州の官舎）にて雨中に諸の文士と燕集（宴会）す」がある。自分の官舎に在地の文人を招いて、風雅の集まりを持った、その詩の全篇を読もう。

兵衛森画戟　宴寝凝清香　　兵衛（番兵）画戟《がげき》（豪華なホコ）森《おごそ》かに、宴寝（居間）清香《せいこう》を凝《こ》らす。

海上風雨至　逍遙池閣涼　　海上より風雨至り、逍遙（散歩）すれば池閣（池畔の高殿）涼し。

煩痾近消散　嘉賓復満堂　　煩痾《あ》（憂鬱）近ごろ消散し、嘉賓《かひん》（文人）復《ま》た堂（広間）に満つ。

自慚居処崇　未睹斯民康　　自ら慚《は》ず　居処（職位）の崇《たか》くして、未だ斯《こ》の民の康《やす》らかなるを睹《み》ざるを。

夏のある日、蘇州の官舎に文士たちを招いた。雨が降って、暑さも一服。慚愧に堪えないのは、州の長官でいながら、民心を安んじられないことだ。

理会是非遣　性達形跡忘　　理の会《かな》えば是非（評価）を遣《わす》れ、性の達《かな》えば形跡（仕事）を忘る。
鮮肥属時禁　蔬果幸見嘗　　鮮肥《せんぴ》（魚・肉の料理）は属《たま》ま時禁（夏の時節柄避ける）、蔬果《そか》は幸に嘗《な》めらる。
俯飲一杯酒　仰聆金玉章　　俯《ふ》して一杯の酒を飲み、仰ぎて金玉の章《しょう》（参集した文士の優れた詩文）を聆《き》く。
神歓体自軽　意欲凌風翔　　神《こころ》歓びて体は自《おのず》ら軽く、意《おもい》は風を凌《しの》ぎて翔《かけ》らんと欲す。

宴会の描写。夏の時節柄、魚や肉の料理は控えたが、美味しい果物は客人に賞味してもらえる。そして酒を飲み、詩を作って披露し合う。

呉中盛文史　群彦今汪洋　　呉中（蘇州）文史（学芸）盛んに、群彦《ぐんげん》（群賢）今　汪洋《おうよう》（盛ん）たり。
方知大藩地　豈曰財賦疆　　方《はじ》めて知る大藩（蘇州）の地、豈《あ》に財賦の疆《さかい》（財力に富む土地）とのみ曰《い》わんや。

蘇州には、学芸があり、文人がひしめいている。今迄は財力に富む土地とばかり思っていたのは、勘違いだった。

——文人たちと対等の関係で、手を携えて共に文雅の世界に游ぶ。政治的権勢や、世俗的奢侈を低く見る、新しい時代の文人の価値観が表明されている。韋応物が文学史の重要詩人であるのは、このためである。

やはり蘇州刺史だった頃、友人丘丹（→コラム）に宛てた「秋夜、丘二十二員外に寄す」は、短篇ながら、閑寂を愛する彼の個性がうかがわれる。白居易を始めとする後世の詩人たちは、このような詩に惹《ひ》かれたのである。

懐君属秋夜　散歩詠涼天　　君を懐《おも》えば秋夜に属す、歩《ほ》を散じて涼天に詠ず。
山空松子落　幽人応未眠　　山空《むな》しくして松子《しょうし》（松笠）落つ、幽人（世俗を嫌う丘丹）応《まさ》に未《いま》だ眠らざるべし。

丘丹　近年、韋応物夫婦（韋応物・元蘋《げんぴん》）と息子夫婦（韋慶復・裴棣《はいてい》）の墓誌が出土し、不明だった韋応物の字が義博、卒年が貞元七年（七九一）と明記されていた。韋応物の墓誌は、丘丹が書いている。二人の友情の証である。

韓愈

字は退之《たいし》（七六八 八二四）、鄧《とう》州南陽（河南孟州市）の人だが、昌黎《しょうれい》（河北省）出身と自称した。硬骨漢の文人であり、六朝風の技巧的な駢文に反対し、漢魏以前の素朴で力強い古文の復興を提唱した。唐宋八大家の筆頭。詩も善くし、同時代の白居易と声望を等しくする。

六朝《りくちょう》時代に発達した駢《べん》文（↓48頁）は、文辞を飾る美文であり、ともすれば対偶に拘泥《こうでい》し、四字句・六字句の字数合わせに腐心するあまり、空疎な内容に陥ることがあった。これに異議を唱えて、達意の古文を主張する向きは初唐にも既にあったが、文壇を動かす古文運動にまで気運を高めたのは、中唐の韓愈である。

韓愈は科挙（高等官資格試験）の進士科に三度失敗したが、四度目に梁粛《りょうしゅく》の推挙を受ける幸運に恵まれて及第する。梁粛は兄の韓会の友人であり、彼らは蕭穎士《しょうえいし》や李華らとともに古文の推進派という関係にあった。

韓愈は六朝風の駢文を斥け、秦漢より以前の孔子や孟子ら聖賢が用いた文体＝古文の復興を主張した。のちに友人柳宗元が同調し、ともに古文を推進する。この古文復興は、単なる文体運動ではなく、載道的文学観の実践でもあった。中国の儒教的文学観には、文とは「載道――道を載《の》せる」手段だという考えがある。道は堯舜《ぎょうしゅん》・孔子ら聖人によって伝えられたが、孟子の死によって断絶したと韓愈は考えた。その断絶した道を復活させるものとして、儒教の経典の文体＝古文が必要とされた。文（表現）を道（精神）に一致させることで、儒教の経典が本来そなえる精神に立ち返ろうとしたのである。韓愈は、文学者であるが、同時に儒教の思想家でもあった。漢から唐に至る儒教は、訓詁《くんこ》学（文字の解釈）が中心だったが、韓愈の視点は訓詁よりも儒教の原義探求に重きが置かれ、これは後の宋学（朱子学↓134頁）へと引き継がれていった。

韓愈の考えは、代表作「原道（道を原《たず》ぬ）」等で強く説かれている。儒教の道を復興するため、当時隆盛だった道教・仏教を異端として排斥した。その結果、八一三年に仏舎利事件を引き起こす。当時、仏教は熱狂的な信仰を集め、皇帝も例外ではなく、寺の仏舎利（仏骨）を宮中に迎えて供養しようとした。韓愈は「仏骨を論ずる表」を奉り、憲宗皇帝を諫《いさ》めた。曰く「仏に如《も》し霊有りて能《よ》く禍祟《かすい》（たたり）を作《な》さば、凡有《あらゆ》る殃咎《おうきゅう》（とがめ）は宜《よろ》しく臣が身に加うべし。上天よ鑒臨《かんりん》（ごらん）あれ、臣、怨悔せじ」と。

この結果、皇帝の逆鱗《げきりん》に触れ、韓愈は僻地の潮州（広東潮洲市）へ左遷される。今日的に観れば、仏教に対する偏狭な排斥には、批判の余地もあるだろう。とはいえ、仏に対して呪えるものなら呪ってみよと挑発する大胆不敵な言辞は、まさに硬骨漢たる韓愈像を映し出している。

韓愈は古文復興のリーダーとして名高いので、日本では散文家というイメージが強いが、中国では「李杜韓白」と呼ばれ（清・乾隆《けんりゅう》帝『唐宋詩醇《じゅん》』）、李白・杜甫および白居易と並び称される最上級の詩人である。中唐詩の特徴は〝詩の散文化〟にあるが、じっさい韓愈と白居易は、ともに盛唐詩に比べて詩の表現領域を更に広げ、従来は散文が担っていた議論を詩に持ち込み詠う。ただし両者の詩風は異なり、白居易は平易・通俗であるけれども、韓愈はその反対で、晦渋《かいじゅう》・難解といわれる。韓愈は、「陳言（古くさい言い回し）を務めて去る」（「李翺《よく》に答うる書」）ことを好み、ありきたりの表現では満足せず、奇抜さを求める結果、難解になっているようである。アクの強い彼の個性が、よく反映されていよう。

韓愈は、親分肌の性格であった。彼のもとには、孟郊（七五一―八一四）・張籍（七六六?―八三〇?）・賈《か》島（七七九―八四三）・李賀（↓110頁）など韓門詩人と称される多くの詩人が集まり、中唐文壇の首領として活躍した。

唐宋八大家　八人の古文家。唐の韓愈・柳宗元と、宋の欧陽脩・蘇洵《そじゅん》・蘇軾《しょく》・蘇轍《てつ》・曾鞏《そうきょう》・王安石。彼らの努力によって、その後の中国では、古文が知識人の標準文体として定着する（↓123頁）。

剛直の聞こえ　韓愈が左遷地から復帰すると、都では「あの仏骨さえ焼こうとした男」と囁《ささや》かれた。京兆尹《けいちょういん》（都知事）兼御《ぎょ》史大夫《したいふ》（検察庁長官）を務めた間は、荒くれ者の多い軍隊将校たちも震え上がり、盗賊すら現れなかったという（李翺《こう》「韓公行状」）。

秋懐詩

韓愈四五歳の作。五言古体詩十一首から成る連作で、抒情詩人としての韓愈の頂点をなす名作である。時間の推移、生命の消耗に対する嘆きを、情緒的な詠嘆の手法によらず、乾いた理知的言語を用いて表現する点に、この詩の抒情詩としての画期的な新しさがある。

「韓愈は文を以て詩を為《つく》る」（黄庭堅）と評される。実際、韓愈の詩が散文的な用語や発想を多分に含み、とりわけ長篇の古体詩の中で叙述や理窟を積み上げてゆく筆致は、韓愈ならではの特徴となっている。では韓愈の詩は、抒情性の枯渇した、単に詩の体裁を取った散文に過ぎないのか。またそもそも理知的であることは、抒情と対立するものなのか。

韓愈の詩は、濡れそぼつ詠嘆性をあえて削ぎ落とし、乾いた理知的な言語を用いて、それまでの誰もが手にしえなかった鮮烈な抒情を成し遂げることになる。「秋懐十一首」の第九首を、全篇読みたい。

霜風侵梧桐　衆葉著樹乾　　霜風《そうふう》 梧桐《ごどう》（アオギリ）を侵し、衆葉 樹に著《つ》きて乾く。

空階一片下　琤若摧琅玕　　空階《くうかい》に一片下《くだ》れば、琤《そう》として琅玕《ろうかん》（宝玉の名）を摧《くだ》くが若《ごと》し。

冷たい風が梧桐を侵し苛《さいな》み、たくさんの葉は、樹にへばり付いたまま干からびた。がらんとした階《きざはし》にその一枚が落下して、カシャンと、美玉の砕け散るような音を立てた。――落ち葉は、秋の景物であり、人はそれを眺めて感傷に沈むのである。しかし韓愈は、その落葉を全く違うものとして描いた。樹から落ちずに無残に干からびる葉を描くのも斬新であれば、落ち葉の音を、玉の砕け散るような尖鋭な響きとして聞いたのも、韓愈が初めであろう。その結果、秋の感傷は、甘い詠嘆の情緒を脱ぎ捨てて、思索者の悲しみへと姿を変えるのである。

謂是夜気滅　望舒霣其団　　謂《おも》えらく是れ夜気の滅して、望舒（月の神）其《そ》の団《だん》（丸い月）を霣《おと》せるかと。

青冥無依倚　飛轍危難安　　青冥に依倚《いい》（拠り所）無く、飛轍《てつ》 危くして安んじ難《かた》し。

その音を聞いて思ったのだ、夜のエーテルが希薄になったとき、きっと月の神の手元が狂って、丸い月を落としたのだ。そもそも天空には支えがないので、月の軌道は、危険なまでに不安定なのだ。――月が、落ちて来た。韓愈は次の瞬間に、空階に落下して砕けたのは美玉ではなく、月だと考えたのである。滑稽なばかりに、奇想天外な想像である。しかしそんなたわいもない理知の遊戯の中から、悲哀がそっと顔をのぞかせている。そして、

驚起出戸視　倚楹久汍瀾　驚き起《た》ちて戸《と》を出《い》でて視《み》、楹《はしら》に倚《よ》りて久く汍瀾《がんらん》（落涙）たり。
憂愁費晷景　日月如跳丸　憂愁して晷《き》景（時間）を費せば、日月《じつげつ》跳丸《ちょうがん》（お手玉、太陽と月が速く出没するさま）の如し。
迷復不計遠　為君駐塵鞍　迷復（頑迷）遠きを計らず、君が為に塵鞍《じんあん》を駐《とど》めん。

起き出して扉を開け、テラスの柱にもたれて涙を流す。悲しい思いを懐いて、時間を費やしてきた。太陽と月はお手玉のように、東から昇ってすぐに西に沈んでゆくのだ。頑迷な人間には到底、遠大なことは考えられない。そんなお前（韓愈自身）の為に、しばし馬を留めて、思案する時間を与えてやろう。——自分を頑迷な愚か者と突き放して、その自分に慈しみの眼差しを送る。その突き放し、つまり自己を客観的に見る視線を持つことが、韓愈の詩が知的であることの証拠となろう。またそれでいて、韓愈の詩が、みずみずしい抒情性を持つことも、理解されるであろう。

中国では唐代の大詩人を「李杜韓白」と数える。李白・杜甫・白居易には納得しても、もう一人が韓愈であることに、日本人は違和感を覚えがちである。中国的抒情の何たるかを知ろうとする時、韓愈の詩はその試金石となるだろう。

悲秋の伝統　農耕を営む古代人にとって、秋は収穫を喜ぶ季節である。中国の最も古い歌謡を収める『詩経』（↓26頁）には、秋を悲しむものはない。悲秋は、知識人による文学の成熟と共に現れる。秋は、人生の秋と重ね合わされ、人生の短さを悲嘆する季節と変貌するのである。その始まりは、『楚辞《そじ》』（↓28頁）に収める宋玉の「九弁」である。いわく「悲しい哉《かな》 秋の気たる也《や》、蕭瑟《しょうしつ》として草木《そうもく》は揺落し変衰す……」。その後、西晋・潘岳《はんがく》（↓46頁）の「秋興賦《しゅうきょうふ》」もあり、『文選』に収められる。杜甫には、七言律詩の連作「秋興八首」があり、杜甫の文学の到達点として評価される。韓愈のこの「秋懐詩十一首」は、これらの分厚い悲秋文学の系譜の中にあって、ひときわ尖鋭な個性を主張する名作である。

柳宗元

字は子厚。本籍によって柳河東とも呼ばれる（七七三―八一九）。若くして政治改革に身を投じたが失脚し、南方の辺境に左遷され生涯を終えた。人間非在の自然の中に孤独な自己を投影して、すぐれた山水文学をのこした。詩は唐を代表する自然詩と目され、文は叙景文の模範と仰がれる。

中唐は、科挙出身の官僚が、政治のみならず文壇の担《にな》い手として登場する時代である。とくに後半の元和年間（八〇六―八二〇）は、韓愈・白居易らの大型の文人が登場して、文学に一時代を画した。柳宗元も、その中の一人である。彼らに共通するのは、文学は、政治に責任を持つ者が作る、というエリートの気概であった。

柳宗元は貞元九年（七九三）、二一歳で進士に合格。さらに貞元一三年、最難関の博学宏詞《こうし》科にも合格して、気鋭のエリート官僚として華々しいスタートを切った。永貞元年（八〇五）、順宗の側近王叔文の政治改革に呼応し、劉禹錫《りゅううしゃく》（進士同年及第の親友 七七二―八四二）等とともに、宦官《かんがん》・旧貴族の抑制に乗り出す（永貞の革新）。だが宦官の巻き返しに遭い、わずか八か月で順宗は退位を迫られ、王叔文派の官僚は失脚、柳宗元も永州（湖南省）へ左遷される。元和一〇年（八一五）には、名目では司馬（州の属官）から刺史（州の長官）へと昇進するが、更に遠隔の柳州（広西壮《チワン》族自治区）への赴任を命じられた。四年後にようやく長安召還の恩赦が出たが、詔《みことのり》の到着を前に死去した。四七歳だった。柳宗元は、唐代では韓愈と並ぶ古文の大家（唐宋八大家の一人）であり、毒蛇を捕らえて暮らしを立てる貧民を描いた「捕蛇者説《ほじゃしゃせつ》」や、永州の山水を描いた「永州八記」の名文で知られている。と同時に、彼はひときわ個性の光るこの時代の代表的な詩人でもあった。

唐代の山水文学は、王孟韋柳（王維・孟浩然《こうねん》・韋《い》応物・柳宗元《そうげん》）をもって代表的詩人とみなす。ただし一点異なるのは、柳宗元のみが貶謫《へんたく》（懲罰としての左遷）の中でその文学を作り上げたことである。柳宗元の自然描写は、単に山川自然の美しさを詠い上げるものではなく、貶謫のはてにある精神の孤独が山水に託されていることが多い。柳州での七言絶句「浩初上人《しょうにん》と同《とも》に山を看て京華《けいか》（みやこ）の親故に寄す」は、自己を千億の身に化して山頂にまき散らし、そのあまたの分身の眼をもって遥か故郷（長安）を見すえようと願う詩であり、望郷の思いの深さが痛々しいほど伝わってくる。

海畔尖山似剣鋩　秋来処処割愁腸
若為化得身千億　散上峯頭望故郷

海畔《かいはん》の尖山《せんざん》は剣鋩《ぼう》（剣先）に似て、秋来　処処　愁腸を割《さ》く。
若為《いか》でか身を千億に化し得て、散じて峰頭《ほうとう》に上《のぼ》りて故郷を望まん。

柳宗元の生涯は結局、不遇に終わった。しかし友人韓愈は「柳子厚墓誌銘」を撰し、その不遇が無ければこれほどの文学を残すことはなかった、と述べる。この発言には、失意に終わった友人の人生をまるごと肯定する、温かい友情がこめられているが、同時に、「不平にして鳴る（不遇のときこそ思いは優れた文学となって現れる）」という韓愈の文学観が表明されたものとなっている。たしかに貶謫されなければ、山水自然の姿の底に、人間の孤独を刻み続ける必要もなかっただろう。金の元好問（→140頁）が「柳宗元は唐の謝霊運」（「論詩絶句」）と評するのも、左遷の境遇の中で、却って山水詩の祖となり得た謝霊運（→54頁）に擬えたものに他ならない。

柳宗元の山水詩の中で、「江雪」は絶唱である。

明・朱端「寒江独釣図」

千山鳥飛絶　万径人蹤滅
孤舟簑笠翁　独釣寒江雪

千山　鳥　飛ぶこと絶え、万径　人蹤《じんしょう》　滅す。
孤舟　簑笠《さりゅう》の翁《おきな》、独り釣る寒江の雪。

山という山に飛ぶ鳥の姿はなく、道という道から、人の足跡が消えた。ぽつんと浮かぶ一艘《そう》の舟で老人が、冷たい川に釣り針を垂らしている。——永州での作品。冬の厳しい雪景色が、前半の僅か十文字に集約されている。魚を釣ることすらも忘れたように、雪景色の中に凝固してしまった漁翁。永州の世界は、これほどに柳宗元の魂を凍て付かせていたのである。

死友の交わり　柳州左遷時、劉禹錫はさらに辺鄙な播《は》州（貴州）左遷を命じられた。劉禹錫には老母がいることを知る柳宗元は、自分が替わって播《は》州に行くことを申し出た。これにより劉禹錫は連州（広東）左遷に減じてもらえた。柳宗元の死後、彼の文集を劉禹錫は編む。そして遺児を引き取って育てたという。

白居易

字は楽天。香山居士《こうざんこじ》、酔吟先生と号した。下邽《かけい》（陝西渭南市）の人（七七二―八四六）。詩は平易な作風で、しかも好んで理論を説く。『白氏文集』は、約二九〇〇首の詩と七七〇篇の文を収録する。「長恨歌」「琵琶行」などの物語詩は特に有名。質量ともに中唐最大の詩人である。

白居易は、〝理《すじみち》〟を立てることが好きだった。詩作においては、本来抒情的である詩歌の中へ、論理を持ち込み、巧みに詠いあげた。それらの作品は大別して、関心が他者に向けられた諷諭《ふうゆ》（諷刺批判）の詩と、自己に向けられた閑適・感傷の詩とが存在する。

白居易は二九歳で進士に及第し、翰《かん》林学士や左拾遺等を歴任する。若い頃は杜甫の影響も受けて、「新楽府《がふ》五十首」、「秦中吟十首」など社会悪を諷諭した詩が多い。白居易は生活信条として、公職にあっては兼済《けんさい》（広く天下を兼ね済《すく》う）、私生活にあっては独善（我が身だけは善行を守る）の考えを持っており、前半期は、兼済の論理によって多くの諷諭詩を作った。四四歳のとき、信念に基づく政治的発言が、かえって越権行為と見なされて、江州（江西九江市）左遷を命じられる。五年後にいったん都へ戻るが、五一歳のときは杭州、五四歳には蘇州の刺史《しし》（州の長官）に転出する。五六歳からは、権力闘争の激しい長安は避けて、副都洛陽にて名目的高官を歴任し、自適の生活を送った。

江州左遷以降は、独善の傾向を強めて、日常のくさぐさを見つめ、閑適・感傷の詩がより多く詠じられてゆく。文学史の大局から見るならば、このとき日常性に密着した詩歌を彼が多作したことは重要である。日常性を詠った詩歌は宋詩になれば一般的になるが、中唐の段階では未開拓の表現領域であった。従来日常を詠った詩人といえば古くは陶淵明（→50頁）がいたが、いわば白居易は、六朝《りくちょう》の陶淵明を承けて、つづく宋詩のために新しい詩の世界を開拓した詩人と言えよう。実際、白居易は「陶潜体に効《なら》う詩十六首」（其の五）と題して、陶淵明の作風を公然と祖述している。

一飲一石者　徒以多為貴　　一飲に一石《いっこく》なる者は、徒《いたず》らに多きを以って貴《たっと》しと為す。

及其酩酊時　与我亦無異　　其《そ》の酩酊《めいてい》の時に及んでは、我と亦《ま》た異なる無し。

笑謝多飲者　酒銭徒自費　笑いて謝す 多く飲む者の、酒銭 徒《いたず》らに自ら費すを。一度に一石も飲みほす者は、むやみに酒量の多さを自慢しているだけ。酩酊してしまえば、私と何ら変わらない。笑って辞退申し上げる。大酒飲みは、酒代《さかて》が無暗《むやみ》に掛かるだけ。――陶淵明が酒を愛したように、白居易も酒・詩・琴を「三友」と称して愛した。どうやら酒は強くなかったが、理屈によって自己の酒量を肯定し、飲酒論を展開している所が、いかにもこの人らしい。

白居易は、詩文を多作しただけでなく、保存にも熱心だった。自己の残した詩業に理《すじみち》をつけたかったからであろう。作品を、諷諭・閑適・感傷・雑律（その他）に整理分類して、作品集を編んだ。これを『白氏文集』という。幾たびかの編集を経て、前集五〇巻が親友元稹《げんしん》によって編纂された後、後集二〇巻・続後集五巻を亡くなる前年に、自らの手によって完成させた。写本を五部つくり、仏寺に納めた。今は四巻が失われて七一巻が現存している。

晩年の白居易は、仏教への帰依《きえ》を深めた。洛陽南郊の香山寺に寓居する時間も多く、自ら香山居士とも号した。そもそも理を以って自らの感情を納得させるタイプの人ゆえに、仏教の論理は彼に大きな拠り所を与えたのであろう。

白居易は、平安の文学に大きな影響を与えた。平安時代最大の漢詩人である菅原道真はもとより、紫式部や清少納言ら女性も含めて、多くの貴族たちが愛読した。

平易な詩風　新作の詩が出来ると、文字を知らぬ老婆に読んで聞かせ、理解してもらえぬ箇所は改めたという（北宋・彭《ほう》乗『墨家揮犀』巻三）。このため「白俗」（白居易の詩は俗に迎合的だ）と評される。

白氏文集《ぶんしゅう》　呉音読みすれば「もんじゅう」。しかし平安時代は、漢音が標準音として尊重されており、「ぶんしゅう」と読まれていたはずである。「もんじゅう」は、明治期あたりに類推読みされた名残《なごり》であろう。

その名　科挙受験のため上京した白居易少年は、著名な詩人顧況をたずねて自作の詩を見せた。顧況は白居易という署名を見て、「長安は物価が高く、ここを住居とすることは易しくない」とからかったが、その詩（「賦《ふ》して古原の草を得たり、送別」）を読むに及んで感嘆し、「先ほどの発言は老人の戯れにすぎません」と謝った（張固『幽閑鼓吹』）。

長恨歌

玄宗皇帝と楊貴妃のラブロマンスを詠った物語詩。生前の華やかな恋物語、楊貴妃が都落ちする途中の馬嵬坡《ばかいは》で命を落とす悲劇、さらには亡き楊貴妃に寄せる玄宗の思慕をつづり、死後の神秘的な世界にまで展開する。日本でも愛読され、源氏物語を始め多くの文学に影響を与えた。

中国において、恋愛が文学の主題として登場するのは、中唐以後である。いわば中唐は、「恋愛の発見」とも呼ぶべき文学史上の一大画期に当たっており、それはちょうど西洋において、中世後期の宮廷文学の中で恋愛が発見されたことと似ている。そもそも、恋愛という事実があるから、そこに恋愛詩が出来ると見るのは、文学を余りに素朴に考えすぎている。中国人も、古来より恋愛をしてきたが、ここに至るまで恋愛は、文学の主題として成熟することはなかった。恋愛を取り上げたこの全一二〇句から成る長篇詩「長恨歌《ちょうごんか》」の出現は、まさに中唐に象徴的な事件と言えよう。

漢皇重色思傾国　御宇多年求不得　漢皇色《いろ》を重んじ傾国（美女）を思う、御宇《ぎょう》（治世）多年求むれど得ず。

楊家有女初長成　養在深閨人未識　楊家《ようか》に女《むすめ》有り初めて長成す、養われ深閨《けい》に在り人未《いま》だ識《し》らず。

楊貴妃は、実は玄宗の息子（皇子寿王）の側室だった。玄宗はこれを奪い取って、自分の後宮に入れた。それゆえに、漢皇は美女を探し続け、楊家の深窓の令嬢が選ばれたという導入の説明は、唐の皇帝ではなく漢の皇帝に、息子の側室ではなく深窓の令嬢に置き換えることで、二重に史実と異なる。さらにここでは、漢の武帝のロマンスも意識した表現ともなっている。こうした手の込んだトリックで、この詩が虚構であることを宣言しようとしたのであろう（↓74頁）。

翠華搖搖行復止　西出都門百余里　翠華《すいか》揺揺として行きて復《ま》た止まり、西のかた都門を出づること百余里。

六軍不発無奈何　宛転蛾眉馬前死　六《りく》軍発せず奈何《いかん》ともする無く、宛《えん》転たる蛾眉《がび》（眉目秀麗な楊貴妃）馬前に死す。

花鈿委地無人収　翠翹金雀玉搔頭　花鈿《でん》（かんざし）地に委《ゆだ》ね人の収むる無し、翠翹《すいぎょう》金雀　玉搔頭《そう》（三つとも髪飾り）。

君王掩面救不得　回看血涙相和流　君王　面《おもて》を掩《おお》いて救い得ず、回《かえ》り看て血涙　相い和して流る。

楊貴妃を溺《でき》愛した玄宗は、政治を顧みなくなり、安禄山の反乱に口実を与えてしまう。玄宗は楊貴妃ら一族を伴って長安を脱出したが、都の西わずか百余里（約五六キロ）の馬嵬坡において、六軍（近衛部隊）の不満が頂点に達し、ついに楊貴妃は死を迫られる。地面に落ちた彼女の高価な髪飾りを、誰も拾おうとはしなかった。

やがて長安は回復され玄宗は都へ戻るが、楊貴妃を哀しんで悶々たるの日々を送る。そこで、霊術を能くする道士に依頼し、魂となった楊貴妃を捜索させる。果たせるかな楊貴妃は天上にいた。

臨別殷勤重寄詞　詞中有誓両心知　　別れに臨んで殷勤に重ねて詞を寄す、詞中に誓い有り両心のみ知る。
七月七日長生殿　夜半無人私語時　　七月七日　長生殿、夜半　人無く　私語の時。
在天願作比翼鳥　在地願為連理枝　　天に在りては願わくは比翼《ひよく》の鳥と作《な》り、地に在りては願わくは連理の枝と為らん。
天長地久有時尽　此恨綿綿無絶期　　天は長く地は久しきも時《とき》有りてか尽きん、此《こ》の恨み綿綿として絶ゆる期《とき》無からん。

楊貴妃は道士に伝言を託す。それはかつて七月七日に長生殿にて交《か》わした、二人だけが知る私言《ささめごと》であり、「二羽が寄り添って一羽となる鳥や、二本が幹を結び合わせて一本となる大樹、そんな夫婦になろう」という二句であった。

この「長恨歌」は発表当時から評判となり、長安では「長恨歌」を歌える妓女の花代は高かったという（「元九に与うる書」）。また、宣宗《せんそう》皇帝「白居易を弔《とぶら》う」（『全唐詩』巻四）によれば、童子でさえも吟じ得たという。

日本でも愛読された。『源氏物語』「桐壺」への影響は特に深い。鎌倉時代の『保元物語』『平家物語』等や、室町時代の『太平記』等、あるいは謡曲や浄瑠璃にも影響の跡が見える。

漢の武帝のロマンス　白居易の「李夫人」詩によると、武帝は亡き李夫人を想いながら香を焚くと、夫人の魂が現れたという。これは「反魂香」という故事として、わが近松門左衛門『傾城反魂香』や上田秋声『雨月物語』「白峰」等にも影響を与えた。

詩と散文　「長恨歌」とペアになる陳鴻の伝奇「長恨歌伝」（↓105頁）では、唐の玄宗が名指しで登場する。詩と散文では、時間や空間の観念が異なるらしい。（川合康三『白楽天』岩波新書46頁）

新楽府

中唐後期に集中的に作られた、社会批判の詩。荒廃した社会や政治の現況に対して、作者の批判的な考えを明確に主張するのが特徴。一定の衝撃を世に与えることには成功したが、表現意図が明白すぎたため、詩が持つべき余韻や含蓄に乏しく、次第に下火となった。

未曾有《みぞう》の繁栄を誇った大唐帝国も、無謀な領土拡張戦争や、安史の乱などによって、国力は疲弊した。そのしわ寄せは最終的には民衆が引き受け、重税や徴兵によって苛酷な生活を余儀なくされることになる。しかし惨《みじ》めな思いを強いられても、訴えるすべを民衆は持たず、そこで杜甫（→82頁）や白居易（→98頁）たちは、楽府《がふ》に期待される諷諭機能に託して、民衆の不満や批判を代弁する詩を詠んだ。これが新楽府である。中国の知識人たちが共有する文学観によれば、そもそも楽府と呼ばれる民間歌謡には、民衆の偽りない思いが反映されており、だからこそ民衆の不満や批判を察知するために、政府はこれに耳を傾けなければならないのである。ところが時を隔てるにつれて楽府は本来の趣旨が失われ、文人の手に成る表現の巧みさを競う擬古楽府（替え歌）が主流となって、そこに民衆の不満や批判が代弁されることは無くなった（→17・70頁）。白居易たちはそれを本流に戻そうとして、新しい楽府――新楽府をおこしたのである。

先鞭を着《つ》けたのは杜甫である。「兵車行」（→84頁）や「三吏《り》三別」と称される「新安吏」「潼関吏《どうかんり》」「石壕吏」「新婚別」「衰老別」「無家別」は、民衆の苦境を生々しく写実した詩であり、彼らへの同情と、為政者への批判が込められている。元結（七一九―七七二）の「系楽府十二首」は、民衆の声を為政者につなげる意図から作られた。また彼の「舂陵《しょうりょう》行」は、杜甫をも感動させたと伝えられる。

朝餐是草根　暮食是木皮　　朝の餐《さん》は是れ草根、暮の食は是れ木皮。
出言気欲絶　言速行歩遅　　言《げん》を出《いだ》すも気は絶えんと欲し、言は速《すみや》かなれど行歩は遅し。

つづく中唐後期、張籍（七六六?―八三〇?）・王建（七六六?―八三一?）は、擬古楽府および新題楽府の手法を拡張することで民衆の苦難を描き、「張王の楽府」と評された。たとえば王建「水夫謡」は、駅（宿場）に生まれたせいで、役人に船牽《ひ》きを強いられる男のうた。

苦哉生長当駅辺　官家使我牽駅船　　苦しいかな生長して駅辺に当たる、官家（役人）我をして駅船を牽《ひ》かしむ。

辛苦日多楽日少　水宿沙行如海鳥　　辛苦の日は多く楽日は少なし、水に宿《しゅく》し沙《さ》に行くこと海鳥《かいちょう》の如し。

こうした流れに刺激されて、李紳（七七二―八四六）・元稹《げんしん》（七七九―八三一）・白居易の三人は、楽府本来の諷諭精神を前面に打ち出し、政治主張を明確にした楽府を制作する。「新楽府」という名称は、これを機に定まった。

まず李紳が「楽府新題二十首」（散逸）を作り、元稹がこれに唱和して「李校書郎（李紳）の新題楽府に和す十二首」を作った。この二人に白居易が共鳴し、さらに全体を五〇首にまで増やして唱和したのが、「新楽府五十首」である。その第九首「新豊の折臂翁《せっぴおう》」は、若き日に兵役を免れるために石で腕を砕いた老人のうた。末尾の一段を読もう。

此臂折来六十年　一肢雖廃一身全　　此《こ》の臂《ひじ》折りしより来《このかた》六十年、一肢廃すと雖《いえど》も一身は全うす。

至今風雨陰寒夜　直到天明痛不眠　　今に至るまで風雨陰寒の夜、直《ただ》ちに天明（夜明け）に至るまで痛みて眠れず。

痛不眠　終不悔　且喜老身今独在　　痛みて眠らざるも　終《つい》に悔《く》いず、且《しばら》く喜ぶ老身　今独り在るを。

不然当時瀘水頭　身死魂飛骨不収　　然《しか》らずんば当時　瀘水《ろすい》の頭《ほとり》、身は死し魂は飛びて骨収められざらん。

痛みは今も消えぬが後悔は無い。さもなければ故郷を遠く離れた瀘水（雲南省の川）で戦死していただろうから。――

このような高まりを見せた新楽府の運動であったが、白居易の新楽府制作は、前半生の元和期（八〇六―八二〇）に集中して、それ以降は手掛けた形跡が無い。また白居易らに追随する動きが育つこともなかった。かくして新楽府は、制作そのものが下火となってゆき、晩唐になって皮日休《ひじつきゅう》（八三三？―八八三？）の「正楽府十篇」を数える程度である。

こうした新楽府の減退は、なぜか。それは、続く晩唐期の文学が唯美主義的傾向を強めて、政治的関心が退潮してゆくためばかりではなく、新楽府の政治的主張が余りにも明らかさまであったためであろう。その結果、詩歌としての陰影が失われ、文学の魅力がそがれてしまった、と考えられる。

唐代伝奇

中唐以降に書かれ、日常生活にはありえないことを語った小説。六朝の志怪小説を継承するが、意図的な虚構や表現上の工夫が加わった点に、文学としての成熟がある。明清時代の戯曲・小説の種本ともなり、日本でも愛読されて、近代の芥川龍之介・中島敦に影響を与えた。

唐代は、詩のみならず、小説においても大きな華が咲き開いた時代である。この唐代に栄えた小説は、時として唐詩以上に当時の空気を活き活《い》きと伝えてくれる。文学史ではこの唐代小説を伝奇と呼ぶ。伝奇とは「奇を伝える」という意味であり、六朝の志怪（↓34頁）が「怪を志《しる》す」ことに類似する。実際、唐代伝奇は、六朝志怪を継承して成立しており、ともに常識では考えられない奇怪なできごとを話題とする小説である。

しかし両者は決定的に異なる点がある。それは創作上の虚構（フィクション）を意図しているか否か、という違いである。六朝志怪においては、たとえ奇怪な話を記述したとしても、事実として記録したことを立て前とし、虚構を創作しようという意図は退けられている。ところが唐代伝奇になると、明らかに虚構を意図して、いかに語るかという構成・表現に工夫が凝《こ》らされる。まさに六朝志怪から発展した唐代伝奇は、今日の「小説」と呼ぶジャンルにまで近づき、文学作品として大きな成長を遂げているのである。

唐代伝奇には、さまざまな主題の作品が存在する。李復言「定婚店」は〝赤い糸〟の出典、段成式「葉《しょう》限」はシンデレラの元話といわれる。李景亮「人虎伝」（↓108頁）は中島敦「山月記」の原作である。牛僧孺《じゅ》の作とも擬《ぎ》される「杜子春」（↓106頁）は芥川龍之介「杜子春」の原作であり、その富貴《ふうき》の儚《はかな》さを扱う内容は、沈既済《しんきせい》「枕中記」・李公佐「南柯《か》大守伝」という伝奇と趣向を共にしている。その他、裴鉶《はいけい》の「崑崙奴《こんろんど》」「聶隠娘《じょういんじょう》」は、豪傑や女忍者が勇ましく活躍する作品であり、武侠小説の先駆けと言えるだろう。

こうした多彩な伝奇が生まれる中にあって、特に注目すべきは、男女の恋愛を主題とする作品が多く出現した点である。元稹《げんしん》（白居易の親友）「鶯鶯《おうおう》伝」・白行簡（白居易の実弟）「李娃《りあ》伝」・許堯《ぎょう》佐「柳氏伝」・蒋防「霍《かく》小玉伝」・陳鴻《こう》「長恨歌伝」等が、安史の乱（七五五 七六三）を経た中唐期に、主として科挙出身の知識人たちによって手掛けられた。これは当時の社会背景とも関連している。長安を代表とする都市文化の爛熟があった。酒楼には、男を待つ女たちがいた。また戦乱によって、それまで主要勢力だった貴族たちの権威は失墜し、替《か》わって、士人（下層貴族）出身の科挙官僚たちが台頭した。新興勢力だった彼らは、古い家族倫理に縛られることが少なく、恋愛においても新しい価値観を有していた。立身出世を夢見た受験生時代に心の支えともなった恋人との恋愛体験を素材として、それを伝奇小説に仕立て直したのである。

さらにこれら伝奇が中唐より盛行した背景には、元稹および白居易による文芸サークルの存在がある。白居易が三五歳の冬、友人陳鴻たちと寺に遊び、半世紀前の玄宗と楊貴妃の事件に話題が及んだ。そこで白居易が詩「長恨歌」を作り、陳鴻が伝奇「長恨歌伝」をそれぞれ作ることになった（「長恨歌伝」序）。このように彼ら文芸サークルは、好んで同じ題材を詩と伝奇の両方で作った。白居易「任《じん》氏怨歌行」と沈既済の伝奇「任氏伝」、元稹「李娃行」と白行簡の伝奇「李娃伝」、元稹「崔徽《さいき》歌」と伝奇「崔徽伝」、李紳「鶯鶯歌」と元稹の伝奇「鶯鶯伝」の如くである。こうして文壇をリードした彼らの活動が、伝奇の創作を刺激することになった。元稹「鶯鶯伝」は、当初のタイトルを「伝奇」と称したらしく、してみれば名実ともに代表的伝奇と位置づけられようか。

その後も伝奇は愛読され、明清期には更なる脚色も加えられて、戯曲（↓204頁）や小説（↓206頁）の題材として活用された。

科挙と行巻《こうかん》　唐代の科挙は、筆記試験だけに頼らずに、識者の評判も加味して、人物を総合的に判定した。そのため科挙受験者は、当時の有力者の知遇を得るべく、事前に自らの詩文を献げて推薦を取り付けようとした。これを行巻と言い、印象を強めるために再度詩文を献ずることを温巻と称する。南宋の『雲麓漫鈔《まんしょう》』巻八によれば、この行巻の一部として伝奇が盛んに献げられたという。なお宋代以降の科挙は、糊《こ》名（答案の姓名の部分を糊で封印）、謄《とう》録（筆跡が分からぬよう答案全文を別紙に書き写す）によって、厳密に答案のみを評価するように変化した。

杜子春

唐代伝奇小説。李復言（七七五―八三三?）の作と言われる。杜子春が、大金を貰った恩返しに、老人の仙薬作りを手伝うが、結局、老人との約束を破ってしまい、俗世に舞い戻る話。芥川龍之介の同名の翻案小説があって、日本でも有名である。

中国古典は近代になっても、日本の読書人にとって大切な教養であり続けた。芥川龍之介（一八九二―一九二七）の代表作「杜子春」（一九二〇）は、唐代伝奇「杜子春」を翻案した小説である。「杜子春」は、李復言『続玄怪録』に収録された一篇だが、牛僧孺《じゅ》（七八〇―八四八）『玄怪録』にも収録されており、作者は未詳である。もともとインドの「烈士池《ち》伝説」（涸《か》れ池のほとりに烈士を立たせて呪文《じゅもん》を唱えさせ、烈士が一晩沈黙を守ってくれたら自分が仙人になれる）という説話が土台となっており、このインドの説話を中国にもたらしたのが三蔵法師こと玄奘《げんじょう》（→66頁）である。彼が『大唐西域記』（六四六年）巻七にて引用した説話に、中国風にアレンジが加えられ、中晩唐期に至って、小説「杜子春」となった。

主人公の杜子春は放蕩《とう》が災いし、長安で落ちぶれた日々を送っていた。そこに老人が現れ、二度にわたり大金を恵んでくれたが、二度とも散財してしまう。老人は三度目も大金を恵んでくれたが、さすがに杜子春は恥じ入り、今度はそのお金を一族の困っている者を救うために使った。それが済むと、翌年の中元（盂蘭盆会《うらぼんえ》）、杜子春は老人をたずねて恩返しを申し出た。老人は、杜子春に金丹（仙薬）作りを手伝わせた。

本作品は、周到に小道具や場面を設定して、物語を巧みに演出している。老人が大金を与えてくれた場所は長安の西《せい》市《し》の波斯《ペルシャ》邸である。西市はシルクロードの出発点である国際都市長安にふさわしく外国商人が多く住む場所として知られ、特にペルシャ人といえば金持ちというイメージがあった。また杜子春が散財してゆくさまは、彼の乗り物が車→馬→驢《ロバ》の順に見すぼらしく変わることで、リアリティをもって描かれる。驢はたいてい貧士の乗り物と決まっている。

さらに儒教道徳に従い、杜子春が一族のために田畑を買い、住宅を用意するさまは、インドの「烈士池列伝」にも日本の「杜子春」にも含まれない、中国独自の価値観が込められている。中国の道徳では血縁を重んじる。おのが身を老人に委ねて俗世を捨てるにしても、まずは血縁に義理を果たしてからでなくては済まされなかったのである。

杜子春が老人をたずね、金丹作りが始まる。老人は「慎んで語る勿《な》かれ」と言い残し、留守番を命じた。途中、おどろおどろしい猛獣に襲われても、身を引き裂かれても、地獄に突き落とされても、杜子春は命令を守り、一言も発しなかった。あきらめた閻魔《えんま》王は、杜子春を女に生まれ換《か》わらせてしまう。

女性に転生した杜子春は、生まれつき多病で怪我も絶えなかったが、一言も発しなかった。成長すると美しさを見込まれて同郷の進士の妻となり、子供を産むが、その子も口をきかなかった。ついに夫は「安《いずく》んぞ其《そ》の子を用いんや（どうしてお前の産んだ子供なんかに用があるか）」と怒り、子供を頭から石に打ち付けた。杜子春は約束を忘れ、思わず声を発した。「噫《ああ》」。杜子春は、また俗世に逆戻りした。

凄惨極まりない仕打ちにも微動だにしない杜子春の姿は、釈迦の修行する姿の焼き直しだという（金文京『中国小説選』）。菩提樹のもと瞑想に耽る釈迦を、さまざまな誘惑と脅迫とが襲いかかる修行物語は、唐代の人々にとっても馴染み深い話であった。

ついに声を漏らしてしまう場面は、芥川「杜子春」では、馬に姿を変えた母親を見かねての場面に改められているけれども、母と子の愛情を基本に据える点では共通する。実母に生後七か月で発狂され、六歳で先立たれた芥川だけに、そこに特別な思いがこもっていたろうことは、およそ無理な推測ではない。

伏線としての中元　上元・中元・下元（それぞれ正月・七月・十月の十五日）は道教の祭日である。中元は地官（道教で人の罪を許す神）の誕生日であり、道士は経典を読んで亡者を済度《さいど》した。これが仏教の盂蘭盆会とも重なり、中国の伝統的習俗となった。ところで中元は、金丹を錬るには最悪の忌《い》み日であった（成瀬哲男「鉄柱を削る道士」）。そんな日に錬ってしまった杜子春は、破滅へと導かれてゆくことになる。
中国的思考　「杜子春」では儒教・道教・仏教的要素が随所に散りばめられている。中国では、この三教は尖鋭に対立することは稀で、時代によって濃淡の差こそあれ、基本的に融合する。三教の要素を存分に採り込んだ本作品は、いかにも中国的な思考の小説だとは言えまいか。

人虎伝

唐代の伝奇小説。将来を期待された若者が、人の道を誤ったばかりに、虎へと身を落とす。たまたまかつての親友と再会し、その苦悩を告白する。中島敦（一九〇五～一九四二）の「山月記」（『文学界』昭和一七年二月）は、これを翻案したものである。

中島敦の名作「山月記」は、唐代伝奇「人虎伝」の翻案である。「人虎伝」は撰者不明だが、清代の『唐人説薈』によると、唐の李景亮なる人の作という。また漢魏から唐末五代までの志怪・伝奇の小説類を網羅する『太平広記』によると、作者不明で、もとは「李徴」と題し、『宣室志』なる書物に収録されていたという。

主人公、隴西《ろうせい》（甘粛）の李徴は、唐の皇室の遠縁にあたり、若いときから博学で、詩文を得意とし、進士に及第するほどの俊英だった。ただ才能を恃《たの》むあまり、低い官職では満足せず、同僚を見下したので、皆から嫌われた。任期を終えると李徴は官職を辞めて、人付き合いを絶った。のち、生活が逼迫《ひっぱく》したので、各地の有力者を尋ねて援助を求めた。相当な援助額が貯まったところで李徴は帰路についたが、急病にかかり、ほどなく失踪してしまう。

翌年、李徴と同年に進士に合格した袁傪《えんさん》が、皇帝の勅命を奉じ、人食い虎が潜むと恐れられる土地を通ることになった。果たして一頭の虎が躍り出てきたが、虎はすぐ草むらに姿を隠し、人間の声で「幾《ほと》んど我が故人を傷つけんとするなり（もうすこしで親友を傷付けるところだった）」と言った。聞き覚えのある声に、袁傪は「豈《あ》に故人の隴西子に非《あら》ずや（親友である隴西の李徴ではないか）」と問うた。

虎の正体は、親友の李徴だった。六朝志怪から唐代伝奇に至るまで、変身譚（異形《いぎょう》へ姿を変える話）は数多く存在し、とりわけ人が虎に変身する話は枚挙に遑《いとま》が無いほど多い。それらにおいて虎は、残忍な存在として語り継がれ、「人虎伝」においても、そのイメージにそって脚色されている。李徴はかつて未亡人と密通し、それが先方の家族に知られ、会うことができなくなったので、腹いせに放火して一家ごと殺した。この残忍が因果応報となり虎に変化した、と「人虎伝」では原因を説明する。（中島敦「山月記」にはこの説明は無い。）

虎の姿に変わった李徴は、袁傪に後事を託す。第一に、妻子には自分は死んだことにして、後の面倒を見てやって欲しい、と。「但だ我已《すで》に死せりと云うのみにして、今日の事言う無かれ。……必ず其の孤弱（哀れな子）を望念し、時に其の乏しきを賑《すく》い、道途に殍死（飢え死）せしむること無かれ」。第二に、書きためた文章を子孫に伝えて欲しい、と。「我に旧文数十篇有れど、未だ代（世間）に行われず。遺藁《いこう》（残された草稿）有りと雖《いえど》も、当《まさ》に尽く散落（散逸）すべし。君わが為に伝録せよ。誠に文人の戸閾《しきい》に列《なら》ぶこと能《あた》わざれど、然《しか》れども亦《ま》た子孫に伝うるを貴《ねが》うなり」。袁傪は李徴が口述するままに下僕に筆写させた。その内の一首は次の通り。

偶因狂疾成殊類　災患相仍不可逃
今日爪牙誰敢敵　当時声跡共相高
我為異物蓬茅下　君已乗軺気勢豪
此夕渓山対明月　不成長嘯但成嘷

偶《たま》たま狂疾に因《よ》りて殊類（野獣）と成る、災患相い仍《よ》りて逃るべからず。
今日の爪《そう》牙 誰《たれ》か敢《あえ》て敵せんや、当時の声跡（名声と経歴）共に相い高し。
我は異物（虎）と為る 蓬茅《ほうぼう》の下《もと》、君は已《すで》に軺《よう》（官吏の車）に乗りて気勢 豪なり。
此《こ》の夕《ゆうべ》 渓山 明月に対し、長嘯《ちょうしょう》（詩を吟ずる）を成さず但《た》だ嘷《ほゆ》るを成すのみ。

袁傪は李徴に別れを述べ、しばらく経ってようやく去った。草むらを振り返ると、聞くに忍びない泣き声がした。数里行き、嶺に登ると、虎が林より躍り出て咆哮《ほうこう》する姿が見えた。

中島の化身　漢学者の家系に育ち、東京帝国大学国文科を出た中島敦だが、作家としては数え三四歳にして、ようやく「山月記」で文壇デビューを果たす。虎に変身する原因は、「人虎伝」では教訓的な因果応報にあったが、中島は「山月記」においてそれを、己れの内面の問題に書き改めた。〝尊大な羞恥心〟〝臆病な自尊心〟という心中の猛獣を飼い慣らし続けた結果、凶悪な虎へと身を落としてしまったのである。発表から僅か十カ月後、中島は喘息《ぜんそく》のため夭《よう》折する。「山月記」脱稿直後、普段は作品のことを夫人に言わぬ中島が、切なそうな顔つきで「人間が虎になった小説を書いたよ」と告げたという。夫人は後に「山月記」を読み、「まるで中島の声が聞えるようで、悲しく思いました」と回顧する。（中島たか「お礼にかえて」）

李賀

字は長吉《きつ》、河南昌谷（洛陽市東南）の人（七九一?八一七?）。唐王室の末裔《えい》という誇り高き自意識を持つ。しかし科挙の受験資格を奪われてからは、失意の内に詩作し、やがて夭折した。暗い情熱に満ちた、幻想的で色彩感覚に富んだ詩を作り、鬼才と評された。

「李白は天才、白居易は人才、李賀は鬼才」という（『南部新書』）。この三幅対に評されるように、李賀は、鬼すなわち幽暗で破壊的で超常的なものを詠むことに特異な才能を持っていた。政治の批判や山水の美を綴る多くの普通の詩人には与せず、幻想的かつ象徴的な手法を駆使して、多くの独創的な詩を詠い続けた。杜牧（→112頁）が『李賀詩集』序において、「遠く筆墨畦径《けいけい》の間を去る（従来の文学の枠組みから遠ざかっている）」と評する所以である。

一七歳の李賀は行巻の詩を携え、文壇の実力者韓愈（→92頁）を訪れた。すでに先客との接待で疲れた韓愈だったが、示された詩の冒頭二句（下記）だけで、才子の出現に身をただしたという（『幽間鼓吹』）。韓愈は「百怪 我が腸に入《い》る」（「張籍を調《あざけ》る」）と願う人でもあり、自分には無い鬼才を持つ李賀に、魅せられたのだろう。

黒雲圧城城欲摧　甲光向日金鱗開　　黒雲《こくうん》 城を圧して城 摧《くだ》けんと欲す、甲光《こうこう》 日に向いて金鱗開く。（「雁門太守の行《うた》」）

「黒雲」は敵襲の不気味さ、「甲光」（甲《よろい》の光）はそれを迎撃する部隊の悲壮な姿を暗示する。

韓愈は李賀の文才を認め、二〇歳になった彼を科挙の進士に推薦した。ところが父の諱《いみな》（本名）李晋《しん》粛と進《しん》士が同音という理由で、李賀は受験拒否に遭い、韓愈の弁護（「諱《いみな》の弁」）も空しく、栄達の道を絶たれてしまう。李賀は「長安に男児有り、二十にして心已《すで》に朽《く》ちたり」（「陳商に贈る」）と吐露して、これより余命七年間の作品は、現実世界への失望の中から、ひたすらに言語による美的世界の構築へと突き進むことになる。

李賀の詩は「注釈無しでは読めない」と言われる。象徴的手法を多用するからだろう。敵襲を「黒雲」と詠じ、剣を「玉龍」、酒を「琥珀《こはく》」等と詠じる。幻想を奔放に繰り広げるために論理が追いつかず、詩句間の脈絡が明瞭にならないのである。確かに整然とした規格に欠けることは、現存二四一首の内、律詩が僅かに二七首しかない事実からも窺える。

しかし、律詩的な規格性から解き放たれ、物狂おしいまでに詩句を迸《ほとばし》らせる点こそ、李賀の魅力に他ならない。たとえば次の「昼の短きを苦しむ」詩。

飛光　飛光　勧爾一杯酒　　飛光よ飛光よ、爾《なんじ》に一杯の酒を勧めん。
吾不識　青天高　黄地厚　　吾は識《し》らず、青天の高く　黄地（大地）の厚きを。
唯見　月寒日暖来煎人寿　　唯《た》だ見る、月は寒く日は暖かく来りて人寿《じんじゅ》を煎《そこな》うを。

詩題は「古詩十九首」（↓38頁）に由来し、人の寿命の短さを歎く詩である。まさか自ら予感したわけでもあるまいが、李賀の人生も光の如く飛び去って、字《あざな》の長吉（長《とこし》えに吉《さいわい》）という字に反し、わずか二七歳の短い生涯を閉じている。

李賀の臨終には、〝鬼才〟らしく、不思議な逸話が伝わる。天界に白玉楼が完成し、記念の文を作らせるため、天帝が李賀を召したのだという。この逸話は、李賀の実姉が語ったものであり、李商隠（↓114頁）の「李賀小伝」に載る。李商隠は熱心な李賀詩の読者であり、両者は文学の常識を踏み越えて異端の詩人となった点で響き合う。

日本では、李賀詩は異端に過ぎたためか、ほとんど読者を持たず、江戸後期からようやく愛好されるようになる。近代では、堀辰雄や泉鏡花に李賀の影響が見える。高校の同級生だった石田幹之助（東洋史学者で『長安の春』の著者）によると、芥川龍之介は次の「将進酒」をノートに書きつけるほど愛誦していた。

琉璃鍾　琥珀濃　小槽酒滴真珠紅　　琉璃《るり》（グラス）の鍾《さかずき》　琥珀《こはく》濃《こまや》かなり、小槽《そう》（ボトル）酒滴りて真珠紅なり。
烹龍炮鳳玉脂泣　羅屏繡幕囲香風　　龍を烹《に》て鳳を炮《や》けば玉脂（脂身）泣く、羅屏《らへい》繡幕《しゅうばく》（絹の屏風や幔幕を設えた宴席）香風を囲む。
吹龍笛　撃鼉鼓　皓歯歌　細腰舞　　龍笛（笛）を吹き　鼉鼓《だこ》（わに皮の太鼓）を撃ち、皓歯《こうし》（美人）歌い　細腰舞う。
況是青春日将暮　桃花乱落如紅雨　　況《いわ》んや是れ青春　日将《まさ》に暮れんとし、桃花乱れ落ちて紅雨の如し。
勧君終日酩酊酔　酒不到劉伶墳上土　　君に勧む終日酩酊して酔え、酒は到らず劉伶《れい》墳上（墓場）の土。

かの劉伶（魏の有名な酒飲み）も死ねば酒を届けてもらえぬ。青春の内に、さあ存分に酔いを尽くそうではないか。——

杜牧

字は牧之《し》、号は樊川《はんせん》、京兆万年《ばん》（陝西省西安）の人（八〇三—八五二）。風流才子たる側面と、政情不安を憂うる士大夫たる側面の硬軟あわせもつ幅広い詩風を特徴とする。祖父は、宰相としても学者としても名高い杜佑（七三五—八一二）。この祖父の影響を強く受けている。

晩唐を代表する詩人といえば、杜牧と李商隠が双璧である。だが、両者の作風はかなり異なる。李商隠は難解な詩風で知られるが、いっぽう杜牧は、難しい典故を用いず、鮮明な対句を駆使するので、颯爽《さっそう》とした柄の大きい詩風となっている。杜牧には名家に生まれた自負や余裕があり、文学においても、修辞的な無理や、題材選択のさかしらな作為を選ばせなかったのであろう。

杜牧は、二六歳の若さで進士科（最難関の文官資格試験）と制挙（皇帝が臨時に実施する採用試験）に合格すると、およそ十年の間、江南で勤務した。とりわけ経済の中心地揚州にて、牛僧孺の幕下として勤務した時期は、「十年一《ひと》たび覚《さ》む揚州の夢、贏《か》ち得たり青楼（妓楼）薄倖《はくこう》（つれない人）の名」（「懐《おも》いを遣《や》る」）と杜牧自身ふりかえるように、最も青春を謳歌した時期となった。身を持ち崩すことを心配した牛僧孺は、こっそりと杜牧のために護衛をつけてやり、長安転任が決まった杜牧に、大量にたまった護衛報告書を見せた。杜牧は深く恥じ、牛僧孺の恩情を感じたという（『唐闕《けつ》史』）。

浮き名を流したこの時期は、非凡な文才が発揮された艶麗な詩が多い。「別れに贈る」は、その一つである。

多情却似総無情　惟覚罇前笑不成
多情は却《かえ》って総《すべ》て無情に似る、惟《た》だ覚《おぼ》ゆ　罇前《そんぜん》　笑わんとするも成らざるを。

蠟燭有心還惜別　替人垂涙到天明
蠟燭《ろうそく》に心《しん》有りて還《かえ》って別れを惜しみ、人に替《かわ》りて涙を垂《た》れ天明に到る。

情けが多すぎると、かえって無表情になるようです。気が付けば、酒を手に笑顔を作ろうとしても、ただこわばるだけ。蠟燭には芯（心）があるのか、この別れを惜しみ、二人に替って、夜が白みゆくまで蠟の涙を流してくれるのです。——

長安に戻ってから、杜牧を待つのは一転して混迷を深める政局であった。甘露の変が勃発するなど、宦官の専横ぶりが甚だしくなったが、杜牧は明哲保身に徹して、この混乱に深入りしなかった。その後、弟杜顗《とがい》が眼疾を患い、弟家族も養うことになり、収入の多い地方官への転出を繰り返す。八五一年に帰京し、翌年には、宰相の一歩手前の〝文士の極任〟といわれる中書舎人に就くが、同年暮れに病疫した。五〇歳だった。

祖父杜佑は、三代の皇帝に仕えた著名な宰相であり、社会制度の通史『通典《つてん》』を編んだ歴史家でもあった。杜牧はその影響を色濃く受けている。自身も政治家たらんとする気概を強く有し、唐朝中興をねがう詩文を多く残した。たとえば、辺境における反乱を強く取り締まるべきと訴えた「河湟《こう》」詩や、韓愈のごとき達意の古文を用いて政策を奏した「周墀《しゅうち》に上《たてまつ》る書」等々がある。また兵法書『孫子』にも注釈を施している。杜牧は政治・軍事に深く意を用いる政治家であり、史実を題材とするジャンル〝詠史〟を得意とするのは、その意識の延長であろう。「烏《う》江亭に題す」は、この方面の代表作である。

勝敗兵家事不期　包羞忍恥是男児　　勝敗は兵家も事期《き》せず、羞《はじ》を包み恥を忍ぶは是れ男児。
江東子弟多才俊　巻土重来未可知　　江東の子弟　才俊　多し、巻土重来《けんどちょうらい》　未《いま》だ知るべからず。

楚の項羽が自刎《じふん》したという烏江亭に書きつける詩。勝敗は兵法家でさえも予期できない。敗戦の恥を包み忍んでこそ男というものだ。項羽の本拠地江東（長江下流の南岸地域）にはすぐれた若者が多かったのだから、いったん江東へ戻って巻き返しを図っていれば、どうなっていたか分からなんだ。――

牛李の党争　門閥貴族の李徳裕一派と、科挙官僚の牛僧孺一派の間における勢力抗争。両党の対立をさらに複雑にさせたのが、宦官の存在であった。李にせよ牛にせよ、有力宦官と結びつくことで相手を失脚に追い込んだが、これにより宦官に権力を与える結果にもつながった。

甘露の変　勢力を拡大した宦官は、皇帝を操るまでになる。この専横に対し、八三五年、文宗は官僚の李訓や鄭注と策を練り、「甘露が降る瑞兆があり」を口実に宦官を宮廷に集め、一気に殺害する計画を立てた。しかし失敗に終わり、文帝は幽閉、李訓たちは殺害されてしまった。これを機に、時代は中唐から晩唐へと転ずることになる。

李商隠

字は義山。懐州河内《だい》（河南省）の人（八一二―八五八）。開成二年の進士。早年は杜甫の社会詩や韓愈の載道（儒教原理主義）的文学観の影響を受け、中年以降は政治的庇護者令孤楚の薫陶によって貴族的な駢《べん》文に転ずる。詩では典故を駆使し、彫琢を凝らした晦渋で幻想的な作風を樹立した。

およそ二百年つづいた大唐帝国も、藩鎮《はんちん》（半独立的な地方政権）の横暴や、牛李の党争（↓113頁）といった官僚同士の政争によって疲弊し、政治的には斜陽期にさしかかる。一方、長安の都市文化は、退廃的な香りを漂《ただよ》わせながら爛熟期をむかえる。李商隠は、そのような晩唐の時代を生きた詩人である。

李商隠は郷里の谷間の名にちなみ、玉溪生と号した。その玉溪に道観（道教寺院）があり、若き日の彼はそこで勉学に励んでいる。のちに幻想的な詩的想像力を働かす詩人へと成長したのは、この少年期に得た道家哲学が作用していよう。

李商隠の官途は不遇であった。杜牧のような名門の子弟ではない彼は、政治的後ろ盾を得て出世するより無かった。政界で対峙《じ》し続けていた貴族派（李党）と科挙派（牛党）の両方から才能を認められたが、かえってそれが仇《あだ》となり、地方官の幕下を転々とする道を辿《たど》る。

こうした閉塞状況が、彼をますます屈折させ、その憂悶を詠ずる詩風は極めて難渋となった。李商隠の作法は「獺祭《だっさい》魚《ぎょ》」と称され、これは獺《カワウソ》が捕らえた魚を並べるように、博学を駆使して典故を連ねることをいう。その華麗で難解な詩風は、元好問（↓140頁）が「詩家総《すべ》て西崑（李商隠）の好きを愛するも、独だ人の鄭箋《ていせん》（鄭玄《じょう》の『詩経』注釈↓27頁）を作る無きを憾む」（論詩絶句）と歎かせるほどであったが、宋初の西崑体（↓118頁）詩人たちなど、後に多くの追随者を持った。

李商隠を知る上で重要なのが、失われたものを詠じた詩である。特に愛の喪失を歎く恋愛詩は、彼の本領が発揮されている。爛熟した都市文化で、妓楼における女性との交際は士人の通常の事態であったに違いないが、それを文学にまで昇華した点にこそ、李商隠の詩人としての個性が宿る。李商隠には「無題」と題する詩が一七首あり、これらの多くが恋愛を詠じた名作である。ここでは代表作「錦瑟《きんしつ》」を見よう。無題系の恋愛詩であり、特定の恋愛体験と即物的に対応するのではなく、長い時間の濾過を経て確認される恋愛の正体を語る詩であり、いわば恋愛の形而上《けいじじょう》学的考察である。

錦瑟無端五十絃　一絃一柱思華年　錦瑟（大琴）端《はし》無《な》くも五十絃、一絃一柱　華年（青春）を思う。
荘生暁夢迷胡蝶　望帝春心托杜鵑　荘生《そうせい》（荘子）の暁夢《ぎょうむ》　胡蝶に迷い、望帝（伝説の蜀王）の春心　杜鵑《とけん》に托《たく》す。
滄海月明珠有涙　藍田日暖玉生烟　滄海《そうかい》月明らかにして　珠《たま》に涙有り、藍田《らんでん》（玉の産地）日暖かにして　玉《ぎょく》烟《けむり》を生ず。
此情可待成追憶　只是当時已惘然　此の情　追憶を成すを待つべけんや、只《た》だ是れ当時より已《すで》に惘然《もうぜん》。

錦瑟はなぜか五十もの弦があり、その弦の一本ごとにわが青春の思いが宿る。荘子は夜明けの夢に蝶となり、望帝は恋の思いを啼いて血を吐くホトトギスに託した。海原に月が照る夜、人魚は真珠の涙を落とし、藍田に日が射す昼に、美玉は煙となって空に消えた。愛を失う悲しみ、それは愛を失った今のものではなく、実は愛の只中にいたあの時も、そのことが不安で、悲しみに打ち震えていたのだ。――

全句典故で固められた詩篇であり、たとえば「玉生烟」は、呉王夫差《ふさ》の娘紫玉《しぎょく》の故事。紫玉は結婚を許されず、怨みを抱きつつ死ぬ。ある朝、呉王の庭に紫の玉が光り、取り上げると煙となって消え失せたという。かつての恋人、または亡き妻を詠じたと言われるが、この詩が物語る懊悩《おうのう》は、恋愛の対象を探し当てれば解釈がつくような底の浅いものではなく、人間の存在の孤独がそこに露呈するような、言い知れぬ凄《すご》みがある。

また代表作「楽遊原」は、長安の高台である楽遊原に登り、眼前に広がる残照に、唐王朝の沈みゆく姿を予感した詩。

向晩意不適　駆車登古原　晩に向いて意適《かな》わず、車を駆りて古原《こげん》に登る。
夕陽無限好　只是近黄昏　夕陽限り無く好《よ》し、只《た》だ是れ黄昏《こうこん》に近し。

獺祭魚　正岡子規は「獺祭書屋主人」と号した。屋内に散乱した書物を指すと同時に、李商隠の文才を愛したためであろう。
『義山雑纂』　李商隠は〝ものづくし〟による警句集も著した。『枕草子』「うつくしきもの」はその影響下にあるという。

翻訳としての漢文訓読

ひとくちに中国語と言っても、実は、話し言葉と書き言葉の違いが存在し、しかも両者は、かなり古い時代から二つに分かれていた。話し言葉を白話《はくわ》、書き言葉を文言《ぶんげん》といい、中国では大事な文章は、すべて文言で書かれてきた。両者の違いは日本人でも区別可能であり、漢文訓読がうまくできれば文言、できなければ白話である。白話は時代によって文法が変化するのに対して、文言には大きな変化が無かったので、古来より日本人には訓読に依存さえすれば安定した読解が可能であった。『万葉集』の昔から、漢文読解なくして中国文化の受容はありえなかったのである。

そもそも漢文訓読とは何か。まずは、書き言葉の中国語（文言）を、書き言葉の日本語に直訳する文体——と位置づけられよう。翻訳なので、原文の誤訳でさえなければ、文体の多少の差は許容される。教科書で覚えてきた訓読だけが正解ではないのである。事実、訓読の文体は、時代と流派によって異なり、古来よりさまざまであった。

平安時代は博士《はかせ》家《け》と呼ばれる菅原家や大江家たち貴族が、各家で異なる訓読を行った。しかし大勢としては、訓読みを多用して、やわらかい和文に近づけようとする努力が払われていた。

鎌倉以降になると、貴族に替わり僧侶たちが中国文化の紹介者となる。その訓読はおおむね博士家を踏襲するが、実際に本場の中国で禅を学んできた僧侶たちも含まれていただけあって、「唐音（中国音）」を重んぜよ、という意識を持つ。

江戸時代になると、林家を大学頭《だいがくのかみ》（学長）とする昌平坂学問所で行われた訓読が主流を占める。しかしそれでも全国共通の訓読に統一されることはなく、流派ごとで異なっていた。中期の荻生徂徠が、漢文訓読そのものを否定して、中国語としての直読を主張したのは極端としても、幕末の佐藤一斎などは、訓読みを避けて音読みを多用した訓読を行い、明治期に至るまで知識人の文体に影響を与えた。

このように漢文訓読の歴史は、多様な文体が存在してきた。これは自由な訓読を許容する反面、誰もが同じ訓読を共有できない、等の弊害もあった。そこで明治四五年、政府は標準としての訓読を『官報』で発表した（「漢文教授ニ関スル調査報告」）。今日、教科書の漢文訓読は、このときの方針に沿った、最も穏当な文体が採用されている。

II

宋初の三体

宋初の詩壇に流行した三つの詩風。「白体《はくたい》」「西崑体《せいこんたい》（崑体）」「晩唐体《ばんとうたい》」をいう。平易で清新な白居易《はくきょい》（→98頁）の詩風に倣ったのが白体、華麗な修辞を凝らした李商隠《りしょういん》（→114頁）の詩を模範としたのが西崑体、賈島《かとう》や姚合《ようごう》の枯淡で閑寂な詩境を継いだのが晩唐体である。

宋初の半世紀余りは、晩唐・五代を継ぐ詩風が主流であった。まず初代太祖・二代太宗の時代、詩壇の中心を占めたのは、五代の遺臣たちである。徐鉉《じょげん》（九一六—九九一）・李昉《りぼう》（九二五—九九六）がその代表で、彼らは唐の文化を宋へと伝える役割を果たした。南唐の遺臣であった徐鉉は、文字学に精通し、『説文解字《せつもんかいじ》』を校訂したことで有名。その詩は「白楽天（白居易）の風有り」（元・方回『瀛奎律髄《えいけいりつずい》』巻一六）と評され、白体の詩人の一人である。後周の遺臣李昉も、白体の詩風をもつが、むしろ『太平御覧《たいへいぎょらん》』『太平広記《たいへいこうき》』『文苑英華《ぶんえんえいが》』という類書（分類別の百科全書）の編纂事業の中心人物として知られている。

白体の詩人のうち王禹偁《おううしょう》（九五四—一〇〇一）は、後世に与えた影響が最も大きく、宋代詩人の先駆けとされる。字は元之《げんし》、済州鉅野《きょや》（山東鉅野県）の人。農家（一説に製粉業者）の出身で、太平興国八年（九八三）の進士。中央官を歴任したが、剛直な性格で直言をはばからなかったので、たびたび地方に左遷された。白体の他の詩人と異なり、白居易の諷諭（→102頁）の詩にも多く学んだ。「畬田《しゃでん》（焼き畑）詞五首」は、農民の生活を描き、その淳朴な気風を讃美する。本詩に附された序によれば、この詩が為政者に伝わることを願い、かつ農民にもわかりやすいように、表現は平明にしたという。其の一は、開墾の苦労を述べる。

大家斉力斸孱顔　耳聴田歌手莫閑　大家《たいか》（みな）力を斉《あわ》せて孱顔《せんがん》（険しい山）を斸《き》る、耳は田歌《でんか》（耕作の労働歌）を聴くも手は閑《いとま》莫《な》し。

各願種成千百索　豆萁禾穂満青山　各《おの》おの願わくは　種《う》えて千百の索《さく》（千本百本もの縄ではかるほどの広い田畑）を成し、豆萁《とうき》（豆の茎）禾穂《かすい》（穀物の穂）青山に満ちんことを。

王禹偁はまた、杜甫（→82頁）の詩の新生面を再評価し、「子美《しび》（杜甫の字）の集は開く　詩の世界」（「日長きに仲咸《ちゅうかん》に簡す」）と傾倒している。これは晩唐詩がもてはやされた当時においては、相当に異質な見解である。

三代真宗の時代に入り、社会が安定と繁栄に向かうと、宮廷詩人たちによる華麗な詩風が流行した。類書『冊府元亀《さっぷげんき》』編纂の中心となった楊億《ようおく》（九七四 一〇二〇）は、劉筠《りゅういん》（九七一 一〇三〇）・銭惟演《せんいえん》（九七七 一〇三四）ら一七名の高官と応酬唱和した二五〇首の詩を集め、『西崑酬唱集《せいこんしゅうしょうしゅう》』と題して刊行（一〇〇八年）。彼らは李商隠の詩を模範とし、その詩風は西崑体（崑体）と呼ばれた。対句の重視、典故の多用、暗示的表現を特徴とするが、結局は李商隠の模倣の域を出ないとされ、のち欧陽脩《おうようしゅう》（→122頁）の批判を受けて退潮した。

一方この時代には、在野の詩人たちに見るべきものがあった。彼らは晩唐期を風靡した賈島《かとう》（七七九 八四三）・姚合《ようごう》（七七五 八五五）の詩風を継承して、日常生活のひとこまを枯淡で閑寂な筆致で描いた。その詩風は、晩唐体と呼ばれる。魏野《ぎや》（九六〇 一〇一九）・林逋《りんぽ》（九六七 一〇二八）曹汝弼《そうじょひつ》（生没年不詳）などの隠士、九僧と称される僧侶たちがその代表であるが、官途についた潘閬《はんろう》（? 一〇〇九）や真宗の宰相であった寇準《こうじゅん》（九六一 一〇二三）などもいる。

林逋、字は君復《くんぷく》、銭塘《せんとう》（浙江杭州市）の人。諡《おくりな》の和靖《かせい》先生で知られる。杭州の西湖《せいこ》湖畔の孤山《こざん》に隠棲し、生涯妻をめとらず、梅と鶴をこよなく愛したので、「梅妻鶴子《ばいさいかくし》」（梅を妻とし、鶴を子とする）と称された。詩のほか、書では行書にすぐれる。その代表作で、詠梅詩の絶唱とされる七言律詩「山園の小梅《しょうばい》二首」其の一を見ておこう（→コラム）。

衆芳揺落独暄妍　占尽風情向小園
衆芳《しゅうほう》（梅以外の花々）揺落《ようらく》して独り暄妍《けんけん》（あざやかに美しい）、風情《ふうじょう》を占《し》め尽《つ》くして　小園に向かう。

疎影横斜水清浅　暗香浮動月黄昏
疎影《そえい》（まばらな枝の影）　横斜《おうしゃ》して　水　清浅《せいせん》、暗香《あんこう》（ただよう花の香り）　浮動《ふどう》して　月　黄昏《こうこん》。

霜禽欲下先偸眼　粉蝶如知合断魂
霜禽《そうきん》（寒空を飛ぶ鳥）下《くだ》らんと欲《ほっ》して先《ま》ず眼を偸《ぬす》み（そっと見やる）、粉蝶《ふんちょう》（蝶々）如《も》し知らば　合《まさ》に魂《こん》を断《た》つべし。

幸有微吟可相狎　不須檀板共金尊
幸いに微吟《びぎん》の相狎《あいな》る可《べ》き有り、須《もち》いず　檀板《だんばん》（檀《まゆみ》の木で作った拍子木）と金尊《きんそん》（黄金の酒樽）とを。

「疎影」「暗香」　本詩の頷聯は特に人口に膾炙し、のち「疎影」「暗香」といえば梅花の異名となった。後世の詠梅の詩詞に与えた影響も大きく、南宋の姜夔《きょうき》（→201頁）の詞「疎影」「暗香」や明の高啓《こうけい》（→148頁）の連作七言律詩「梅花九首」は有名である。

梅堯臣と蘇舜欽

北宋中期、四代仁宗の時代になると、詩文の革新運動が展開された。主導者は欧陽脩（↓122頁）であり、詩人としては「蘇梅《そばい》」と併称される梅堯臣《ばいぎょうしん》（一〇〇二 一〇六〇）・蘇舜欽《そしゅんきん》（一〇〇八 一〇四八）が挙げられる。彼らは一世を風靡した西崑体（↓118頁）の詩風から脱し、宋詩の新境地を切り拓いた。

「宋詩一代の面目を開く者は、梅堯臣・蘇舜欽の二人に始まる」（清・葉《しょう》燮《しょう》『原詩』外篇下）といわれるように、彼らは友人の欧陽脩と共に、宋詩の新たな詩風を切り拓いた詩人とされる。

梅堯臣、字は聖兪《せいゆ》、宣州宛陵《えんりょう》（安徽宣城市）の人。出身地によって、宛陵先生とも称された。任子《じんし》（高官の子弟が無試験で任官される制度）によって官途についたため、出世コースから外れ、地方の下級官吏を歴任した。

梅堯臣は、「情性」（ありのままの感情）の発露と、抑制のきいた「平淡」な表現を重んじた。その詩は、日常生活に密着した事物に題材を見出し、鋭い観察眼で描写し、余情に富む。欧陽脩が、「初めは橄欖《かんらん》（オリーブ）を食らうが如し、真味《しんみ》 久しくして愈《いよ》いよ在り」（五言古体詩「水谷夜行《すいこくやこう》 子美（蘇舜欽）・聖兪（梅堯臣）に寄す」）と評したのは有名である。

宋詩における日常性の重視と題材の多様化は、主に梅堯臣によって方向づけられた。その極端な例として、虱《しらみ》を歌った五言律詩「師厚《しこう》（妻の甥の謝景初《しゃけいしょ》の字）云《い》う、虱《しらみ》は古《いにしえ》より未だ詩有らずと、予を邀《むか》えて之を賦せしむ」を引こう。

貧衣弊易垢　易垢少虱難　貧しき衣は弊《やぶ》れて垢《あか》じみ易《やす》く、垢じみ易ければ虱の少なきこと難し。
群処裳帯中　旅升裘領端　裳帯《しょうたい》（はかまやおび）の中に群《むら》がり処《お》り、裘領《きゅうりょう》（皮衣のえり）の端に旅《つらな》り升《のぼ》る。
蔵跡詎可索　食血以自安　跡《あと》を蔵《かく》して詎《なん》ぞ索《もと》む可《べ》けんや、血を食らいて以《もっ》て自《みずか》ら安《やす》んず。
人世猶俯仰　爾生何足観　人世《じんせい》すら猶《な》お俯仰《ふぎょう》（短時間）、爾《なんじ》が生《せい》 何ぞ観《み》るに足《た》らんや。

虱の習性をつぶさに描写した後、せわしなく動きまわる人の世も虱と似たり寄ったりだと結んでいるが、梅堯臣の詩にはこのような寓意や諷刺が多く見られる。

梅堯臣は四三歳の時、妻の謝氏を亡くし、つづいて次男に先立たれた。その悲しみを歌った代表作に、五言律詩「悼亡《とうぼう》三首」、五言古体詩「哀しみを書す」、同「子を悼《いた》む」などがある。うち「悼亡三首」は、西晋の潘岳《はんがく》、中唐の元稹《げんじん》による悼亡詩（↓47頁）の系譜上にある。貧しい生活に苦しむ人々を直視した作品群も見落とせない。「陶者《とうしゃ》」「田家《でんか》の語」「汝《じょ》墳《ふん》の貧女」「岸貧《がんぴん》」「小村」など数多くあるが、ここでは農民の苦労を歌う五言絶句「田家」を見てみよう。

南山嘗種豆　砕莢落風雨　南山《なんざん》嘗《かつ》て豆を種《う》えしに、砕莢《さいきょう》（豆のさや）　風雨に落つ。
空収一束萁　無物充煎釜　空《むな》しく一束《いっそく》の萁《き》（豆がら）を収むるも、物の煎釜《せんぷ》（煮るなべ）に充《あ》つる無し。

蘇舜欽、字は子美《しび》、梓州《ししゅう》銅山《どうざん》（四川中江県）の人。景祐《けいゆう》元年（一〇三四）の進士で、范仲淹《はんちゅうえん》（九八九—一〇五二）の推薦により、政治改革に加わった。ところが、守旧派に弾劾されて失脚し、その一派もみな追放された。「一網打尽《いちもうだじん》」という成語は、これに由来する（北宋・魏泰『東軒筆録』巻四）。その後は、蘇州（江蘇蘇州市）に庭園を築いて滄浪亭《そうろうてい》と名づけ、詩酒にふけって没した。「滄浪亭の記」は、散文の名作。その詩風は梅堯臣と対照的に、豪放と評される。恐らくは失脚の後、鏡にうつった自己像を歌う七言律詩「覧照《らんしょう》」には、その特徴がよく現われている。

鉄面蒼髯目有稜　世間児女見須驚　鉄面《てつめん》（こわもて）　蒼髯《そうぜん》（ごましおひげ）　目に稜《かど》有り、世間の児女《じじょ》　見て須《すべか》らく驚くべし。
心曾許国終平虜　命未逢時合退耕　心は曾《か》つて国に許《ささ》げて終《つい》に虜《りょ》（外敵）を平《たい》らげんとせしに、命《めい》（運命）は未だ時に逢《あ》わず　合《まさ》に退きて耕すべし。
不称好文親翰墨　自嗟多病足風情　称《かな》わず　文を好みて翰墨《かんぼく》（筆と墨。文芸）に親しむに、自《みずか》ら嗟《なげ》く　病《やまい》多くして風情《ふうじょう》（風流心）足《た》れるを。
一生肝胆如星斗　嗟爾頑銅豈見明　一生の肝胆《かんたん》は星斗《せいと》（大きな星）の如く、嗟《ああ》　爾《なんじ》　頑銅《がんどう》（銅鏡）豈に見て明らかならんや（自分の思いがわかるものか）。

蘇舜欽と文房趣味　蘇舜欽の祖父は副宰相であった蘇易簡《そいかん》（九五八—九九六）で、文房具に関する専著『文房四譜』で知られ、彼もその薫陶を受けた。欧陽脩は『試筆《しひつ》』の中で、「明窓浄几《めいそうじょうき》、筆硯紙墨《ひっけんしぼく》、皆な精良《せいりょう》を極むるも、亦《ま》た自《おのず》から是れ人生の一楽なり」を蘇舜欽の語として引くが、文人の理想的環境を表わす四字熟語「明窓浄几」はこれに基づく。

欧陽脩

北宋中期の文壇の領袖。経学（儒教の経典の解釈学）・史学・文学・金石学（青銅器・石碑の考古学研究）など多方面に才能を発揮し、新しい時代の文化を牽引した。特に散文では韓愈（↓92頁）らの古文復興運動を継承・発展させ、「唐宋八大家《とうそうはちたいか》」の一人に数えられる。

欧陽脩（一〇〇七―一〇七二）、字は永叔《えいしゅく》、酔翁《すいおう》・六一居士《りくいつこじ》（↓コラム）と号した。廬陵《ろりょう》（江西吉安市）の人。四歳で父を亡くし、家が貧しかったため、母が荻で地面に書いて字を教えた（「欧母画荻《おうぼかくてき》」）。十代の頃には、旧家の友人宅でぼろぼろの韓愈の文集を見つけ、もらって帰り読みふけったという。これが韓愈の文学との出会いであった。天聖《てんせい》八年（一〇三〇）、二四歳で進士に及第。二度左遷された以外は、おおむね順調に昇進を重ね、参知政事（副宰相）にまで至った。晩年は王安石（↓124頁）と対立し、潁州《えいしゅう》（安徽阜陽市）に隠居し、没して文忠《ぶんちゅう》と諡《おくりな》された。

欧陽脩は仁宗朝の名臣として活躍したが、その学問も非常に多岐にわたる。経学では斬新な解釈を施した『詩本義《しほんぎ》』『易童子問《えきどうしもん》』、史学では新たな文体によって書いた『新唐書《しんとうじょ》』『新五代史《しんごだいし》』、金石学では『集古録跋尾《しゅうころくばつび》』、詩話の先駆けとなった『六一詩話《りくいつしわ》』（↓139頁）、随筆集『帰田録《きでんろく》』などのほか、新興の韻文様式である詞（↓198頁）にも才能を発揮した。

宋初、詩では李商隠を模倣した西崑体（↓119頁）が流行したのと同様に、文も晩唐の流れを継いだ駢文（↓49頁）が主流であった。その中で、柳開《りゅうかい》（九四七―一〇〇〇）・王禹偁（↓118頁）・穆修《ぼくしゅう》（九七九―一〇三二）・石介《せきかい》（一〇〇五―一〇四五）らは、華美で内容が空疎な駢文を批判し、韓愈・柳宗元の古文（↓92頁）を鼓吹したが、まだ少数勢力だった。この時期の古文では、范仲淹《はんちゅうえん》（↓121頁）の「岳陽楼の記《がくようろう》」が、「先憂後楽《せんゆうこうらく》」の出典として知られるくらいである。

唐代の古文復興運動は、欧陽脩によって継承され、宋代の新たな文体として確立された。「載道」（↓92頁）を重視し、達意を旨とした簡潔な文体は、韓愈らを継ぐものであるが、両者には相違もある。韓愈の文の「陽剛《ようごう》」に対して、欧陽脩の文は「陰柔《いんじゅう》」と評される（↓183頁）。韓愈の文は簡潔で抑揚に富み、時に論理的な飛躍も見られるが、欧陽脩の文は冷静で理知的であり、緻密に物事を説き尽くそうとする。このような文体的特色は、一字一句をゆるがせにせず、文章を鍛錬することによって形成された。代表作「酔翁亭の記」は、慶暦《けいれき》六年（一〇四六）、欧陽脩が滁州《じょしゅう》（安徽滁州市）知事に左遷されていた時の作である。冒頭の「環滁皆山也（滁《じょ》を環《めぐ》りて皆な山なり）」の五字が有名で、はじめは滁州の四方の山々を描写して数十字を費やしたが、後に推敲してこの五字につづめたという（南宋・朱熹『朱子語類』巻一三九）。また、四百字余りの文中に、助字の「也」を二一回も使っていることが指摘されている（南宋・洪邁《こうまい》『容斎随筆』五筆・巻八）。

滁州に左遷された三年間は、「啼鳥《ていちょう》」「滁に別る」など、詩にも傑作が多い。ここでは、七言絶句「豊楽亭《ほうらくてい》遊春三首」其の三を紹介しよう。なお、豊楽亭は滁州南郊の西豊山に建てられたあずまやで、散文に「豊楽亭の記」がある。

　紅樹青山日欲斜　長郊草色緑無涯
　遊人不管春将老　来往亭前踏落花

紅樹《こうじゅ》 青山 日 斜めならんと欲《ほっ》す、長郊《ちょうこう》の草色 緑 涯《はて》無し。
遊人《ゆうじん》（行楽者）は管せず 春の将《まさ》に老いんとするを、亭前に来往して落花を踏む。

嘉祐《かゆう》二年（一〇五七）、欧陽脩は知貢挙《ちこうきょ》（科挙の試験委員長）となり、当時流行していたいたずらに晦渋《かいじゅう》な「太学体《たいがくたい》」の古文を退け、達意の古文を書いた蘇軾・蘇轍《てつ》兄弟や曾鞏《きょう》らを及第させた。これは宋代古文の普及において画期的な事件であった。

「唐宋八大家」とは、唐の韓愈・柳宗元、宋の欧陽脩・蘇洵《じゅん》・蘇軾・蘇轍・王安石・曾鞏（一〇一九―一〇八三）ら八人の古文の大家の総称である。日中ともに漢文を作るときの模範とされ、清の沈《しん》徳潜（→178頁）が編纂した『唐宋八大家文読本《とくほん》』三〇巻は、日本でも江戸後期以来よく読まれた。

「六一居士伝」　欧陽脩は晩年、六一居士と号した。自伝「六一居士伝」によれば、蔵書一万巻、三代（夏・殷・周）以来の金石《きんせき》の遺文一千巻、琴《きん》一張、碁《き》一局、常備の酒一壺、それに吾が一翁（自分自身）を加えた六つの一が、その由来である。欧陽脩の退官後の文雅な生活は、広く士大夫の理想となった。

「三多」と「三上」　欧陽脩は散文を書く際、「三多《サントウオ》」を心がけたという。「看多《カントウオ》」（多く読む）、「做多《ツオトウオ》」（多く書く）、「商量多《シャンリヤントウオ》」（多く考える）の三つがそれである（北宋・陳師道『後山《こうざん》詩話』）。さらに彼は文章の構想を練る場として、「三上」すなわち「馬上」「枕上」「廁《し》上」を挙げている（『帰田録』巻二）。

司馬光と王安石

北の遼《りょう》と西北の西夏《せいか》に対する軍事費は、宋朝の財政を逼迫させた。六代神宗《しんそう》の時代、この財政難を立て直すため、王安石《おうあんせき》（一〇二一 一〇八六）は「新法」と呼ばれる大胆な政治・財政改革を断行した。司馬光《しばこう》（一〇一九 一〇八六）ら守旧派は猛反発し、新法党と旧法党の激しい党争が繰り広げられた。

北宋後期における新旧両党の対立は、この時代に生きたすべての文人たちを渦中に巻き込み、その文学活動にも色濃く影を落とすことになる。奇《く》しくも同年に没した司馬光と王安石は、この党争の代表であった。

司馬光、字は君実《くんじつ》、迂叟《うそう》と号した。陝《せん》州夏県（山西夏県）涑水郷《そくすいきょう》の人。七歳で『春秋左氏伝』（↓32頁）の講義を聴き、その大意を理解したという。宝元《ほうげん》元年（一〇三八）の進士。仁宗・英宗に仕え、神宗のとき翰林学士《かんりんがくし》に抜擢された。のち王安石の新法に反対して下野し、一五年間にわたり洛陽に隠居。この間、史書『資治通鑑《しじつがん》』（↓コラム）の編修に専念し、元《げん》豊《ぼう》七年（一〇八四）、前後一九年の歳月を費やして完成させた。哲宗が即位すると、旧法党の領袖として中央政府に復帰し、新法を次々と廃止した。没後、太師温国公の称号を贈られたので司馬温公《おんこう》と呼ばれ、また出身地によって涑水先生とも称される。諡《おくりな》は文正《ぶんせい》。司馬光は『資治通鑑』の著者として最もよく知られるが、古文家としても有名で、「独楽園《どくらくえん》の記」「諫《かん》院題名《いんだいめい》の記」は『古文真宝後集《こぶんしんぽうこうしゅう》』（巻四）に収録され、日本でもよく読まれた。

王安石、字は介甫《かいほ》、撫州臨川《ぶしゅうりんせん》（江西撫州市）の人。慶暦《けいれき》二年（一〇四二）の進士。若い頃は、自ら進んで地方官を歴任した。神宗の熙寧《きねい》二年（一〇六九）に参知政事《さんちせいじ》（副宰相）、翌年には同中書門下平章事《どうちゅうしょもんかへいしょうじ》（宰相）に抜擢され、いわゆる新法を断行した。晩年は江寧《こうねい》（江蘇南京市）の鍾山《しょうざん》に隠居し、半山《はんざん》と号して、学問と詩文に没頭した。荊国公《けいこくこう》の称号を贈られ、没後には文と諡されたため、王荊公・王文公とも呼ばれる。

王安石は政治家として辣腕を揮っただけでなく、詩文における才能も傑出していた。詩では殊に絶句にすぐれ、北宋随一の作者と評される。その代表作の一つである七言絶句「湖陰《こいん》先生の壁に書す二首」其の一を見てみよう。

茆簷長掃静無苔　花木成畦手自栽

茆簷《ぼうえん》（かやぶきの軒先）長《つね》に掃いて　静かにして苔《こけ》無し、花木　畦《あぜ》を成して　手自《てずか》ら栽《う》う。

一水護田将緑遶　両山排闥送青来　一水 田を護《まも》りて 緑を将《ひき》いて遶《めぐ》り、両山 闥《たつ》を排して（門を押し開いて）青を送りて来たる。

転・結の対句が、王安石の詩の理知的な特徴を示す例としてよく引かれる。「護田」「排闥」はともに『漢書』（↓32頁）の中の語をふまえ、「一水」「両山」を主語とする二句の擬人法は、五代の沈彬《しんぴん》の詩句「地隈《わい》にして 一水 城を巡りて転じ、天約《つづ》まりて 群山 郭に附して来たる」を意識すると言われる。しかし、この二句が巧みな所以は、理知的な操作が施されつつも、それを感じさせないみずみずしい表現となっている点にあろう。このように、先行作品の措辞を典故としてふまえつつ、新しい表現を打ち出す作詩法は、のちに黄庭堅と江西詩派（↓128頁）によって受け継がれた。

王安石の詩は、鍛錬の成果である。例えば、七言絶句「船を瓜州《かしゅう》に泊す」の転句「春風は自《おのず》から江南の岸を緑にす」に見える「緑」の字は、はじめ「到」であったのを十数回も改めた結果だという（南宋・洪邁《こうまい》『容斎続筆』巻八）。つまり、一見さりげない描写ではあるが、実はその背後に推敲に推敲を重ねた苦心があったのである。

宋詩は理知的な詩風を特徴とするが、その中にあって王安石は唐詩の抒情性に多くを学び、自ら唐詩の選集『唐百《とうひゃっ》家《か》詩選《しせん》』を編集した。唐代の詩人のうち、彼が最も傾倒したのは杜甫（↓82頁）であり、杜甫を古今に冠絶する詩人とする評価も彼にはじまるが、一方で晩唐の繊細な詩風も尊重した。彼は詩歌における抒情性の回復を目指したが、その抒情性も宋詩らしく理知的な操作を経たものであるところに特色がある。

散文では唐宋八大家（↓123頁）の一人に数えられ、「孟嘗君《もうしょうくん》伝を読む」など、簡潔で切れ味の鋭い名文を残している。

『資治通鑑』の影響　『資治通鑑』は編年体（↓32頁）による大部な通史で、戦国時代から五代に至る一三六二年間、一六王朝の歴史が記されている。取材した史料も多岐にわたり、正史のみならず、民間の野史に伝わる逸聞も多く盛り込まれている。本書のこの特色は、史学のみならず、詠史詩、講談、さらには『三国志演義』（↓206頁）などの白話小説にも大きな影響を及ぼした。

蘇軾

詩文書画にすぐれた宋代随一の文人。文学・芸術に大きな影響を与えた。父の蘇洵《そじゅん》（一〇〇九〜一〇六六）、弟の蘇轍《そてつ》（一〇三九〜一一一二）と共に唐宋八大家（→123頁）に数えられ、「三蘇《さんそ》」と併称される。北宋後期、王安石（→124頁）・蘇軾・黄庭堅（→128頁）らにより、北宋の詩は最盛期を迎えた。

蘇軾《そしょく》（一〇三六〜一一〇一）、字は子瞻《しせん》、東坡居士《とうばこじ》と号した。眉州眉山《びしゅうびざん》（四川眉山市）の人。嘉祐《かゆう》二年（一〇五七）、兄弟そろって進士に及第し、官途についた。神宗が即位し、王安石の新法が行なわれると、これに異を唱えて対立し、以後、中央を去って州の知事を歴任する。元豊《げんぽう》二年（一〇七九）、新法に批判的であった蘇軾は、朝廷を誹謗する詩を作ったと弾劾され、御《ぎょ》史台《しだい》の獄に下された。この事件を「烏台詩案《うだいしあん》」という。恩赦によって辛くも死罪を免れ、黄州《こうしゅう》（湖北黄岡市）へと流された。黄州時代の蘇軾の生活は困窮を極めたが、創作意欲は旺盛で、数々の名作を残している。名高い前後「赤壁《せきへき》の賦」、「念奴嬌《ねんどきょう》　赤壁懐古」（→202頁）も、この頃の作品である。

哲宗が即位し、旧法党（→124頁）が復権すると、蘇軾も都に戻され、中央の要職を歴任した。しかし今度は旧法党内での抗争に巻き込まれ、地方と中央の職を行き来した。紹聖《しょうせい》元年（一〇九四）、新法党が復活すると、遠く恵州《けいしゅう》（広東恵州市）に左遷され、同四年にはさらに海南島《かいなんとう》まで流された。この時期に作った作品は、「東坡海外の文」と呼ばれる。徽《き》宗《そう》が即位し、新旧両党の融和策がとられると、許されて本土に帰還するが、その途中、常州《じょうしゅう》（江蘇常州市）で病没した。

蘇軾の官途はかくも波瀾に満ちていたが、逆境をものともせず、自由闊達な精神と多面的な才能によって、この時代の文化を主導した。詩・詞（→22頁）・散文などの文学だけでなく、書画にもすぐれた。書では「宋の四大家」（→コラム）に数えられ、画は母方の従兄弟であった文同《ぶんどう》（一〇一八〜一〇七九）に墨竹《ぼくちく》（竹の水墨画）を学び、いわゆる文人画の画論を確立した。題画詩の作が多いのも、彼の詩の特徴の一つである。また「老饕《ろうとう》（食いしん坊）」を自認する彼は、食への造詣も深く、今に伝わる「東坡肉《トンポーロウ》」は彼の号にちなむ料理名。

その詩風は実に多様であるが、若い頃には、奇抜な比喩を巧みに用いた才気煥発の作品がある。七言絶句「湖上に飲《いん》

す　初めは晴れ後に雨ふる二首」其の二を見てみよう。

水光瀲灧晴方好　山色空濛雨亦奇　水光《すいこう》瀲灧《れんえん》（さざなみが輝く）として晴れて方《まさ》に好く、山色《さんしょく》空濛《くうもう》（けぶる）として雨も亦た奇なり。

欲把西湖比西子　淡粧濃抹総相宜　西湖《せいこ》を把《と》りて西子《せいし》（春秋時代、越国の美女西施）に比せんと欲《ほっ》すれば、淡粧《たんしょう》濃抹《のうまつ》総《す》べて相《あ》い宜《よろ》し。

本詩は杭州の西湖を歌った詩として最もよく知られる。わが国でも松尾芭蕉（一六四四―一六九四）がこれをふまえ、「象潟《きさがた》や雨に西施がねぶの花」と吟じたのは有名。起・承の対句では、晴れの日と雨の日の両面から西湖のすばらしい景致をたたえる。転・結句では、絶世の美女として知られる西施を引きあいに出し、その化粧した顔に西湖の美しさを喩えている。蘇軾の比喩は、「如」「似」などを用いた直喩が多い。飛躍のある大胆な比喩を可能にする直喩の利点を活かしている。

晩年の詩は、深さと円熟味を増す。蘇軾は陶淵明（↓50頁）を敬愛し、全作品への和韻を試みた一連の「和陶詩《わとうし》」は、この時期に集中して作られた。ここでは晩年の代表作として、七言絶句「澄邁駅《ちょうまいえき》の通潮閣《つうちょうかく》二首」其の二を紹介しよう。

余生欲老海南村　帝遣巫陽招我魂　余生　老いんと欲《ほっ》す　海南の村、帝（天帝）巫陽《ふよう》（みこの名）をして我が魂《こん》を招かしむ。

杳杳天低鶻没処　青山一髪是中原　杳杳《ようよう》（はるか遠いさま）として　天低《た》れ　鶻《はやぶさ》没する処《ところ》、青山　一髪《いっぱつ》是《こ》れ中原《ちゅうげん》（ここでは中国本土）。

本土への帰還が許され、海南島を離れる時の作。承句は、天帝が屈原（↓28頁）のさまよう霊魂を憐れみ、みこの巫陽に命じてその霊魂を呼び戻させた故事をふまえる（『楚辞』招魂）。転・結句は万感の思いで眺めた本土の風景であるが、その極度に凝縮された表現が人口に膾炙した。江戸後期の頼山陽《らいさんよう》（一七八〇―一八三二）もこれを活用して、「雲か山か呉《ご》か越《えつ》か、水天《すいてん》髣髴《ほうふつ》たり　青一髪《せいいっぱつ》」（「天草洋《あまくさなだ》に泊《はく》す」）、「鶻影《こつえい》は低迷《ていめい》し帆影《はんえい》は没《ぼっ》す、天《てん》の水《みず》に連《つら》なる処《ところ》　是《こ》れ台湾」（「阿嵎嶺《あぐね》」）と歌う。

「宋の四大家」　書では蘇軾・黄庭堅・米芾《べいふつ》（一〇五一―一一〇七）・蔡襄《さいじょう》（一〇一二―一〇六七）を宋の四大家に数え、「蘇・黄・米・蔡」と略称する。もと徽宗の宰相蔡京《さいけい》（一〇四七―一一二六）が入っていたが、彼は奸臣《かんしん》とされたため、のちに蔡襄がこれに代わった。

黄庭堅と江西詩派

黄庭堅《こうていけん》（一〇四五—一一〇五）は、蘇軾（→126頁）門下から出た多くの詩人たちの中でも、後世への影響が最も大きい。その古典主義的な詩風を継ぐ流派を「江西詩派《こうせいしは》」と呼ぶ。北宋末期から南宋初期にかけて一世を風靡し、その影響は元代ひいては清代後期の宋詩派（→194頁）にまで及んだ。

黄庭堅、字は魯直《ろちょく》、山谷道人《さんこくどうじん》・涪翁《ふうおう》と号した。洪州分寧《こうしゅうぶんねい》（江西修水県）の人。治平《ちへい》四年（一〇六七）の進士。若い頃、蘇軾に詩を贈って賞賛され、その門下に入ったが、蘇軾は彼を終生畏友として重んじた。旧法党の一派と見なされ、生涯官途には恵まれず、配流先で病没した。

詩では蘇軾と共に「蘇黄《そこう》」と併称されるが、黄庭堅は蘇軾に師事の礼を取ったため、その門人の一人に数えられている。秦観《しんかん》（一〇四九—一一〇〇）・晁補之《ちょうほし》（一〇五三—一一一〇）・張耒《ちょうらい》（一〇五四—一一一四）と共に「蘇門四学士《そもんしがくし》」、さらに陳師道《ちんしどう》（一〇五三—一一〇一）・李廌《りち》（一〇五九—一一〇九）をあわせて「蘇門六君子《そもんろくくんし》」とも呼ばれる。また書は行・草書にすぐれ、宋の四大家（→127頁）の一人である。なお、わが国では室町時代、五山僧たちによって蘇軾の詩と共に黄庭堅の詩が愛読され、その注釈も多く試みられた。

黄庭堅の詩風は、古典の博引を基礎として、情緒をそぎ落としたような殺風景な表現の中に、無限の滋味を込める。この点、師の蘇軾の闊達《かったつ》な詩とは風格を異にし、古典主義という点では王安石（→124頁）の手法を継ぐものと考えられる。杜甫（→82頁）の詩と韓愈（→92頁）の文を最高の模範として仰ぎ、両者をはじめとする古人の作品の発想や用語に工夫を加え、独自の表現を築くことを目指した。黄庭堅はその秘訣を「点鉄成金《てんてつせいきん》」（「洪駒父《こうくほ》に答うるの書」）・「換骨奪胎《かんこつだったい》」（北宋・恵洪《えこう》『冷斎夜話』巻一所引の黄庭堅の語）と称し、のちに江西詩派の主張の金科玉条《きんかぎょくじょう》となった。彼の代表作の一つである七言絶句「病《やまい》より起《お》く荊江亭即事《けいこうていそくじ》十首」其の一を見てみよう。

翰墨場中老伏波　菩提坊裏病維摩
近人積水無鷗鷺　時有帰牛浮鼻過

翰墨場中《かんぼくじょうちゅう》（文壇の中）老伏波《ろうふくは》、菩提坊裏《ぼだいぼうり》（寺院の中）病維摩《びょうゆいま》。
人に近き積水《せきすい》（大きな水たまり）に鷗鷺《おうろ》無く、時に帰牛《きぎゅう》の鼻を浮かべて過《す》ぐる有り。

まず、起・承句には典故が用いられている。起句の「老伏波」は、後漢の伏波《ふくは》将軍馬援《ばえん》（前一四—後四九）が、六二歳の老齢でなお戦場に赴いた故事（『後漢書』馬援伝）。承句の「病維摩」は、『維摩経《ゆいまきょう》』の主人公維摩詰《ゆいまきつ》（↓76頁）が病んだおり、見舞いに来た文殊菩薩《もんじゅぼさつ》と問答したことをふまえる。ここでは、共に黄庭堅自身になぞらえている。転・結句では、晩唐の陳詠《ちんえい》の詩句「岸を隔《へだ》つる水牛　鼻を浮かべて渡る」（北宋・孫光憲『北夢瑣言《ほくぼうさげん》』巻七所引）に一工夫加え、川辺の住まいの閑寂な環境を描く。あるいは何らかの政治的寓意を含むとも言われるが、含意は明らかにしがたい。

この流れを汲む江西詩派の詩人たちの中では、陳師道がその代表である。字は無己《むき》、後山居士《こうざんこじ》と号した。彭城《ほうじょう》（江蘇徐州市）の人。貧窮の中で詩作に没頭した苦吟型の詩人。黄庭堅の主張を理論的に補強して、『後山詩話』を著した。杜甫の詩を祖述したその詩は、律詩に佳作が多い。ここでは、杜詩への傾倒ぶりが窺える五言律詩「寒夜《かんや》」を紹介しよう。

留滞常思動　艱虞却悔来　留滞《りゅうたい》しては常に動かんと思い、艱虞《かんぐ》（苦労）あれば却《かえ》って来《き》たりしを悔《く》ゆ。
寒灯挑不焔　残火撥成灰　寒灯《かんとう》 挑《とも》すも焔《ほのお》あらず、残火《ざんか》 撥《おこ》すも灰と成《な》る。
凍水滴還歇　風簾掩復開　凍水《とうすい》 滴《したた》りて還《ま》た歇《や》み、風簾《ふうれん》（カーテン）掩《おお》いて復《ま》た開く。
熟知文有忌　情至自生哀　文に忌《い》むこと有るを熟知するも、情至れば自《おのず》から哀しみを生ず。

尾聯は王安石の句に「文章 尤《もっと》も忌む 悲哀を数うるを」（「李璋下第《りしょうかだい》す」）とあるのをふまえる。本詩は杜詩に見られる悲哀の情調を色濃くにじませているが、最後に王安石の句を取り入れたあたりは、やはり江西詩派の主知的な詩風を示す。

南宋になると、呂本中《りょほんちゅう》（一〇八四―一一四五）が『江西詩社宗派図《こうせいししゃそうはず》』を作って江西詩派の名を世に知らしめ、続く元代には「一祖《いっそ》三宗《さんそう》」（↓コラム）の説が出された。さらに清代後期には、江西詩派の影響を受けた宋詩派が詩壇に登場する。宋詩の特徴の一つとして指摘される古典主義と主知性は、黄庭堅と江西詩派によってピークに達したのである。

「一祖三宗」　元の方回《ほうかい》（一二二七―一三〇七）が『瀛奎律髄《えいけいりつずい》』（巻二六「変体類」）の中で提唱した説。「一祖」は黄庭堅が私淑した杜甫、「三宗」は黄庭堅・陳師道・陳与義《ちんよぎ》（一〇九〇―一一三八）の三人を指し、江西詩派を系譜化した。

陸游

南宋最大の詩人であり、「南宋四大家」（陸游《りくゆう》・范成大《はんせいだい》・楊万里《ようばんり》・尤袤《ゆうぼう》）の筆頭とされる。南宋初期は、黄庭堅の詩風を継ぐ江西詩派が（↓128頁）一世を風靡し、若き陸游もその中にいた。しかし中年以後、その影響から脱し、独自の闊達な詩風を確立する。

欽宗の靖康《せいこう》二年（一一二七）、北宋は女真族《じょしんぞく》の金に滅ぼされた（靖康の変）。欽宗の弟は南に逃れ、即位して高宗となり、臨安《りんあん》（浙江杭州市）に都を定めた。これを南宋と呼ぶ。以後、南宋は国土の北半分を奪った金と対峙し、いわゆる「半壁《はんぺき》の天下」となった。これにより、金に攻め入り失地回復をはかろうとする主戦派と、金との外交関係を保って平和を維持しようとする和議派とに国論は二分した。

陸游（一一二五 一二一〇）は生涯一貫して主戦派の立場をとった。字は務観《むかん》、越州山陰《えつしゅうさんいん》（浙江紹興市）の人。数代続いた地主の家に生まれたが、生後まもなく金軍の侵入にあい、一家は各地を転々とした。ようやく山陰に定住し、一八歳の時には、主戦派の論客で江西詩派の詩人であった曾幾《そうき》（一〇八四 一一六六）に師事して詩を学んでいる。二九歳の時、科挙の地方試験に首席で及第したが、翌年の中央試験で落第。和議派の領袖であった宰相の秦檜《しんかい》（一〇九〇 一一五五）に憎まれたからだと言われる。

秦檜の没後、三四歳ではじめて任官したが、主戦派に不利な情勢が続き、地方転出と免職を繰り返す不安定な生活を送った。そのなかで、四六歳から五四歳までの蜀《しょく》（四川）在任時代は、文学史的にも特に重要である。赴任する道中の見聞をまとめた『入蜀記《にゅうしょくき》』は、紀行文の傑作とされる。在蜀中は礼法を物ともしない放恣《ほうし》な態度を批判され、生涯の号ともなる放翁《ほうおう》もこの時に名のった。また、自分の詩集に『剣南詩稿《けんなんしこう》』と名づけたのも、蜀の別名である剣南にちなむ。次に挙げる七言絶句の名作「剣門《けんもん》（蜀の桟道にある関所）の道中　微雨《びう》に遇《あ》う」からは、陸游が蜀の地で詩人としての自覚を深めてゆくことが窺われる。

衣上征塵雑酒痕　遠遊無処不消魂
衣上《いじょう》の征塵《せいじん》（旅のほこり）酒痕《しゅこん》（酒のしみ）を雑《まじ》う、遠遊《えんゆう》処《ところ》として消魂《しょうこん》（魂が抜けて茫然）せざるは無し。

此身合是詩人未　細雨騎驢入剣門
此の身 合《まさ》に是《こ》れ詩人たるべきや未《いな》や、細雨《さいう》 驢《ろ》（ロバ）に騎《の》りて 剣門に入《い》る。

晩年、六五歳で免職されて八五歳で没するまでの二〇年間は、おおむね故郷に隠居した。この間、田園生活の滋味を歌った詩や、農民の暮らしに密着した詩を多く作り、詩境はいっそう豊かさを増していった。

陸游は中国詩史上、最も多作した詩人で、『剣南詩稿』には約九千二百首もの詩が収められている。その詩風は多様で幅が広く、概括するのは難しいが、愛国詩人と田園詩人という二つの像がしばしば指摘される。絶筆である七言絶句「児《こ》に示す」は、前者の面目が躍如した作品。

死去元知万事空　但悲不見九州同
王師北定中原日　家祭無忘告乃翁

死《し》し去《さ》れば　元《もと》より知る　万事空《ばんじむな》しと、但だ悲しむ　九州《きゅうしゅう》（中国全土）の同じきを見ざるを。
王師《おうし》（官軍）　北のかた中原《ちゅうげん》を定むるの日、家祭《かさい》（先祖の祭り）　忘るる無かれ　乃翁《だいおう》（お前たちのおやじ）に告ぐるを。

後者の作例として、七言律詩「村居初夏五首《そんきょしょかごしゅ》」其の四を引く。陸游は七言律詩を最も多く作り、その評価も高い。

天遣為農老故郷　山園三畝鏡湖傍
嫩莎経雨如秧緑　小蝶穿花似繭黄
斗酒隻鶏人笑楽　十風五雨歳豊穣
相逢但喜桑麻長　欲話窮通已両忘

天はわれを農と為《な》して故郷に老いしむ、山園《さんえん》（山の畑）三畝《さんぽ》　鏡湖《きょうこ》（紹興にある鑑湖）の傍《ほとり》。
嫩莎《どんさ》（ハマスゲの新芽）は雨を経《へ》て秧《なえ》のごとく緑に、小蝶《しょうちょう》は花を穿《うが》ちて繭《まゆ》に似て黄なり。
斗酒《としゅ》（一斗の酒）　隻鶏《せきけい》（一羽の鶏）　人は笑楽《しょうらく》、十風五雨《じっぷうごう》（天候が順調なこと）　歳は豊穣《ほうじょう》。
相《あ》い逢いて但だ喜ぶ　桑麻《そうま》の長《ちょう》ずるを、窮通《きゅうつう》（困窮と栄達）を話《かた》らんと欲《ほっ》するも　已《すで》に両《ふた》つながら忘る。

妻への愛　陸游は二〇歳の時、唐琬《とうえん》という女性と結婚したが、母との折合いが悪く、離婚させられた。のち春のある日、二人は沈氏《しんし》の庭園で偶然再会した。唐琬は新しい夫に伴われていたが、夫の許しを得て、陸游に酒肴《しゅこう》を届けたという。その後、唐琬は陸游に先立って亡くなるが、陸游は生涯、唐琬のことを追慕しつづけ、多くの詩詞を綴った。再会の場所である「沈《しん》園《えん》」は、今でも浙江紹興《しょうこう》市に残され、園内の石壁には陸游の妻を思う「釵頭鳳《さとうほう》」詞が刻まれている。

范成大と楊万里

范成大《はんせいだい》（一一二六―一一九三）と楊万里《ようばんり》（一一二七―一二〇六）は、南宋四大家（→130頁）の中で、陸游（→130頁）に次ぐ詩人。范成大は先行する田園詩を集大成し、さらに新境地を開いた。楊万里は「誠斎体《せいさいたい》」と呼ばれる独自の詩風を確立し、その詩と詩論は明清の性霊派《せいれいは》（→184頁）にも影響を与えた。

范成大、字は致能《ちのう》（または至能）、平江府呉県《へいこうふごけん》（江蘇蘇州市）の人。二九歳で進士に及第し、有能な官僚として数々の要職を歴任した。乾道《けんどう》六年（一一七〇）には、使節として金に派遣され、死を覚悟して難しい外交交渉に臨んだ。この旅の道中に見聞した北方の風物・旧跡は、連作の七言絶句七二首と紀行文『攬轡録《らんぴろく》』にまとめられている。

帰国後は中書舎人に昇進し、広西・四川の地方官を経て、参知政事（副宰相）にまで至った。紀行文として、広西に赴いた時には『驂鸞録《さんらんろく》』、四川からの帰途には『呉船録《ごせんろく》』があり、特に後者は陸游の『入蜀記』（→130頁）と並ぶ名作として知られている。晩年は故郷の石湖《せきこ》のほとりに隠居し、石湖居士《せきここじ》と号して詩作にふけった。

その代表作は、七言絶句による田園詩の連作「四時田園雑興《しいじでんえんざつきょう》六十首」である。春日・晩春・夏日・秋日・冬日の各十二首から成り、四季折々の田園生活をさまざまな角度から生き生きと描き出している。わが国でも宋詩が流行した江戸後期に愛読され、本連作のみが単行本となるほどであった。その中から傾向の異なる二首の作品を紹介しよう。

胡蝶双双入菜花　日長無客到田家
鶏飛過籬犬吠竇　知有行商来買茶

胡蝶《こちょう》 双双《そうそう》 菜花《さいか》に入《い》る、日長くして 客の田家《でんか》に到《いた》る無し。
鶏《にわとり》は飛びて籬《まがき》を過ぎ 犬は竇《あな》に吠ゆ、知る 行商《ぎょうしょう》の来たりて茶を買う有るを。
（「晩春田園雑興十二絶」其の三）

垂成穡事苦艱難　忌雨嫌風更怯寒
牋訴天公休掠剰　半償私債半輸官

成《な》るに垂《なんなん》として 穡事《しょくじ》（農事）は苦《はなは》だ艱難《かんなん》たり、雨を忌《い》み風を嫌い 更に寒きを怯《おそ》る。
天公《てんこう》に牋訴《せんそ》すらく（天の神様に上訴） 剰《あま》りを掠《かす》むるを休《や》めよ、半ばは私債《しさい》（借金）を償《つぐな》い 半ばは官に輸《しゅ》す（納税する）と。
（「秋日田園雑興十二絶」其の五）

前者は晩春ののどかな田園風景をスケッチし、後者は天候や租税に苦しむ農民の生活を描く。本連作の特色は、このように閑適と諷諭の主題が織り成され、一つの世界を形づくっているところにある。

楊万里、字は廷秀《ていしゅう》、吉州《きっしゅう》吉水《きっすい》（江西吉安市）の人。紹興《しょうこう》二四年（一一五四）、范成大と同年に進士に及第した。永州零陵《えいしゅうれいりょう》（湖南零陵市）の丞《じょう》（副知事）であった時、その地に流されてきた主戦派の張浚《ちょうしゅん》（一〇九七―一一六四）から教えを受けた。誠斎と号したのは、「正心誠意《せいしんせいい》」の学問に励めという張浚の教えにちなむ。楊万里は主戦派の硬骨漢であったため、中央では出世できず、地方に転出させられることが多かった。晩年は故郷に隠棲し、国事を憂えつつ没したという。その詩は俗語を取り入れた軽快なリズムに特色があり、とりわけ七言絶句に独自の風格を示している。「泉石軒《せんせきけん》の初秋　小荷池《しょうかち》の上《ほとり》に涼《りょう》に乗《じょう》ず」を見てみよう。

芙蕖落片自成船　吹泊高荷傘柄辺　芙蕖《ふきょ》（ハスの花）の落片《らくへん》　自《おのず》から船と成《な》る、吹かれて高荷《こうか》（高くのびるハス）傘柄《さんぺい》の辺《へん》に泊《はく》す。

泊了又離離又泊　看他走偏水中天　泊《はく》し了《おわ》りて又《ま》た離れ　離れて又た泊し、看《み》る　他《かれ》が走りて　水中の天に偏《あまね》きを。

前半は、水に浮かぶハスの花びらを船に、すっと高くのびるハスを傘に見立て、後半では、水にただよう花びらの動きを細やかな観察眼で描く。その動きは俗語を交えた軽やかなリズムで表わされ、後世の性霊派の詩を思わせる。

彼は創作の経歴を自ら述べ、はじめは江西詩派（→128頁）、特に陳師道（→129頁）の五言律詩に学び、次に王安石（→124頁）の七言絶句に学び、のち唐の絶句に転じて、最後には独自の風格を完成したという（「誠斎荊渓集自序《せいさいけいけいしゅうじじょ》」）。また、唐詩では特に晩唐詩を尊んだ。陳師道を通して杜甫を尊崇する江西詩派から、晩唐詩を愛好する江湖派（→136頁）への流れが、ここに既に見て取れよう。その独自の詩風は「誠斎体」（南宋・厳羽『滄浪詩話』「詩体」）と呼ばれ、明清の性霊派の先駆けともなった。陸游に次ぐ多作の詩人で、現存する詩は四千二百余首にのぼる。

尤袤と蕭徳藻《しょうとくそう》　南宋四大家のうち、尤袤（一一二四?―一一九三?）の代わりに蕭徳藻（生没年不詳）を加えることもある。但し、両者の詩集は共に散逸し、現存する作品は少ない。

朱子学

北宋の周敦頤《しゅうとんい》（一〇一七 一〇七三）を始祖とし、程顥《ていこう》（一〇三二 一〇八五）・程頤《ていい》（一〇三三 一一〇七）・張載《ちょうさい》（一〇二〇 一〇七七）らが継承し、南宋の朱熹（一一三〇 一二〇〇）が集大成した体系的儒学。元代以降は科挙で朱子学が基準とされ、日本でも江戸時代には官学として尊ばれた。「道学《どうがく》」「理学《りがく》」「宋学《そうがく》」とも言う。

北宋中期、仁宗の治世（一〇二三 一〇六三）は、さまざまな分野に新しい動きが芽生えた。文学では、欧陽脩（↓120頁）らの詩文革新運動があり、晏殊（↓200頁）・柳永（↓200頁）らによって詞《ツー》も新たな展開を見せた。儒学においても、漢・唐以来の訓《くん》詁学《こがく》（経典注釈学）に追従しない思弁的な哲学が起こり、宇宙の原理や人間の内面などに関心が注がれるようになった。

周敦頤、字は茂叔《もしゅく》、道州営道《どうしゅうえいどう》（湖南道県）の人。濂渓《れんけい》先生と呼ばれる。その思想は、『太極図説《たいきょくずせつ》』『通書《つうしょ》』に示される。前者は、陰陽五行説による「太極図」を解説したもので、太極（宇宙の根源）から万物が生成・変化する過程を説く壮大な宇宙論。後者は、この宇宙論を人倫の在り方に結びつけたもので、人は学ぶことによって聖人になれるが、「無欲《むよく》」であることが必要だと説く。彼の門下から出たのが、「二程子《にていし》」と併称される程顥・程頤兄弟である。

程顥、字は伯淳《はくじゅん》、洛陽《らくよう》（河南洛陽市）の人。明道《めいどう》先生と呼ばれる。「天理《てんり》」という概念を用いて宇宙の根源を説き、人間を含む万物を生み育む「万物一体の仁」を重んじた。弟の程頤は、字は正叔《せいしゅく》、伊川《いせん》先生と呼ばれる。兄の程顥よりも分析的に「理」を考察し、のちに朱熹によって体系化される「理気二元論」（形而上的な「理」と形而下的な「気」の二つの原理による宇宙論）を準備した。また、万物に備わる「理」を把握するための学問方法として、「格物窮理《かくぶつきゅうり》」（事物の道理を窮《きわ》めて真理に達する）を主張した。これを実践する倫理学として、「性即理《せいそくり》」（人間に内在する「理」こそが「性」である）を唱え、本来は善であるはずの「性」を実現するために、「居敬《きょけい》（敬に居《お》る）」と「主一無適《しゅいつむてき》（一を主にして適《ゆ》くこと無し）」、すなわち雑念を去って精神を「敬」に集中させる修養法を示した。彼らの著述・語録は『二程全書』に収められる。

張載、字は子厚《しこう》、横渠《おうきょ》先生と呼ばれる。二程子の親戚にあたり、彼らに師事した。宇宙の根源となる気を「太虚《たいきょ》」と名づけ、「気一元論」を主張。万物は「気」の集散によって生成・変化し、人間の本性もそうであるという。人は本来、天から与えられた善なる「天地の性」をもつが、「気」の結合から生じる「気質の性」によってこれが阻害され、善悪・賢愚などの差が出てくる。そこで、学問・修養を積んで気質を変化させ、「天地の性」を取り戻さなくてはならないと説く。張載の主な著作には、『正蒙《せいもう》』と「東銘《とうめい》」「西銘《せいめい》」がある。特に書斎の東西の窓に掲げられた後者は、『古文真宝後集』（巻五）に収められ、日本でも愛読された。

朱熹《しゅき》、字は元晦《げんかい》・仲晦《ちゅうかい》、晦庵《かいあん》と号した。文と諡《おくりな》されたので、朱文公とも呼ばれる。徽州《きしゅう》婺源《ぶげん》（江西婺源県）の人。紹《しょう》興《こう》一八年（一一四八）、一九歳で進士に及第し、地方官として治績を挙げる一方、学問・著述および門人の育成に力を尽くした。北宋以来の道学を集大成し、朱子学と呼ばれる新しい体系的儒学を確立。宇宙論としての「理気二元論」と、それに基づく実践倫理学である「性即理」を総合し、学問方法として「居敬《きょけい》窮理《きゅうり》」を提唱した。さらに、その哲学体系を古典解釈にも及ぼし、漢・唐以来の訓詁学にとらわれない古典の新解釈を示した。特に、唐代まで重視されてきた「五経《ごきょう》」（『易経《えききょう》』『書経《しょきょう》』『詩経《しきょう》』『礼記《らいき》』『春秋《しゅんじゅう》』）に対し、新たに「四書《ししょ》」（『大学《だいがく》』『論語《ろんご》』『孟子《もうし》』『中庸《ちゅうよう》』）を儒学のエッセンスと定め、『四書集注《ししょしっちゅう》』を著わして明晰な解釈を施した。これは、儒学が「五経」中心から「四書」中心へと移り変わる転機となった。また、『詩経』の「新注」（↓27頁）と称される『詩集伝《ししゅうでん》』および『楚辞集註《そじしっちゅう》』からは、詩文にもすぐれた彼の細やかな文学的感性が窺われる。他に『朱文公文集』『朱子語類』がある。

朱子学は元代以降、科挙の基準として重んじられたが、わが国でも江戸時代には幕府公認の官学とされ、藤原惺窩《ふじわらせいか》（一五六一―一六一九）・林羅山《はやしらざん》（一五八三―一六五七）をはじめ多くの朱子学者たちが出た。

「偶成《ぐうせい》」　朱熹と言えば、有名な七言絶句「偶成」を思い浮かべる読者が多いだろう。「少年《しょうねん》老《お》い易《やす》く　学《がく》成《な》り難《がた》し、一寸《いっすん》の光《こう》陰《いん》　軽《かろ》んず可《べ》からず。未《いま》だ覚《さ》めず　池塘《ちとう》　春草《しゅんそう》の夢、階前《かいぜん》の梧葉《ごよう》　已《すで》に秋声《しゅうせい》」。しかし、本詩は実は室町時代の日本の禅僧の作であるというのが現在の通説である。

永嘉の四霊と江湖派

「永嘉《えいか》の四霊《しれい》」は、徐璣《じょき》（一一六二―一二一四）・徐照《じょしょう》（?―一二一一）・翁巻《おうけん》（生没年不詳）・趙師秀《ちょうししゅう》（一一七〇―一二一九）の併称。四人はみな出身地または住まいが永嘉（浙江温州市）で、字や号に「霊」の字をもつ。彼らは在野で活動し、これを先駆けとして、「江湖派《こうこは》」と呼ばれる民間詩人たちが現われた。

南宋後期の寧宗《ねいそう》の治世（一一九五―一二二四）、社会は平和を享受した。商工業と出版文化の発展にともなって、詩壇にも新たな現象が見られるようになった。詩の担い手が、従来の士大夫層の枠を超え、都市の一般市民や農村の中小地主層にまで広がったのである。永嘉の四霊は、その先駆けとなった。

徐璣（号は霊淵《れいえん》）・徐照（字は霊暉《れいき》）・翁巻（字は霊舒《れいじょ》）・趙師秀（号は霊秀《れいしゅう》）の四人は、同郷の永嘉《えいか》学派の代表的学者葉適《しょうてき》（一一五〇―一二二三）の門人であった。彼らが字や号に「霊」の字をもつのは、南朝宋の時代、太守（長官）として永嘉に左遷された山水詩人謝霊運（↓54頁）の名にちなむと言われる（小川環樹『宋詩選』筑摩書房）。

永嘉の四霊は、晩唐期を風靡した賈島・姚合の枯淡な詩を手本とした。その一人である趙師秀には、この二人の詩を選んだ『二妙集《にみょうしゅう》』がある。彼らは五言律詩という端正な詩型を最も好み、典故をあまり用いない平易な詩法で、山水の自然や身辺の瑣事を静かに詠じた。その詩風は「四霊体《しれいたい》」と呼ばれる。まず、徐璣の五言律詩「山居《さんきょ》」を見てみよう。

柳竹蔵花塢　茅茨接草池　柳竹《りゅうちく》　花塢《かう》（花壇）を蔵《かく》し、茅茨《ぼうし》（茅ぶき屋根の家）　草池《そうち》に接《せっ》す。

開門驚燕子　汲水得魚児　門を開けば　燕子《えんし》を驚かし、水を汲《く》めば　魚児《ぎょじ》を得たり。

地僻春猶静　人閑日更遅　地は僻《へき》（片田舎）にして　春　猶《な》お静かに、人は閑《かん》にして　日　更《さら》に遅し。

山禽啼忽住　飛起又相随　山禽《さんきん》　啼《な》きて忽《たちま》ち住《とど》まり、飛び起《た》ちて　又《ま》た相《あ》い随《したが》う。

山住まいの閑雅な生活を平易に描いた作品で、四霊体の特徴がよくあらわれている。また、絶句にも佳作が多い。次に引く趙師秀の七言絶句「客と約《やく》す」は、その枯淡な詩風を示す好例。

黄梅時節家家雨　青草池塘処処蛙　黄梅《こうばい》の時節（梅の実が黄色く熟する梅雨時）　家家《かか》の雨、青草の池塘《ちとう》　処処《しょしょ》の蛙《かわず》。

有約不来過夜半　閑敲碁子落灯花　約《やく》有るも来《き》たらず　夜半《やはん》を過《す》ぎ、閑《かん》に碁子《きし》（碁石）を敲《たた》けば　灯花《とうか》（灯芯の燃えさし）落つ。

このような気風を背景に、江湖派（江湖は民間の意）の民間詩人たちが現われた。その名は、南宋の首都臨安《りんあん》（浙江杭州市）の書肆《しょし》の主人であった陳起《ちんき》が編纂した『江湖集』に由来すると言われる。陳起は同時代の百余人の詩集を次々と出版し、それらをまとめて『江湖集』と名づけて刊行した。江湖派とは、本書に収められた民間詩人たちの総称である。

彼らも中・晩唐の詩を模範とし、枯淡な詩風を主とするが、中にはやや特異な詩人も含まれている。戴復古《たいふっこ》（一一六七 ?）、字は式之《しきし》、石屏《せきへい》と号した。一生官途にはつかず、各地を遊歴し、有力者に詩を売って生活した職業詩人。生前より詩名を博し、『石屏詩集』を残したのは、江湖派の中では例外と言える。その詩にしばしば政治批判が見られるのも特徴の一つである。江湖派最大の詩人とされる劉克荘《りゅうこくそう》（一一八七 一二六九）にも、大部な文集『後村《こうそん》先生大全集』があり、多くの詩を収める。字は潜夫《せんぷ》、後村居士と号した。彼は高官でもあり、時政を諷刺した作品も多い。金との屈辱的な和議を諷刺した七言絶句「戊辰《ぼしん》（嘉定元年、一二〇八）即事《そくじ》」を紹介しよう。

詩人安得有青衫　今歳和戎百万縑　詩人　安《いず》くんぞ青衫《せいさん》（下級官吏が着る青い単衣）有るを得ん、今歳《こんさい》　戎《えびす》に和《わ》す　百万の縑《きぬ》（和議の条件として南宋が金に贈る絹）。

従此西湖休插柳　剰栽桑樹養呉蚕　此《こ》れより西湖《せいこ》（杭州にある湖）柳を插《さ》すを休《や》め、剰《おお》く桑樹《そうじゅ》を栽《う》えて　呉蚕《ごさん》を養《やしな》え。

劉克荘は豪放派（→203頁）の詞人として憂国の詞も多く作り、また詩論家としては『後村詩話』を残している。

『三体詩』　江湖派の一人である周弼《しゅうひつ》（生没年不詳）が編集した唐詩の選集。淳祐十年（一二五〇）頃の成立。七言絶句・七言律詩・五言律詩の三つの詩体から作品を選び、作詩の規範を示したもの。江湖派が手本とした中・晩唐の詩が多く選ばれ、盛唐の李白・杜甫の詩は一首も収めない。これは初・盛唐の詩を偏重する『唐詩選』（→157頁）と対照的である。本書は当時の民間詩人たちの作詩の教科書として広く流行し、わが国でも室町時代以来、長く愛読された。

文天祥と遺民詩人

文天祥《ぶんてんしょう》（一二三六―一二八二）は南宋末の宰相となり、元との抗戦に活躍し、最後は捕虜となって刑死した忠義の詩人。一二三四年に金を滅ぼしたモンゴル族の元は、ついで南宋への攻撃を開始し、一二七九年、南宋を滅亡させた。亡国後、元に出仕しなかった詩人たちを遺民詩人と呼ぶ。

文天祥、字は履善《りぜん》また宋瑞《そうずい》、文山《ぶんざん》と号した。吉州盧陵《きっしゅうろりょう》（江西吉安市）の人。宝祐《ほうゆう》四年（一二五六）、首席で進士に及第して官途につくが、権勢をふるった賈似道《かじどう》（一二一三―一二七五）に疎まれ辞職、故郷の文山に別荘をかまえて隠棲した。文山の号はこれに因む。徳祐《とくゆう》元年（一二七五）、元の大軍が南下すると、文天祥は義勇軍を率い、首都臨安《りんあん》（浙江杭州市）を防衛した。翌年、右《う》丞《じょう》相（宰相）に任じられ、和議のため元の伯顔《バヤン》の陣営に赴き、そのまま抑留された。その間に臨安は陥落し、彼は北方へ送られたが、途中で脱走に成功し、各地で抗戦活動を続けた。しかし、祥興《しょうこう》元年（一二七八）、ついに敗れて再び捕虜となった。その翌年、厓山《がいざん》（広東）の海戦で南宋軍は壊滅し、幼帝昺《へい》が入水《じゅすい》して、南宋は滅亡する。

文天祥は王朝の最後を見届けた後、大都《だいと》（北京市）に護送された。土牢に幽閉され、何度も帰順を勧められたが屈服せず、三年後に処刑された。獄中で作られた五言古体詩「正気《せいき》の歌」は、古来絶唱として名高く、わが国でも幕末から明治期にかけて愛誦された。また、江戸中期の朱子学者浅見絅斎《あさみけいさい》（一六五二―一七一一）の『靖献遺言《せいけんいげん》』には文天祥の評伝を載せ、維新期の志士たちによく読まれた。

その詩は、元との抗戦以後の諸作に、独自の風格が窺える。大都へ連行される途中、金陵《きんりょう》（江蘇南京市）で作った七言律詩「金陵駅二首」其の一は、その代表作であり、沈痛な響きの中に不屈の信念がこめられている。

草合離宮転夕暉　孤雲漂泊復何依　草《くさ》は離宮《りきゅう》（南宋の高宗の行宮《あんぐう》）に合《がっ》して　夕暉《せきき》（夕陽）転《てん》ず、孤雲《こうん》 漂泊《ひょうはく》して　復《ま》た何《いず》くにか依《よ》る。

山河風景元無異　城郭人民半已非　山河《さんが》の風景《ふうけい》（風と日の光）　元《もと》より異《こと》なる無《な》きも、城郭《じょうかく》の人民《じんみん》　半《なか》ばは已《すで》に非《ひ》なり。

満地蘆花和我老　旧家燕子傍誰飛　満地《まんち》の蘆花《ろか》　我と和《とも》に老《お》い、旧家《きゅうか》の燕子《えんし》　誰《たれ》に傍《そ》いてか飛《と》ぶ。

従今別却江南路　化作啼鵑帯血帰　今《いま》より別却《べっきゃく》す　江南《こうなん》の路《みち》、化《か》して啼鵑《ていけん》（血を吐くまで啼く杜鵑《ホトトギス》）と作《な》り　血《ち》を帯《お》びて帰《かえ》らん。

南宋の滅亡後、元への出仕を拒んだ遺民詩人たちは、同志としての連帯感を紐帯《ちゅうたい》に、各地で詩社を結成した。そのなかで月泉吟社《げっせんぎんしゃ》（↓コラム）は最大の詩社として知られ、元初の詩壇に与えた影響も大きい。文天祥の義勇軍で参謀となった謝翺《しゃこう》（一二四九―一二九五）も、後にこの詩社の中心人物となっている。

謝翺、字は皐羽《こうう》、晞髪子《きはつし》と号した。福州《ふくしゅう》長渓《ちょうけい》（福建霞浦県）の人。文天祥を祭った「西台《せいだい》に登りて慟哭《どうこく》するの記」は、散文の傑作として名高い。その詩は中唐の李賀（↓110頁）に学んだ幻想的な作風で、五言律詩「知る所（文天祥を指す）を哭す」の頸聯《けいれん》「雨青くして化血《かけつ》（碧玉と化した血）を余《あま》し、林黒くして帰魂《きこん》見《あらわ》る」には、その特徴がよく現われている。

他の遺民詩人としては、謝枋得《しゃぼうとく》（一二二六―一二八九）・鄭思肖《ていししょう》（一二四一―一三一八？）・林景熙《りんけいき》（一二四二―一三一〇）・汪元量《おうげんりょう》（生没年不詳）・蕭立之《しょうりつし》（生没年不詳）・真山民《しんさんみん》（生没年不詳）などが挙げられる。うち謝枋得は古文の選集『文章軌範《ぶんしょうきはん》』の編者としても有名で、本書はわが国でも漢文の教科書として親しまれてきた。また、鄭思肖は画家としても知られ、土をつけず根をあらわにした墨蘭《ぼくらん》（「露根蘭《ろこんらん》」という）を描き、その理由を人に問われると、土は蕃人《ばんじん》（元）に奪われたと答えたという。

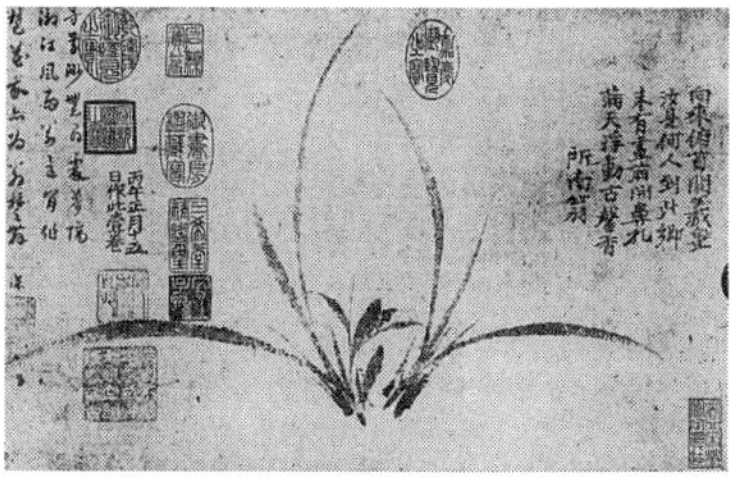

鄭思肖「墨蘭図」

月泉吟社　浙江浦江（浙江浦江県）の呉渭《ごい》（生没年不詳）が主宰した詩社。南宋の遺民詩人を成員とする。元初の至元二三年（一二八六）春、「春日田園雑興《しゅんじつでんえんざつきょう》」を題に五七言の律詩を募り、その上位六〇名の詩を集めて『月泉吟社詩』として刊行した。謝翺も選評者に名を連ねている。

厳羽《げんう》の『滄浪詩話《そうろうしわ》』　欧陽脩の『六一詩話』（↓122頁）以来、宋代には随筆的な詩話が流行したが、南宋末の厳羽（生没年不詳）の『滄浪詩話』は、体系性を備えた詩話として特色がある。彼は詩を禅に喩え、唐詩を五つの詩体に分類し、「盛唐体」を第一義として鼓吹した。その詩観は、明初に高棅《こうへい》（一三五〇―一四二三）が編纂した選集『唐詩品彙《とうしひんい》』に引き継がれ、盛唐をクライマックスとする「初唐・盛唐・中唐・晩唐」の四唐分類（↓75頁）が成立した。さらに、前後七子（↓156頁）の「詩は必ず盛唐」という主張にも影響を与えている。

元好問

金代第一の詩人。北方の風土を背景にした重厚な詩風を持ち、特に金の滅亡前後に作られた作品群は「喪乱詩《そうらんし》」と呼ばれ、評価が高い。亡国の遺臣として著述に専念し、著作は多岐にわたるが、文学面では金詩の総集『中州集《ちゅうしゅうしゅう》』を編纂した功績が最も大きい。

元好問（一一九〇―一二五七）、字は裕之《ゆうし》、遺山《いざん》と号した。太原府忻州秀容《たいげんふきんしゅうしゅうよう》（山西忻州市）の人。遠祖は北魏を建てた拓跋氏《たくばつ》とされ、同族には中唐の詩人元結《げんけつ》（七一九―七七二）がいる。金末の動乱期を生き、貞祐《ていゆう》二年（一二一四）には、金の都燕京《えんけい》（北京市）がモンゴル軍に包囲され、都は汴京《べんけい》（河南開封市）に遷された。この頃、元好問の一家も戦禍を避けて河南に移住している。

二八歳の時、汴京に赴き、文壇の重鎮趙秉文《ちょうへいぶん》（一一五九―一二三二）に認められ、三二歳で進士に及第。のち県令（知事）や中央官を歴任したが、天興《てんこう》二年（一二三三）、汴京を陥落させたモンゴル軍に捕らえられ、聊城《りょうじょう》（山東聊城市）に拘禁された。翌年、哀宗の自殺によって金は滅亡。三年間の拘禁から釈放されると、元には出仕せず、金の遺臣として生涯を終えた。

その詩は、杜甫の詩史（→85頁）の精神を受け継ぎ、亡国前後の大乱を歌った「喪乱詩」に最も特色がある。特に七言律詩にすぐれ、その沈痛悲壮な響きは杜甫を継ぐものとして高く評価されている（清・趙翼《ちょうよく》『甌北詩話《おうほくしわ》』巻八「元遺山詩」）。

ここでは、喪乱詩の代表作とされる七言律詩「岐陽三首《きよう》」其の二を見てみよう。「岐陽」は鳳翔府《ほうしょうふ》（陝西鳳翔県）の別名で、正大《せいだい》八年（一二三一）四月、モンゴル軍によって陥落した。

百二関河草不横　十年戎馬暗秦京

百二《ひゃくに》の関河《かんが》（天然の要害函谷関と黄河）草　横たわらず、十年　戎馬《じゅうば》（戦乱）秦京《しんけい》（ここでは「岐陽」）暗し。

岐陽西望無来信　隴水東流聞哭声

岐陽　西望《せいぼう》するも来信《らいしん》無く、隴水《ろうすい》（西安の西方の川）東流して哭声《こくせい》を聞く。

野蔓有情縈戦骨　残陽何意照空城

野蔓《やまん》（つる草）情有りて戦骨《せんこつ》（戦没者の白骨）に縈《まと》い、残陽《ざんよう》（夕日）何の意《い》か空城《くうじょう》（ひと気のない町）を照らす。

従誰細向蒼蒼問　争遣蚩尤作五兵

誰《たれ》に従いて細《こま》かに蒼蒼《そうそう》（青々とした天）に向《む》かいて問わん、争《いか》でか蚩尤《しゆう》（兵器を発明したとされる古代神話中の人物）をして五兵《ごへい》（五種類の兵器）を作らしめしやと。

亡国後の二十余年間、元好問は金の文学・歴史を後世に伝えるための著述に没頭した。彼が編纂した『中州集』は、金代の二四九人の詩人の作品を収録した金詩の総集。「中州」は中原と同じ意味で、金こそが正統の王朝であるという自負を込めたものである。詩の前に附された詩人の小伝は、伝記資料として貴重であり、小伝の中に盛り込まれた詩評は、金詩の最も早い専論として注目される。わが国でも室町時代に刊行され、五山の禅僧たちに読まれた。

このような体裁が採られたのは、「詩を以て史を存す」（『四庫全書総目提要』巻一六六「遺山集」）、つまり詩（文学）によって史（歴史）を伝えようとする意図によるもので、清の銭謙益（→168頁）が編んだ明詩の総集『列朝詩集《れっちょうししゅう》』などにも継承されている。七言絶句「自《みずか》ら中州集の後に題す五首」其の五からは、その編纂意図が明確に窺える。

平世何曾有稗官　乱来史筆亦焼残　平世《へいせい》（平和な世の中）何ぞ曾《かつ》て稗官《はいかん》（民間の風説を採取する官）有らん、乱より来《このかた》史筆《ひつ》（史官の筆）も亦《ま》た焼残《しょうざん》す。

百年遺稿天留在　抱向空山掩涙看　百年の遺稿《いこう》（金代の詩人たちの遺稿）天　留《とど》めて在り、抱《いだ》きて空山《くうざん》に向《む》かい　涙を掩《おお》いて看《み》る。

元好問は各地を巡って金の史料を収集し、「野史亭《やしてい》」と名づけた書斎でそれを整理した。「野史」とは、官撰の正史に対して、民間人が書いた歴史書をいう。晩年の五言古体詩「野史亭　雨夜感興《うやかんきょう》」からは、在野の歴史家としての信念がひしひしと伝わってくる。元末に完成した正史『金史』は、彼が残した史料に基づくところが多いと言われている。

詞にも多くの名作がある。「世間に問わん　情とは是れ何物ぞ」にはじまる「邁陂塘《まいはとう》」は、豪放派（→202頁）の詞風を汲み、あふれる情感を高らかに歌い上げている。

「論詩絶句《ろんしぜっく》」　七言絶句の形式によって詩・詩人・流派を批評した作品。杜甫の連作「戯《たわ》れに六絶句を為《つく》る」を先例とし、後世にも数多く作られ、文学批評の一様式として確立した。元好問の「論詩三十首」は、この系譜における最も重要な作品の一つ。漢魏から唐宋に至る詩人や流派を歴史的に批評することにより、詩歌の本質に迫ろうとする試みであった。

耶律楚材と薩都刺

耶律楚材《やりつそざい》（一一九〇〜一二四三）は、モンゴル帝国初期の官僚で詩人。遼の王族出身で、金の滅亡後、モンゴルに仕えた。その詩文は、当時の西域を知るための資料としても注目される。薩都刺《さつとら》（？〜一二七二？）は、詩詞・書画にすぐれた元末の詩人。西域の回族、答失蛮《タシマン》氏の出身と言われる。

一二〇六年、テムジンは各部族を統一してチンギス・カン（太祖）と称し、モンゴル帝国を建てた。建国後、モンゴルは急速に勢いを強め、版図を拡大していく。一二三四年にはオゴタイ（太宗）が金を滅ぼし、一二七一年、クビライ（世祖）により元朝が樹立された。ついで南下して一二七九年に南宋を滅ぼし、元は中華を統一するに至る。モンゴル族が中華を支配した一三世紀から一四世紀前半において、漢民族以外の異民族の詩人として最も名高いのが、耶律楚材と薩都刺である。

耶律楚材、字は晋卿《しんけい》、湛然居士《たんねんこじ》と号した。元好問（→140頁）と同年の生まれで、父の履《り》（一一三一〜一一九一）は金の高官であった。楚材もはじめ金に仕えたが、モンゴル軍によって金の中都《ちゅうと》（北京市）が陥落すると、やがてチンギス・カンに召し出され、西域遠征に随行した。その十年間の見聞は、『西遊録《せいゆうろく》』に著されている。チンギスの没後は、オゴタイに仕えて重用され、さまざまな助言を与えたという。

その詩文は『湛然居士集』に収められているが、西域の異国情緒を歌った詩に最も特色がある。五言律詩「西域河《せいいきか》中十詠《ちゅうじゅうえい》」、七言律詩「庚辰西域清明《こうしんせいいきせいめい》」などがその代表作であるが、ここでは後者を紹介しよう。庚辰（一二二〇）の清明節（陽暦の四月五、六日頃。墓参りをしたり、「踏青《とうせい》」と呼ばれるピクニックを楽しんだ）、西域遠征に随行した時の作。

清明時節過辺城　遠客臨風幾許情
野鳥間関難解語　山花爛漫不知名
蒲萄酒熟愁腸乱　瑪瑙盃寒酔眼明
遥想故園今好在　梨花深院鷓鴣声

清明《せいめい》の時節　辺城《へんじょう》（辺境の町）を過《す》ぐ、遠客《えんきゃく》　風に臨《のぞ》みて　幾許《いくばく》の情ぞ。
野鳥《やちょう》　間関《かんかん》（鳥の鳴き声）たるも　語を解し難《がた》く、山花《さんか》　爛漫《らんまん》なるも　名を知らず。
蒲萄《ぶどう》の酒は熟して　愁腸《しゅうちょう》乱れ、瑪瑙《めのう》の盃《さかずき》（瑪瑙の玉杯）は寒くして　酔眼《すいがん》明らかなり。
遥《はる》かに想《おも》う　故園《こえん》（故郷）　今　好在《こうざい》（無事）なりや、梨花《りか》の深院《しんいん》（奥深い中庭）　鷓鴣《しゃこ》

（キジ科の鳥。鳴き声は郷愁をよぶ）の声。

薩都剌、字は天錫《てんしやく》、直斎《ちよくさい》と号した。雁門《がんもん》（山西代県）で生まれたのにちなみ、その詩集を『雁門集』という。泰定《たいてい》四年（一三二七）、楊維楨《よういてい》（↓146頁）と同年の進士。官途には恵まれず、一生の大半を地方の小官として過ごした。晩年は元末の動乱を避け、江南に隠棲したという。

彼は詩詞ともにすぐれ、詩型も主題も幅が広い。有名な七言絶句の連作「上京即事十首《じようけいそくじ》」其の九を挙げよう。上京は元の副都である上都《じようと》（内モンゴル自治区正藍旗《せいらんき》東部）で、皇帝の避暑地。本詩は草原での狩猟の様子を描き、豪放と清新を併せもつと評される詩風がよく窺える。

紫塞風高弓力強　王孫走馬猟沙場　紫塞《しさい》（長城）風高くして　弓力《きゆうりよく》強し、王孫《おうそん》（貴公子）馬を走らせ　沙場《さじよう》に猟《りよう》す。

呼鷹腰箭帰来晩　馬上倒懸双白狼　鷹《たか》を呼び　箭《や》（弓矢）を腰にし　帰り来たること晩《おそ》く、馬上　倒《さかしま》に懸《か》く　双白狼《そうはくろう》。

一方、艶麗な宮詞《きゆうし》や楽府にも名作が多い。楊維楨はその宮詞と次に引く楽府「芙蓉曲《ふようきよく》」を絶賛した（「西湖竹枝集序」）。

秋江渺渺芙蓉芳　秋江女児将断腸　秋江　渺《びよう》　渺《びよう》（はてしなく）として芙蓉（ハスの花）芳《かんば》し、秋江の女児　将《まさ》に腸《はらわた》を断たんとす。

絳袍春浅護雲暖　翠袖日暮迎風涼」　絳袍《こうほう》（絳《あか》い上着）春浅く　雲を護《まも》りて暖かに、翠袖《すいしゆう》　日暮れ　風を迎えて涼し。

鯉魚風起江波白　霜落洞庭飛木葉　鯉魚《りぎよ》　風起《た》ちて　江波《こうは》白く、霜落ちて　洞庭《どうてい》　木葉《もくよう》飛ぶ。

蕩舟何処採蓮花　愛惜芙蓉好顔色　蕩舟《とうしゆう》（舟をこぐ）　何《いず》れの処《ところ》か蓮花《れんか》を採《と》る、愛惜《あいせき》す　芙蓉の好顔色《こうがんしよく》。

北方を舞台とした前詩とは風格を異にし、南方のおだやかな風景と蓮を摘む娘にやさしいまなざしが注がれている。

なお六句目「洞庭木葉飛ぶ」は、『楚辞』（↓28頁）九歌「湘夫人」の「洞庭（湖）波だちて木葉下る」の句をふまえる。

魯迅《ろじん》の愛読書　近代の文豪魯迅（一八八一―一九三六）も薩都剌を愛読した。『野草《やそう》』所収の「臘葉《ラーイエ》（押し葉）」に、楓《かえで》の病葉《わくらば》を『雁門集』にはさんで押し葉としたことが見える。

趙孟頫と元詩四大家

趙《ちょう》孟頫《もうふ》（一二五四〜一三二二）は宋の王室出身の文人。詩文・書画・篆《てん》刻にすぐれ、後世への影響も大きい。「元詩四大家」は一四世紀に活躍した虞集《ぐしゅう》（一二七二〜一三四八）・楊載《ようさい》（一二七一〜一三二三）・范梈《はんぽう》（一二七二〜一三三〇）・掲傒斯《けいけいし》（一二七四〜一三四四）の併称。宋詩の影響から脱して唐詩を模範とし、詩歌の抒情性を重んじた。

元は前期の四十余年間にわたって科挙を廃止し、民族別に分けた身分制度によって、漢民族の士大夫を抑圧した。この点、漢民族の伝統文化に同化していった金とは大きく異なっている。伝統的詩文の担い手であった士大夫が、雑劇《ざつげき》（↓204頁）や散曲《さんきょく》（↓204頁）といった庶民の文芸に手を染めたのも、こうした時代背景が一つの要因であろう。ところが、元の中期になると、しだいに漢化が進み、不定期とはいえ科挙も実施されるようになった。とりわけ文雅の伝統を汲む南方人が多く登用され、大都《だいと》（北京市）の宮廷で詩壇を形成するに至る。その先駆けとなったのが趙孟頫で、ついで登場したのが元詩四大家である。

趙孟頫、字は子昂《すごう》、松雪道人《しょうせつどうじん》と号した。呉興《ごこう》（浙江湖州市）の人。宋の太祖の第四子、秦王趙徳芳《ちょうとくほう》の子孫。南宋の滅亡後は家居していたが、至元《しげん》二三年（一二八六）、クビライ（世祖）に仕え厚遇された。アユールバリバトラ（仁宗）の時には、翰林学士承旨《かんりんがくししょうし》（皇帝秘書）に任じられた。仁宗は彼の文学の才能を李白（↓78頁）・蘇軾（↓126頁）に比べて寵愛した。

趙孟頫は詩文・書画・篆刻いずれにも傑出した大家で、漢民族の伝統文化を後世に継承させた功績は大きい。しかし、宋の王室の出身者が異民族王朝の元に出仕したことに対しては、当時から厳しい批判が向けられていた。その詩文には、出処進退を誤ったことへの悔恨がしばしば吐露される。五言古体詩「出《い》づるを罪《つみ》す」、七言律詩「姚子敬《ようしけい》の秋懐《しゅうかい》に和す五首」などがよく知られているが、ここでは晩年の七言絶句「自《みずか》ら警《いまし》む」を見てみよう。

歯豁頭童六十三　一生事事総堪慚　歯は豁《むな》しく頭は童《は》げて六十三、一生の事事《じじ》 総《す》べて慚《は》ずるに堪《た》えたり。

唯余筆硯情猶在　留与人間作咲談　唯《た》だ余《あま》す 筆硯《ひつけん》(文筆)の情《じょう》の猶《な》お在《あ》るを、人間《じんかん》(世間)に留与《りゅうよ》して 咲談《しょうだん》(笑い話)と作《な》さん。

一方、亡国の悲哀や故国への思いを歌った作品も多い。南宋の忠臣岳飛《がくひ》（一一〇三〜一一四一）を詠じた七言律詩「岳鄂王《がくがくおう》の墓」、南宋の都臨安《りんあん》（浙江杭州市）を懐かしむ七言律詩「銭塘懐古《せんとうかいこ》」などが人口に膾炙する。次に挙げる七言律詩「旧遊《きゅうゆう》を紀《しる》す」も、江南の旅を追憶した名作である。

二月江南鶯乱飛　百花満樹柳依依
落紅無数迷歌扇　嫩緑多情妬舞衣
金鴨焚香川上瞑　画船撾鼓月中帰
如今寂寞東風裏　把酒無言対夕暉

二月《にがつ》 江南《こうなん》 鶯《うぐいす》乱れ飛《と》ぶ、百花《ひゃっか》 樹《き》に満《み》ちて 柳《やなぎ》依依《いい》（なよなよ）たり。
落紅《らくこう》（紅い落花）無数《むすう》にして歌扇《かせん》（歌舞の扇）かと迷《まよ》い、嫩緑《どんりょく》（若葉）多情にして舞衣を妬《ねた》む。
金鴨《きんおう》（鴨の形の銅製香炉）香《こう》を焚《た》きて 川上《せんじょう》瞑《くら》く、画船《がせん》（豪華な遊覧船）鼓《つづみ》を撾《う》ちて 月中《げっちゅう》に帰《かえ》る。
如今《じょこん》 寂寞《せきばく》たり 東風《とうふう》（春風）の裏《うち》、酒《さけ》を把《と》りて 言無《げんな》く 夕暉《せきき》（夕陽）に対す。

元詩四大家はみな翰林院《かんりんいん》に集まった宮廷詩人で、趙孟頫の後輩にあたる。元へ出仕することへの抵抗感は既に薄れ、漢民族の文化を尊重した皇帝の庇護のもと、朝廷の編纂事業に従事したり、詩文の応酬に明け暮れたりした。応酬の作のほか、詠物・題画の詩が多いが、ここでは掲傒斯の一風変わった題画詩「夢に墨梅《ぼくばい》（梅の水墨画）に題す」を紹介しよう。絵画と夢の世界を交錯させた短篇の七言古体詩で、第一・二句、第三・四句にそれぞれ押韻している。

霜空冥冥江水暮●　江上梅花千万樹●
無端折得一枝帰○　一双蝴蝶相随飛○

霜空《そうくう》（秋の空）冥冥《めいめい》（暗いさま）として 江水暮《こうすいく》れ、江上《こうじょう》の梅花《ばいか》 千万樹《せんまんじゅ》。
端無《はしな》くも一枝《いっし》を折《お》り得《え》て帰《かえ》れば、一双《いっそう》の蝴蝶《こちょう》 相《あ》い随《したが》いて飛《と》ぶ。

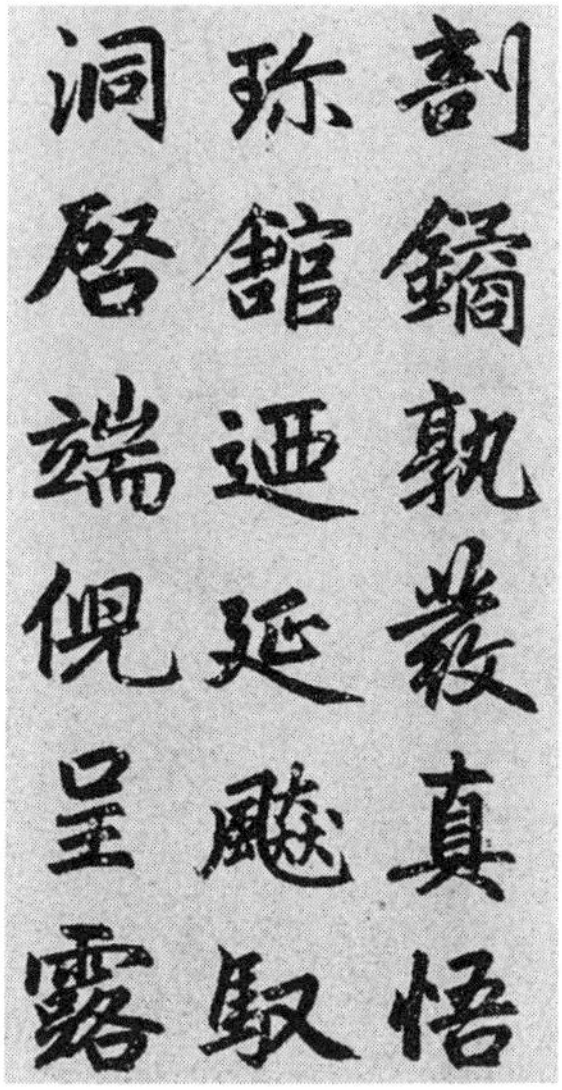
趙孟頫「胆巴碑」

管道昇《かんどうしょう》　管道昇（一二六二―一三一九）は趙孟頫の妻。詩書画ともにすぐれた才女で、画では特に墨竹《ぼくちく》（竹の水墨画）に巧みであった。幸田露伴（一八六七―一九四七）の「泥人《でいじん》」（『幽情記《ゆうじょうき》』所収）は、この二人の鴛鴦《おしどり》夫婦ぶりを描いた微笑ましい掌篇。

楊維楨と元末文人

楊維楨《よういてい》（一二九六 一三七〇）、字は廉夫《れんぷ》、鉄崖《てつがい》・鉄史《てつし》・鉄笛道人《てってきどうじん》・東維子《とういし》などと号した。会稽《かいけい》（浙江紹興市）の人。元末の動乱期、江南各地に盛行した詩社の領袖として、倪瓚《げいさん》（一三〇一 一三七四）・顧瑛《こえい》（一三一〇 一三六九）などの文人と交流した。その詩は「鉄崖体《てつがいたい》」と称され、明初の詩壇に活力を与えた。

元末の動乱期、江南には在野の文人が多く現われた。その中には、官途における挫折感を詩文に吐露した者もいるが、あえて政治と距離を置き、文雅な生活を楽しんだ者も少なくない。元末明初の楊維楨には、この両者が複雑に絡み合っている。ここでは、「鉄史《てつし》」と「文妖《ぶんよう》」という、楊維楨にまつわる二つの呼称を軸に述べよう。

史学に造詣の深かった楊維楨は、歴史に関する著述や詠史詩を作る際、「鉄史」の号を愛用した。至正《しせい》三年（一三四三）、元の順帝が詔を下し、遼・金・宋の正史編纂（→32頁）を命じると、楊維楨はこれに強い関心を寄せ、「正統弁《せいとうべん》」を撰した。三史編纂は、三王朝のいずれを正統と見なすかという正統論が紛糾したため、長らく頓挫していたが、三史並立の基本方針のもと、編纂が始められたのである。「正統弁」はこの方針に異を唱え、漢民族の宋王朝を正統とすべしという主張である。総裁官の一人であった欧陽玄《おうようげん》（一二八三 一三五七）はこれを読み、その歴史家としての才能を認め、推挙しようとした。楊維楨自身も三史編纂に参与したかったようであるが、正統論を蒸し返すだけのものと見なされたのか、結局登用には至らなかった。しかし、正史編纂で発揮しえなかった史才は、『宋史綱目《そうしこうもく》』『史義拾遺《しぎしゅうい》』などの史書や「詠史古楽《えいしこが》府《ふ》」に横溢し、世人もこれを「鉄史」と称して高く評価した。なお「詠史古楽府」は、詩をもって史を論ずる連作詠史楽府の源泉的作品として、明の李東陽（→152頁）へと引き継がれている。

楊維楨は三二歳で進士となって以来、生涯官職には恵まれず、不遇を託《かこ》った。その一方、江南の山水に遊び、詩酒に耽溺し、文人たちと雅会を催した。常軌を逸した奇矯な言動も目立ち、妓女の靴に酒を満たして「鞋杯《あいはい》」と称したのは有名な逸話である（元・倪瓚『清閟《せいひ》閣全集』巻一一）。李賀（→110頁）に学んだという幻想に富んだ詩風と、社会の規範を物ともしない自由奔放な生活により、後世からは「文妖」とも評された（明・王彝《おうい》『王常宗集』巻三）。

その詩は「鉄崖体」と呼ばれ、楽府に最も特色が見られる。上記の「詠史古楽府」のほか、神話や伝説をふまえた幻想的な長篇の楽府も多い。また、短篇の小楽府や唐の竹枝詞《ちくしし》に倣った民歌風の作品群にも、佳品が少なくない。後者には、「西湖《せいこ》竹枝歌九首」「呉下《ごか》竹枝歌七首」「海郷《かいきょう》竹枝歌四首」が挙げられる（→コラム）。次は、「西湖竹枝歌」其の五。

湖口楼船湖日陰　湖中断橋湖水深
楼船無柁是郎意　断橋有柱是儂心

湖口《ここう》の楼船《ろうせん》　湖日《こじつ》陰《くも》る、湖中《こちゅう》の断橋《だんきょう》　湖水《こすい》深《ふか》し。
楼船に柁《かじ》無《な》きは是《こ》れ郎《きみ》が意、断橋に柱《はしら》有《あ》るは是れ儂《わ》が心。

楊維楨の周囲には多くの文人たちが集まり、風雅なサロンを形成した。文人画で名高い倪瓚も、その一人である。字は元鎮《げんちん》、雲林《うんりん》と号した。無錫《むしゃく》（江蘇無錫市）の人。富豪の家に生まれ、生涯出仕せず、大庭園を築いて名士たちと風雅な遊びを楽しんだ。邸内の清閟《せいひ》閣には典籍・書画を多く蔵したが、五二歳のとき家産を分け与え、自分は小舟に身を任せて放浪したという。その詩風は、次の「六月五日偶成《ぐうせい》」から窺える通り、閑雅な趣きに富む。

坐看青苔欲上衣　一池春水靄余暉
荒村尽日無車馬　時有残雲伴鶴帰

坐《ざ》して看《み》る　青苔《せいたい》の衣《ころも》に上《のぼ》らんと欲《ほっ》するを、一池《いっち》の春水《しゅんすい》　余暉《よき》（夕陽）靄《あい》たり。
荒村《こうそん》（ひと気のない村）　尽日《じんじつ》　車馬《しゃば》無《な》く、時《とき》に残雲《ざんうん》の鶴《つる》を伴《ともな》って帰《かえ》る有《あ》り

江南文人たちの文学活動を経済的に支援した人物もいた。顧瑛、字は仲瑛《ちゅうえい》、金粟道人《きんぞくどうじん》と号した。崑山《こんざん》（江蘇崑山市）の富商。三〇歳で学問に志し、玉山草堂《ぎょくざんそうどう》を築き、文人墨客を招いた。ここで応酬された詩文は、『草堂雅集《そうどうがしゅう》』『玉山名勝《ぎょくざんめいしょう》集《しゅう》』に収録され、楊維楨・倪瓚の作も見ることができる。

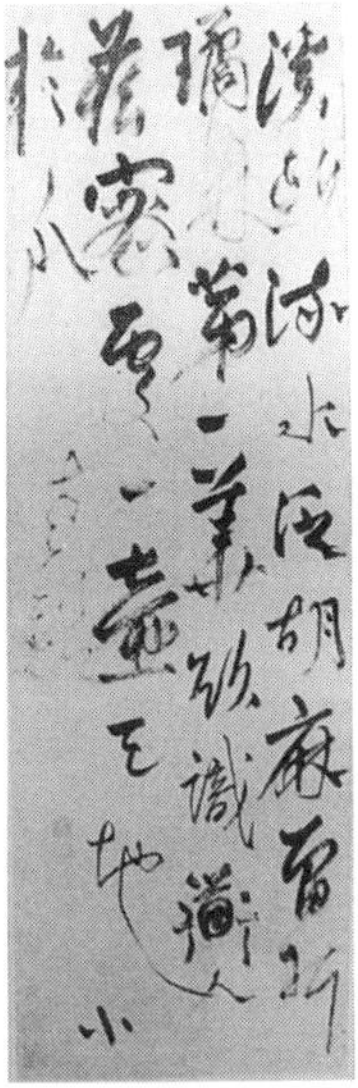
楊維楨の草書

『西湖竹枝集』　楊維楨は文人たちとの応酬唱和の作を集めた『西湖竹枝集』を刊行し、明清以降、竹枝詞が盛行する端をなした。清の尤侗《ゆうとう》（一六一八〜一七〇四）「外国竹枝詞」一〇〇首は、諸外国や少数民族の風物を歌った大規模な連作として有名。

高啓ら呉中四傑

高啓《こうけい》（一三三六〜一三七四）、字は季迪《きてき》、青邱子《せいきゅうし》と号した。長洲《ちょうしゅう》（江蘇蘇州市）の人。明初の詩文では、楊基《ようき》（一三二六〜一三七八?）・張羽《ちょうう》（一三三三〜一三八五）・徐賁《じょひ》（?〜一三八〇）と共に、初唐四傑（↓68頁）に比して「呉中四傑」と併称される。うち高啓を第一とし、明初最大の詩人とされる。

明代屈指の詩人高啓の詩は、わが国でも愛読された。江戸時代の末には、斎藤拙堂《さいとうせつどう》編『高青邱詩醇《こうせいきゅうしじゅん》』などが刊行され、高啓の詩が流行した。ついで近代では、森鷗外（一八六二〜一九二二）・夏目漱石（一八六七〜一九一六）・志賀直哉（一八八三〜一九七一）らも高啓を好んだ。その代表作「青邱子の歌」が、鷗外によって文語訳されている。

青邱子　臞而清　本是五雲閣下之仙卿　青邱子　臞《や》せて清《きよ》し。本《もと》と是《こ》れ五雲閣《ごうんかく》（五色の瑞雲がたなびく楼閣）下《か》の仙卿《せんけい》（仙界の高官）「なり。

何年降謫在世間　向人不道姓与名　何《いず》れの年にか降謫《こうたく》（流謫）せられて世間《せけん》（人間界）に在《あ》る、人《ひと》に向《む》かって姓《せい》と名《な》とを道《い》わず。

　青邱が身は、いや〻せに　痩せにたれども、其昔
五雲閣下にすまひけむ、清き姿ぞしのばる〻。
　いつか此世におりぬらむ。我名つげぬも哀なり。（明治二五年七月『水沫集《みなわしゅう》』所収「青邱子」）

原詩は全六六句に及ぶ雑言古体詩の雄篇。二三歳の若き詩人の自画像とその詩論が、長短錯雑する形式の中で縦横に展開される。ここに引いた冒頭では、天上界から人間界に流罪となった仙人としての自己が描かれている。これは、「謫仙人《たくせんにん》」と呼ばれた唐の詩人李白（↓78頁）を連想させよう。両者はともに自在闊達の詩才を誇り、その名声によって朝廷に召し出された経歴を持つ。高啓の詩風が、しばしば李白に比せられるのも故なきことではない。

ちなみに鷗外の訳詩は、五音・七音を基調とした和語による意訳である。鷗外は、この詩の若き情熱と自負に溢れる清新な表現に共感したのであろうが、それは日本近代文学の出発にふさわしくもあった。このような漢詩受容の試みは、土岐善麿『鶯《うぐいす》の卵』、佐藤春夫『車塵集《しゃじんしゅう》』、井伏鱒二『厄《やく》除《よ》け詩集』などに引き継がれている。

現存する高啓の詩は、二千余首に及ぶ。主題と詩型の多様性を特徴とし、森羅万象をあらゆる詩型によって歌ってい

る。短い詩型による佳作も少なくない。ここでは、志賀直哉の小説「矢島柳堂」にも引かれた閑雅な小品「雨中閑臥《うちゅうかんが》二首」其の一を紹介しておこう。

牀隠屛風竹几斜　臥看新燕到貧家　牀《しょう》（寝台）は屛風《びょうぶ》に隠《かく》れ　竹几《ちくき》（夏涼しく寝るために抱いて寝る竹製のかご）斜《なな》めなり、臥して看る新燕の貧家に到るを。

閑居心上渾無事　対雨唯憂損杏花　閑居《かんきょ》　心上《しんじょう》　渾《すべ》て事無《ことな》く、雨《あめ》に対《たい》して　唯《た》だ憂《うれ》う　杏花《きょうか》を損《そこ》なうを。

高啓は、元末明初の動乱期、蘇州に地方政権を樹て呉王と称した張士誠《ちょうしせい》（一三二一〜一三六七）の庇護を受けた。張士誠は文人を優遇したため、当時の蘇州には多くの文人が集まった。詩文では、高啓を筆頭とする「呉中四傑」がよく知られているが、高啓の詩才は、他の三人をはるかに凌駕するとされる。朱元璋が張士誠を倒し、明王朝を樹立すると、高啓は招かれて『元史』の編纂に加わった。のち要職に抜擢されるが、固辞して帰郷した。三九歳の時、高啓はついに腰斬《ようざん》（胴体を切断する刑罰）に処せられる。まず、蘇州知事であった友人の魏観《ぎかん》が、張士誠の旧邸に府庁を修築したことで、弾劾されて死刑になった。高啓は府庁の棟上げを祝う「上梁文《じょうりょうぶん》」を書いたため朱元璋の怒りを招き、これに連座したという。

朱元璋は、猜疑心が強かった。創業の功臣を粛清し、文人を弾圧したが、元末に最後まで抵抗した蘇州の人々を特に憎んだ。高啓ら呉中四傑も、その不幸な犠牲者であり、彼らはみな非業の最期を遂げている。

朱元璋の肖像画二種

朱元璋の肖像画　朱元璋の肖像画は多く残されているが、ここに挙げた二種類の像が最もよく知られている。一方は、白い鬚をたくわえた皇帝らしい気品の備わった像で、もう一方はあばた面で額と顎が突き出た像である。いずれがその真の姿であるか定かではないが、彼の異相が人を驚かせたという逸話が多く残っていることから、後者の像が実像に近かったのだろう。

劉基と宋濂

劉基《りゅうき》（一三一一—一三七五）と宋濂《そうれん》（一三一〇—一三八一）は、共に明の開国の功臣として名高い。劉基が主に謀臣として軍中に仕えたのに対し、宋濂は文臣として太祖朱元璋の厚い信任を得た。両者は明初の代表的な文学者でもあった。晩年は太祖の猜疑心の犠牲となり、不幸な最期を遂げた点も共通する。

劉基、字は伯温《はくおん》、青田《せいでん》（浙江青田県）の人。文成《ぶんせい》と謚《おくりな》された。至順《しじゅん》四年（一三三三）の進士で、元朝の役人として数々の官職を歴任した。元末には反乱軍との戦いで功績をあげたが、かえって排斥され、官を棄てて郷里に帰った。帰郷後、その鬱勃たる志を『郁離子《いくりし》』に著わす。『郁離子』は、寓言体の散文集の傑作とされる。書名の由来については、門下生である徐一夔《じょいっき》の序に、「離《り》は火《ひ》と為《な》す、文明《ぶんめい》の象《しょう》なり。之《これ》を用《もち》うれば、其《そ》の文《ぶん》 郁郁然《いくいくぜん》（文明が盛んなさま）として、盛世文明《せいせいぶんめい》の治《ち》を為《な》す。故《ゆえ》に郁離子《いくりし》と曰《い》う」という。全一八章から成り、鳥獣草木や鬼神などに仮託し、人生の哲理や時世に対する批判を述べた寓話を収める。これは古くは『荘子』（↓31頁）『韓非子』（↓31頁）、唐代では韓愈（↓92頁）・柳宗元（↓96頁）の散文の流れを汲むものであるが、題材が豊富で奇想に満ち、議論性の強いところに、『郁離子』の特色があると言われる。

至正《しせい》二〇年（一三六〇）、劉基は宋濂らと共に朱元璋に招かれ、その幕下に身を投じた。朱元璋の謀臣として覇業を助け、建国後は諸制度の制定にも参与し、その功績によって誠意伯《せいいはく》に封ぜられた。晩年は明哲保身《めいてつほしん》を期して帰郷したが、専横な丞相胡惟庸《こいよう》（↓コラム）の讒言にあい、憂憤のあまり発病して没した。一説には、胡惟庸に毒殺されたともいう。

劉基は明初の代表的な詩文家であり、特に古体詩にすぐれる。なかでも連作の五言古体詩は、格調が高く思想性に富む。作例としては、「感懐《かんかい》三十一首」「詠史《えいし》二十一首」「雑詩《ざつし》四十一首」「旅興《りょきょう》五十首」が挙げられるが、以下に「感懐三十一首」其の一を紹介しよう。

閑夜坐中庭　逍遥散煩襟
素月出高雲　清風来遠林

閑夜《かんや》 中庭《ちゅうてい》に坐《ざ》し、逍遥《しょうよう》（散策）して煩襟《はんきん》（煩悶）を散《さん》ず。
素月《そげつ》（明月）高雲《こううん》より出《い》で、清風《せいふう》 遠林《えんりん》より来《き》たる。

仰観河漢流　俯聆鶗鴂吟　仰《あお》ぎて河漢《かかん》（天の川）の流《なが》るるを観《み》、俯《ふ》して鶗鴂《ていけつ》（ホトトギス）の吟《ぎん》ずるを聆《き》く。

佇立起長歌　感歎一何深　佇立《ちょりつ》（たたずむ）起《た》ちて長歌《ちょうか》すれば、感歎《かんたん》一《いつ》に何《なん》ぞ深《ふか》き。

明月が照り、清風が吹く夜、憂悶を胸に抱く孤独な人物、という本詩の状況設定は、三国魏の阮籍（↓45頁）「詠懐八十二首」其の一に酷似する。共に連作の五言古体詩の第一首目で、全八句の構成をとり、下平声侵韻という韻目も同じである。また、「鶗鴂」は邪悪な臣下の喩えで、「詠懐」其の九にも「鳴雁《めいがん》は飛《と》びて南《みなみ》に征《ゆ》き、鶗鴂《ていけつ》は哀《かな》しき音《おと》を発《はっ》す」とある。なお「詠懐」に類似した措辞は、本連作のみならず、上に挙げた他の諸作品にも多く見られる。暗黒世界での孤独を歌う阮籍に、劉基は共感したのであろうか。

宋濂、字は景濂《けいれん》、潜渓《せんけい》と号した。浦江《ほこう》（浙江浦江県）の人。至正九年（一三四九）、翰林院編修《かんりんいんへんしゅう》を授けられたが、固辞して官につかず、山中にこもって著述に耽った。十年余りして、劉基らと共に太祖に召され、文臣として仕えた。六八歳で辞職するまで、皇太子の師、『元史』の総裁官のほか、数々の要職を歴任し、開国の文臣の筆頭に挙げられる。晩年は故郷に帰って著述に没頭したが、胡惟庸の獄に連座、流刑の途上で客死した。一説には、自殺したとも言われる。

詩文ともによくした劉基と異なり、宋濂は明初の学者・文章家として名高い。若い頃、郷里の学者である呉萊《ごらい》・柳《りゅう》貫《かん》・黄溍《こうしん》らに師事し、道学と唐宋以来の古文を学んだ。清の黄宗羲（↓172頁）は、宋濂を明の文章家の第一に推すが（「明文案序」）、その文名は日本・高麗《こうらい》（朝鮮）・安南《あんなん》（ベトナム）にまで轟いたという。『宋学士全集』にも、「日本夢窓正宗普済国師の碑銘」「日本僧汝霖《じょりん》の文稿の後に跋す」「日本硯の銘」などが収められている。

胡惟庸の獄　明の太祖が興した疑獄事件。胡惟庸（？―一三八〇）は太祖に厚く信任されて丞相となったが、専権をふるうようになり、しだいに疎まれた。洪武一三年（一三八〇）、胡惟庸に謀反の疑いがかかり、共謀者と共に処刑された。連座者は一万五千人余りに及んだという。猜疑心が強かった太祖は、その晩年、しばしばこのような疑獄を興した。それらの疑獄によって、開国以来の功臣・名将は、ほとんど粛清された。

三楊から李東陽へ

「三楊《さんよう》」とは、楊士奇《ようしき》（一三六五 一四四四）・楊栄《ようえい》（一三七一 一四四〇）・楊溥《ようふ》（一三七二 一四四六）の併称。彼らはみな朝廷の重臣であったため、その詩文は「台閣体《たいかくたい》」（台閣は中央官庁）と呼ばれた。李東陽《りとうよう》（一四四七 一五一六）はみずから台閣にあって、台閣体の超克に道を開く詩人となった。

明初の動乱を経て、成祖永楽《えいらく》帝から仁宗洪熙《こうき》帝・宣宗宣徳《せんとく》帝の治世になると、世は太平を謳歌した。この時代、典雅な詩風で太平の世を演出したのが、三楊の台閣体である。台閣体は約一世紀にわたって文壇を支配したが、李東陽の出現により、明代詩文はひとつの転機を迎える。

李東陽、字は賓之《ひんし》、西涯《せいがい》と号した。茶陵《さりょう》（湖南長沙の南）の人。一八歳で進士に及第し、四九歳で入閣すると、以後一八年間に及んで閣臣として要職を歴任した。その間、政界の指導者として多くの後進を育てたが、武宗正徳《せいとく》帝の時、専権をふるった宦官の劉瑾《りゅうきん》（一四五一？ 一五一〇）と妥協して進退を誤ったため、一時、評判を落した。

詩文においても、門下に俊英を集めて「茶陵派《さりょうは》」と呼ばれる流派を形成し、成化《せいか》（一四六五 一四八七）・弘治《こうち》（一四八八 一五〇五）年間の文壇の中心的役割を果たした。軟弱な台閣体の弊を改め、気骨ある盛唐の詩を鼓吹したのである。『懐麓堂詩話《かいろくどうしわ》』を著し、南宋以来久しく途絶えていた詩論を復興した点も見落とせない。

その詩は杜甫（→82頁）に学ぶところが大きく、律詩と楽府に頗る特徴が見られる。とりわけ古楽府《こがふ》の復興に尽力し、楊維楨の「詠史古楽府」（→146頁）を継いで作った『擬古楽府《ぎこがふ》』一〇〇首は、詩をもって史を論ずる連作詠史楽府の典範として後世に大きな影響を及ぼした（→コラム）。『擬古楽府』は、春秋から明初の歴史を歌った通史の詠史楽府である。ここでは唐の安禄山《あんろくさん》の乱（→82頁）に取材した「曳落河《えいらくが》」（其の六六）を紹介しよう。本詩は、長安の西北にあった陳濤斜《ちんとうしゃ》（陳陶斜ともいう）での官軍の惨敗を歌ったもの。同じ史事を扱った杜甫の「陳陶を悲しむ」、楊維楨の「陳濤斜」と対比すると興味深い。

曳落河雖多　如我劉秩何

曳落河（壮士）多《おお》しと雖《いえど》も、我《わ》が劉秩《りゅうちつ》を如何《いかん》せん。

幕中撃剣笑且歌　回紇意已軽唐家
朔風巻火随塵沙　牛車載甲空倒戈
義軍四万同日死　野老痛哭陳濤斜
陳濤斜　為誰哭　明日上書甘放逐」

幕中《ばくちゅう》 撃剣《げきけん》(剣舞)し 笑《わら》い且《か》つ歌《うた》う、回紇《かいこつ》(ウイグル)意《い》は已《すで》に唐家《とうか》(唐王朝)を軽《かろ》んず。
朔風《さくふう》(北風)火《ひ》を巻《ま》きて 塵沙《じんさ》を随《したが》う、牛車《ぎゅうしゃ》 甲《よろい》(甲をつけた兵士)を載《の》するも空《むな》しく戈《ほこ》を倒《さかしま》にす (戈を逆さにして敗走)。
義軍四万《ぎぐんしまん》 同日《どうじつ》に死《し》す、野老《やろう》(杜甫の自称) 痛哭《つうこく》す 陳濤斜。
陳濤斜 誰《た》が為《ため》にか哭《こく》せる、明日《めいじつ》 上書《じょうしょ》し 放逐《ほうちく》に甘《あま》んず。

詩題の「曳落河」は、壮士を表す突厥《とっけつ》語に漢字をあてたもので、安禄山の叛軍を指す。粛宗の宰相房琯《ぼうかん》は、劉秩らを参謀として官軍を統帥し、陳濤斜で叛軍と戦ったが、「彼《か》の曳落河 多《おお》しと雖《いえど》も、能《よ》く我《わ》が劉秩に当《あ》たらんや」(『新唐書』房琯伝)と敵を侮っていた。ところが、彼らはみな実戦経験がない儒者であり、春秋の兵法によって牛車を用いるという時代錯誤ぶりであった。たちまち叛軍に火を放たれて大敗を喫し、官軍の死傷者は四万余人に及んだという。

杜甫はこれを「四万の義軍 同日に死す」(「悲陳陶」)と歌ったが、本詩第七句にはその詩句が引用されている。次句も杜甫「哀江頭《あいこうとう》」の冒頭「少陵《しょうりょう》の野老《やろう》 声《こえ》を呑《の》みて哭《こく》す」を意識した措辞。このように杜甫の詩句をちりばめつつ、末尾には友人房琯を弁護して上書したため左遷の憂き目にあった杜甫自身を登場させる、という巧みな構成となっている。

李東陽は長短の句が錯雑する楽府という様式に、詩歌の躍動的な拍節《リズム》の可能性を見出し、殊にその「声調《せいちょう》」、すなわち軽重・清濁・長短・高下・緩急の別を重視し、特に杜甫を筆頭とする「唐調《とうちょう》」に学ぶことを提唱した。

以上、楽府の創作、盛唐詩の鼓吹、詩論の復興は、のちの前七子(→156頁)の復古運動に引き継がれ、より極端な形で展開される。李東陽は、台閣体から復古運動への転換点にあたる重要な詩人として位置づけられよう。

連作詠史楽府の系譜　『明史《みんし》』の編纂に参与した清の尤侗《ゆうとう》(一六一八—一七〇四)は、『擬古楽府』一〇〇首に倣い、明の通史を『擬明史楽府《ぎみんしがふ》』一〇〇首に歌い上げ、その後も多くの作品群が現われた。わが国では、江戸後期の頼山陽《らいさんよう》(一七八〇—一八三二)『日本楽府《にほんがふ》』六六首も、この系譜上の作品として知られる。

沈周と呉中四才子

沈周《しんしゅう》（一四二七 一五〇九）、字は啓南《けいなん》、石田《せきでん》・白石翁《はくせきおう》と号した。長洲《ちょうしゅう》（江蘇蘇州市）の人。詩書画にすぐれた在野の文人で、太祖の抑圧で沈滞していた蘇州の文芸を復興させた。弟子の祝允明《しゅくいんめい》（一四六〇 一五二六）・唐寅《とういん》（一四七〇 一五二三）・文徴明《ぶんちょうめい》（一四七〇 一五五九）・徐禎卿《じょていけい》（一四七九 一五一一）を併せて「呉中四才子《ごちゅうしさいし》」と呼ぶ。

一五世紀の後半以降、蘇州を中心とする呉の地は、かつての繁栄をようやく取り戻し、経済・文化の中心地として再び活気を呈した。商業の発展による豊かな経済力を背景に、役人生活に身を置かず、芸術の世界に没頭する在野の文人たちが活躍した時代といわれる。このような文人の先駆けが沈周である。

沈周は、蘇州郊外の地主の家に生まれた。非凡な才能に恵まれながらも、あえて仕官せず、詩書画に親しむ生涯を送った。人柄は円満で俗気がなく、人々の敬愛を受け、八三歳の長寿を全うした。画は殊に山水・花鳥画に秀で、明朝第一と評される。詩の名声も高く、なかでも七言律詩の連作「落花詩《らっかし》三十首」は、呉中四才子をはじめとする蘇州文人によって競作唱和され、後には全国的な広がりを見せて盛行した。沈周七七歳の時の作で、「怪《あや》しむ莫《な》かれ 流連《りゅうれん》 三十詠《さんじゅうえい》、老夫《ろうふ》の痛《いた》む処《ところ》 人《ひと》の知《し》ること少《すく》なし」（其の二九）とみずからいうように、衰残の身を落花に託して嘆く趣きが濃い。

郷里の糧長（徴税請負人）をつとめ、農民の粒粒辛苦をいつも目にしていた沈周は、「桃源図《とうげんず》」と題する詩を書いた。

啼飢児女正連村　況有催租吏打門

一夜老夫眠不得　起来尋紙画桃源

飢《う》えに啼《な》く児女《じじょ》 正《まさ》に村《むら》を連《つら》ぬ、況《いわ》んや租《そ》を催《うなが》す吏《り》の門《もん》を打《う》つ有《あ》るをや。

一夜《いちや》 老夫《ろうふ》 眠《ねむ》り得《え》ず、起《お》き来《き》たり紙《かみ》を尋《たず》ねて 桃源《とうげん》を画《えが》く。

農村の悲惨な現実を前に、せめて自分は画筆を揮い、陶淵明の「桃花源記」（↓51頁）のような理想境を描こうという。

呉中四才子と称される祝允明・唐寅・文徴明・徐禎卿は、いずれも沈周の弟子である。徐禎卿は前七子の一人でもあり、北方出身者が占める前七子のうち、唯一の南方出身者であるのが注目される。一六世紀前半の文芸は、北方の前七子（↓156頁）らによる文学復古運動と、南方の呉中四才子らによる詩書画の芸術に代表されると言ってよい。

祝允明、字は希哲《きてつ》、枝山《しざん》と号した。長洲の人。枝山とは、右手の指が六本あったことに因む。書に巧みで、殊に草書を得意とした。奔放不羈な性格から、唐詩では李白（→78頁）に最も傾倒した。「春日酔《しゅんじつよ》いて臥《ふ》し戯《たわむ》れに太白《たいはく》（李白）に効《なら》う」と題する五言古体詩は、酔って夢の中で仙界に遊ぶ様子を描き、夢から覚めた後を「人生《じんせい》若《も》し夢無《ゆめな》くんば、終《しゅう》世《せい》鴻荒《こうこう》（太古の純朴な世界）無からん」と結んでいる。

唐寅、字は伯虎《はっこ》、また子畏《しい》。晩年は仏教に帰依し、六如《りくりょ》と号した。呉県《ごけん》（江蘇蘇州市）の人。商家の長男として生まれ、才気煥発であったが、放蕩無頼な性格で、多くの奇行が伝えられている。二九歳で解元《かいげん》（科挙の郷試の首席合格者）となり、「唐解元」ともてはやされたが、その翌年、会試の試験問題漏洩事件に巻き込まれて投獄された。この事件によって官途への望みは絶たれ、唐寅は故郷へと帰り、詩書画の世界に活路を見出す。晩年は郷里に桃花庵をかまえ、「生涯《しょうがい》は画《が》筆《ひっ》と詩筆《しひつ》と、踪迹《そうせき》（足あと）は花辺《かへん》と柳辺《りゅうへん》と」（七言律詩「感懐」）と自ら歌うような生活を送った。

文徴明、はじめの名は壁《へき》。字の徴明《ちょうめい》で呼ばれることが多い。号は衡山《こうざん》、長洲《ちょうしゅう》の人。大器晩成で、五四歳の時はじめて官途についたが、三年間で辞職し、詩書画の創作に耽った。書は行書と小楷（細字の楷書）、画は山水画にすぐれる。四才子の中では最も長寿を保ち、三十数年間にわたり呉の文芸をリードした。なお、文徴明の一族は書画に秀でた文人が多く、特に長男の文彭《ぶんぽう》（一四九八～一五七三）は篆刻の祖として名高い。

沈周「両江名勝図」

「江南第一風流才子」 唐寅は官途に挫折したのち、「江南第一《こうなんだいいち》の風流《ふうりゅう》（色好み）才子《さいし》」と自称して、その印まで作った。馮夢龍《ふうぼうりゅう》（→207頁）の短篇小説集『警世通言《けいせいつうげん》』巻二六「唐解元一笑姻縁《とうかいげんいっしょういんねん》」は、その面目を伝える話として有名。唐寅が、舟遊びの最中に見そめた秋香《しゅうこう》という名の腰元（江蘇無錫の華学士の腰元）に近づくため、家庭教師に身をやつして華家に入り込み、しだいに学士の信頼を得て、ついに二人は結ばれるという物語である。

前後七子

「前後七子《ぜんごしちし》」は、一六世紀に盛行した文学復古運動の担い手の総称。世紀の前半に活躍した「前七子《ぜんしちし》」は、李夢陽《りぼうよう》・何景明《かけいめい》・辺貢《へんこう》・徐禎卿《じょていけい》・康海《こうかい》・王九思《おうきゅうし》・王廷相《おうていしょう》の七人。後半の「後七子《ごしちし》」は、李攀龍《りはんりょう》・王世貞《おうせいてい》・謝榛《しゃしん》・宗臣《そうしん》・梁有誉《りょうゆうよ》・徐中行《じょちゅうこう》・呉国倫《ごこくりん》の七人。

明代中期の一六世紀、前後七子による文学復古運動が一世を風靡した。その前半に活躍したのが、李夢陽（一四七二　一五二九）・何景明（一四八三　一五二一）を中心とする前七子であり、後半これを継承したのが、李攀龍（一五一四　一五七〇）・王世貞（一五二六　一五九〇）ら後七子である。その主張は、「文は必ず秦漢、詩は必ず盛唐」（『明史』李夢陽伝）という復古主義に集約される。『史記』（↓32頁）に代表される秦漢の散文と、杜甫（↓82頁）を筆頭とする盛唐の詩を模範として重んじ、他を極端に排除した。

こうした文学思潮があらわれた背景には、明代前期から一世紀に及んだ文学の沈滞に対する反動、主情主義的な時代精神、詩文の担い手および読者層の多様化などが指摘されている。狭く限定した規範を簡潔に掲げた前後七子のわかりやすい主張は、士大夫のみならず新興の市民層をも惹きつけ、広く世に受け入れられたのである。

李夢陽、字は献吉《けんきつ》、空同子《くうどうし》と号した。慶陽《けいよう》（甘粛慶陽市）の人。李東陽（↓152頁）の門下より出たが、宦官の劉瑾《りゅうきん》とは妥協せず、その弾劾文を起草して左遷された。文学史的には、李東陽の穏健な詩風に反発し、復古運動を唱道したとされるが、むしろ実際には、李東陽の志向をより極端な形で展開させたという方が適切であろう。一方、素朴な真情が横溢した民間歌謡を高く評価したことは、後の公安派（↓162頁）に相通じる観点であり、見落とすことができない。「真」なるものを希求する気風は、流派を問わず、この時代に通底する特徴の一つである（入矢義高『明代詩文』東洋文庫）。

一口に復古運動といっても、各人の主張には差異も見られる。李夢陽と共に「李何《りか》」と併称される何景明は、書簡を通じて李夢陽と激しい文学論争を展開した。両者の相違点は、「夢陽は摹倣《もほう》を主とし、景明は則《すなわ》ち創造を主とす」（『明史』何景明伝）と要約される。何景明、字は仲默《ちゅうもく》、大復《だいふく》と号した。信陽《しんよう》（河南信陽市）の人。豪放な盛唐詩を専ら鼓吹した李夢陽とは異なり、初唐の艶麗な詩をも重んじた。「明月篇」は、初唐四傑（↓68頁）の作品に倣った七言歌行として有名。

前七子の復古運動は、世紀の後半に出た後七子によって継承され、さらに盛行した。李攀龍・王世貞がその領袖である。その主張は、「文は西京《せいけい》（前漢）より、詩は天宝《てんぽう》（唐の玄宗の年号。七四二〜七五六）より而下《じか》、倶《とも》に観《み》るに足《た》る無《な》し」（『明史』李攀龍伝）、「文は必ず西漢《せいかん》（前漢）、詩は必ず盛唐、大暦《たいれき》（唐の代宗の年号。七六六〜七七九）以後の書は読む勿《な》かれ」（『明史』王世貞伝）というように、前七子よりも極端化している。

李攀龍、字は于鱗《うりん》、滄溟《そうめい》と号した。歴城《れきじょう》（山東済南市）の人。農家の出自で、幼い頃に父を亡くし、苦学して進士に及第した。後七子の中でも最も極端な主張を展開したが、歴代の詩を選んで『古今詩刪《こきんしさん》』を編纂し、その文学論を選集という形で具体的に示したため、より大きな影響力をもった（→コラム）。

王世貞は、李攀龍の死後、二十年にわたり文壇を牛耳った。字は元美《げんび》、鳳洲《ほうしゅう》・弇州山人《えんしゅうさんじん》と号した。太倉《たいそう》（江蘇太倉市）の人。前七子は徐禎卿を除き、文学が不振であった北方の出身だが、後七子は李攀龍・謝榛以外、みな文雅にしたしむ南方の出身であるのが注目される。王世貞の主張は、江南文人たちの前後七子に対する批判をも取り込み、しだいに折衷的となる。殊にその晩年は、白居易（→98頁）・蘇軾（→126頁）に傾倒し、平淡な境地に赴いたといわれる。

一六世紀の文壇を席巻した前後七子であったが、明代後期になると、極端な模倣による創造性の欠如、作品の千篇一律化などの弊害により、唐宋派（→158頁）や公安派（→162頁）・竟陵派（→164頁）の激しい批判にさらされることになる。

『唐詩選《とうしせん》』 わが国で『唐詩選』といえば、唐詩の入門書として今なお多くの読者を持っている。しかし本書は、民間の書肆が『古今詩刪』の中から唐詩の部分を抜き出し、李攀龍の名を掲げて出版した偽書、というのが中国では有力な説（『四庫全書総目提要』巻一八九「古今詩刪」）。江戸時代、荻生徂徠《おぎゅうそらい》（一六六六〜一七二八）が明の古文辞派《こぶんじは》（前後七子を日本ではこう呼ぶことが多い）を鼓吹し、その門下の服部南郭《はっとりなんかく》（一六八三〜一七五九）が『唐詩選』の校訂本を刊行すると、またたく間にベストセラーとなった。

私たちが本書を通じて親しんでいる唐詩の世界にも、実はこの復古主義的文学観のバイアスがかかっている。

唐宋派と帰有光

「唐宋派《とうそうは》」は、前後七子（→156頁）を批判し、唐宋の古文を推奨した散文家たちを指す。王慎《おうしん》中《ちゅう》（一五〇九 一五五九）・唐順之《とうじゅんし》（一五〇七 一五六〇）がその領袖。ついで茅坤《ぼうこん》（一五一二 一六〇一）が現われた。帰有《きゆう》光《こう》（一五〇六 一五七一）は、独自の立場で抒情性に富む散文を作り、後世に大きな影響を及ぼした。

前後七子の文学復古運動が一世を風靡した時代、これに反発する散文家たちが現われた。秦漢の散文を排他的に祖述する前後七子に対し、唐宋の古文を積極的に学んだので、文学史では唐宋派と総称されることが多い。「王唐《おうとう》」（『明史』王慎中伝）と併称される王慎中・唐順之がその領袖で、『唐宋八大家文鈔《とうそうはちたいかぶんしょう》』を編纂した茅坤は唐順之の弟子にあたる。帰有光は、彼らとは異なる独自の立場で、抒情性豊かな散文を作り、同時代よりもむしろ後世における評価が高い。

王慎中、字は道思《どうし》、遵巌居士《じゅんがんこじ》と号した。晋江《しんこう》（福建泉州市）の人。嘉靖《かせい》五年（一五二六）の進士。若い頃は前七子の影響を受けたが、のちに欧陽脩（→122頁）・曾鞏（→123頁）に傾倒し、特に曾鞏の質実な古文に学んだ。当初これに不満を示した唐順之も、王慎中に説得され、やがて唐宋の古文に転じたという（『明史』王慎中伝）。

唐順之、字は応徳《おうとく》、荊川《けいせん》先生と呼ばれた。武進《ぶしん》（江蘇常州市）の人。嘉靖八年（一五二九）の進士。「本色《ほんしょく》」の説（「洪方州に与うる書」其の二など）を唱え、各自の本来の面目がありのままに発揮された詩文を最高の境地とした。また、先秦から宋に至る古文を文体別に選んだ『文編《ぶんぺん》』六四巻を編纂。その唐宋の部分には、唐宋八大家の作が収められている。

茅坤、字は順甫《じゅんぽ》、鹿門《ろくもん》と号した。帰安《きあん》（浙江湖州市）の人。嘉靖一七年（一五三八）の進士。唐順之の『文編』を引き継ぎ、『唐宋八大家文鈔』一六四巻を編纂した。現存するものとして、本書は唐宋八大家の名を冠した最初の選集。八大家という枠組みを世に普及させた。なお、わが国では大部な本書よりも簡略な沈徳潜（→178頁）の『唐宋八大家文読本』三〇巻が親しまれてきた。

帰有光、字は熙甫《きほ》、震川《しんせん》と号した。崑山《こんざん》（江蘇崑山市）の人。八度も落第し続けたのち、嘉靖四四年（一五六五）、六〇歳でようやく進士に及第した。その文学論として名高い「項思堯《こうしぎょう》文集序」では、前後七子の極端な主張に反発し、宋元の文を数千年前の古人の文に匹敵するものとして高く評価する。彼は『史記』（↓32頁）を最も好んだが、各時代の文章にも独自の価値を見出し、元・宋・唐から時代を遡って秦漢の散文に及ぶ道を拓いた。身近な人々や日常生活を細やかに描く抒情的な作品に特徴があり、その題材と文体は、古文に新たな息吹をもたらした。代表作に「先妣事略《せんぴじりやく》」「項脊軒志《こうせきけんし》」などがあるが、ここでは寒花という名の女召使を追悼して書いた短篇の代表作「寒花葬志《かんかそうし》」の全文を引用しよう。

婢《ひ》は、魏孺人《ぎじゅじん》（帰有光の亡妻）の媵《よう》（新婦について来た腰元）なり。嘉靖丁酉《かせいていゆう》（一五三七）五月四日に死《し》し、虚丘《きょきゅう》に葬《ほうむ》らる。我に事《つか》えて卒《お》えざるは、命《めい》（運命）なるかな。婢《ひ》　初め媵たりし時、年十歳、双鬟《そうかん》（おさげ）を垂《た》れ、深緑《しんりょく》の布裳《ふしょう》（木綿のスカート）を曳《ひ》く。一日《いちじつ》　天寒く、火を爇《た》き荸薺《ぼっせい》（くわい）を煮《に》て熟《じゅく》し、婢　之を削《けず》りて（皮をむいて）甌《おう》（鉢）に盈《み》つ。予《よ》　外より入《い》り、取りて之を食わんとするに、婢　持ち去りて与《あた》えず。魏孺人　之を笑う。孺人　毎《つね》に婢をして几旁《きぼう》（テーブルの隅）に倚《よ》りて飯《はん》せしむ。飯に即《つ》くに、目眶《もくきょう》冉冉《ぜんぜん》として動く（目をきょろきょろさせる）。孺人　又た予に指《ゆび》さして以て笑いと為《な》す。是《こ》の時を回思《かいし》（回想）すれば、奄忽《えんこつ》として（瞬く間に）便《すなわ》ち已《すで》に十年。吁《ああ》、悲しむべきのみ。

少女時代の寒花の愛らしい様子を、在りし日の妻の姿を交えた回想形式で生き生きと描き出している。古文によってもこのような清新な抒情を表現できるという好例であるが、当時はほとんど評価されなかった。帰有光は生前、八股文《はっこぶん》（↓コラム）の名家として知られていたに過ぎず、古文家としての再評価は、明末清初の銭謙益（↓168頁）を待たなければならなかった。さらに清代中期には、帰有光の古文を模範とする桐城派（↓182頁）が出て、その影響は清末・民国期にまで及んでいる。

八股文　明清時代、科挙の答案を書くのに用いられた文体。全体が八つの段落に分かれ、本論にあたる「四股《しこ》」（起股・虚股・中股・後股）の部分にそれぞれ対句を用いる。儒家の経典《けいてん》から出題される設問に対し、受験生はこの文体によって解答した。現代の受験参考書さながらに、過去の模範解答例を選評した書籍も多く出版されている。なお、八股文に対する選評の方法は、当時において古文や通俗小説の文章を分析する際にも援用され、文学批評の在り方に大きな影響を与えた。

陽明学

明代中期、王守仁《おうしゅじん》（一四七二―一五二八）が確立した儒学。その没後、右派（穏健派）と左派（過激派）に分裂した。左派の李贄（一五二七―一六〇二）は「童心説《どうしんせつ》」を唱え、公安派の性霊説（↓162頁）、戯曲（↓204頁）・小説（↓206頁）の批評など、文学にも大きな影響を与えた。「心学《しんがく》」とも言う。

明代中期の一六世紀は、文化が庶民大衆へと拡大する画期的時期であった。文学では、前後七子（↓156頁）による復古運動が現われ、詩文の大衆化への道を拓いた。儒学においては、科挙の基準となって体制化された朱子学（↓134頁）がしだいに形骸化しつつあった。この時期、儒学に新たな息吹きをもたらしたのが、王守仁を始祖とする陽明学である。

王守仁、字は伯安《はくあん》、余姚《よよう》（浙江余姚市）の人。書斎が郷里の陽明洞《ようめいどう》にあったことから、陽明先生と呼ばれ、その思想を陽明学と称する。二八歳で科挙に及第して官途についたが、正徳元年（一五〇六）、専権をふるった宦官の劉瑾《りゅうきん》を弾劾して投獄され、その二年後、貴州竜場《きしゅうりゅうじょう》の駅丞《えきじょう》（宿場長）に流謫された。この辺境の地で、生命の危機に立ち向かいながら思索を深め、忽然と大悟した（竜場の頓悟《とんご》）。劉瑾が失脚した後は、持ち前の軍事的手腕を発揮し、各地の農民反乱を鎮圧した。正徳一四年（一五一九）には、寧王朱宸濠《ねいおうしゅしんごう》の乱を平定。数々の軍功により、南京兵部尚書《なんきんへいぶしょうしょ》（陸軍大臣）にまで昇りつめた。文成《ぶんせい》と諡《おくりな》されたので、その著を『王文成公全書』という。門弟が編集した語録・書簡集に『伝習録《でんしゅうろく》』がある。

王守仁は、もと熱心な朱子学の徒であった。二十代のはじめ、その「格物窮理」（↓134頁）の教えを忠実に実践し、万物の理を窮めるため、まずは庭先の竹を見つめ続けたが、このためついに病気になった（『伝習録』下）。その後も、任侠・騎射《きしゃ》・文学・道教・仏教に惑溺《わくでき》（陽明の五溺《ごでき》）し、前七子（↓156頁）の復古運動に参加したこともあった。さまざまな遍歴を経て、三七歳の時、竜場の頓悟において、陽明学の核心とされる「心即理《しんそくり》」に到達した。

「心即理」とは、朱子学の「性即理」（↓134頁）に対し、人間の心の内に万物の理が完備するという主張である。朱子学が、心の外にある万物の理を窮めることによって、人間の心の内に本来備わる善なる性（個体に分有される理）を実現しようとするのに対し、陽明学では、理は一元論的に内面化され、心こそが万物の理の根源とされた。「知行合一《ちこうごういつ》」も、朱子学が知（認識）を行（実践）に先んずるものとして偏重する（「知先行後《ちせんこうご》」）のに対し、本来は不可分一体のものとして同時に進行すると唱えた説。「致良知（良知を致す）」は、彼の晩年の定論とされる実践的な道徳論である。「心即理」における心は、「良知《りょうち》」（天性の道徳的な知）と呼ばれ、万人に生まれながらに備わる良知を発揮することこそ学問の目的であると説いた。同時に、程顥が唱えた「万物一体の仁」（↓134頁）を良知と結びつけ、自他を一体とみなして救済しようとする万物一体論を主張。また、良知は日常のあらゆる実践を通じて錬磨すべきという「事上磨錬《じじょうまれん》」の修養法を示した。

彼の没後、陽明学派は右派（穏健派）と左派（過激派）に分裂した。とりわけ反体制的な左派の思想は一般庶民にまで広まり、製塩業者出身の王艮《おうごん》（号は心斎《しんさい》。一四八三〜一五四〇）のような平民の学者まで現われた。この学派は「泰州学派《たいしゅうがくは》」と呼ばれる。そして、左派の最後に登場したのが、異端の思想家として知られる李贄であった。

李贄《りし》、字は卓吾《たくご》、泉州《せんしゅう》（福建泉州市）の人。生家はイスラム教徒であったという。二六歳で郷試《きょうし》（科挙の地方試験）に合格し、地方官となった。五四歳で辞職してからは、学問・著述に没頭したが、儒教道徳を物ともしない過激な言動により逮捕され、北京の獄中で自殺した。七六歳であった。著書に『蔵書《ぞうしょ》』『焚書《ふんしょ》』などがあり、中国では長らく発禁処分にされたが、日本に舶載され、幕末に尊王攘夷《そんのうじょうい》を唱えた吉田松陰《よしだしょういん》（一八三〇〜一八五九）が愛読したことは有名。

その思想は、「童心説」に集約される。童心とは、あらゆる虚偽を排した純粋な真心のことで、良知に対する左派的な解釈の極みと位置づけられる。彼はこの童心説に基づき、儒教道徳をはじめとする既成の秩序や権威を激しく攻撃した。文学においても、童心が自然に発露した作品を尊び、公安派の性霊説に大きな影響を与えた。また『西廂記』『水滸伝』などの戯曲や小説を正統的な古典詩文と対等に評価したことは、伝統的な文学観に変更を迫る画期的な主張となった。

日本の陽明学者　陽明学は江戸初期に日本に伝わり、中江藤樹《なかえとうじゅ》（一六〇八〜一六四八）・熊沢蕃山《くまざわばんざん》（一六一九〜一六九一）などの陽明学者が現われた。他に大塩平八郎《おおしおへいはちろう》（一七九三〜一八三七）・吉田松陰・西郷隆盛《さいごうたかもり》（一八二七〜一八七七）などが有名で、しばしば反体制運動の理論的根拠ともされた。

公安派

公安《こうあん》（湖北公安市）出身の「三袁《さんえん》」を中心とする詩文の流派。三袁は袁氏三兄弟、袁宗道《えんそうどう》（一五六〇 一六〇〇）・袁宏道《えんこうどう》（一五六八 一六一〇）・袁中道《えんちゅうどう》（一五七〇 一六二三）の併称。李贄《りし》（↓161頁）の影響を受け、前後七子（↓156頁）を激しく批判した。その真情の発露を重んずる主張は「性霊説《せいれいせつ》」と呼ばれる。

わが国では志賀直哉の「万暦赤絵《ばんれきあかえ》」で知られる万暦年間（一五七三 一六二〇）は、明代の文化が爛熟期を迎える時代であった。文学においても、個性を放つものを積極的に評価する気風が高まった。このような時代背景のもと、三袁らの公安派により、前後七子に対する批判が起こった。公安派の中心となったのは、次男の袁宏道である。

袁宏道、字は中郎《ちゅうろう》、石公《せきこう》と号した。一六歳で詩社を結成し、その盟主となった。二三歳の時、李贄と知り合い、その童心説（↓161頁）に心酔したという。二五歳で進士に及第し、呉県《ごけん》（江蘇蘇州市）の知事となったが、役人生活への嫌悪とストレスから心身を病み、数年後に辞職した。その後も何度か出仕したが、この頃の詩や知友に宛てた書簡には、役人生活の苦しみがつぶさに吐露されている。四三歳の時、故郷で病没した。その詩は、諧謔と機知に富む。次の五言律詩「荒園独歩《こうえんどっぽ》」から、特徴の一端が窺えよう。呉県在任中の作。

寒食春猶爛　東風草自芊　寒食《かんしょく》（冬至から百五日目の寒食節）春《はる》は猶《な》お爛《たけなわ》に、東風（春風）　草は自《おのず》から芊《しげ》る。

花燃無焔火　柳吐不機綿　花《はな》は焔《ほのお》無き火《ひ》を燃《も》やし、柳《やなぎ》は機《はたお》らざる綿《わた》（柳絮）を吐《は》く。

宦博人間累　貧遭妻子憐　宦《かん》にしては人間《じんかん》（俗世間）の累《わず》らいを博《はく》し、貧《ひん》にしては妻子《さいし》の憐《あわ》れみに遭《あ》う。

微官如可典　乞我買山銭　微官《びかん》（つまらぬ官職）如《も》し典《てん》す（質入れする）可《べ》くんば、我《われ》に山《やま》を買《か》う銭《ぜに》を乞《あた》えよ。

その文学論は、「小修《しょうしゅう》（袁中道の字）の詩に叙す」と題する文中に端的に述べられている。「唯《た》だ夫《そ》れ代《だい》（時代）に升降《しょうこう》有《あ》るも、法《ほう》（作法）は相《あ》い沿《よ》らず。各《おの》おの其《そ》の変《へん》を極《きわ》め、各おの其の趣《おもむき》を窮《きわ》むるは、貴《たっと》ぶべき所以《ゆえん》なり。原《もと》より優劣《ゆうれつ》を以《もっ》て論《ろん》ずべからず」といい、文学は時代につれて変化・発展するもので、各時代にそれぞれ優れた作品があると主張している。これは、前後七子の「文は必ず秦漢、詩は必ず盛唐」という特定の典型を掲げる復古主義に対する批判である。

彼らは前後七子が退けた白居易（↓98頁）・蘇軾（↓126頁）の詩風を鼓吹し、長兄の宗道は、書斎に白蘇斎と名づけている。

袁宏道は、文学における真情の発露を重んじた。「独《ひと》り性霊《せいれい》を抒《の》べ、格套《かくとう》（既成の型）に拘《とら》われず、自己《じこ》の胸臆《きょうおく》（内心）より流《なが》れ出《い》ずるに非《あら》ずんば、肯《あえ》て筆《ふで》を下《くだ》さず」（同文）ということから、その主張は「性霊説」と呼ばれるが、これは李贄の童心説を発展させたものである。李贄は『西廂記』（↓204頁）や『水滸伝』（↓206頁）などの通俗文学を童心の発露した作品として高く評価したが、袁宏道も『水滸伝』『金瓶梅』（↓207頁）を愛読した。また、「当代《とうだい》に文字《もんじ》（文学）無《な》し、閭《りょ》巷《こう》（民間）に真詩《しんし》有り」（「李子髯《りしぜん》に答う」其の二）といい、民間歌謡にこそ性霊の発露した「真詩」が見出せると主張した。

公安派の性霊説は、「小品文」（↓166頁）と呼ばれる散文において最も発揮された。その中には、随筆・遊記・書簡・人物伝・詩文集の序など多種多様な文章が含まれるが、袁宏道の『瓶史《へいし》』（↓コラム）・『觴政《しょうせい》』（飲酒の心得）各一巻は名高い。

袁宏道は、「癖《へき》」ある人物を愛した。『瓶史』第十章「好事」に、「余観《よみ》るに世上《せじょう》の語言《ごげん》に味無《あじな》くして面目《めんもく》憎《にく》む可《べ》きの人《ひと》は、皆《み》な癖無《へきな》きの人のみ」という。何かにこだわることによって形づくられる個性の強い主張を癖と言っている。公安派の文学を読み解く鍵の一つであると同時に、万暦という時代の価値観をも反映していよう。

江戸時代の初期、袁宏道の文集は、わが国に伝えられた。京都深草《ふかくさ》の僧元政《げんせい》（一六二三―一六六八）は、明から亡命して日本に帰化した陳元贇《ちんげんぴん》（一五八七―一六七一）との交遊を通じ、袁宏道の存在を知った。さっそく『袁中郎集』を購って愛読したらしく、「灯に対す」と題する五言古体詩には、「臥《が》して袁中郎を読《よ》み、欣然《きんぜん》として短髪《たんぱつ》を摩《な》づ」と見える。さらに江戸後期には、山本北山《やまもとほくざん》（一七五二―一八一二）もそのみずみずしい詩風に傾倒し、荻生徂徠（↓157頁）ら古文辞派を激しく批判した。北山の詩論は『作詩詩轂《さくししこう》』『孝経楼詩話《こうけいろうしわ》』に窺えるが、当初の非日常的な高揚感に富んだ盛唐詩を重んずる古文辞派から、日常生活の中に滋味を求める宋詩尊重の気風に転じた、そのきっかけが袁宏道の文学との出会いだったとされる。

『瓶史』 生け花に関する薀蓄を傾けた書。わが国にも江戸時代に舶載され、『瓶史述要《へいしじゅつよう》』『瓶史《へいし》国字解《こくじかい》』などの解説書まで刊行された。望月義想（一七二二―一八〇四）を家元とする宏道流の生け花は、今日まで受け継がれている。

竟陵派

竟陵《きょうりょう》（湖北天門市）出身の鍾惺《しょうせい》（一五七四〜一六二五）・譚元春《たんげんしゅん》（一五八六〜一六三七）が主導した詩文の流派。前後七子を批判する点では公安派と同じであるが、歴代の詩を選んだ『詩帰《しき》』などの編纂を通じ、古人の詩境を会得しようと努めた。その詩風は「幽深孤峭《ゆうしんこしょう》」（奥深く高踏的）と評される。

公安派（→162頁）について詩壇に登場したのは、鍾惺・譚元春が率いる竟陵派である。彼らは模倣に偏した前後七子（→156頁）の復古主義を強く批判しつつ、平俗に流れすぎた公安派とは別の方法で「真詩」（→163頁）を追求した。鍾惺、字は伯敬《はくけい》、退谷《たいこく》と号した。万暦三八年（一六一〇）の進士。人との交際を好まず、山水の幽邃《ゆうすい》を愛し、多くの遊記を残した。譚元春、字は友夏《ゆうか》、鵠湾《こくわん》と号した。鍾惺は同郷の先輩にあたる。

竟陵派は公安派と同じく、真詩を理想として掲げたが、その定義は異なっている。公安派は、個人の真情が自由に発露した作品を真詩と見なした。一方、竟陵派は「第《た》だ古人《こじん》の真詩《しんし》の在《あ》る所《ところ》を求《もと》むるのみ。真詩なる者《もの》は、精神《せいしん》（すぐれた心の働き）の為《つく》る所なり」（鍾惺「詩帰序」）というように、精神が発揮された作品を真詩と考え、古人の真詩に学び、その精神を捉えようとした。古人の精神に学ぶ方法が、選集の編纂である。

『文選』（→64頁）や『玉台新詠』（→65頁）の例を挙げるまでもなく、選集によって自己の文学論を具体的に示すことは古来より行なわれ、時に文学運動を世に波及させる役割をも担ってきた。前後七子・公安派・竟陵派が活躍した一六世紀から一七世紀にかけては、出版文化が成熟を迎え、選集も数多く刊行された時代である。鍾惺・譚元春の共編になる『詩帰』も、学問に縁のある家には必ず備わっているといわれるほど広く流行し、それによって竟陵派の詩論が一世を風靡した（清・銭謙益『列朝詩集小伝』鍾惺伝）。

万暦四五年（一六一七）の序を冠する『詩帰』は、唐代以前の詩を選んだ『古詩帰《こしき》』一五巻と、唐詩を選んだ『唐詩帰《とうしき》』三六巻からなり、各詩にはさまざまな評語や批点（名句を示す傍点）が附されている。その選択のあり方や評語の随所に、後七子の李攀龍《はんりょう》が編纂した『古今詩刪』（→157頁）への批判意識が色濃く窺われる（→コラム）。

竟陵派の詩風は、「幽深孤峭」（『明史』鍾惺伝）と評され、奥深く高踏的な心情が投影された静寂な境地を歌う作品が多い。鍾惺の五言古体詩「山月《さんげつ》」には、その特色がよく現われている。

山于月何与　静観忽焉通　山《やま》は月《つき》に何《なん》の与《あずか》りかある、静観《せいかん》すれば忽焉《こつえん》（たちまち）として通《つう》ず。
孤烟出其外　相与成寒空　孤烟《こえん》（ひとすじのかすみ）其《そ》の外《そと》に出《い》ずれば、相《あ》い与《とも》に寒空《かんくう》と成《な》る。
清輝所積処　余寒一以窮　清輝《せいき》（月の光）積《つ》む所《ところ》の処《ところ》、余寒《よかん》一《ひと》えに以《もっ》て窮《きわ》まる。
万情尽帰夜　動息此光中　万情《ばんじょう》（さまざまな思い）尽《ことごと》く夜《よる》に帰《き》し、此《こ》の光中《こうちゅう》に動息《どうそく》（活動と休息）す。

本詩に描かれているのは、「山月」の実景では必ずしもなく、秋の夜に物思いにふける孤高な人物が、鋭敏な感覚によってとらえた心象風景であろう。鍾惺には月をテーマにした詩が多く、それぞれに独特の趣きがある。「舟月《しゅうげつ》」と題する五言律詩の後半は、月を擬人化し、「舟《ふね》に入《い》る（てらす）は友《とも》を好《この》むが如《ごと》く、水《みず》に在《あ》る（うつる）は更《さら》に人《ひと》に宜《よろ》し。我《われ》に別《わか》る　更初《こうしょ》の半《はん》（夜九時頃）、孤灯《ことう》　又《ま》た一身《いっしん》」と、孤高な自己を点綴して結んでいる。

次に引く譚元春の「舟にて聞く」と題する七言絶句も、竟陵派の詩境を示す好例であろう。

楊柳不遮明月愁　尽将江色与軽舟　楊柳《ようりゅう》　遮《さえぎ》らず　明月《めいげつ》の愁《うれ》い、尽《ことごと》く江色《こうしょく》を将《もっ》て軽舟《けいしゅう》に与《あた》う。
遠鐘渡水如将湿　来到耳辺天已秋　遠鐘《えんしょう》　水《みず》を渡《わた》りて　将《まさ》に湿《しめ》らんとするが如《ごと》く、来《き》たりて耳辺《じへん》に到《いた》れば　天《てん》　已《すで》に秋《あき》なり。

『唐詩選』と『唐詩帰』　共に明代の唐詩の選集として名高いが、李攀龍選とされる『唐詩選』（↓157頁）と鍾惺・譚元春の『唐詩帰』とは、大きく趣きを異にする。『唐詩選』があまり顧みない中・晩唐の詩を、『唐詩帰』が多く採録しているのは一例であるが、最も顕著な相違は、五言古体詩の採録の仕方である。「唐に五言古詩無し」（李攀龍「選唐詩序」）と断言する『唐詩選』では、全四六五首中わずか一四首しか五言古体詩を採らない。しかし、『唐詩帰』では収録総数の三分の一弱にあたる約六百首もの五言古体詩を収めている。

小品文

明末に最も盛行した自由型の短い散文。個性を重んじる公安派（↓162頁）・竟陵派（↓164頁）の影響のもと、載道（政治道徳）主義的な文学観から脱し、小品文が流行した。一九三〇年代前半、周作人《しゅうさくじん》（一八八五 一九六七）・林語堂《りんごどう》（一八九五 一九七六）らによる小品文運動で再評価された。

明末、公安派・竟陵派の文学論は、散文のジャンルにおいて小品文という大きな実を結んだ。万暦年間（一五七三 一六二〇）から明の滅亡に至るこの時期、儒教の載道主義的な文学観の束縛から脱し、自由と個性を尊ぶ小品文が、自覚的に作られるようになった。その形式と内容は実に多種多様で、個性に富む作品群が百花繚乱の様相を呈している。

小品文集も数多く出版された。崇禎《すうてい》三年（一六三〇）に刊行された鄭元勲《ていげんくん》の『媚幽閣文娯《びゆうかくぶんご》』は、明末の小品文を文体別（賦・文・書・序・制辞・伝・記・雑文）に編纂した小品文集で、自序を含む四篇の序跋が附されている。うち陳継儒《ちんけいじゅ》（一五五八 一六三九）「文娯序」に引用された鄭元勲の言葉に、小品文は「文を以て自《みずか》ら娯《たの》しむ」もので、「法外の法、味外の味、韻外の韻」があるという。つまり、載道主義の文学が大上段から政治や道徳を論じるのに対し、小品文は個人のささやかな楽しみのために作られ、既成の「法《のり》」「味《あじ》」「韻《おもむき》」にとらわれない新鮮さを特徴とする。

小品文の主な作者としては、公安派の三袁と竟陵派の鍾惺・譚元春のほか、徐渭《じょい》（↓181頁）・湯顕祖《とうけんそ》（一五五〇 一六一六）・陳継儒・王思任《おうしじん》（一五七四 一六四六）・劉侗《りゅうとう》（一五九四？ 一六三七）・張岱《ちょうたい》（一五九七 一六七九）・祁彪佳《きひょうか》（一六〇二 一六四五）などが挙げられる。北京の山川・名勝・歳時・風俗などを描いた劉侗の『帝京景物略《ていけいけいぶつりゃく》』（于奕正《うえきせい》との共著）は、竟陵派の散文の風格を示す代表作。また、祁彪佳の『寓山《ぐうざん》注《ちゅう》』は、作庭への執念をこめた庭園記である。ここでは、『帝京景物略』巻五に収める「白石荘《はくせきそう》」の冒頭を見てみよう。

白石橋（北京の西直門外にあった橋）の北、万駙馬《ばんふば》（皇帝の娘婿の万煒《ばんい》）の荘（別荘）なり、白石荘と曰う。荘　取る所の韻（風韻）は皆な柳。柳色　時に変じ、閑《かん》なる者　之に驚く。声も亦《ま》た時に変ずるや、静《せい》なる者　之を省《さと》る。春、黄浅《こうせん》なるは芽《め》、緑浅《りょくせん》なるは眉《まゆ》（柳の葉）、深きは眼《め》（柳の新芽）なり。春老《お》いて、絮《じょ》（柳の綿）は白し。夏、糸（柳の枝）の迢《ちょう》迢《ちょう》たる（揺れるさま）は風を以《もっ》てなり、陰《かげ》（木陰）の隆《りゅう》隆《りゅう》たる（濃いさま）は日を以てなり。秋、葉は黄《き》ばみて落ちて、墜条《ついじょう》（枯れ枝）は当当《とうとう》（枝が落ちる音）として、霜柯《そうか》（秋の枝）は樹《き》に鳴る。

白石荘を描くにあたり、その風韻を柳の折々の変化によって表わしている。「閑なる者」「静なる者」が鋭敏な感覚によって捉えた変化の描写は、短く簡潔な字句に奥深い興趣を漂わせ、「幽深孤峭」（↓164頁）と評される竟陵派の詩風とも相通ずるものがある。最後に、公安派・竟陵派の集大成者とされる張岱を紹介しよう。

張岱、字は宗子《そうし》、陶菴《とうあん》と号した。山陰《さんいん》（浙江紹興市）の人。名門の家柄に生まれ、優雅な文人趣味にふける前半生を送ったが、明の滅亡後は山にこもり、貧窮に甘んじつつ著述に専念した。明の遺民として、その一代の歴史を綴った『石匱《せきき》書《しょ》』は、のちに正史編纂の貴重な史料とされたという。最もよく知られる『陶菴夢憶《とうあんむおく》』は、爛熟期にあった明末江南における夢のような日々を回想した随筆集である。ここでは、「自為墓誌銘」（↓コラム）の冒頭を引用しよう。

> 蜀《しょく》人《ひと》張岱（張岱の遠祖は四川の人）、陶菴は其《そ》の別号《べつごう》なり。少《わか》くして紈袴《がんこ》の子弟《してい》（苦労知らずの坊ちゃん）たり、極めて繁華を愛し、精舎《せいしゃ》（豪邸）を好み、美婢《びひ》（美女）を好み、孌童《らんどう》（美少年）を好み、鮮衣《せんい》（美服）を好み、美食を好み、駿馬《しゅんめ》を好み、華灯《かとう》（灯籠）を好み、煙火《えんか》（花火）を好み、梨園《りえん》（芝居）を好み、鼓吹《こすい》（音楽）を好み、古董《ことう》（骨董）を好み、花鳥《かちょう》を好み、兼《か》ぬるに茶淫橘《さいんきつ》虐《ぎゃく》（茶・ミカン狂い）、書蠹詩魔《しょとしま》（本の虫と詩狂い）を以《もっ》てして、半生《はんせい》を労碌《ろうろく》（あくせく）せしも、皆な夢幻《むげん》と成る。年五十に至りて、国破れ家亡《ほろ》び、跡《あと》を山居《さんきょ》に避《さ》く。存する所の者は、破床砕几《はしょうさいき》（こわれたベッドと机）、折鼎病琴《せっていびょうきん》（欠けた食器と音が狂った琴）、残書《ざんしょ》（不揃いな本）数帙《すうちつ》、欠硯一方《けつけんいっぽう》（欠けた硯が一つ）のみ。布衣蔬食《ふいそしょく》（粗末な衣食）、常に炊《すい》を断《た》つに至る。三十年前を回首《かいしゅ》するに、真《まこと》に隔世《かくせい》の如し。

最初に先祖に遡った家系を記述するのが墓誌銘の常套だが、ここでは自らの趣味嗜好を畳みかけるように陳列したところが新奇である。そして、亡国後の貧窮生活を描くにあたり、やはり具体的な事物を対比的に並べることにより、華やかなりし夢の喪失感を増幅させている。

「自為墓誌銘」　生前に自作した墓誌銘は、前例がある。張岱はこの墓誌銘の後半で、陶潜（↓50頁）・王績《おうせき》（五八五〜六四四）・徐渭の名を挙げている。その作を順に示せば、「自祭文」「自撰墓銘」「自為墓誌銘」となるが、張岱は特に同郷の文人徐渭に心酔した。

銭謙益

明末清初の文壇の領袖。詩文の才能、博大な学識、切れ味の鋭い議論により、明代を総括し、清代を導いた。詩人としては呉偉業（↓170頁）・龔鼎孳《きょうていじ》（一六一五―一六七三）と共に「江左《こうさ》（江南）の三大家」の一人。彼らは明清両朝に仕えた弐臣《じしん》として、朱子学的名分論の立場から批判された。

明代末期、一七世紀前半は、内憂外患の時代であった。国内では東林党《とうりんとう》と宦官の閹党《えんとう》が党争（↓コラム）に明け暮れる一方、各地で農民反乱が続発した。国外では満洲族の後金《こうきん》（のちの清）が北の国境を脅かしていた。明が国境防衛に追われている間、李自成《りじせい》（一六〇六―一六四五）の率いる反乱軍は進撃を続け、一六四四年、ついに北京を陥落、崇禎帝の自殺によって明朝は滅亡する。まもなく清軍は李自成軍を破り、順治帝が即位した。清朝の幕開けである。

銭謙益《せんけんえき》（一五八二―一六六四）、字は受之《じゅし》、牧斎《ぼくさい》と号した。常熟《じょうじゅく》（江蘇常熟市）の人。万暦三八年（一六一〇）、第三位の探花《たんか》で進士に及第した。東林党の領袖として名声を博したが、明末の党争に翻弄され、政治家としては長く不遇を託った。明が滅ぶと、南京で馬士英《ばしえい》（一五九一―一六四五）らが擁立した福王《ふくおう》の政府（南明福王政権）に仕え、礼部尚書（文部大臣）となった。しかし、翌年には南下して南京を陥した清軍に降り、清朝のもとで『明史』編修の副総裁に任じられた。ほどなくして辞職し、郷里に隠居したが、抗清活動にも暗躍していたとされる。

銭謙益は弐臣として非難されるが、学術の幅広い分野において、明代と清代とを橋渡しする役割を果たした。詩文では、前後七子（↓156頁）の極端な模倣、竟陵派（↓164頁）の無学と奇矯な修辞を痛烈に批判した。真情の発露を重んじた公安派（↓162頁）を高く評価するが、平俗に流れた点には苦言を呈する。つまり、彼は真情を重視しつつも、豊かな学殖の裏打ちがあってこそ、すぐれた詩文を作ることができると考え、明人が嫌った宋元の詩も積極的に学んだ。散文は、唐宋の達意の文に学んだが、特に明の帰有光（↓158頁）を再評価した点は注目される。

明詩に対する彼の評価は、元好問の『中州集』（↓141頁）にならって編纂した明詩の総集『列朝詩集《れっちょうししゅう》』から窺える。本書は前後七子には冷淡に、公安派には好意的などと偏向も見られるが、今なお明詩研究の必携書であり、詩人の小伝には諸書に見られぬ逸話も多く載せる。また、杜甫の詩に注を施した『銭注杜詩《せんちゅうとし》』は、清朝考証学（→172頁）の方法を先取りし、文学に援用したものとされる。彼は、明の歴史に造詣が深く、史学においても『太祖実録弁証』を残した。

その詩は、明の亡国後、特に七言律詩に名作が多い。順治七年（一六五〇）夏の連作「西湖雑感《せいこざっかん》二十首」其の一を見てみよう。

板蕩凄涼忍再聞　烟巒如赭水如焚
白沙堤下唐時草　鄂国墳辺宋代雲
樹上黄鸝今作友　枝頭杜宇昔為君
昆明劫後鐘声在　依恋湖山報夕曛

板蕩《ばんとう》（共に『詩経』大雅の篇名。政治の乱れを歌う）凄涼《せいりょう》として再び聞くに忍《しの》びんや、烟巒《えんらん》（もやのたなびく峰）は赭《や》くが如く 水は焚《た》くが如し。
白沙堤下《はくさていか》（白居易が西湖に築いた白堤）唐時《とうじ》の草、鄂国墳辺《がくこくふんぺん》（鄂国王に封じられた南宋の岳飛の墓）「宋代《そうだい》の雲。
樹上の黄鸝《こうり》（高麗ウグイス）今 友と作《な》るも、枝頭《しとう》の杜宇《とう》（ホトトギス）昔 君《くん》（君王）たりき。
昆明《こんめい》 劫後《ごうご》（昆明池が劫火に焼けた後）鐘声《しょうせい》在り、湖山《こざん》に依恋《いれん》して（まといつき）夕曛《せきくん》（夕陽）を報ず。

次に挙げる連作の七言絶句「後《のち》の観棋《かんき》絶句六首」其の三は、順治四年（一六四七）、南京（江蘇南京市）での作。南京で即位後、瞬く間に瓦解した南明福王政権を、短命に終わった六朝の王朝になぞらえ、王朝交替の無常と悲哀を歌う。

寂寞枯枰響泬漻　秦淮秋老咽寒潮
白頭鐙影涼宵裏　一局残棋見六朝

寂寞《せきばく》たる枯枰《こひょう》（枰は碁盤）泬漻《けつりょう》（虚空）に響く、秦淮《しんわい》（南京を流れる秦淮河）秋老《お》いて寒潮《かんちょう》咽《むせ》ぶ。
白頭 鐙《とう》（灯）影《えい》 涼宵《りょうしょう》の裏《うち》、一局の残棋《ざんき》（碁の寄せ）六朝《りくちょう》を見る。

政局や戦局を囲碁に喩える詩想は、杜甫「秋興八首《しゅうきょうはっしゅ》」其の四「聞道《きくなら》く 長安は奕棋《えきき》（囲碁）に似たりと、百年の世事《せいじ》（一生の苦難）悲しみに勝《た》えず」以来の伝統であるが、銭謙益はこの比喩を好み、杜甫を継いで作った「後の秋興（百四首）」の「身世《しんせい》は渾《す》べて未《いま》だ了《おわ》らざる棋《き》の如し」（「後の秋興の四」其の四）は、人生そのものを囲碁に喩えた句として印象深い。

東林党と閹党　東林党は万暦三二年（一六〇四）、顧憲成《こけんせい》（一五五〇〜一六一二）らが無錫（江蘇無錫市）に再興した東林書院に集まった政治批判の党派。閹党（宦官派）と激しく対立し、泥沼の権力闘争を繰り広げた。

呉偉業

明末清初の詩人で、江左の三大家（↓168頁）の一人。その詩は、明末清初の歴史をつぶさに歌い、「詩史《しし》」と称される。漢魏六朝の典故を駆使し、初唐の四傑（↓68頁）や元稹《げんしん》・白居易（↓103頁）など広く唐詩に学んだ七言歌行体の叙事詩は、特に「梅村体《ばいそんたい》」と呼ばれる。

明末、江南を中心として、詩文の結社が盛行した。これらの結社は、科挙受験のための八股文（↓159頁）の選評を行なう一方、古学の復興を主張し、詩文を競作した。しかし亡国の危機に瀕して、次第に政治色を強めていく。陳子龍《ちんしりょう》（一六〇八―一六四七）の幾社《きしゃ》、張溥《ちょうふ》（一六〇二―一六四一）の復社《ふくしゃ》が有名で、特に復社は各地の結社を連合した全国的規模の結社として、政治的にも大きな影響力をもった。復社からは明末清初の著名な文人・学者が輩出したが、若き呉偉業もその俊英であった。

呉偉業《ごいぎょう》（一六〇九―一六七一）、字は駿公《しゅんこう》、梅村《ばいそん》と号した。太倉《たいそう》（江蘇太倉市）の人。崇禎四年（一六三一）、第二位の榜眼《ぼうがん》で進士に及第し、官途についた。明が滅亡すると、殉死しようとしたが果たさず、南明《なんみん》の福王《ふくおう》（↓168頁）に仕えたが、政府内の党争に倦んで辞職。順治一〇年（一六五三）、清朝に強要され、順治帝の側近として仕えた。三年後に辞任したが、弐臣（↓168頁）となったことを生涯後悔し、墓前には「詩人呉梅村之墓」とのみ刻した石を立てるよう遺言したという。

その詩は、明末清初の歴史を歌った長篇の叙事詩にすぐれる。「永和宮詞《えいわきゅうし》」「琵琶行《びわこう》」「蕭史青門曲《しょうしせいもんきょく》」「思陵長公主挽詩《しりょうちょうこうしゅばんし》」「清涼山讃仏詩四首《せいりょうさんさんぶつし》」などが名高いが、「円円曲《えんえんきょく》」（↓コラム）を少しだけ紹介しよう。明の将軍呉三桂《ごさんけい》（一六一二―一六七八）は、清の進軍を阻むべく山海関《さんかいかん》（河北秦皇島市）を守っていたが、北京に残した愛妾陳円円《ちんえんえん》が李自成（↓168頁）の配下に奪われたと聞いて逆上した。そこで清軍に降って援兵を乞い、李自成を打ち破った。呉偉業は、この呉三桂の短慮が明を滅ぼす原因となったことを嘆き、全七八句の七言歌行体による悲歌を作った。次に引く冒頭の四句が有名。

鼎湖当日棄人間　破敵収京下玉関　鼎湖《ていこ》(皇帝の死)当日　人間《じんかん》(人の世)を棄《す》つ、敵を破り京を収《おさ》めんとして玉関《ぎょくかん》(ここでは山海関)「を下る。

慟哭六軍倶縞素　衝冠一怒為紅顔　慟哭《どうこく》する六軍《りくぐん》(官軍)倶《とも》に縞素《こうそ》(白い喪服)、冠《かんむり》を衝《つ》き一怒《いちど》するは紅顔《こうがん》(ここでは陳円円)の為《ため》なり。

呉偉業は七言律詩にもすぐれ、詩史の面目が躍如している。七言律詩「揚州四首《ようしゅう》」其の一は、清に出仕するため、北京に赴く途上の作品。順治二年（一六四五）、揚州（江蘇揚州市）が清軍によって陥落した事件（揚州十日）を追想する。

畳鼓鳴笳発棹謳　榜人高唱広陵秋　畳鼓《じょうこ》(陣太鼓)鳴笳《めいか》（異民族の蘆笛）棹謳《とうおう》(船歌)を発《はっ》す、榜人《ぼうじん》(船頭)高唱《こうしょう》す 広陵《こうりょう》(揚州)の秋。
官河楊柳誰新種　御苑鶯花豈旧游　官河《かんが》（揚州を通る大運河）の楊柳《ようりゅう》 誰《たれ》か新《あら》たに種《う》えし、御苑《ぎょえん》の鶯花《おうか》 豈《あ》に旧游《きゅうゆう》ならん。
十載西風空白骨　廿橋明月自朱楼　十載《じっさい》(十年)西風《せいふう》(秋風)空《むな》しく白骨《はっこつ》、廿 橋《にじゅうきょう》(揚州の二十四橋)明月 自《おのず》から朱楼(朱塗りの楼閣)。
南朝枉作迎鑾鎮　難博雷塘土一丘　南朝《なんちょう》(ここでは南明福王政権)枉《ま》げて作る迎鑾鎮《げいらんちん》、博《はく》し難《がた》し(得がたい)雷塘《らいとう》 土一丘(揚州郊外の隋の煬帝墓)。

清朝の統治下で明末清初の歴史を歌うことは、常に禁忌に触れる懼れがつきまとう。それゆえ呉偉業の叙事詩は、典故を駆使した難解な作風となっている。本詩にも、揚州にちなむ典故が複雑にちりばめられている。

第一句は唐の王冷然《おうれいぜん》「汴堤《べんてい》の柳」の「隋家《ずいか》の天子 揚州を憶《おも》い、鳴笳 畳鼓 清流に泛《うか》ぶ」、第六句は杜牧（↓112頁）「揚州の韓綽判官《かんしゃくはんがん》に寄す」の「二十四橋 明月の夜、玉人《ぎょくじん》 何《いず》れの処《ところ》にか吹簫《すいしょう》を教うる」を意識する。第七句では、五代・呉の徐温《じょおん》が楊溥《ようふ》を呉王に擁立し、白沙（江蘇儀徴市。揚州に属した）を迎鑾鎮（皇帝の車駕を迎えるという意）と改称した故事（『新五代史』呉世家一）をふまえ、これを馬士英（↓168頁）らに擁立された福王になぞらえている。さらに第八句では、福王を隋の煬帝《ようだい》（五六九〜六一八）と引き比べ、没後に葬られる地があっただけ国を滅ぼした暴君煬帝の方がましであるという。

呉偉業はこの時代の歴史の証言者であり、『綏寇紀略《すいこうきりゃく》』『鹿樵紀聞《ろくしょうきぶん》』などの史書も残している。また、絵画への造詣が深く、題画詩や絵画に関する詩も多い。なかでも杜甫（↓82頁）の七言古体詩「飲《いん》中八仙歌《ちゅうはっせんか》」にならって作った「画中九友歌《がちゅうきゅうゆうか》」は有名。さらには、詞人・戯曲家としても知られる多才な文人であった。

「円円曲」 明末の蘇州（江蘇蘇州市）の名妓陳円円は、絶世の美女として知られていた。崇禎帝の時、宮中に入れられたが、呉三桂の目に止まって愛妾になったと言われる。彼女については多くの伝記が残されているが、歴史に翻弄されたその生涯を物語的に歌う本詩は、当時に最も広く伝えられた。呉三桂が呉偉業に金品を贈り、本詩の削除を懇願した逸話は有名。

考証学

文献批評に基づく実証主義的な学問。明末清初に起こり清代中期に隆盛した。明末清初の考証学では、明朝滅亡への反省から、経世に役立つ「経世致用《けいせいちよう》」の実学が重視されたが、清朝支配が確立するに伴い、古典の考証によって真実を探る「実事求是《じつじきゅうぜ》」へと傾いた。

明末清初の動乱期、明朝滅亡への反省と異民族王朝に対する反発を背景として、考証学という新たな学問が芽生えた。唯心論的な陽明学（↓160頁）の弊害が自覚され、広く文献にあたって証拠を求める実証主義と、世を治めるのに役立つ経世致用の実学が重んじられるようになった。「清初の三遺老」と呼ばれる顧炎武《こえんぶ》（一六一三～一六八二）・黄宗羲《こうそうぎ》（一六一〇～一六九五）・王夫之《おうふうし》（一六一九～一六九二）が、この時期の考証学の代表である。

顧炎武、字は寧人《ねいじん》、亭林《ていりん》と号した。崑山《こんざん》（江蘇崑山市）の人。若い頃、同郷の帰荘《きそう》（一六一三～一六七三）と共に復社（↓170頁）に参加した。明の滅亡後は、抗清運動に奔走したが失敗し、各地を流浪しつつ学問を続け、明の遺臣として生涯を終えた。その学問は、実証主義と経世致用を信条とし、清朝考証学の開祖とされる。『日知録《にっちろく》』は、広い分野に厳密な考証を施して、彼の学問のエッセンスと言える。また、『天下郡国利病書《てんかぐんこくりへいしょ》』は実地と文献を対照して成った地理書であり、『音学《おんがく》五書《ごしょ》』は古代の音韻を体系的に研究した書として名高い。

黄宗羲、字は太沖《たいちゅう》、南雷《なんらい》と号し、世に梨洲《りしゅう》先生と呼ばれた。王守仁（↓160頁）と同じ余姚《よよう》（浙江余姚市）出身で、陽明学者劉宗周《りゅうそうしゅう》（一五七八～一六四五）の弟子。その主著『明夷待訪録《めいいたいほうろく》』は、明の滅亡の原因を探り、政治・経済・軍事・制度など多面的な角度から論じた書で、清末の革命家たちに大きな影響を与えた。彼は特に史学を重んじ、儒者は経書とあわせて歴史に精通しなければならないと説いた。他に『宋元学案』『明儒学案《みんじゅがくあん》』『明文案《みんぶんあん》』『明文授読《みんぶんじゅどく》』などの著がある。

王夫之、字は而農《じのう》、薑斎《きょうさい》と号した。衡陽《こうよう》（湖南衡陽市）の人。晩年、郷里の石船山《せきせんざん》に住んだので船山先生とも呼ばれる。南明の桂王《けいおう》政権に一時参加したのを除き、生涯の大半を郷里で過ごし、著述に没頭した。その学問は経学・史学・文学と幅が広い。清末に曾国藩（↓183頁）が再発見し、『船山遺書《せんざんいしょ》』を刊行。強烈な民族主義は、革命家たちの支持を得た。

以上の三人は、いずれも異民族の清朝に出仕することを潔しとしなかった。清朝は反感を抱く士大夫＝知識人を統制するため、文字の獄（筆禍事件）により言論弾圧を加える一方、大規模な編纂事業をおこして彼らを懐柔していった。その結果、考証学における経世致用の政治的側面はしだいに影をひそめ、清代中期には実事求是（事実に即して真理を求める）を旨とする古典の考証学が隆盛した。その最盛期であった乾隆《けんりゅう》・嘉慶《かけい》年間（一七三六―一八二〇）の年号により、「乾嘉《けんか》の学」と称される。また、漢代の経典解釈学を重んじたので、「漢学《かんがく》」とも呼ばれる。

乾嘉の学は、豊かな経済力を背景に高度な文化を誇る江南の地で展開された。蘇州《そしゅう》（江蘇）を中心とする「呉派《ごは》」と、徽州《きしゅう》（安徽南部）を中心とする「皖派《かんぱ》」とに分けられるが、共に文字学・音韻学・訓詁学などの実証的研究を通じて、経書の本義を正確に理解し、聖人の道を解明することを主たる目的とする。そのためには文献学的に信頼できるテキストを作る必要があり、膨大な資料を駆使した精密な文献批評が行なわれた。

呉派の祖は恵棟《けいとう》（一六九七―一七五八）である。著名な学者であった祖父の周惕《しゅうてき》、父の士奇《しき》の薫陶を受け、漢代の解釈学の復興につとめた。三十年の日月を費やした畢生の著『周易述《しゅうえきじゅつ》』は、漢代に『易経』がどのように解釈されたかを追究したもの。また、王士禛（→174頁）の詩に注を施した『漁洋山人精華録訓纂』は、考証学の方法が文学に援用された好例である。

恵棟の門下からは、王鳴盛《おうめいせい》（一七二二―一七九七）・王昶《おうちょう》（一七二四―一八〇六）・銭大昕《せんたいきん》（一七二八―一八〇四）らが出た。特に王鳴盛・銭大昕は史学に造詣が深く、前者には『十七史商榷《じゅうしちしししょうかく》』、後者には『二十二史攷異《にじゅうにしこうい》』がある。共に正史を校訂して史実を考証した書。また、銭大昕の『十駕斎養新録《じゅうがさいようしんろく》』は、顧炎武の『日知録』に倣ったもので、その実証主義を受け継いでいる。

皖派は、戴震《たいしん》（一七二三―一七七七）とその弟子段玉裁《だんぎょくさい》（一七三五―一八一五）、王念孫《おうねんそん》（一七四四―一八三二）・王引之《おういんし》（一七七六―一八三四）（父子が代表であり、「戴段《たいだん》二王《におう》の学」と称される。戴震は『孟子字義疏証《もうしじぎそしょう》』を著わして、朱子学（→134頁）に対抗する独自の気一元論を展開し、また小学（文字・音韻・訓詁の学）にも精しかった。段玉裁『説文解字注《せつもんかいじちゅう》』、王念孫『広雅疏証《こうがそしょう》』、王引之『経伝釈詞《けいでんしゃくし》』といったように、皖派は特に小学にすぐれた業績を残している。

王士禛の神韻説

王士禛《おうししん》（一六三四―一七一一）は康熙《こうき》年間の詩壇の盟主。晩唐の司空図（↓61頁）、南宋の厳羽（↓139頁）の詩論を源とする「神韻説《しんいんせつ》」を唱え、盛唐の叙景詩を特に重んじた。言外の余韻に富む詩風は、清詩の新境地を切り拓いた。朱彝尊《しゅいそん》（↓176頁）と共に「南朱北王《なんしゅほくおう》」と併称される。

明末清初の動乱期を経て、康熙年間（一六六二―一七二二）になると、清朝の支配体制はほぼ固まりつつあった。明の遺臣・遺民の影響力はしだいに衰え、多くの文人たちが清朝の体制内に取り込まれていった。例えば、『明史』編纂を目的として実施された康熙一八年（一六七九）の博学鴻詞科（特別試験）には、清代文学史に名を留める錚々たる顔ぶれ（施閏章・朱彝尊・陳維崧など）が推挙されている。動乱から安定に至る過渡期とも言うべきこの時代、王士禛は多感な青少年期を過ごした。

王士禛、字は貽上《いじょう》、阮亭《げんてい》・漁洋山人《ぎょようさんじん》と号した。新城《しんじょう》（山東桓台県）の人。順治一五年（一六五八）、進士に及第し、翌年には揚州（江蘇揚州市）赴任を命じられた。揚州在任中、彼は江南各地を歴遊し、数多くの詩を作った。代表作も、この青年の時期に集中している。康熙三年（一六六四）、中央官となり、以後は数々の要職を歴任した。没後、雍正帝の諱（胤禛《いんしん》）を避けて名を士正《しせい》と改められ、ついで乾隆帝から士禎の名を与えられたので、王士正・王士禎とも呼ばれる。

王士禛は、明末清初の銭謙益（↓168頁）・呉偉業（↓170頁）の亡き後、康熙年間には詩壇の盟主として君臨し、その後も大きな影響力をもった。清初の詩人、施閏章《しじゅんしょう》（一六一八―一六八三）・宋琬《そうえん》（一六一四―一六七三）も、王士禛によって「南施北宋」と併称されて（『池北偶談』巻一一）、文学史上に定着した。このように、彼の評価を得て詩名が高まった詩人は、他にも少なくない。

神韻説とは、暗示・象徴的表現と韻律の調和によって、言外にあふれ出る余韻を重視する詩論で、その捉えがたい詩の興趣を、神韻と呼んだようである。これは、晩唐の司空図『二十四詩品』（↓61頁）や南宋の厳羽『滄浪詩話』（↓139頁）に見られる詩論に基づくものとされる。神韻説の主張を具体的な作品によって示すため、彼は『唐賢三昧集《とうけんざんまいしゅう》』という唐詩の選集を編纂した。本書には、王維（↓76頁）・孟浩然（↓76頁）など枯淡で余韻に富む盛唐の叙景詩が多く選ばれ、李白（↓78頁）・杜甫（↓82頁）の詩は一首も収めない。全四三五首の中、一一一首が王維の詩で占められていることは特に注目に値し、彼自身の作品からも王維への傾倒ぶりが窺われる。次に引く揚州時代の五言絶句「恵山《けいざん》（江蘇無錫市の西にある山）の下にて鄒流綺《すうりゅうき》（明の遺民鄒漪《すうい》）過訪《かほう》す」が、王維の「鹿柴《ろくさい》」と「竹里館《ちくりんかん》」をふまえるのは、その一例である。

雨後明月来　照見下山路　雨後《うご》　明月来《き》たり、照らし見る　下山《げざん》の路。
人語隔谿煙　借問停舟処　人語《じんご》　谿煙《けいえん》を隔て、借問《しゃもん》す　停舟《ていしゅう》の処。

王士禛の代表作としては、二四歳の時に作られた連作の七言律詩「秋柳《しゅうりゅう》四首」（↓コラム）が最も人口に膾炙《かいしゃ》するが、ここでは神韻を得た作品として彼が自負した七言律詩「暁雨《ぎょうう》　復《ま》た燕子磯《えんしき》の絶頂に登る」を紹介しよう。燕子磯は、南京（江蘇南京市）の北郊にあった岩山。

岷濤万里望中収　振策危磯最上頭　岷濤《びんとう》（揚子江）万里　望中《ぼうちゅう》に収まる、策《さく》を振《ふる》う（杖をつく）危磯《きき》（高い燕子磯）の最上頭《さいじょうとう》。
呉楚青蒼分極浦　江山平遠入新秋　呉楚《ごそ》は青蒼《せいそう》として　極浦《きょくほ》（遠い水辺）分《わ》かれ（くっきり見える）、江山《こうざん》は平遠《へいえん》にして　新秋《しんしゅう》に入《い》る。
永嘉南渡人皆尽　建業西風水自流　永嘉《えいか》　南渡《なんと》（永嘉の乱で西晋が滅び、建業に遷都したこと）人は皆《み》な尽《つ》き、建業《けんぎょう》（南京の古称）西風《せいふう》（秋風）水自《おのず》から流る。
灑酒重悲天塹険　浴鳧飛鷺満汀洲　酒を灑《そそ》いで重《かさ》ねて悲しむ　天塹《てんざん》（天然の塹壕。揚子江のこと）の険《けん》、浴鳧《よくふ》（カモ）飛鷺《ひろ》（サギ）汀《てい》洲《しゅう》（中洲）に満《み》つ。

王士禛は、特に頷聯を「神韻天然」に近い詩境と自負していた（『漁洋詩話』巻四）。「平遠」とは山水画の用語で、手前の山から湖水をはさんで遠くを望んださま。頸聯では、南明の福王政権（↓168頁）が清の侵攻にあえなく潰えたことを暗示するが、その亡国の悲哀は山水画のような風景の中に溶け込んで、審美的に対象化されているところが特徴である。

「秋柳四首」　順治一四年（一六五七）秋、歴下《れきか》（山東済南市）にて、「秋来《しゅうらい》　何《いず》れの処《ところ》か最も銷魂《しょうこん》（魂が消えいる）、残照《ざんしょう》（夕陽）　西風（秋風）　白下《はくか》（南京）の門」（其の一）に始まる七律連作が作られると、全国に伝わって数百人に唱和されたという。秋の柳を題材とした詠物詩であるが、典故を縦横に駆使しつつ、明朝滅亡の悲哀を背後に響かせた作品。

浙派の詩

浙江出身の詩人たちを中心とし、宋詩を尊び、博学を重んじる清詩の流派。朱彝尊《しゅいそん》（一六二九〜一七〇九）がその祖とされるが、宋詩尊重の気風を形成したのは、黄宗羲《こうそうぎ》（→172頁）とその弟子査慎行（一六五〇〜一七二七）による。乾隆年間（一七三六〜一七九五）、厲鶚《れいがく》（一六九二〜一七五二）が浙派の領袖となった。

杭州《こうしゅう》（浙江杭州市）を中心とする浙江は、蘇州《そしゅう》（江蘇蘇州市）を中心とする呉とは隣接しているが、互いに対抗意識が強かった。経学・史学・詩学それぞれの分野において、両者は著しい対照をなしている。浙派が強い個性を好むのに対し、呉派は穏健で保守的な傾向がある。浙派の詩が出た背景にも、こうした気風の違いが深く関わっている。

朱彝尊、字は錫鬯《せきちょう》、竹垞《ちくだ》と号した。秀水《しゅうすい》（浙江嘉興市）の人。経学・史学に精通し、詩詞・古文にもすぐれた博学の文人で、康熙一八年の博学鴻詞科（→174頁）に挙げられ、『明史』編纂に参与した。経学の著述に『経義考《けいぎこう》』、詩詞の選集に『明詩綜《みんしそう》』『詞綜《しそう》』がある。詩人としては、王士禛（→174頁）と共に「南朱北王《なんしゅほくおう》」と併称される。王士禛が言外の神韻を尊んで短詩型を得意としたのに対し、朱彝尊は博学を駆使した長篇の古体詩に最もすぐれる。博大な学問を重んじる浙派の詩の特色は、朱彝尊によって形成された。

査慎行《さしんこう》、字は悔余《かいよ》、初白《しょはく》と号した。海寧《かいねい》（浙江海寧市）の人。若い頃、黄宗羲に教えを受けた（→コラム）。康熙四二年（一七〇三）、進士に及第し、康熙帝の側近として仕えたが、雍正《ようせい》四年（一七二六）、文字の獄（筆禍事件）に連座し、翌年郷里で没した。査慎行は、はじめ盛唐の詩を学んだが、のちに蘇軾（→126頁）・陸游（→130頁）などの宋詩を学び、とりわけ蘇軾の詩を重んじた。蘇詩に注を施した『東坡先生編年詩』五〇巻は、その畢生の作。詩は学問を根底としつつも、典故や修辞を抑制した描写に特徴があり、「白描《はくびょう》」と呼ばれる。ここでは、朱彝尊「鴛鴦湖櫂歌一百首《えんおうことうかいっぴゃくしゅ》」中の代表作とされる其の八と、査慎行「暁《あかつき》に鴛湖《えんこ》を過《よ》ぎる」を対比しよう。両者とも、鴛鴦湖（浙江嘉興市の南）を舞台とした七言絶句。

檣燕檣烏繞楫師　樹頭樹底挽船絲
檣燕《しょうえん》 檣烏《しょうう》（檣は帆柱）楫師《しゅうし》（船頭）を繞《めぐ》る、樹頭樹底《じゅとうじゅてい》 船絲《せんし》（ともづな）を挽《ひ》く。
村辺処処囲桑葉　水上家家養鴨児
村辺処処《そんぺんしょしょ》（至る所）桑葉《そうよう》に囲《かこ》まれ、水上家家《すいじょうかか》 鴨児《おうじ》（カモ）を養《やしな》う。

詩題の「櫂歌」は舟歌。民歌風の平易な作品であるが、同語反復や対句などの技巧を凝らし、文人による民歌という印象を免れない。査慎行の作は以下の通り。

暁風催我挂帆行　緑漲春蕪岸欲平　暁風《ぎょうふう》　我の帆《ほ》を挂《か》けて行くを催《うなが》す、緑は春蕪《しゅんぶ》（春草）に漲《みなぎ》り　岸は平《たい》らかならんと欲《ほっ》す。

長水塘南三日雨　菜花香過秀州城　長水塘《ちょうすいとう》（鴛鴦湖に注ぐ川）南　三日の雨、菜花《さいか》　香りは過《よ》ぎる　秀州城《しゅうすいじょう》（浙江嘉興市）。

雨上がりの春の明け方、舟の上から感じとった春の風情を、彫琢を凝らさずに、みずみずしい表現で描き出している。「白描」の手法が活かされた好例と言えよう。

厲鶚、字は太鴻《たいこう》、樊榭《はんしゃ》と号した。銭塘《せんとう》（浙江杭州市）の人。乾隆元年（一七三六）の博学鴻詞科に挙げられたが、試験に落第した。以後、各地の蔵書家の屋敷に寄寓して著述に専念し、史学では『遼史拾遺《りょうししゅうい》』、文学では『絶妙好詞箋《ぜつみょうこうしせん》』（査為仁《じん》との共著）『宋詩紀事《そうしきじ》』などを著わした。浙派の領袖とされる厲鶚は、特に宋の歴史や詩詞に造詣が深かった。その詩は、宋詩を偏愛し、字句の鍛錬を重んじ、時にあまり知られていない典故を用いる癖がある。孤高で冷たい心象を投影した叙景詩が多い。ここでは、七言絶句「帰舟江行《きしゅうこうこう》　燕子磯を望む作」を紹介しよう。

石勢渾如掠水飛　魚罾絶壁挂清暉　石勢《せきせい》は渾《す》べて水を掠《かす》めて飛ぶが如し、魚罾《ぎょそう》（魚をとる網）絶壁《ぜっぺき》　清暉《せいき》（輝く日の光）に挂かる。

俯江亭上何人坐　看我扁舟望翠微　俯江亭《ふこうてい》（燕子磯の上のあずまや）上《じょう》　何人《なんぴと》か坐《ざ》す、我《われ》の扁舟《へんしゅう》（小舟）にて翠微《すいび》（みどりの山）を望《のぞ》むを看《み》る。

転・結句の主体と客体の視線が交錯する屈折した表現が特徴的である。同じく燕子磯を詠んだ王士禛の七言律詩（↓175頁）と比べると、神韻の詩と浙派の詩の作風の違いがおのずから見て取れよう。

『宋詩鈔』　康熙一〇年（一六七一）に完成した宋詩の選集。呉之振《ごししん》・呂留良《りょりゅうりょう》・呉自牧《ごじぼく》の共編であるが、宋詩を好んだ黄宗羲もこれに協力したという。浙派における宋詩尊重は、査慎行の師であった黄宗羲に既に見られる。本書は、清代における宋詩の普及に大きな役割を果たした。

沈徳潜の格調説

沈徳潜《しんとくせん》（一六七三～一七六九）は、乾隆年間（一七三六～一七九五）前半、蘇州を中心とする呉の詩壇の領袖。「温柔《おんじゅう》敦厚《とんこう》（おだやかで人情にあつい）」という儒家の伝統的な詩教に基づき、「格調説《かくちょうせつ》」と呼ばれる詩論を唱えた。盛唐の詩を重んじ、宋・元の詩を斥け、宋詩を尊ぶ浙派（→176頁）を批判した。

清代中期、乾隆年間は、清朝の最盛期であった。清朝は、編纂事業と文字の獄（筆禍事件）というアメとムチの政策によって、士大夫を統制下に収めていったが、この時期に編纂された一大叢書『四庫全書《しこぜんしょ》』も、その目的の一つは禁書の摘発にあったとされる。学術の分野では、古典の考証を通じて真理を究めようとする考証学（→172頁）が発展したが、詩歌においても、歴代作品の研究によって詩作を理論化する詩論が盛んに行なわれた。

沈徳潜、字は確士《かくし》、帰愚《きぐ》と号した。長洲《ちょうしゅう》（江蘇蘇州市）の人。乾隆四年（一七三九）、六七歳の高齢でようやく進士に及第。温厚で実直な人柄とその詩風が乾隆帝に愛され、帝の作詩の師をつとめ、礼部侍郎《れいぶじろう》（文部次官）にまで昇りつめた。七七歳のとき辞職して帰郷し、九七歳で没するまで、呉の詩壇の長老として大きな影響力をもった。

沈徳潜の詩論は、まず儒家の伝統的な詩教に立脚している。彼は「温柔敦厚《おんじゅうとんこう》」を詩の本質と考えたが、これは儒家の経典の一つである『礼記《らいき》』経解《けいかい》に、「温柔敦厚は詩の教えなり」とあるのに基づく。つまり、詩歌は包容力のある表現によって、人倫を「温柔敦厚」な状態に感化するものだという理念である。

格調説とは、この伝統的な詩教の理念に基づき、詩の気骨ある風格と典雅な音調を尊ぶ詩論である。格調に富む詩を作るためには、学問と才能を兼ね備え、字句・構成・音韻などの詩法に配慮すべきであると主張している。古体詩では漢・魏の詩、近体詩では盛唐の詩（特に李白・杜甫）を、その模範として重んじた。宋詩を尊ぶ浙派を批判し、雄渾な盛唐の詩を祖述する明の前後七子（→156頁）に対しては、その功績を再評価している。

沈徳潜は、格調説を実作によって示すため、宋・元の詩を除く歴代の詩を選評し、『古詩源《こしげん》』『唐詩別裁集《べつさいしゅう》』『明詩別裁集』『国朝（清）詩別裁集』を編纂した。詩論『説詩晬語《せつしさいご》』は、『古詩源』『唐詩別裁集』編纂の副産物である。これらの選集によって、詩歌の歴史の源流をたどると同時に、それぞれの時代における詩風の変遷や盛衰をも描出した。

このような文学史的な観点は、沈徳潜の師であった明末清初の詩論家、葉燮《しょうしょう》（一六二七―一七〇三）の影響によるものと言われる。葉燮の『原詩《げんし》』は、文学史的な観点から詩歌の原理を探究したもので、体系性を備えた詩論として知られる。ただし葉燮が詩歌の変遷を発展的にとらえるのに対し、沈徳潜は格調を規範とした復古的な詩観である点、大きく異なっている。

その詩論の実践例として、不遇の友の住まいを訪れて作った七言律詩「江村《こうそん》」を挙げよう。

苦霧寒烟一望昏　秋風秋雨満江村　苦霧《くむ》（濃い霧）寒烟《かんえん》（冷たいもや）一望《いちぼう》（見渡す限り）昏《くら》し、秋風秋雨《しゅうふうしゅうう》　江村《こうそん》に満つ。

波浮衰草遥知岸　船過疎林竟入門　波は衰草《すいそう》（枯草）を浮かべて　遥《はる》かに岸を知り、船は疎林《そりん》（まばらな樹林）を過《よ》ぎりて　竟《つい》に門に入《い》る。

倹歳四隣無好語　愁人独夜有驚魂　倹歳《けんさい》（不作の年）四隣《しりん》　好語《こうご》無く、愁人《しゅうじん》（愁いに沈む友）独夜　驚魂《きょうこん》（不安な思い）有り。

子桑臥病経旬久　裹飯誰令古道存　子桑《しそう》　病に臥《が》すること旬《じゅん》（十日間）を経て久しく、飯を裹《つつ》みて誰《たれ》か古道《こどう》をして存せしめん。

尾聯は、『荘子』大宗師の逸話をふまえる。子輿《しよ》と子桑は無二の親友であった。十日も降り続いた長雨のあと、子輿は貧しい子桑の体を心配し、食糧を送り届けたという。ここでは、自分を子輿、友人を子桑になぞらえ、篤い友情を尊ぶ「古道」が見られなくなった時世に憤っているが、その憤慨は抑制された婉曲的な表現で述べられている。

沈徳潜は晩年、蘇州の紫陽書院《しょうしょいん》で院長をつとめた。門下には、考証学者として名高い王鳴盛（→173頁）・王昶（→173頁）・銭大昕（→173頁）ら「呉中《ごちゅう》七子《しちし》」（他に呉泰来《ごたいらい》・趙文哲《ちょうぶんてつ》、曹仁虎《そうじんこ》・黄文蓮《こうぶんれん》）がいる。沈徳潜が彼らの詩を集めて編纂した『七子詩選』による呼称である。

沈徳潜と文字の獄　『国朝詩別裁集』は、その巻頭に弐臣の銭謙益（→168頁）を置いたため、乾隆帝の叱責を受け、ただちに改訂された。さらに、沈徳潜は没後九年、清朝を誹謗する詩人の伝記を書いたとして、有罪とされている。清代における文字の獄の苛烈さが見て取れよう。

鄭燮ら揚州八怪

鄭燮《ていしょう》（一六九三〜一七六五）は乾隆年間（一七三六〜一七九五）の文人。詩文・書画・篆刻にすぐれ、地方官を辞職した晩年は、揚州（江蘇揚州市）で創作活動に専念した。この時期、揚州には、鄭燮ら八人の個性的な文人画家たちが集まり、書画を売って生活していた。彼らを「揚州八怪《ようしゅうはっかい》」と呼ぶ。

揚州は、長江と大運河が交わる水運の要衝に位置し、物流の中心地として繁栄してきた。清代中期には、塩の専売で巨万の富を得た塩商たちが集まり、その豊かな経済力によって、文化の発展にも積極的に寄与した。揚州に小玲瓏《しょうれいろう》山館を築き、多くの文人・学者を庇護した馬曰琯《ばえつかん》・馬曰璐《ばえつろ》の兄弟がその代表である。こうした文化的気風を背景として、揚州八怪と呼ばれる文人画家たちが現われた。なかでも鄭燮は、最も特異な個性を放ち、数々の逸話が伝えられている。

鄭燮、字は克柔《こくじゅう》、板橋《はんきょう》と号した。興化《こうか》（江蘇興化市）の人。貧しい読書人の家に生まれたが、揚州で馬曰琯に才能を認められ、その援助を受けながら受験勉強に励んだ。乾隆元年（一七三六）、四四歳で進士に及第。山東の范《はん》県・濰《い》県の知事をつとめたが、濰県在任中、山東はたびたび天災や飢饉に見舞われた。彼は民衆のためにさまざまな救済策を講じたが、上官や土地の有力者と対立し、六一歳のとき辞職。その後は、揚州で書画を売り、自由闊達に生きた。

鄭燮は、詩書画に抜群の才能を誇り、「三絶」と称された。書は隷・楷・行・草などの諸体を融合させ、「六分半書」と称する独特な書体を創り出した。画は蘭・竹・石を主とし、特に蘭竹画は画面の詩文と渾然一体となり、詩書画の絶妙な調和を成し遂げている。自分の書画を売る際の価格表を作り、「潤格《じゅんかく》」として世に公表したのも有名（「板橋潤格」）。

その詩は、思いや感情を真率に吐露した作が多い。杜甫（→82頁）を絶賛し、特に社会の矛盾や民衆の苦しみを直視した作品に傾倒して、みずからも山東を襲った大飢饉の惨状を歌う五言古体詩「逃荒行《とうこうこう》」「還家行《かんかこう》」「思帰行《しきこう》」などを作った。ここでは、彼が最も好んだ竹に寄せて作った三首の七言絶句を挙げ、その人と作品の魅力を探ってみよう。

咬定青山不放鬆　立根原在破岩中
千磨万撃還堅勁　任爾東西南北風

青山を咬定《こうてい》して（かみしめて）放鬆《ほうしょう》せず（緩めない）、根を立つるは原《もと》より破岩《はがん》の中に在り。
千磨万撃《せんまばんげき》するも還《かえ》って堅勁《けんけい》、任《さもあらばあれ》爾　東西南北の風。

右の「竹石」は、竹を擬人化し、苛酷な環境にも屈することなく、気概をもって生きる自分に喩えている。「かと。

衙斎臥聴蕭蕭竹　疑是民間疾苦声　衙斎《がさい》（役所の書斎）臥《が》して聴く　蕭　蕭《しょうしょう》の竹（風にそよぐ竹）、疑《うたが》うらくは是《こ》れ民間の疾苦《しっく》の声

些小吾曹州県吏　一枝一葉総関情　些小《さしょう》なる吾曹《ごそう》（われら）　州県の吏、一枝一葉　統《す》べて情に関《かん》す。

右の「濰県の署中　竹を画《えが》き、年伯《ねんぱく》の包大中丞括に呈す」は、濰県在任中の作。彼は揚州八怪の中で唯一の進士及第者であったが、その士大夫としての気概と経世の志が率直に述べられている。

烏紗擲去不為官　嚢槖蕭蕭両袖寒　烏紗《うさ》（役人がかぶる黒い紗の帽子）擲去《てききょ》して官と為《な》らず、嚢槖《のうたく》（財布）蕭　蕭《しょうしょう》として（空っぽ）両《りょう》「袖《しゅう》寒し。

写取一枝清痩竹　秋風江上作漁竿　一枝《いっし》の清痩《せいそう》の竹を写し取り、秋風江上　漁竿《ぎょかん》（釣竿）と作《な》さん。

右の「予　里に帰るを告げ、竹を画きて濰県の紳士民に別る」は、濰県の知事を辞職する時の作。「竹石」に示された独立独歩の気概は、官を棄てて隠者となる決断をしたこの時にあたっても、見事に貫かれている。鄭燮は詩のほか、詞や散文にもすぐれた。従弟の鄭墨へ宛てた「家書《かしょ》」は、書簡の文体に新風を吹きこんだ名作。

揚州八怪に誰を数えるかについては、異説が多い。ここでは、日本でも有名な金農《きんのう》（一六八七―一七六三）を少し紹介するに止めよう。字は寿門《じゅもん》、冬心《とうしん》と号した。仁和《じんわ》（浙江杭州市）の人。浙派の厲鶚（↓177頁）と最も親しく、その詩も浙派の詩風に近い。書は「漆書《しっしょ》」と呼ばれるゴシック調の特異な書風で知られ、画は五十歳を過ぎてから初めて描いたという。篆刻にもすぐれた。なお、福永武彦（一九一八―一九七九）に「金冬心の横顔」と題する文章がある。

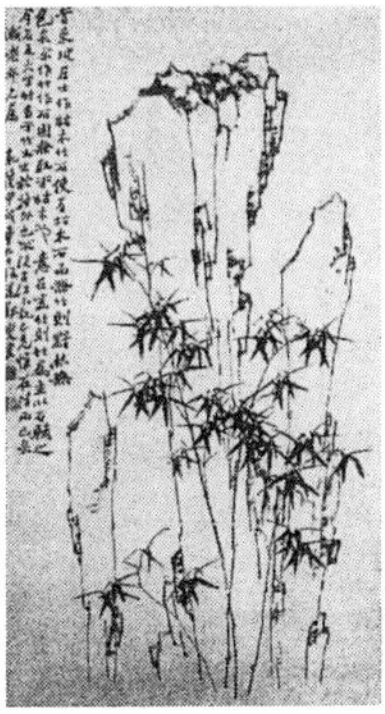

鄭燮「竹石図」

鄭燮と徐渭　鄭燮は明代の文人徐渭《じょい》（一五二一―一五九三）に憧れ、「徐青藤《じょせいとう》（青藤は徐渭の号）門下の走狗《そうく》（使い走り）鄭燮」と刻した印を作った（清・袁枚『随園詩話』巻六）。徐渭は天才肌の文人で、詩書画のほか戯曲も手がけたが、発狂して妻を殺すという狂気の人でもあった。

桐城派

清代散文の主流となった流派。その代表とされる方苞《ほうほう》（一六六八〜一七四九）・劉大櫆《りゅうたいかい》（一六九八〜一七七九）・姚鼐《ようだい》（一七三二〜一八一五）の三人が、みな桐城《とうじょう》（安徽桐城市）出身であることによる名称。方苞が首唱し、劉大櫆が継ぎ、姚鼐が集大成した。その影響は清末の曾国藩《そうこくはん》を経て、民国期にまで及んだ。

方苞、字は霊皋《れいこう》、望渓《ぼうけい》と号した。康熙四五年（一七〇六）の貢士（科挙の会試合格者）。同五十年（一七一一）、南山集事件（→コラム）に連座して投獄され、危うく死刑になるところであったが、才能を認められて恩赦された。以後は中央の高官として順調に出世し、八二歳で没した。方苞の散文理論の核心は、「義法」にある。「義」は表現内容のことで、儒教道徳の規範に合致した載道（→92頁）主義に基づく。「法」は表現形式であり、『春秋左氏伝』（→32頁）『史記』（→32頁）を筆頭に、唐宋八大家（→123頁）、明の帰有光（→158頁）の古文を模範とした。特に『春秋左氏伝』『史記』の義法を最も高く評価し、前者については『左伝義法挙要』を著わし、後者にも多くの評語を残した。

その散文は、簡潔で典雅な文体を特色とする。彼は古文を作る時のタブーとして、以下の五つの用語を入れてはならないと説いた。禅僧や儒者の語録中の俗語、魏晋南北朝の駢文（→49頁）における華麗な対句、漢代の賦（→36頁）の平板で重苦しい語、詩歌の中の目新しい語、正史の『南史』『北史』に見える軽薄で浮ついた語がそれである（清・沈廷芳《しんていほう》「方望渓先生伝の後に書す」）。実に謹厳な態度であるが、のちに袁枚（→184頁）が「一代の正宗《せいそう》、才力《さいりょく》薄し、望渓の文集　阮亭《げんてい》（王士禛）の詩」（「元遺山の論詩に倣《なら》う」其の一）と評したように、禁則で固めた窮屈な文体であることは否めない。

劉大櫆、字は才甫《さいほ》、海峯《かいほう》と号した。生涯官職には恵まれなかったが、方苞に文を評価されて師事し、桐城派の散文家として文名をあげた。散文理論としては、「神気音節《しんきおんせつ》」を唱えた（「論文偶記」）。「神」は作者の精神で、「気」はその作用。これが「音節」（文章のリズム）によって表現されるという。彼は師の方苞が取らなかった『荘子』（→31頁）や『楚辞』（→28頁）を愛読し、その散文には美文的な要素も認められる。この門下から出たのが、次の姚鼐である。

姚鼐、字は姫伝《きでん》。書斎の名によって惜抱《せきほう》先生と呼ばれた。乾隆二八年（一七六三）の進士。『四庫全書』（→178頁）の纂修官に任じられたエリートで、文壇において桐城派が主流を占めたのも、その力によるところが大きい。考証学（↓172頁）が隆盛した乾隆・嘉慶年間（一七三六〜一八二〇）に生きた彼は、考証学の成果をも取り込み、桐城派の文論を集大成した。『古文《こぶん》辞類纂《じるいさん》』は、その主張を具体的な作品によって示した選集で、秦漢から方苞・劉大櫆に至る古文が厳選・分類されている。他に『惜抱軒文集』『惜抱軒詩集』などがある。

桐城派の学問は、「義理」（朱子学）・「考証」（考証学）・「文章」（文学）の三者が互いに補助しあうことを理想とした（「述庵文鈔序」）。散文については、劉大櫆の神気音節の説を敷衍し、文章の構成要素を「神・理・気・味」と「格・律・声・色」の八つに分類。前者は内容、後者は形式に関わるが、この両者が有機的に調和してこそ、よい文章が生まれると説いた（「古文辞類纂序目」）。また、「陽剛」「陰柔」という二分法により、文章の風格を論じた。（「魯絜非に復《こた》うる書」）

桐城派の散文に対しては、駢文の一派から批判もあった。清代には駢文が復興し、中期以降、詞《ツー》（↓23頁）と共に最盛期を迎えた。方苞を詩で批判した袁枚も、「駢文八大家」（他に孫星衍《そんせいえん》・洪亮吉《こうりょうきつ》など）の一人である。考証学者の阮元《げんげん》（一七六四〜一八四九）も散文を強くしりぞけ、駢文こそ正統の文章であると主張したが、大勢として両者はしだいに折衷された。桐城派の分派とされる「陽湖派《ようこは》」の惲敬《うんけい》（一七五七〜一八一七）・張恵言《ちょうけいげん》（一七六一〜一八〇二）も、やはり散文の中に駢文の要素を取り入れている。

曾国藩（一八一一〜一八七二）は、桐城派中興の領袖とされる。字は伯涵《はくかん》、滌生《できせい》と号した。湖南湘郷《しょうきょう》の出身であることから、彼を中心とする桐城派を「湘郷派」と呼ぶ。湘軍を率いて太平天国の乱（一八五一〜一八六四）を平定。没後、文正《ぶんせい》と諡《おくりな》された。当代きっての学者・文人でもあり、姚鼐が唱えた義理・考証・文章に「経済《けいせい》」（経世済民《けいせいさいみん》）を加えて首位に据え、経書の文章も盛り込んだ『経史百家雑鈔《けいしひやっかざっしょう》』を編纂した。

桐城派の影響は、清末・民国期の翻訳文にも及んだ。例えば、ハックスリーの『進化と倫理』を翻訳した厳復《げんぷく》（一八五三〜一九二一）の『天演論《てんえんろん》』は、桐城派の典雅な文体で綴られている。

南山集事件　戴名世《たいめいせい》（一六五三〜一七一三）の『南山集』をめぐる文字の獄（筆禍事件）。方苞もこれに序文を書いていたので連座した。

袁枚の性霊説

袁枚《えんばい》（一七一六〜一七九七）は、乾隆年間（一七三六〜一七九五）の代表的な文人。南宋の楊万里（↓133頁）や明の公安派（↓162頁）の詩論を発展させ、「性霊説」を提唱。特に沈徳潜の格調説（↓178頁）を批判した。詩人としては、蔣士銓《しょうしせん》（一七二五〜一七八五）・趙翼《ちょうよく》（一七二七〜一八一四）と共に「乾隆三大家」と称される。

袁枚は、乾隆の盛世を謳歌した文人である。字は子才《しさい》、簡斎《かんさい》と号した。銭塘《せんとう》（浙江杭州市）の人。早熟の才子で、乾隆四年（一七三九）、二四歳の若さで進士に及第した。地方官を転々としたが、三七歳のとき、陝西に赴任したのを最後に官界から引退。江寧《こうねい》（江蘇南京市）の小倉山《しょうそうざん》に築いた随園《ずいえん》に隠居した。以後、八二歳で没するまでの後半生は、随園に多くの門人を集め、詩会を催したり、各地を遊歴したり、自由気ままに過ごした。随園先生とも呼ばれる。

「余　詩を好むは色を好むが如し」（『随園詩話補遺』巻三）と自ら言うように、袁枚の創作活動は、その旺盛な生命力に支えられていた。詩作と色事だけでなく、彼は六〇歳を過ぎても、山河を跋渉《ばっしょう》する健脚ぶりを誇った。食への関心も旺盛で、食と料理について薀蓄を傾けた『随園食単《ずいえんしょくたん》』は名高い。また、好奇心のかたまりであった彼は、『子不語《しふご》』（『論語』述而「子は怪力乱神《かいりきらんしん》を語らず」を逆手にとった書名）という怪異譚《たん》まで著している。

性霊説とは、詩作における性情の自然な発露、対象を鋭敏に感じ取る霊感、詩人独自の個性を重んじる詩論である。その具体的な論点は、『随園詩話』及び書簡・論詩の作などから窺える。まず、王士禛の神韻説（↓174頁）に対しては、詩歌における神韻の重要性は認めるものの、言外の余韻を重視するあまり、表現が作為的で真実味が損なわれている点を批判する。また沈徳潜の格調説に対する批判は、「沈大宗伯（沈徳潜）に答えて詩を論ずる書」「再び沈大宗伯に与《あた》うる書」に見える。ちなみに、沈徳潜と袁枚とは、奇《く》しくも同年の進士であった。袁枚はまず、沈徳潜が基づく「温柔敦厚」の詩教の道学臭を否定し、『国朝詩別裁集』に恋愛詩を収めなかったことを非難する。男女の情愛は、人間の性情の中で最も本質的なものと考えたからである。また、沈徳潜が唐詩を重んじ宋詩を斥けたことも批判している。詩の巧拙は時代によるのではなく、詩そのものの価値によって決まり、特定の時代を規範とすべきではないという主張である。

袁枚の晩年には、学問によって詩を作る翁方綱の肌理《きり》説（→186頁）が既に出ているが、彼は詩作に生のまま学問を持ちこむ当時の風潮にも反対している。学問によって性情や霊感が妨げられてはならないと考えたからである。

袁枚の詩は、自由闊達である。まず、性霊説の主張を詩で表した七言絶句「遣興《けんきょう》二十四首」其の七を挙げよう。乾隆五六年（一七九一）、七六歳の作で、自身の詩論を総括した連作である。

　但肯尋詩便有詩　霊犀一点是吾師
　夕陽芳草尋常物　解用多為絶妙詞

　但《た》だ肯《あえ》て詩を尋《たず》ぬれば　便《すなわ》ち詩有り、霊犀《れいさい》の一点《いってん》（犀の角に通う一本の白い線）是れ吾が師。
　夕陽　芳草は　尋常《じんじょう》の物なるも、解《よ》く用うれば多く絶妙《ぜつみょう》の詞と為《な》る。

「霊犀一点」は、李商隠（→114頁）の「無題詩」に基づく語であるが、ここでは詩作における霊感の重要性をいう。次の五言絶句「所見」は、詩人の霊感が対象を瞬間的に活写した好例。

　牧童騎黄牛　歌声振林樾
　意欲捕鳴蟬　忽然閉口立

　牧童《ぼくどう》　黄牛《こうぎゅう》に騎《の》り、歌声《かせい》　林樾《りんえつ》（森の木蔭）を振《ふる》わす。
　意《い》に鳴蝉《めいせん》を捕《とら》えんと欲《ほっ》し、忽然《こつぜん》として　口を閉じて立つ。

袁枚の詩と詩論は、都市の市民の幅広い支持を得た。わが国の江戸時代後期の詩人たちにも大きな影響を与えた（→コラム）。門下に三十余人の女弟子を集め、『随園女弟子詩選』を編集したことはよく知られている。

乾隆三大家として袁枚と併称される蔣士銓と趙翼は、性霊説に賛同し、親交も深かった。蔣士銓は、戯曲作家としても有名。趙翼は、史学・考証学に精しく、『廿二史劄記《さつき》』や『陔余《がいよ》叢考』などの著作がある。また『甌北《おうほく》詩話』は、李白（→78頁）・杜甫（→82頁）以下、十名の詩人を縦横無尽に論評した詩論で、清の詩人では呉偉業（→170頁）・査慎行（→176頁）の二名のみを選ぶという独特さを持つ。その詩は、才気煥発で、人を驚かす大胆な議論もしばしば見られる。

袁枚と江戸後期の詩人　菊池五山《きくちごさん》（一七六九－一八四九）は『随園詩話』を手本として『五山堂詩話』を著わし、大窪詩仏《おおくぼしぶつ》（一七六七－一八三七）は『随園女弟子詩選』を再編して『随園女弟子詩選選』を刊行した。

翁方綱の肌理説

翁方綱《おうほうこう》（一七三三—一八一八）は、乾隆・嘉慶年間（一七三六—一八二〇）の学者・詩人。「肌理説《きりせつ》」と呼ばれる詩論を唱え、博大な学問が反映したきめ細やかな詩を重んじた。黄庭堅と江西詩派（↓128頁）に代表される主知的な宋詩を尊び、清代後期の宋詩派・同光体（↓194頁）にも大きな影響を与えた。

乾隆・嘉慶年間は、清朝考証学（↓172頁）が最盛期を迎えた時代である。考証学は詩作・詩論にも大きな影響を及ぼし、博大な学識を傾注した「学人の詩」が重んじられる気風が高まった。「考訂詁訓《こうていこくん》（考証学）の事と詞章《ししょう》（詩文）の事とは、未だ判《わ》けて二途と為《な》す可《べ》からず」（「蛾術《がじゅつ》集序《しゅうじょ》」）と主張する翁方綱の詩と詩論は、その極端な例と言える。

翁方綱、字は正三《せいさん》、覃渓《たんけい》と号した。順天大興（北京市）の人。乾隆一七年（一七五二）、二〇歳で進士に及第。順調に昇進を重ね、数々の要職を歴任した。博学な考証学者として知られ、経学・史学・文学・金石学に精通し、書画にも造詣が深かった。書家としては劉墉《りゅうよう》（一七二〇—一八〇四）・梁同書《りょうどうしょ》（一七二三—一八一五）・王文治《おうぶんち》（一七三〇—一八〇二）と併称され、特に蠅頭《ようとう》の細楷《さいかい》（極小の楷書）にすぐれた。書斎の復初斎《ふくしょさい》の名にちなみ、詩文集を『復初斎詩集』『復初斎文集』という。詩論には『石洲詩話《せきしゅうしわ》』がある。

肌理説とは、詩歌における表現のきめ細やかさを重んじる詩論である。肌理は、元来ものの表面に浮かぶきめをいうが、ここでは詩歌の表現に関する喩えとして用いられている。その重点は理にあり、理は「義理」（表現内容）と「文理」（表現形式）の二つから成り（「志言集序」）、博大かつ緻密な学問によってこれらを涵養できるという。この主張は、黄庭堅と江西詩派の主知的な詩論と結びつき、清代後期の宋詩派・同光体へと受け継がれた。

翁方綱の詩論は、神韻説（↓174頁）・格調説（↓178頁）・性霊説（↓184頁）の反省の上に成り立っている。特に神韻・格調の両説に対しては、「神韻論」「格調論」各三篇を著わしている。彼は若い頃、王士禛（↓174頁）の門人であった黄叔琳《こうしゅくりん》（一六七二—一七五六）に詩を学び、「肌理も亦《ま》た即《すなわ》ち神韻なり」（「神韻論」上）と述べるように、神韻説には深く共鳴した。ただし、神韻説が陥りがちな空虚さを補うためには、やはり学問の力が必要であると力説している。

その詩は、金石・書画に関する考証を施した長篇の古体詩が多いが、ここでは乾隆五一年（一七八六）の作とされる七言絶句「趙北口二首《ちょうほくこう》」を引き、王士禛の詩風と対照してみよう。趙北口は河北任丘市の北にあった景勝。

瀛鄚之間半烟水　村閭如画接漁船
記従鴻淙渓頭望　詩思濛濛三十年
蟹簖湾湾罫布碁　霜空老柳照横漪

瀛《えい》（河北河間市）鄚《ばく》（趙北口の南）の間　半《なか》ばは烟水《えんすい》、村閭《そんりょ》（村里）は画の如く漁船に接す。
記《き》す鴻淙《こうこう》（淙水）の渓頭《けいとう》（川のほとり）より望みしを、詩思《しし》は濛濛《もうもう》たり（ぼんやり）三十年。（其の一）
蟹簖《けいだん》（魚を捕る竹の柵）湾湾《わんわん》（どの入り江にも）　罫《けい》碁《き》に布《し》かれ（碁盤の目のように密集し）、
霜空《そうくう》（秋空）老柳《ろうりゅう》　横漪《おうい》（さざ波）に照らさる。

枯萍折葦蕭寥意　転勝濃雲蘸翠時

枯萍《こひょう》（浮き草）折葦《せつい》（アシ）蕭寥《しょうりょう》（ものさびしい）の意、転《うた》た勝《まさ》る　濃雲《のううん》　翠《みどり》に蘸《そま》りし時に。「（其の二）

其の一は以前にこの地を訪れた際の春景色を回想し、其の二で現在の秋景色と対比している。見慣れない字も目立つが、具体的な地名も盛り込みつつ、実景を細やかに描き出そうとしている。次に比較のために王士禛「趙北口にて秋柳を見　感じて成す二首」を引く。康熙五年（一六六六）の作。

十二年前乍到時　板橋一曲柳千絲
而今満目金城感　不見柔條踠地垂

十二年前　乍《たちま》ち（ふと）到りし時、板橋《はんきょう》の一曲《いっきょく》（かたすみ）　柳は千絲《せんし》。
而今《じこん》　満目《まんもく》（見渡す限り）金城《きんじょう》の感（今昔の感）、見ず　柔條《じゅうじょう》（しなやかな枝）の地に踠《かが》みて垂るるを。（其の一）

六載隋堤送客駸　樹猶如此我何堪
銷魂橋上重相見　一樹依依似漢南

六載《りくさい》（六年）隋堤《ずいてい》（隋の煬帝が築いた堤）客駸《きゃくしん》（そえ馬）を送り、樹《き》すら猶《な》お此《か》くの如し我　何ぞ堪《た》えんや。
銷魂橋《しょうこんきょう》　上《じょう》（長安の灞陵にかかる橋。離別の地）重《かさ》ねて相《あ》い見れば、一樹依依《いちじゅいい》として（なよなよ）漢南《かんなん》（漢水の南）に似たり。（其の二）

趙北口での回想が現在と対比される点、翁方綱の作と同様であるが、王士禛の詩には柳をめぐる典故が散りばめられ、実景は典故の縹渺《ひょうびょう》たるベールに隔てられる。その典故の一つが、東晋の桓温《かんおん》が北征の途上、金城という地を通り過ぎた時、以前に植えた柳が大きく成長しているのを見て、「木すら猶お此くの如し、人　何を以て堪えんや」と言って涙を流した故事（『世説新語』言語）。

黄景仁

不遇の中に没した夭折の詩人。その詩は、学識を傾注した「学人の詩」（↓186頁）に対して、抒情性に富む「詩人の詩」の代表とされる。同郷の洪亮吉《こうりょうきつ》（一七四六―一八〇九）・孫星衍《そんせいえん》（一七五三―一八一八）と共に、「毘陵《ひりょう》（江蘇常州市）七子」（他に趙懐玉・楊倫・呂星垣・徐書受）の一人。

清代の詩歌は、総じて豊かな学識が反映した「学人の詩」を尊重する傾向にあるが、清朝考証学（↓172頁）が盛行した中期以降は、「学人の詩」がとりわけ高く評価された。こうした風潮の中で、黄景仁《こうけいじん》は、独自の個性を発揮し、抒情性の高い「詩人の詩」を作った詩人の代表とされる（清・万応馨《ばんおうけい》「味余楼賸稿序《みよろうとうこうじょ》」）。その詩人としての個性と抒情性は、新しい文学が模索された民国期に入ると、再び注目された。例えば、郁達夫《いくたつぷ》（一八九六―一九四五）は黄景仁の作品を推奨し、彼を主人公とした小説「采石磯《さいせっき》」まで著わしている（↓コラム）。

黄景仁（一七四九―一七八三）、字は仲則《ちゅうそく》、鹿菲子《ろくひし》と号した。武進《ぶしん》（江蘇常州市）の人。四歳で父を亡くし、家は貧しかった。少年の頃から詩作を好み、俗世間と折り合わない性格だったようである。一六歳の時、科挙の第一段階である童試《どうし》には合格したが、次の郷試《きょうし》に落第し続け、一生正式な官職には就けなかった。老母と妻子を養うため、地方の高官の幕客となり、各地を転々とする生活を送った。借金取りに追われ、都を離れる旅の途中、病没した。三五歳の若さであった。

黄景仁は、若い頃から詩人としての名声が高かった。同郷の親友であった洪亮吉をはじめ、袁枚（↓184頁）・翁方綱（↓186頁）・王昶（↓173頁）などの文人・学者と交流し、彼らの援助も受けている。詩以外にも、詞・駢文にすぐれ、書画・篆刻にも造詣が深かった。その書斎の名にちなみ、詩文集を『両当軒集《りょうとうけんしゅう》』という。

その詩は、唐詩を広く学んで、独自の詩風を確立した。なかでも李白（↓78頁）に最も傾倒したが、「仲則は才気《さいき》特に盛んにして、其の高き処は、駸駸《しんしん》として（深く入りこむ）青邱（高啓）より太白（李白）に入《い》る」（金兆蕃《きんちょうばん》「清英集序《せいえいしゅうじょ》」）というように、明初の高啓（↓148頁）を経由した印象が強い。二四歳の時、李白を祀《まつ》った太白楼（安徽当塗《とうと》県の景勝采石磯にあった）での酒宴に招かれて作った七言古体詩「笥河《しか》先生　偕《とも》に太白楼に宴《うたげ》す、酔中　歌を作る」は、当時に広く伝わった。また、銭塘江《せんとうこう》の海嘯《かいしょう》を歌った七言古体詩「観潮行《かんちょうこう》」「後《のち》の観潮行」は、袁枚が「看潮の七古　銭塘《せんとう》に冠《かん》たり」（『元遺山の論詩に倣う三十八首』其の二七）と絶賛したことで名高い。

近体詩でも特に七言にすぐれ、少年時代の恋愛を回顧した七言律詩「感旧《かんきゅう》四首」「綺懐《きかい》十六首」、懐才不遇の孤独感を吐露した七言律詩「都門秋思《ともんしゅうし》四首」「雑感」などが代表作。ここでは、詩人の強い自負が窺える「雑感」を紹介しよう。

仙仏茫茫両未成　祇知独夜不平鳴
風蓬飄尽悲歌気　泥絮沾来薄倖名
十有九人堪白眼　百無一用是書生
莫因詩巻愁成讖　春鳥秋虫自作声

仙仏《せんぶつ》（道教と仏教）茫茫《ぼうぼう》として　両《ふた》つながら未だ成らず、祇《た》だ知る　独夜　不平の鳴るを。風蓬《ふうほう》　飄《ひょう》し尽《つ》くす　悲歌の気、泥絮《でいじょ》（泥にまみれた柳絮）　沾《ひた》し来《き》たる　薄倖《はっこう》の名。十に九人　白眼に堪《た》うる有り、百に一用《いちよう》無きは　是れ書生。詩巻に因《よ》りて讖《しん》（不吉な予兆）を成すを愁うる莫《な》かれ、春鳥秋虫　自《おのず》から声を作《な》す。

不眠の夜に詠じた作も多い。七言絶句「山館《さんかん》にて夜作る三首」其の三は、杭州（浙江杭州市）呉山の旅館での作。

長夜山窓面面開　江湖前後思悠哉
当窓試与然高燭　要看魚龍啖影来

長夜《ちょうや》　山窓《さんそう》　面面《めんめん》に開く、江湖　前後　思い悠《ゆう》なるかな。窓に当《あ》たり試みに与《ため》に高燭《こうしょく》を然《も》やし、魚龍《ぎょりゅう》の影を啖《くら》い来《き》たるを看《み》んと要《よう》す。

承句は、窓から見える銭塘江と西湖《せいこ》の実景であると同時に、長年不遇のままに「江湖」（世間）をさすらう心情を掛けている。転・結句では、東晋の温《おん》嶠《きょう》が采石磯で犀の角を燃やし、その光で怪物がいる水底を見たという逸話（『晋書』温嶠《おんきょう》伝）をふまえ、不眠の夜の奇想を述べる。

黄景仁

郁達夫の「采石磯」　青年時代の黄景仁を主人公とした短篇小説。洪亮吉との篤い友情、考証学者に対する反感、少年時代の恋愛など、その詩も織り交ぜながら、多感で激しやすい詩人の感情の揺れを描いている。一九二二年一一月刊。

張問陶

乾隆末から嘉慶年間（一七九六 一八二〇）の詩人。清代における蜀《しょく》（四川）の詩人では随一と評される。日本でも江戸末期から明治にかけて注目され、その洗練された繊細な詩風は「嘉道《かどう》（嘉慶・道光）の風《ふう》」と呼ばれた。張問陶《ちょうもんとう》はこの詩風を代表する詩人の一人。

張問陶（一七六四 一八一四）、字は仲冶《ちゅうや》、船山《せんざん》と号した。遂寧《すいねい》（四川遂寧市）の人。代々官僚の家柄に生まれ、乾隆五五年（一七九〇）、進士に及第した。中央官を歴任したのち、嘉慶一五年（一八一〇）、萊州府《らいしゅう》（山東萊州市）の知事となったが、上官と衝突して辞職。その後は蘇州に寓居し、江南の山水に遊び、五一歳で没した。詩は最晩年の袁枚（→184頁）に「沈鬱空霊《ちんうつくうれい》、清代蜀中の詩人の冠《かん》たり」（「張船山太史に答うる書」）と絶賛され、書画にもすぐれた。

その詩は、性情の自然な発露を重んじる点、袁枚と同様であるが、洗練された文藻と繊細な抒情に特色がある。題材は幅が広いが、旅の見聞や望郷の思いを歌った作品、妻子をはじめとする身近な人々への情愛を綴った抒情詩に、その特色が最もよく現われている。まず、乾隆四九年（一七八四）、二一歳の時の作とされる五言律詩「暁行《ぎょうこう》」を見てみよう。

人語夢頻驚　轅鈴動暁征　人語《じんご》　夢は頻《しき》りに驚《おどろ》き（覚め）、轅鈴《えんれい》（車の轅《ながえ》の鈴）　暁征《ぎょうせい》（明け方の旅）を動《うなが》す。
飛沙沈露気　残月帯鶏声　飛沙《ひさ》　露気《ろき》に沈《しず》まり、残月《ざんげつ》　鶏声《けいせい》を帯《お》ぶ。
客路逾千里　帰心折五更　客路《きゃくろ》（旅路）　千里を逾《こ》え、帰心《きしん》（里心）　五更《ごこう》（夜明け方）に折《くだ》く（悲嘆する）。
回憐江上宅　星漢近平明　回《めぐ》りて（振り返って）江上の宅を憐《あわれ》めば、星漢《せいかん》（天の川）　平明《へいめい》（夜明け）に近《ちか》し。

車の鈴の音が告げる早朝の旅立ちといえば、晩唐の温庭筠（→198頁）の五言律詩「商山早行《しょうざんそうこう》」が連想されよう（→コラム）。その首聯・頷聯は、「晨《あした》に起《お》きて　征鐸《せいたく》を動かせば、客行　故郷を悲しむ。鶏声　茅店《ぼうてん》の月、人迹《じんせき》　板橋《はんきょう》の霜」であり、特に頷聯は名句として知られる。両者の頷聯を比べてみると、温庭筠の詩が実字のみを配置するのに対し、張問陶の詩は虚字を効果的に用いていることがわかる。これは本詩全篇にわたっており、彼が虚字の鍛錬にいかに心を砕いたかが窺えよう。次に、三一歳の時の作とされる七言絶句「陽湖《ようこ》（江蘇常州市）の道中」を引こう。

風迴五両月逢三　双槳平拖水蔚藍
百分桃花千分柳　冶紅妖翠画江南

風は五両《ごりょう》（測風器）を迴《めぐ》らし　月は三（三月）に逢《あ》う、双槳《そうしょう》（かい）平《たい》らに拖《ひ》き　水は蔚藍《うつらん》（紺碧色）。百分の桃花《とうか》　千分の柳《やなぎ》、冶紅妖翠《やこうようすい》（妖艶なあかとみどり）　江南を画《えが》く。

江南の水郷の春景色を色彩豊かに描き出した作品。一見素朴な表現の中に、実は工夫が凝らされている。起句から転句にちりばめられた「五」「三」「双」「百」「千」という数字がそれで、本詩に軽快なリズム感をもたらしている。これもやはり洗練された措辞と評せよう。

張問陶は愛妻家としても有名で、妻への情愛をしばしば詩に歌っている。妻の林佩環《りんはいかん》は才色兼備の閨秀詩人で、画にもすぐれたという。七言絶句「中秋月下の作」を見てみよう。乾隆五五年（一七九〇）八月十五夜、故郷にいる妻を思って作った詩。

一年小別住京華　何処逢秋不憶家一年　小《すこ》しく別れて　京華《けいか》（みやこ）に住む、何《いず》れの処か秋に逢《あ》いて家を憶《おも》わざらん。

緘取今宵衣上影　他時因夢寄天涯今宵の衣上《いじょう》の影（月光）を緘取《かんしゅ》して（封緘して）、他時《たじ》（いつか）夢に因《よ》りて天涯《てんがい》（遠い妻の所在）に寄《よ》せん。

張問陶の詩は、日本でも江戸末期から明治にかけて愛好された。和刻本『船山詩草』は嘉永元年（一八四八）に刊行されている。明治一一年（一八七八）には、漢詩壇の領袖森春濤《もりしゅんとう》（一八一九―一八八九）が『清三家絶句』を刊行し、張問陶・陳文述《ちんぶんじゅつ》（一七七一―一八四三）・郭麐《かくりん》（一七六七―一八三一）の詩を広く世に広めた。ついで明治三五年（一九〇二）、菊池惺《せい》堂ら編『嘉道六家絶句』（舒位《じょい》・呉崇梁《ごすうりょう》・楽鈞《がくきん》・孫原湘《そんげんしょう》・劉嗣綰《りゅうしかん》・屠倬《とたく》ら六人の詩を収める）が出るに至り、嘉慶・道光年間（一七九六―一八五〇）の詩風を日本では「嘉道の風」と呼ぶようになった。

張問陶と「商山早行」　張問陶に「霊宝《れいほう》（河南西北の町）」と題する七言律詩がある。その頸聯・尾聯に「帷車《いしゃ》（幌をかけた車）閉置《へいち》すること　新婦の如く、茅店《ぼうてん》の酣呼《かんこ》　老兵を雑《まじ》う。明日《めいじつ》関《かん》に入《い》れば　須《すべか》らく痛飲すべく、臥《が》して看《み》る　残月《ざんげつ》の鶏声《けいせい》に堕《お》つるを」とあり、やはり温庭筠の詩句をふまえつつ、旅先での明け方の情景を歌っている。

龔自珍

嘉慶（一七九六―一八二〇）・道光（一八二一―一八五〇）年間の詩人・思想家。詩人らしい鋭敏な感受性によって、時代の閉塞をいち早く捉えた先覚者である。その詩詞・散文は、清末から民国期にも大きな影響を及ぼした。同門の親友であった魏源《ぎげん》（一七九四―一八五六）と共に「龔魏《きょうぎ》」と併称される。

乾隆の盛世が終わり、嘉慶年間になると、清朝は衰退への道を歩み始める。嘉慶元年（一七九六）は、まさにその象徴的な年であった。国内では白蓮教徒《びゃくれんきょうと》の乱が起こり、対外的には初のアヘン輸入禁止令が公布されている。以後もアヘンの蔓延は一向に止まらず、道光《どうこう》二〇年（一八四〇）、ついに英国とのアヘン戦争が勃発した。こうして清代後期は、さまざまな内憂外患が噴出する動乱期を迎える。龔自珍は、「治世」が過ぎ「乱世」が近づいた「衰世」として同時代を捉え（「乙丙の際の箸議　第九」）、時代に警鐘を鳴らした先覚者であった。

龔自珍《きょうじちん》（一七九二―一八四一）、字は璱人《しつじん》、定盦《ていあん》と号した。仁和《じんわ》（浙江杭州市）の人。高級官僚の家に生まれ、母は『説文解字注』の著者として名高い学者段玉裁（→173頁）の娘。一二歳で段玉裁から学問の基礎を授けられ、二八歳の時には、公羊学《くようがく》派の劉逢禄《りゅうほうろく》（一七七六―一八二九）に師事し、公羊学（→コラム）を学んだ。以後、同門の親友魏源と共に時世を論じ、社会変革の必要性を唱える急進的な思想家となった。道光九年（一八二九）、三八歳で進士に及第したが、閑職にとどめられ、四八歳で辞職して帰郷。その二年後、急逝した。彼の学問は、経学・史学・小学（文字・音韻・訓詁の学）などのほか仏教にも及んでいる。

龔自珍は、病的なほど過敏な感受性の持ち主であった。幼少の頃、黄昏の路地裏に流れる餳《アメ》売りの笛の音を聞いて、放心状態に陥り、母の胸に抱かれたという（五言古体詩「冬日小《すこ》しく病み　家書を寄せて作る」）。彼はその抑えきれない情感を詩詞に迸《ほとばし》らせた。生涯に何度か「戒詩《かいし》」（詩作を断つ）を試みているが、最晩年に至るまで、その詩魂が衰えることはなかった。ここでは、彼の詩作の総括とも言うべき七言絶句の連作「己亥雑詩《きがいざつし》三百十五首」から三首を紹介しよう。道光一九年（一八三九）、辞職して北京を去り、南北を往来して故郷に落ち着くまでの約八ヶ月間に作られた作品群である。

少年哀楽過于人　歌泣無端字字真　少年の哀楽　人より過ぐ、歌泣《かきゅう》（作詩）端《はし》無くも（理由もなく）字字真《じじしん》（真心）なり。

既壮周旋雑痴黠　童心来復夢中身　既に壮《そう》たるや　周旋《しゅうせん》（世渡り）して痴黠《ちかつ》（狡猾さ）を雑《まじ》え、童心《どうしん》は来復《らいふく》す（戻って来る）
夢中の身。（其の百七〇）

少年時代の純真な童心は、彼の詩においてしばしば回想として歌われる重要なテーマ。本詩では、その喪失感が憂愁を呼び起こす。なお、彼には「童心箴《しん》」と題する文章もある。

鬼灯隊隊散秋蛍　落魄参軍涙眼熒　鬼灯《きとう》（蛍の光）隊隊《たいたい》として（群れをなし）秋蛍《しゅうけい》散ず、落魄《らくはく》たる参軍《さんぐん》（落ちぶれた幕客）涙眼熒《るいがんひか》る。
何不専城花県去　春眠寒食未曾醒　何ぞ専城《せんじょう》（地方長官）として花県《かけん》（花咲く県城）に去《ゆ》かざる、春眠　寒食《かんしょく》なるも　未だ曾て醒《さ》めず。（其の八六）

アヘン中毒の官吏に対する諷刺をこめた作。転句の「花県」は、西晋の潘岳（→46頁）が県知事であった時、県内一面に桃の花を植えたという故事をふまえ、本来は地方官の善政をいう。本句ではこの語に、アヘンの原料となるケシの花が咲く県城という意味も含ませ、官吏への痛烈な諷刺となっている。さらに結句では、火の使用を禁じて煙がたたないはずの寒食節に、アヘンの煙を立ちのぼらせて春の眠りを貪るその体たらくを批判する。

浩蕩離愁白日斜　吟鞭東指即天涯　浩蕩《こうとう》たる（果てしない）離愁《りしゅう》　白日斜めなり、吟鞭《ぎんべん》（詩人が馬上にもつムチ）東に指すは即《すなわ》ち「天涯。
落紅不是無情物　化作春泥更護花　落紅《らくこう》（紅い落花）は是《こ》れ無情《むじょう》の物《もの》ならず、化《か》して春泥《しゅんでい》と作《な》り　更《さら》に花を護《まも》らん。（其の五）

散りゆく落花も、彼がよく歌う題材の一つである。ここでは、官界を離れて故郷に帰る自分を、地に散って土へ帰る落花にたとえている。再びめぐる春に咲く花のため、土となって養分を与え続けたいという願いがこめられている。そして、この祈りにも似た彼の思いは、清末から民国期における次世代の詩人たちへと引き継がれていった。

公羊学　『春秋』（五経の一つ）の解釈書である「春秋三伝」（『春秋左《さ》氏伝《しでん》』『春秋穀梁伝《こくりょうでん》』『春秋公羊伝《くようでん》』）のうち、『春秋公羊伝』を正統とする学問。社会変革の実践を重んじたので、特に清末の進歩的思想家たちの理論的根拠とされた。

宋詩派と同光体

「宋詩派《そうしは》」は、清代後期の宋詩を尊重した詩派の総称。清代の宋詩尊重の気風は、既に浙派（→176頁）や翁方綱（→186頁）に見られるが、清代後期には宋詩運動が詩壇を風靡した。「同光《どうこう》体《たい》」は、同治（一八六二―一八七四）・光緒（一八七五―一九〇八）年間から民国期にかけて影響力をもった。

清代後期は、時世の動乱と軌を一にするかのように、さまざまな詩派が乱立した。古典詩歌の伝統を究め尽くそうとする詩派と、新しい詩歌の可能性を模索する「詩界革命」（→196頁）への動きが、複雑に絡み合う様相を呈している。前者には主に、王闓運《おうがいうん》（一八三三―一九一六）を代表とする漢魏六朝詩派、樊増祥《はんぞうしょう》（一八四六―一九三一）・易順鼎《えきじゅんてい》（一八五八―一九二〇）を代表とする中晩唐詩派があるが、うち最も盛行したのが宋詩派とその流れを汲む同光体である。

道光（一八二一―一八五〇）・咸豊（一八五一―一八六一）年間、宋詩派の先駆けとなったのは、程恩沢《ていおんたく》（一七八五―一八三七）と祁寯藻《きしゅんそう》（一七九三―一八六六）である。共に当時の高官であり、著名な学者でもあった。程恩沢の門下からは、何紹基《かしょうき》（一七九九―一八七三）・鄭珍《ていちん》（一八〇六―一八六四）・莫友芝《ばくゆうし》（一八一一―一八七一）が出て、宋詩運動を発展させた。この時期、国内では太平天国の乱（一八五一―一八六四）、対外的には第二次アヘン戦争とも呼ばれるアロー戦争（一八五六―一八六〇）が起きたが、多難な時代の影は彼らの作品にも色濃く落とされている。湘軍を率いて太平天国を鎮圧した曾国藩（→183頁）も、この頃の宋詩派の代表である。また書家としても有名な何紹基には、「金陵雑述四十絶句」と題する連作の七言絶句があり、太平天国の乱に関する見聞や所感を述べる（→コラム）。其の二一を紹介しよう。

可歎幺麼太昧機　負嵎何計避霆威
十年壮麗天王府　化作荒荘野鴿飛

歎ずべし 幺麼《ようま》（取るに足らない太平天国軍）太《はなは》だ機に昧《くら》きを、嵎《ぐう》を負《お》うも（要衝を占拠しても）何ぞ計《はか》らん 霆威《ていい》（官軍の威勢）を避くるを。

十年の壮麗《そうれい》 天王府（天王洪秀全《こうしゅうぜん》が南京に築いた邸宅）、化して荒荘《こうそう》（草むら）と作《な》り 野鴿《のばと》飛ぶ。

清末の同治・光緒年間、宋詩運動はさらに深化した。この時期の宋詩派を年号によって同光体と呼ぶ。沈曾植《しんそうしょく》（一八五〇―一九二二）・陳三立《ちんさんりつ》（一八五三―一九三七）・陳衍《ちんえん》（一八五六―一九三七）・鄭孝胥《ていこうしょ》（一八六〇―一九三八）らが代表的な詩人で、陳三立がその領袖。詩論家の陳衍は、宋詩派を理論的に総括した。宋詩派を中心とした大規模な選集『近代詩鈔』を編纂し、詩論を『石遺室詩話』に著わしている。彼は「学人の言」と「詩人の言」の融合を主張し（「近代詩鈔序」）、深い学識が反映した晦渋な詩風を尊んだ。

陳三立、字は伯厳《はくげん》、散原《さんげん》と号した。義寧《ぎねい》（江西修水県）の人。黄庭堅（↓128頁）と同郷である。光緒一二年（一八八六）の進士。父の陳宝箴《ちんほうしん》（一八三一〜一九〇〇）と共に変法運動（↓196頁）を支持したが、戊戌《ぼじゅつ》の政変（↓196頁）により、父子ともに免職。清朝が滅亡した後は、遺老として生涯を終えた。その子は歴史家として名高い陳寅恪《ちんいんかく》（一八九〇〜一九六九）である。その詩は、黄庭堅を最も尊び、鍛錬された字句に沈鬱な響きをこめる。時に新奇な感覚をのぞかせ、詩界革命の中心人物であった梁啓超（↓196頁）からも高く評価された。五言絶句「十一月十四日夜　南昌《なんしょう》を発《はっ》して月江に舟行《しゅうこう》す四首」の其の二は、その代表作とされる。光緒二九年（一九〇三）冬、南昌（江西南昌市）から南京（江蘇南京市）への道中の作。

露気如微虫　波勢如臥牛　露気《ろき》は微虫《びちゅう》の如く、波勢は臥牛《がぎゅう》の如し。
明月如繭素　裹我江上舟　明月は繭素《けんそ》（繭の絹糸）の如く、我が江上《こうじょう》の舟を裹《つつ》む。

起句から転句に三つの奇抜な直喩をたたみかけ、結句では詩人は舟ごと無気味な心象風景の中に包みこまれていく。明月はもはや賞でるべき対象ではなく、しのびよる王朝の滅亡を予感させるようである。次の五言律詩「園居　微雪《びせつ》を看《み》る」の自然描写にも、彼の詩の特徴がよく現われている。光緒三一年（一九〇五）の初春の作。

初歳仍微雪　園亭意颯然　初歳《しょさい》　仍《な》お微雪《びせつ》、園亭《えんてい》　意《い》は颯然《さつぜん》たり（ものさびしい）。
高枝噤鵲語　欹石活蝸涎　高枝《こうし》　鵲語《じゃくご》（カササギの声。吉兆）噤《つぐ》み、欹石《きせき》（傾いた石）　蝸涎《かえん》（カタツムリのあと。無益なもの）活《い》く。
凍圧千街静　愁明万象前　凍は千街《せんがい》を圧して静かに、愁いは万象《ばんしょう》の前に明らかなり。
飄窓接梅蕊　零乱不成妍　窓に飄《ひるがえ》りて　梅蕊《ばいずい》に接し、零乱《れいらん》して（乱れ落ち）　妍《けん》（あでやか）を成さず。

庭園から見える雪花の舞いは、古典詩歌の美的題材であるが、本詩では息苦しい圧迫感さえ感じさせる。

「金陵雑述四十絶句」　太平天国の乱が平定された約半年後、同治三年（一八六四）季冬の作。福本雅一『何紹基　金陵雑述』（藝文書院、二〇〇八年八月）は、本連作を太平天国の乱の「史詩」と位置づけ、創作に至る経緯を詳述、全詩に訳注を施す。

新派の詩と詩界革命

「新派の詩」は、黄遵憲《こうじゅんけん》（一八四八～一九〇五）が自らの新しい詩を称した語。伝統的な古典詩歌の新たな可能性を模索する「詩界革命」は、変法運動の担い手であった康有為《こうゆうい》（一八五八～一九二七）・譚嗣《たんし》同《どう》（一八六五～一八九八）・梁啓超《りょうけいちょう》（一八七三～一九二九）らが主導し、その実作者として黄遵憲を推奨した。

清末、王朝存亡の危機に際し、さまざまな改革運動が推進された。同治年間（一八六二～一八七四）には、西洋の科学技術を導入して富国強兵を図ろうとする洋務《ようむ》運動が起こり、「同治中興《どうちちゅうこう》」と呼ばれるつかの間の安定期を迎える。しかし、清仏戦争（一八八四～一八八五）と日清戦争（一八九四～一八九五）に清朝は敗北し、洋務運動はついに失敗に終わった。その結果、新たな改革運動として登場したのが、康有為・譚嗣同・梁啓超らによる変法《へんぽう》運動である。

彼ら変法派は、日本の明治維新をモデルとし、立憲君主制への移行を含む諸制度の急進的な改革を唱え、若き光緒帝《こうしょてい》の支持を得た。ところが、西太后《せいたいごう》を中心とする保守派のクーデター、すなわち戊戌《ぼじゅつ》の政変（一八九八）により、変法運動は挫折した。光緒帝は幽閉され、譚嗣同は刑死し、康有為・梁啓超は日本へと亡命した。ついで義和団《ぎわだん》事件（一八九九年）を契機に、清朝は列強諸国に宣戦して敗北。そして、辛亥革命《しんがいかくめい》（一九一一）により清朝は終焉を迎える。

康有為・譚嗣同・梁啓超らは、諸分野にわたる中国の近代化を目指し、雑誌などのメディアを通じて広報・啓蒙活動につとめた。詩界革命の詩論も、梁啓超が『新民叢報』という雑誌に発表した『飲冰室詩話《いんぴょうしつしわ》』を中心に展開されたものである。『飲冰室詩話』四に「近世の詩人、能《よ》く新理想を鎔鋳《ようちゅう》（鋳造）して以て旧風格（伝統的詩型）に入るる者は、当《まさ》に黄公度を推《お》すべし」というように、梁啓超が実作者として最も期待したのが黄遵憲であった。

黄遵憲、字は公度《こうど》、嘉応《かおう》（広東梅州市）の人。号の人境廬《じんきょうろ》主人は、陶淵明の「飲酒」詩（→50頁）にちなむ。光緒二年（一八七六）、二九歳で挙人（郷試の合格者）となった。翌年、駐日公使何如璋《かじょしょう》の参賛官（書記官）として来日、四年間あまり滞在し、文明開化期の日本の社会を目の当たりにした。三五歳でサンフランシスコ総領事に転任し、その後も二等参賛官としてイギリスへ、総領事としてシンガポールへと長い外交官生活を送った。日清戦争の最中に帰国し、変法運動に参加して主に地方行政の改革につとめたが、戊戌の政変後、辞職して帰郷。晩年は著述に専念した。

黄遵憲は、詩歌の個性と時代性を重んじた。その詩集『人境廬詩草』「自序」には、彼の詩論が集約的に示されている。古典詩歌の伝統を最大限に活かしつつも、古人の模倣に堕することなく、新しい時代にふさわしい内容と用語を盛りこんだ詩を理想とした。長い海外生活で見聞した新思想や文物などを、時には方言・俗語・造語を織り交ぜながら生き生きと描き出した。例えば、駐英参賛官としてロンドンに滞在した時に作られた五言古体詩「今別離《きんべつり》四首」には、汽車・汽船・電信・写真などが登場し、文明の利器による離別の変容を鮮やかに活写している。本詩は、同光体の領袖陳三立（→195頁）からも絶賛された。その詩は、同時代の事件や社会に取材した叙事詩にすぐれ、梁啓超は「詩史」と評している（『飲冰室詩話』七九）。その特徴は、長篇の古体詩ばかりでなく、短篇の七言絶句の連作「日本雑事詩」二百首においても鮮やかである。本連作は、日本研究の浩瀚《こうかん》な著『日本国志』を編纂する過程で作られたもので、各首には詳細な自注が附されている（→コラム）。ここでは、イロハ文字を紹介した其の六五を見てみよう。

不難三歳識之無　学語牙牙便学書　三歳　之《し》と無《む》とを識《し》ること難《かた》からず、語を学びて牙牙《がが》（子供が言葉を習う声）便《すなわ》ち書を学ぶ。

春蚓秋蛇紛満紙　問娘眠食近何如　春蚓秋蛇《しゅんいんしゅうだ》　紛《ふん》として（入り乱れて）紙に満ち、娘《はは》に問う　眠食《みんしょく》（睡眠と食事）近ごろ何如《いかん》と。

自注によれば、日本語には表音文字としての仮名があることにより、仮名に習熟しさえすれば、子供でも簡単な読み書きができることに驚きを覚えている。彼は詩の中に、漢字による音訳や和製漢語などを取り入れたが、それは日本語との出会いからヒントを得たものであった。起句の「之無」は、白居易（→98頁）が生後六・七ヶ月で「之」「無」の二文字を見分けたという故事（白居易「元九に与うる書」）。転句の「春蚓秋蛇」は、『晋書』王羲之《おうぎし》伝の故事をふまえ、曲がりくねった仮名を蚯蚓《みみず》や蛇にたとえている。

「日本雑事詩」　黄遵憲が「日本雑事詩」を連作の七言絶句と自注の組み合わせによって綴ったのは、直接的には清の尤侗「外国竹枝詞」（→147頁）を意識するが、連作の七言絶句は、歴史を主題とする「詠史」においても伝統的に用いられてきた。

花間派から南唐二主・馮延巳へ

詞《ツー》(→23頁)とは、唐代に起こり、五代を経て、宋代に最も盛行した韻文様式。晩唐の温庭筠《おんていいん》(八一二?〜八七〇?)が初期の代表的作家。五代には、蜀の韋荘《いそう》(八三六?〜九一〇)および温庭筠の詞風を継いだ「花間派」、南唐の李璟《りえい》(九一六〜九六一)・李煜《りいく》(九三七〜九七八)や馮延巳(九〇三〜九六〇)らがいる。

温庭筠は、李商隠(→114頁)と共に「温李《おんり》」と併称される晩唐の代表的な詩人。一方では、新興のジャンルである詞の創作を積極的に試み、詞が韻文様式として独立する基礎を築いた。その代表作の一つである「更漏子《こうろうし》」を見てみよう。

柳絲長　春雨細●　柳絲《りゅうし》(糸のように垂れる柳の枝)長く、春雨《しゅんう》細し。
花外漏声迢遞●」　花外　漏声《ろうせい》(水時計の音)迢遞《ちょうてい》(はるか遠いさま)たり。
驚塞雁　起城烏○　塞雁《さいがん》(辺境の雁)を驚かし、城烏《じょうう》(まちの明烏)を起こす。
画屏金鷓鴣○」　画屏《がへい》の金鷓鴣《きんしゃこ》(屏風に画かれた金色の鷓鴣)。
香霧薄●　透簾幕●　香霧《こうむ》(香しい夜霧)薄く、簾幕《れんばく》(すだれとカーテン)に透《とお》る。
惆悵謝家池閣●」　惆悵《ちゅうちょう》(悲しみ嘆くさま)たり　謝家《しゃか》の池閣《ちかく》(池のほとりのたかどの)。
紅燭背　繍簾垂○　紅燭背《こうしょくそむ》き(尽き)、繍簾《しゅうれん》(刺繍を施したすだれ)垂《た》る。
夢長君不知○』　夢長くして君知らず。(以下、○印は平声、●印は仄声の韻)

前後二段に分かれる双調の作品。春の明け方、想い人との夢から覚めた女性の悲しみを描く。このように春の倦怠感と物憂さを象徴的に描き出す手法は、温庭筠の詞の特色とされる。

唐末五代の動乱期、唐の文化は南方諸国に伝存された。詞においては、今の四川省に拠った蜀《しょく》(前蜀《ぜんしょく》・後蜀《こうしょく》)や江南の南唐《なんとう》に見るべきものがあった。唐末の進士で前蜀の宰相となった韋荘は、温庭筠と共に「温韋《おんい》」と併称される詞人であるが、その詞は重たい湿度感と象徴性に富む温庭筠の作品とは異なり、口語を交えた端正な表現に特色がある。また、後蜀の広政《こうせい》三年(九四〇)には、今日伝わる最古の詞集である『花間集《かかんしゅう》』が編纂された。温韋をはじめ、計一八人の詞人の作品、およそ五百首を収める。温庭筠を鼻祖とし、その艶麗な詞風を継いだ詞人たちは、「花間派」と呼ばれる。

南唐では、国主の李璟・李煜父子、李璟に仕えた宰相の馮延巳《ふうえんし》が代表的な詞人である。三代目の李煜は最後の君主であったため、南唐後主《こうしゅ》とも呼ばれる。父の中主《ちゅうしゅ》李璟と共に詞にすぐれ、「南唐二主」と称される。李煜は政治的には無能であったが、江南随一を誇った南唐の文化を保護・育成し、自らも詩文・書画・音楽に精通した文人君主であった。その詞は花間派の厚化粧の作りものめいた詞風から脱し、亡国への哀切な調べに満ちている。宋に降って捕虜となり、その都汴京《べんけい》（開封）に幽閉されていた時の作とされる「浪淘沙《ろうとうさ》」は、絶唱として名高い。

簾外雨潺潺　春意闌珊 ｜ 簾外《れんがい》 雨潺潺《せんせん》（雨の降る音）、春意《しゅんい》 闌珊《らんさん》（衰えるさま） たり。

羅衾不耐五更寒 ｜ 羅衾《らきん》（うすぎぬの夜具） 五更（夜明け方） の寒さに耐えず。

夢裏不知身是客　一晌貪歓』 ｜ 夢裏《むり》（夢の中） 身は是れ客（旅人。ここでは捕虜の身）なるを知らず、一晌《いっしょう》（つかの間） 歓《よろこ》びを貪《むさぼ》る。

独自莫凭欄　無限江山 ｜ 独《ひと》り欄《おばしま》に凭《よ》る莫《な》かれ、限り無き江山。

別時容易見時難 ｜ 別るる時は容易にして 見《あ》う時は難し。

流水落花春去也　天上人間』 ｜ 流水落花 春去りぬ、天上と人間《じんかん》と。

前後二段の双調。人口に膾炙《かいしゃ》する最後の二句は、「流れる水、散り落ちる花、春は去ってしまった。天の上か、人の世か、はるか遠く隔たった世界へ」と解しておく。春に象徴されるよきもの全てが、もう二度と戻らないことへの悲痛な叫びであろう。李煜はこの詞を作ってまもなく没したといわれる（南宋・胡仔『苕渓《ちょうけい》漁隠叢話』所引の『西清詩話』）。

馮延巳の閑雅で含蓄に富む詞風は、北宋の晏殊《あんしゅ》（→200頁）や欧陽脩（→122頁）に大きな影響を与えた。

牽機薬《けんきやく》 李煜の死については、毒殺説がある。四十二歳の誕生日であった七月七日、宋の太宗から誕生祝として贈られた酒に、牽機薬という毒薬がはいっていたという。牽機は機《はた》織《お》りの機械。この薬を服用すると体がエビのように折れ曲がって痙攣《けいれん》し、それが機織りの様子に似ているので、この名がついた。

婉約《えんやく》派の系譜

詞は元来、纏綿《てんめん》たる情緒を柔美かつ精緻に表現することを主とし、その風情を婉約《えんやく》と称した。「婉約派」という概念は、後に出た「豪放派」（→202頁）との詞風の違いを表わす対立概念として、明代より使われはじめ、詞派の分類用語としてしばしば使用されるようになった。

北宋の初期は、詞作も寥々たるものであった。詞壇が活況を呈するのは、真宗・仁宗の時代に入り、社会が安定と繁栄を迎えてからである。うち晏殊《あんしゅ》（九九一—一〇五五）や欧陽脩（→122頁）は、五代と宋をつなぐ重要な詞人とされる。

仁宗の宰相であった晏殊は、詩よりも詞に長じ、殊に小令（→23頁）を得意とした。その詞風はしとやかで趣きがあり、「浣渓沙《かんけいさ》」の一句「奈何《いかん》ともす可《べ》く無く花は落《ち》り去《ゆ》く」は、亡びゆくものに対する詠嘆を表わし、今でも成句として使われる。子の晏幾道《あんきどう》も詞に巧みで、父と共に「二晏《にあん》」と併称された。晏殊の門下から出た欧陽脩は、詩文の大家であるが、詞にもすぐれた。詩・詞の作法を区別して、詞では時に俗語をまじえた艶やかな詞風を特色とする。

柳永《りゅうえい》に至って、宋詞は一変した。柳永は科挙受験のため上京したが、遊里に入りびたって、落第し続けた。その間、妓女のために詞を作ったり、教坊の楽師に頼まれて新曲の歌詞を作ったため、詞人として名声を博することになる。晩年ようやく及第するものの、下級官吏として転々とし、失意の中に没した。その詞は広く流行し、異国の西夏《せいか》でも、井戸があって人が集まるような所では「即《すなわ》ち能《よ》く柳詞を歌う」（北宋・葉夢得『避暑録話』巻下）と伝えられるほどであった。

柳永が宋詞の一画期をなす詞人とされる所以は、俗語を多用し、民間で流行していた長篇の慢詞（→23頁）を多く手がけた点にある。その代表作である「雨霖鈴《うりんれい》」を見てみよう。

寒蟬凄切●　対長亭晩　驟雨初歇●　　寒蟬《かんせん》（ひぐらし）凄切《せいせつ》たり、長亭《ちょうてい》（宿場）の晩《ばん》　驟雨《しゅうう》の初めて歇《や》むに対《たい》す。

都門帳飲無緒　留恋処蘭舟催発●　　都門《ともん》（城門）に帳飲《ちょういん》（幕をめぐらした離別の宴）すれば緒《しょ》無く（あじけない）、留恋《りゅうれん》（名残りも尽きぬ）の処《ところ》　蘭舟《らんしゅう》（舟の美称）発《た》つを催《うなが》す。

執手相看涙眼　竟無語凝噎●　　手を執《と》りて涙眼《るいがん》を相《あ》い看《み》て、竟《つい》に語無く凝噎《むせ》ぶのみ。

念去去千里煙波　暮靄沈沈楚天闊』●　念《おも》う　去《ゆ》き去けば　千里の煙波《えんぱ》（もやのかかる水面）、暮靄《ぼあい》（夕もや）　沈沈《ちんちん》（重くたちこめる）として　楚天《そてん》（南方の空）闊《ひろ》し。

多情自古傷離別●　更那堪冷落清秋節●　多情（情が深い人）古《いにし》えより離別を傷《いた》む、更に那《なん》ぞ堪《た》えん　冷落《れいらく》（さびしい）たる清秋《せいしゅう》の「節《せつ》に。

今宵酒醒何処　楊柳岸暁風残月●　今宵　酒醒《さ》むるは何《いず》れの処《ところ》ぞ、楊柳《ようりゅう》の岸　暁風残月《ぎょうふうざんげつ》。

此去経年　応是良辰好景虚設●　此れ去《よ》り年を経《ふ》れば、応《まさ》に是《こ》れ良辰好景《りょうしんこうけい》（よき時と景色）も虚《むな》しく設《もう》くべし。

便縦有千種風情　更与何人説』●　便縦《たと》い千種の風情《ふうじょう》（男女間の情趣）有りとも、更に何人《なんぴと》と説《かた》らん。

離別の傷心を歌う双調の作品。慢詞は短篇の小令よりも入り組んで変化に富み、纏綿たる情緒を尽くすのに適している。

婉約派の流れを汲む北宋の主な詞人としては、秦観（↓128頁）・賀鋳《がちゅう》（一〇五二 一一二五）・周邦彦《しゅうほうげん》（一〇五六 一一二一）が挙げられる。秦観は蘇軾の門下に出て、「蘇門四学士」（↓128頁）の一人であるが、その詞は繊細で女性的とされる。賀鋳は晩唐の李商隠（↓114頁）・温庭筠（↓198頁）に傾倒し、凝った措辞が目立つ。北宋末に活躍した周邦彦は、音楽に精通し、自分で作曲もした。柳永の慢詞の技法を受け継ぎつつも、洗練された典雅な詞風を確立し、南宋以降の婉約派の手本となった。北宋末から南宋初期にかけての女流詞人として、李清照《りせいしょう》（一〇八四 ?）も見落とせない。その代表作「声声慢《せいせいまん》」の冒頭「尋ね尋ね覓《もと》め覓むれど、冷冷《れいれい》たり清清《せいせい》たり、悽悽《せいせい》たり惨惨《さんさん》たり戚戚《せきせき》たり」は、畳字《じょうじ》（重ね字）の効果が際立った句として有名。

南宋の主な婉約派としては、姜夔《きょうき》（一一五五 一二二一）・史達祖《したつそ》・呉文英《ごぶんえい》（一二〇〇? 一二六〇?）がいる。姜夔は周邦彦を継ぎ、その高雅な詞風は「清空《せいくう》」と評される。自作の曲も多く、詞集の一部に残る楽譜は、資料として貴重。史達祖も周邦彦の流れを汲み、殊に詠物の詞を得意とした。呉文英の詞は、彫琢を極め、難解な象徴性を特徴とする。

婉約派と豪放派　蘇軾が幕僚で歌のうまい者に、自分の詞を柳永と比較させたところ、柳永の詞は年頃の女性が紅色の象牙の楽器で、「楊柳の岸　暁風残月」と歌うのにふさわしいが、蘇軾の詞は関西《かんせい》の大男に鉄板を打ち鳴らさせ、「大江　東に去り」（蘇軾「念奴嬌」↓202頁）と歌わせなくてはならない、と答えたという（清・沈雄《しんゆう》『古今詞話』巻上所引の『吹剣録』）。

豪放派の系譜

「豪放派」とは、北宋の蘇軾（→126頁）と南宋の辛棄疾《しんきしつ》（一一四〇—一二〇七）に代表される豪快奔放な詞風を汲む詞人たちをいう。蘇軾は詩の題材を詞に取りこみ、詩と相通じる詞風を確立した。それを受け継いだ辛棄疾は、時世・議論などをも詞に歌い、蘇軾と共に「蘇辛」と併称される。

北宋の後期、詞は蘇軾に至って新たな展開を見せた。その下地をなしたのは、張先《ちょうせん》（九九〇—一〇七八）である。張先、字は子野《しや》、烏程《うてい》（浙江湖州市）の人。天聖《てんせい》八年（一〇三〇）の進士で、各地の地方官を歴任し、晩年は杭州（浙江杭州市）に隠居した。従来、詞には詞牌《しはい》（楽曲の名称）のみを掲げたが、張先は詞牌のほかに詞題をつけはじめた。詞題とは、詩における詩題のようなもので、作詞の背景や主題などが記されている。張先の詞題を見ると、詞が詩に劣らず正規の社交ツールとして士大夫社会に浸透してきたことが窺える。

蘇軾は王安石（→124頁）の新法に反対し、熙寧《きねい》五年（一〇七二）、杭州の副知事として転任した。杭州時代は、蘇軾の詩作における一つの画期とされるが、詞を作りはじめたのも、この頃である。当時、杭州には多くの士大夫が往来したが、張先を中心に詞を応酬唱和するサロンができていたと言われる。蘇軾も杭州で張先と親交を結び、その影響を受けた。蘇軾の詞には多く詞題が附され、爾後、詞に題がつけられるのも一般的となった。

蘇軾の詞は、「詩を以て詞を為《つく》る」（北宋・陳師道『後山詩話』）と評される。それまで詩によって詠じられてきた日常生活のくさぐさから歴史・政治・人生観・哲学談義などに至るまで、あらゆる対象を詞の題材として取りこんだ。その詞風を汲む詞人たちを「豪放派」と称し、一方で詞本来の面目を継ぐ詞人たちを「婉約派」（→200頁）と呼ぶようになった。

豪放派の詞の代表作とされる蘇軾の「念奴嬌《ねんどきょう》　赤壁懐古《せきへきかいこ》」を見てみよう。この詞は、蘇軾が筆禍事件を起こして黄州（湖北黄岡市）に流されていた頃の作品で、「念奴嬌」という詞牌に「赤壁懐古」という詞題が添えられている（→コラム）。

大江東去　浪淘尽　千古風流人物●　大江《たいこう》　東に去《さ》り、浪《なみ》は淘《あら》い尽《つ》くす　千古《せんこ》風流《ふうりゅう》の人物（はるか昔の英雄たち）を。

故塁西辺　人道是　三国周郎赤壁●　故塁《こるい》（古きとりで）の西辺《せいへん》、人は道《い》う　是れ三国周郎《しゅうろう》（周瑜）の赤壁なりと。

乱石崩雲　驚濤裂岸　捲起千堆雪●　乱石《らんせき》（乱立する岩）は雲を崩《くず》し（雲なす峰をつき崩したよう）、驚濤《きょうとう》（さかまく波）は岸を裂《さ》き、捲《ま》き起《お》こす　千堆《せんたい》の雪（雪山のような白い波がしら）。

江山如画　一時多少豪傑●』　江山《こうざん》は画《えが》けるが如く、一時（当時）多少の豪傑ぞ。

遥想公瑾当年　小喬初嫁了　雄姿英発●　遥《はる》かに想う　公瑾《こうきん》（周瑜の字）当年《とうねん》（かの年）、小喬《しょうきょう》（周瑜の妻）初めて嫁《か》し了《おわ》り、雄姿《ゆうし》英発《えいはつ》（すぐれたさま）なりしを。

羽扇綸巾談笑間　強虜灰飛煙滅●　羽扇綸巾《うせんかんきん》（羽のうちわと綸子の頭巾。諸葛亮の身なり）、談笑の間《かん》強虜《きょうりょ》（強敵）は灰と飛び煙と滅《めっ》す。

故国神遊　多情応笑我　早生華髪●　故国（蘇軾の故郷である蜀）に神《こころ》は遊ぶ、多情（情が深い人）応《まさ》に我を笑うべし、早《つと》に華髪《かはつ》（白髪）を生ぜしを。

人間如夢　一樽還酹江月●』　人間《じんかん》（人の世）夢の如し、一樽（酒樽）還《ま》た江月《こうげつ》に酹《そそ》（酒を地にそそいで神霊を祭る）がん。

豪放派の詞人は、北宋末から南宋において多く現われた。異民族王朝の金に国土の北半分を奪われ、憂国の機運が高まったからであろう。その代表は辛棄疾である。字は幼安《ようあん》、稼軒《かけん》と号し、歴城《れきじょう》（山東済南市）の人。詞の題材を時世・議論などへ広げ、時に経書や史書の語まで典故として用いたので、「文を以て詞を為《つく》る」（明・毛晋「稼軒詞跋」）と評された。宋代における最も多作な詞人でもあり、六百首を超える詞が現存する。

南宋の豪放派には、婉約詞にもすぐれた陸游（↓130頁）を別格として、前半の張孝祥《ちょうこうしょう》（一一三二 一一六九?）・朱敦儒《しゅとんじゅ》（一〇八七? 一一五九）、後半の劉克荘（↓137頁）・劉辰翁《りゅうしんおう》（一二三二 一二九七）の名が挙げられる。

「三国赤壁」と「東坡《とうば》赤壁」　後漢末の建安一三年（二〇八）、呉の若き将軍周瑜が、長江を東に下る曹操の水軍を赤壁で迎え撃った「赤壁の戦い」は、小説『三国志演義』（↓206頁）などでもおなじみである。ところが、蘇軾がここに歌う赤壁は黄州の西北にあった赤壁山であり、実際の古戦場とされる「三国赤壁」（湖北赤壁市）ではない。本詞や蘇軾の前後「赤壁の賦」によって有名になったので、「東坡赤壁（東坡は蘇軾の号）」と呼ばれる。

戯曲

歌・せりふ・踊りなどから成る中国の伝統演劇。元代に本格的にジャンルとして確立した。元代の演劇は、「雑劇《ざつげき》」（「北曲」「元曲」）と呼ばれる。明代になると、北方系の雑劇に代わって南方系の「南戯《なんぎ》」（「南曲」「明曲」「伝奇」）が盛行し、清代にも引き継がれた。

中国の伝統演劇は長い歴史をもつが、元代に至ってようやく一つの文芸ジャンルとして確立されたのは、その時代背景が深く関わっている。モンゴル族の統治下にあったこの時代、漢民族の士大夫は、科挙の廃止や民族別の身分制度によって立身出世の道を断たれ、散曲（抒情歌曲）や雑劇といった庶民の文芸に手を染めていった。

元の雑劇は、北方系の楽曲を基調とし、一本四折《せつ》（折とは一つの曲調によるまとまり）の構成をとり、歌い手は主役一人と限定された。「元曲四大家」と呼ばれる関漢卿《かんかんけい》（代表作「竇娥冤《とうがえん》」）・馬致遠《ばちえん》（「漢宮秋《かんきゆうしゆう》」）・白樸《はくぼく》（「梧桐雨《ごとうう》」）・鄭光祖《ていこうそ》（「倩女離魂《せんじよりこん》」）が有名だが、ここでは恋愛劇の最高傑作『西廂記《せいしようき》』を紹介しよう。作者の王実甫《おうじつぽ》は、元代初期に活動したが、名は徳信《とくしん》、大都（北京市）の人というほか、経歴は不明。彼に限らず、元の雑劇作家は大多数が無名の文人であった。

『西廂記』は、元稹の伝奇「鶯鶯伝《おうおうでん》」（↓105頁）をもとにしている。「鶯鶯伝」は、書生の張生と崔家の娘鶯鶯という才子佳人を主人公とした恋物語であるが、張生は科挙受験のため上京したきり鶯鶯を棄ててしまい、結局二人は別離に終わる。この伝奇は、のちに詩詞や語り物などの格好の題材となり、金代には董解元《とうかいげん》の語り物『西廂記諸宮調《しよきゆうちよう》』が現われた。王実甫の『西廂記』は、この語り物をもとに、雑劇としては例外的な全二一折から成る長篇の戯曲に仕立てたものである。この両者には、原作にはない要素がふんだんに盛り込まれ、結末も張生（張君瑞）が科挙に合格して二人はめでたく結ばれるという大団円に変えられている。これらは観客である民衆の好みを反映させたと同時に、異民族との接触で儒教的な倫理観が変質したことによると言われる。

『西廂記』は明清時代にも流行し、文学観にも大きな影響を及ぼした。明代には李贄《りし》（↓161頁）がこれを正統的な古典と並べて高く評価し、清代には金人瑞《きんじんずい》（号は聖嘆《せいたん》。一六〇八—一六六一）が『史記』（↓32頁）や杜甫（↓82頁）の詩などと共に「六才子《ろくさいし》書《しょ》」（才子必読の六冊の書）の一つに加え、読み物としての戯曲という観点から批評と改編を施している。

元末明初、文化の中心は江南へと移り、戯曲も雑劇の刺激を受けた南戯が復興され、明代の戯曲の主流となった。南戯は雑劇と対照的で、南方系の楽曲を基調とし、齣《せき》（幕）数も歌い手の数も制限はなく、五〇齣から六〇齣にも及ぶ長篇も少なくない。作者も無名の文人ではなく、進士に及第して官界や文壇で活躍した有名な士大夫＝知識人が多い。こうして南戯の社会的な地位は高まり、その歌辞は洗練され構成も複雑化し、士大夫の鑑賞に堪えるものへと変貌していった。この点、同じく明代に盛行した白話小説（→206頁）とは大きく異なる。

明代の南戯の代表作としては、まず元末明初の高明《こうめい》の『琵琶記《びわき》』と、それとほぼ同時期に出た四大作『荊釵記《けいさき》』『劉《りゅう》知遠白兎記《ちえんはくとき》』『拝月亭幽閨記《はいげつていゆうけいき》』『殺狗記《さつこうき》』（「荊劉拝殺」と併称）が挙げられる。その後しばらくは沈滞したが、明代中期以後、再び盛り上がりを見せた。なかでも最も有名な作者は、湯顕祖《とうけんそ》（一五五〇―一六一六）である。

湯顕祖、字は義仍《ぎじょう》、若士《じゃくし》と号し、臨川（江西臨川区）の人。万暦一一年（一五八三）の進士で、高級官僚となったが、既成の権威に屈しない硬骨漢であった彼は、直言が災いして左遷され、のち辞職して故郷で詩文や戯曲の創作にふけった。李贄の童心説（→161頁）に傾倒し、詩文家としては後七子の王世貞（→157頁）と対立、公安派の三袁（→162頁）と親交が深かった。彼が著わした南戯『紫釵記《しさき》』『牡丹亭還魂記《ぼたんていかんこんき》』（略称『還魂記』）『南柯記《なんかき》』『邯鄲記《かんたんき》』は、みな夢が重要な仕掛けとなっているため、その書斎の名を冠して「玉茗堂四夢《ぎょくめいどうしむ》」と呼ぶが、特に『還魂記』は南戯の最高傑作とされる。

『還魂記』は、書生の柳夢梅《りゅうむばい》と深窓の令嬢杜麗娘《とれいじょう》という才子佳人が主人公で、全五五齣から成る。二人は夢の中で出会い契りを交わすが、女は恋わずらいのため他界。三年後、亡霊となった女に頼まれて男が墓を発くと、女は現世に再生して二人はめでたく結ばれ、男も科挙に首席で及第するという奇想に満ちた恋物語である。

清代には、南戯の二大傑作とされる洪昇《こうしょう》（一六四五―一七〇四）の『長生殿《ちょうせいでん》』と孔尚仁《こうしょうじん》（一六四八―一七一八）の『桃花扇《とうかせん》』が出たが、中期以降はいわゆる京劇《きょうげき》が主流となった。

白話小説

「文言《ぶんげん》（書きコトバ）」で記された伝統的な文言小説に対し、「白話《はくわ》（話しコトバ）」で書かれた新興の小説。宋代以来、都市の盛り場で語られてきた「説話（講談）」が、しだいに読み物として整理され、明代に集大成された。明清時代を代表する文学ジャンルである。

白話小説の文体を育んだのは、宋代以来、都市の盛り場で語られ、庶民に享受された「説話」であった。「話本」と呼ばれる「説話人（講釈師）」の種本が出回り、語り物から読み物へとしだいに整理されていった。元代に刊行された数種のテキストが現存するが、これらは白話小説の原型となり、商業出版が発達した明代に集大成された。「四大奇書《しだいきしょ》」と呼ばれる『三国志演義《さんごくしえんぎ》』『水滸伝《すいこでん》』『西遊記《さいゆうき》』『金瓶梅《きんぺいばい》』は、わが国でもおなじみであろう。これらの白話長篇小説は、いずれも物語をいくつかの回に区切り、連鎖させながら話を進めていく「章回《しょうかい》小説」の体裁をとる。

『三国志演義』は、後漢末から三国鼎立の時代に活躍した英雄豪傑たちの歴史物語。全百二〇回。編者は元末明初の羅貫中《らかんちゅう》とされるが、現存が確認できる最古のテキストは明の嘉靖年間（一五二二〜一五六六）に刊行された『三国志通俗演義』であり、その前段階として講談を整理・テキスト化した元代の『新全相三国志平話』（「全相」は全ページ絵入り）がある。『三国志通俗演義』の巻首には正史『三国志』（→33頁）に基づくと称しているが、実際には『資治通鑑』（→125頁）『世説新語』（→62頁）などに伝わる逸話や、講談・雑劇（→204頁）などで脚色された虚構を巧みに融合し、一つの物語世界を形づくっている。その内容・文体は、知識人向けの高い格調で書かれているが、魏の曹操（→42頁）を悪玉として憎み、蜀の劉備とその臣下に同情を寄せる民衆の好みも色濃く反映されている。

『水滸伝』は、北宋末期の徽宗の時代、梁山泊に集結した百八人の好漢たちの叛乱を描いた物語。編者として施耐庵《したいあん》・羅貫中《らかんちゅう》の名が伝わるが、詳細は不明。北宋の宣和《せんな》年間（一一一九〜一一二五）、宋江を首領とする盗賊団が叛乱を起こしたことは正史にも記載があるが、彼ら好漢たちの逸話は、早くから民間の講談・雑劇の中で個々に語り継がれていた。それらを一つの物語にまとめたのが、元代の『大宋宣和遺事《だいそうせんないじ》』である。明代に出た『水滸伝』は、本書をベースにしつつ、三六人だった好漢を百八人にふくらませ、首尾一貫した長篇小説に仕立て上げた。前半は百八人の好漢たちが梁山泊に勢ぞろいする経緯を描き、後半は彼らが宋王朝に帰順して各地の叛乱を平定したことを記す。百二〇回本・百一五回本・百回本・七〇回本など、さまざまなテキストがあるが、後半をばっさり切った金聖嘆（↓204頁）の七〇回本が清代に流布した。

『西遊記』は、唐の玄奘三蔵（↓66頁）の西天取経の旅を題材とし、旅の供に加わった孫悟空・猪八戒・沙悟浄が、行く手をはばむ妖怪たちを退治して苦難を乗り切るという幻想的な物語。玄奘の実録『大唐西域記』（↓66頁）をもとにしているが、奇想に満ちた物語の大筋は、宋代に出たとされる話本『大唐三蔵取経詩話』において定まった。今日読まれている全百回から成る『西遊記』は、明代中期、この話本をもとに呉承恩《ごしょうおん》が整理したものと言われる。

『金瓶梅』は、大商人に成り上がる西門慶《せいもんけい》と、彼をめぐる女性たち（潘金蓮・李瓶児・春梅など）の生活を赤裸々に描いた写実的な小説。全百回。四大奇書の他の作品と異なり、話本を原型とせず、最初から一人の作者が書き下ろしたものとされる。「蘭陵《らんりょう》（山東）の笑笑生《しょうしょうせい》」という署名を附すテキストもあるが、誰を指すかは不明。『金瓶梅詞話』と『金瓶梅』という二系統のテキストがあり、前者には万暦四五年（一六一七）の序が附されている。話の大筋は、『水滸伝』の中の武松《ぶしょう》に関連する挿話―兄の武大《ぶだい》を毒殺した兄嫁の潘金蓮とその情夫西門慶を、武松が殺して仇を討つ―をふくらませたもので、時代設定も『水滸伝』と同じであるが、その描写はむしろ明末の爛熟した世相を活き活きと伝えている。

以上を四大奇書と命名したのは、明末の有名な文人馮夢龍《ふうぼうりょう》（一五七四 一六四六）である。その代表作とされる白話短篇小説集『古今《ここん》小説』（のち『喩世明言《ゆせいめいげん》』と改題）『警世通言《けいせいつうげん》』『醒世通言《せいせいつうげん》』を「三言《さんげん》」と呼ぶ。これに続いて、凌濛初《りょうもうしょ》（一五八〇 一六四四）の「二拍」すなわち『初刻拍案驚奇《はくあんきょうき》』『二刻拍案驚奇』が現われ、「三言二拍《さんげんにはく》」と総称される。わが国にも江戸時代に伝わり、多くの翻訳や翻案が刊行され、上田秋成《うえだあきなり》（一七三四 一八〇九）の『雨月物語《うげつものがたり》』などにも影響を与えた。

清代中期になると、名のある知識人も小説に手を染めた。曹雪芹《そうせっきん》の『紅楼夢《こうろうむ》』と呉敬梓《ごけいし》（一七〇一 一七五四）の『儒林外史《じゅりんがいし》』は、清代小説の代表作として有名。

中国近世詩文研究の今後の課題

本書のII部では、宋代から清代に至るいわゆる近世以降の詩文を中心に紹介してきた。日本文学との関連にも適宜言及したが、少なくとも歌人や俳人と並んで漢詩人が普通にいて、漢詩壇が存在していた明治の時期までは、日本人にとっての中国古典詩文は、ただ読んで受容するだけのものではなかった。読者と実作者を兼ねた一定の層が存在し、読書と創作は一体の行為だったのである。

これを明治は遠くなりにけり、と片づけてしまうことは簡単であるが、無尽蔵ともいうべき厖大な量を誇る近世詩文が、なぜ単に読むだけ、あるいは読まれることすらなくなったのか。この分野、特に元明詩の研究における開拓者である福本雅一は、中国においては「民国に到るまでは、あらゆる時代の文学の正統は、詩文——特に詩」であり、今日的なものさしによってのみ各時代の文学的価値を判断してはならないと、再三注意を促している（明治書院『中国の名詩鑑賞　9元・明詩』「序言」など）。付け加えれば、若い読者には信じられないであろうが、事は中国に限らず実は日本においても、聖徳太子の時代から森鷗外の明治に至るまで、文学の正統は和歌でも俳句でも物語にもなく、理念的には漢詩文だったのである。

蘇軾（↓126頁）や陸游（↓130頁）といった大作家をもつ宋代詩文はともかく、それ以降の詩文の紹介・研究は、今なお相対的に立ち後れている感が否めない。作品を読むことも少なければ、その作品をどのように評価すべきか、その基準も確立していないのである。この点においても福本の発言は示唆に富む。すなわち、唐詩が「ある普遍的な情況」を歌うのに重点を置くのに対し、宋以後の詩は「切り取られた特定の時間と空間の表現」へと傾斜していくというのである（前掲「序言」）。また唐以前と宋以後の詩を概観し、前者が「情」、後者が「事物」を主な対象とし、表現も前者が「情緒的」、後者が「意図的かつ構築的」と対照的であることを指摘する（同朋舎『書林と詩苑』其の一「後序」）。

叙事・詠物の近世詩文（特に長篇の古体詩）に対する氏の詳密な訳注・研究は、その研究成果の白眉であろう。（戦後の中国古典文学研究に一時代を築いた吉川幸次郎がおそるべき手際で文学現象を抽象化するのとは対照的に）あくまでも具象に即しつつ、個別具体的な事物・情況に鋭く切りこんでいく氏のアプローチは、まさしく近世詩文を面白く読むための方法と座標軸を示すものである。

中国古典文学史文献案内

参考文献一覧を兼ね、入手しやすい日本語文献（主に詩文関連）を重点的に紹介した。日本で刊行された関連の注釈書・概説書・研究書については、『漢文研究の手びき［改訂版］』（中国詩文研究会編　東方書店販売、二〇〇七）にリストアップされている。詳しくはこれを参照されたい。

○**文学史全般**：鈴木修次ほか『中国文化叢書5　文学史』（大修館書店、一九六八）、吉川幸次郎ほか『中国文学史』（岩波書店、一九七四）、前野直彬ほか『中国文学史』（東京大学出版会、一九七五）、黎波『中国文学館―詩経から巴金』（大修館書店、一九八四）、伊藤虎丸ほか『中国の文学論』（汲古書院、一九八七）、興膳宏ほか『中国文学を学ぶ人のために』（世界思想社、一九九一）、九州大学中国文学会『わかりやすくおもしろい中国文学講義』（中国書店、二〇〇二）、井波律子『中国文学の愉しき世界』（岩波書店、二〇〇二）、宇野直人『漢詩の歴史―古代歌謡から清末革命詩まで』（東方書店、二〇〇五）、周勛初著／高津孝訳『中国古典文学批評史』（勉誠出版、二〇〇七）、浅見洋二ほか『皇帝のいる文学史　中国文学概説』（大阪大学出版会、二〇一五）、坂出祥伸『初学者のための中国古典文献入門』（ちくま学芸文庫、二〇一八）、安藤信廣『中国文学の歴史　古代から唐宋まで』（東方選書、二〇二一）

○**伝記**：松浦友久ほか『漢詩の事典』（大修館書店、一九九九）、興膳宏『六朝詩人伝』（大修館書店、二〇〇〇）、小川環樹ほか『唐代の詩人―その伝記』（大修館書店、一九七五）、福本雅一監修『中國文人傳（第一巻・唐一～第六巻・宋四）』（藝文書院二〇〇四～二〇一七）

○**詩経**（→26頁）：目加田誠『詩経』（講談社学術文庫、一九九一）、吉川幸次郎『詩経国風（上・下）』（岩波書店、中国詩人選集、一九五八）、高田真治『詩経（上・下）』（集英社、漢詩大系、一九六六）、白川静『詩経―中国の古代歌謡』（中公新書、一九七〇）、同『中国の古代文学（一）神話から楚辞へ』（中公文庫、一九八〇）、石川忠久『詩経（上・中・下）』（明治書院、新釈漢文大系、一九九七～二〇〇〇）

○**楚辞**（→28頁）目加田誠『屈原』（岩波新書、一九六七）、藤野岩友『楚辞』（集英社、漢詩大系、一九六七）、星野清孝『楚辞』（明治書院、新釈漢文大系、一九七〇）、青木正児『新釈楚辞』（春秋社、青木正児全集、一九七三）、小南一郎『楚辞』（岩波文庫、二〇二一）

○**諸子百家**（→30頁）：吉川幸次郎『論語（上・中・下）』（朝日新聞社、中国古典選、一九七八）、宮崎市定『現代語訳・論語』（岩波現代文庫、二〇〇〇）、金谷治『論語』（岩波文庫、二〇三［改版］）、小林勝人『孟子（上・下）』（岩波文庫、一九六八・七二）、金谷治『孟子（上・下）』（朝日新聞社、中国古典選、一九七八）、福永光司『老子』（ちくま学芸文庫、二〇一三）、蜂屋邦夫『老子』（岩波文庫、二〇〇八）、池田知久『老子 全訳注』（講談社学術文庫、二〇一九）、福永光司ほか『荘子（内・外篇』（ちくま学芸文庫、二〇一三）、池田知久『荘子 全現代語訳（上・下）』（講談社学術文庫、二〇一七）、金谷治『荘子（全4冊）』（岩波文庫、一九七一～八三）

○**六朝志怪**（→34頁）：前野直彬『述異記』（平凡社、中国古典文学大系、一九七一）、同『山海経・列仙伝』（集英社、全釈漢文大系、一九七五）、竹田晃『捜神記』（平凡社ライブラリー、二〇〇〇）、佐野誠子『捜神記・幽明録・異苑他』（明治書院、中国古典小説選、二〇〇六）

○**漢魏六朝詩文**：川合康三『曹操』（ちくま文庫、二〇〇九）、川合康三『曹操・曹丕・曹植詩文選』（岩波文庫、二〇二二）、竹田晃『曹操―三国志の奸雄』（講談社学術文庫、一九九六）、伊藤正文『曹植』（岩波書店、中国詩人選集、一九五八）、松本幸男『阮籍の生涯と詠懐詩』（木耳社、一九七七）、吉川幸次郎『阮籍の詠懐詩について』（岩波文庫、一九八一）、大上正美『阮籍・嵆康の文学』（創文社、東洋学叢書、二〇〇〇）、興膳宏『潘岳・陸機』（筑摩書房、中国詩文選、一九七三）、佐藤利行『陸子衡詩集』（白帝社、二〇〇一）、吉川忠夫『王羲之―六朝貴族の世界』（岩波現代文庫、二〇一〇）、森野繁夫『王羲之伝』（白帝社、一九八八）、一海知義『陶淵明』（岩波書店、中国詩人選集、一九五八）、松枝茂夫ほか『陶淵明全集（上・下）』（岩波文庫、一九九〇）釜谷武志『陶淵明』（新釈漢文大系詩人編 明治書院、二〇二一）、石川忠久『陶淵明とその時代』（研文出版、一九九四）、小尾郊一『謝霊運―孤独の山水詩人』（汲古書院、一九八三）、森野繁夫『謝康楽詩集（上・下）』（白帝社、一九九三～九四）、同『謝宣城詩集』（白帝社、一九九一）、興膳宏『庾信―望郷詩人』（集英社、中国の詩人、一九八三）、森野繁夫『庾子山詩集』（白帝社、二〇〇六）

○**『文心雕龍』と『詩品』**（→60頁）：興膳宏『文心雕龍』（筑摩書房、世界古典文学全集、一九六八）目加田誠『文心雕龍』（平凡社、中国古典文学大系、一九七四）、戸田浩暁『文心雕龍（上・下）』（明治書院、新釈漢文大系、一九七四・七八）、興膳宏『文学論集』（朝日新聞社、中国文明選13、一九七二）、高木正一『詩品』（東海大学出版会、東海大学古典叢書、一九七八）

○**『世説新語』**（→62頁）：目加田誠『世説新語（全3冊）』（明治書院、新釈漢文大系、一九七五～七七）、竹田晃ほか『世説新語（全3冊）』（学習研究社、中国の古典、一九八三・八四）、井波律子『世説新語』（角川書店、鑑賞中国の古典、一九八八）

○**『文選』**（→64頁）：内田泉之助ほか『文選（全8冊）』（明治書院、新釈漢文大系、一九六三～二〇〇一）、小尾郊一ほか『文選（全7冊）』（集英社、全釈漢文大系、一九七四～七六）、川合康三ほか『文選 詩篇（全6冊）』（岩波文庫、二〇一八）

○**『玉台新詠』**（→65頁）：鈴木虎雄『玉台新詠集（上・中・下）』（岩波文庫、一九五三〜五六）、内田泉之助『玉台新詠（上・下）』（明治書院、新釈漢文大系、一九七四・七五）

○**唐代詩文**：小川環樹『唐詩概説』（岩波書店、中国詩人選集別巻、一九五八）、前野直彬ほか『唐詩鑑賞辞典』（東京堂出版、一九七〇）、松浦友久『中国詩選（Ⅲ）—唐詩』（社会思想社、現代教養文庫、一九七二）、松浦友久ほか『校注唐詩解釈辞典』（大修館書店、一九八七）、同『続校注唐詩解釈辞典［付］歴代詩』（大修館書店、二〇〇一）、小川環樹ほか『王維詩集』（岩波文庫、一九七二）、入谷仙介『王維研究』（創文社、東洋学叢書、一九七六）、二宮美那子ほか『王維・孟浩然』（新釈漢文大系 詩人編、明治書院、二〇二〇）、武部利男『李白（上・下）』（岩波書店、中国詩人選集、一九五八）、青木正児『李白』（集英社、漢詩大系、一九六五）、松浦友久『李白—詩と心象』（社会思想社、現代教養文庫、一九七〇）、同『李白伝記論—客寓の詩想』（研文出版、一九九四）、同『李白詩選』（岩波文庫、一九九七）、鈴木虎雄『杜甫全詩集（1〜4）』（日本図書センター、一九七八）、下定雅弘ほか『杜甫全詩訳注（全4冊）』（講談社学術文庫、二〇一六）、吉川幸次郎ほか『杜甫詩注（全10冊）』（岩波書店、二〇一二〜二〇一六）、黒川洋一『杜甫詩選』（岩波文庫、一九九一）、向嶋成美『李白と杜甫の事典』（大修館書店、二〇一九）、赤井益久『韓愈・柳宗元』新釈漢文大系 詩人編、明治書院、二〇二一）、清水茂『韓愈』（岩波書店、中国詩人選集、一九五八）、原田憲雄『韓愈』（集英社、漢詩大系、一九六五）、太田次男『中唐文人考—韓愈・柳宗元・白居易』（研文出版、一九九三）、高木正一『白居易（上・下）』（岩波書店、中国詩人選集、一九五八）、岡村繁ほか『白氏文集（全16冊）』（明治書院、新釈漢文大系、一九八八〜二〇一八）、荒井健『李賀』（岩波書店、中国詩人選集、一九五九）、黒川洋一『李賀詩選』（岩波文庫、一九九三）、原田憲雄『李賀歌詩編（1〜3）』（平凡社、東洋文庫、一九九八〜九九）、市野沢寅雄『杜牧』（集英社、漢詩大系、一九六五）、荒井健『杜牧』（筑摩書房、中国詩文選、一九七四）、松浦友久ほか『杜牧詩選』（岩波文庫、二〇〇四）、齋藤茂『杜牧』新釈漢文大系 詩人編、明治書院、二〇二〇）、高橋和巳『李商隠』（岩波書店、中国詩人選集、一九五八）、川合康三『李商隠詩選』（岩波文庫、二〇〇八）、川合康三『白楽天詩選』上下（岩波文庫、二〇一一）、下定雅弘『柳宗元詩選』（岩波文庫、二〇一一）

○**唐代伝奇**（→104頁）：前野直彬『唐代伝奇集（1・2）』（平凡社、東洋文庫、一九六三・六四）、内田泉之助ほか『唐代伝奇』（明治書院、新釈漢文大系、一九七一）、今村与志雄『唐代伝奇集（上・下）』（岩波文庫、一九八八）

○**宋代詩文**：吉川幸次郎『宋詩概説』（岩波書店、中国詩人選集二集、一九六二）、今関天彭ほか『宋詩選』（集英社、漢詩大系、一九六六）、小川環樹『宋詩選』（筑摩書房、筑摩叢書、一九六七）、蘆田孝昭『中国詩選（Ⅳ）—蘇東坡より毛沢東へ』（社会思想社、現代教養文庫、一九七四）、前野直彬ほか『宋詩鑑賞辞典』（東京堂出版、一九七七）、入谷仙介『宋詩選（上・下）』（朝日新聞社、中国古典選、一九七九）、佐藤保『中国の名詩鑑賞8―宋詩、附金』（明治書院、一九八七）、山本和義ほか『宋代詩詞』（角川書店、鑑賞中国の古典、一九八八）、銭鍾書・宋代詩文研究会『宋詩選注（1〜4）』（平凡社、東洋文庫、二〇〇四〜〇五）、筧文生『梅堯臣』（岩波書店、中国詩人選集二集、一九六二）、小林義廣『欧陽脩―その生涯と宗族』（創文社、二〇〇〇）、東英寿『歐陽脩古文研究』（汲古書院、二〇〇三）、清水茂『王安石』（岩波書店、中国詩人選集二集、一九六二）、佐伯富『王安石』（中公文庫、一九九〇）、木田知生『司馬光とその時代』（白帝社、中国歴史人物選、一九九四）、小川環樹『蘇軾（上・下）』（岩波書店、中国詩人選集二、一九六二）、近藤光男『蘇東坡』（集英社、漢詩大系、一九六四）、小川環樹ほか『蘇東坡集』（朝日新聞社、中国文明選、一九七二）、山本和義『蘇軾』（筑摩書房、中国詩文選、一九七三）、小川環樹ほか『蘇東坡詩選』（岩波文庫、一九七五）、同『蘇東坡詩集（全13冊、うち4冊既刊）』（筑摩書房、一九八三〜九〇）、荒井健『黄庭堅』（岩波書店、中国詩人選集二、一九六三）、倉田淳之介『黄山谷』（集英社、漢詩大系、一九六七）、一海知義『陸游』（岩波書店、中国詩人選集二、一九六二）、前野直彬『陸游』（集英社、漢詩大系、一九六四）、小川環樹『陸游』（筑摩書房、中国詩文選、一九七四）、村上哲見『陸游―円熟詩人』（集英社、中国の詩人、一九八三）、河上肇『陸放翁鑑賞』（岩波書店、二〇〇四［再刊］）、宋元文学研究会『朱子絶句全訳注（1〜5）』（汲古書院、一九九一〜二〇一五）

○**唐宋八大家**（→123頁）：星川清孝ほか『唐宋八大家文読本（全7冊）』（明治書院、新釈漢文大系、一九七六〜九八）、清水茂『唐宋八家文（全4冊）』（朝日新聞社、中国古典選、一九七八〜七九）、横山伊勢雄『唐宋八家文（上・下）』（学習研究社、中国の古典、一九八二・八三）、筧文生『唐宋八家文』（角川書店、鑑賞中国の古典、一九八九）

○**『三体詩』**（→137頁）：村上哲見『三体詩（全4冊）』（朝日新聞社、中国古典選、一九七八）

○**『滄浪詩話』**（→139頁）：荒井健『滄浪詩話』（朝日新聞社、中国文明選、一九七二）、市野沢寅雄『滄浪詩話』（明徳出版社、中国古典新書、一九七六）

○**『古文真宝』**：星川清孝『古文真宝前集（上・下）／後集』（明治書院、新釈漢文大系、一九六七／六三）、佐藤保ほか『古文真宝』（学習研究社、中国の古典、一九八四）

○**『文章軌範』**：前野直彬『文章軌範（上・下）』（明治書院、新釈漢文大系、二〇〇二［新版］）

○**『唐詩選』**（→157頁）前野直彬『唐詩選（上・中・下）』（岩波文庫、一九六一〜六三）、高木正一『唐詩選（全4冊）』（朝日新聞社、中国古典選、一九七八）

○**元好問**（→140頁）：小栗英一『元好問』（岩波書店、中国詩人選

集二集、一九六三)、鈴木修次『元好問』(集英社、漢詩大系、一九六五)

○**耶律楚材**(→142頁):飯田利行『(定本)湛然居士文集訳』(国書刊行会、一九八五)、杉山正明『耶律楚材とその時代』(白帝社、中国歴史人物選、一九九六)、松崎光久『耶律楚材文集』(明徳出版社、中国古典新書続編、二〇〇一)

○**元明清詩文**:吉川幸次郎『元明詩概説』(岩波書店、中国詩人選集二集、一九六三)、入谷仙介ほか『近世詩集』(朝日新聞社、中国文明選、一九七一)、福本雅一『中国の名詩鑑賞9 元・明詩』(明治書院、一九七六)、入矢義高『増補明代詩文』(平凡社、東洋文庫、二〇〇七)、内山知也『明代文人論』(木耳社、一九八六)、近藤光男『清詩選』(集英社、漢詩大系、一九六七)、村山吉廣『中国の名詩鑑賞10 清詩』(明治書院、一九七六)、佐藤一郎『中国文章論』(研文出版、一九八八)、本田済『近世散文選』(角川書店、鑑賞中国の古典、一九八八)、『高啓』(岩波書店、中国詩人選集二集、一九六二)、蒲池歓一『高青邱』(集英社、漢詩大系、一九六六)、野村鮎子『帰有光文學の位相』(汲古書院、二〇〇九)、入矢義高『袁宏道』(岩波書店、中国古典詩人選集二集、一九六三)、大木康『原文で楽しむ明清文人の小品世界』(集広舎、二〇〇六)、福本雅一『明末清初(初集・二集)』(同朋舎、一九八四・一九九三)、同『呉偉業』(岩波書店、中国詩人選集二集、一九六二)、清水茂『顧炎武集』(朝日新聞社、中国文明選、一九七四)、井上進『顧炎武』(白帝社、中国歴史人物選、一九九四)、小野和子『黄宗羲』(人物往来社、中国人物叢書、一九六七)、高田淳『王船山詩文集―修羅の夢』(平凡社、東洋文庫、一九八一)、高橋和巳『王士禛』(岩波書店、中国詩人選集二集、一九六二)、橋本循『王漁洋』(集英社、漢詩大系、一九六五)、福本雅一『鄭板橋詩鈔』(同明舎、一九九四)、明清文人研究会『鄭板橋』(芸術新聞社、一九九七)、A・ウェイリー/加島翔造ほか『袁枚―十八世紀中国の詩人』(平凡社、東洋文庫、一九九九)、田中謙二『龔自珍』(岩波書店、中国詩人選集二集、一九六二)、島田久美子『黄遵憲』(岩波書店、中国詩人選集二集、一九六三)、小川恒男『「近代」前夜の詩人 黄遵憲』(広島大学出版会、二〇〇八)

○**詞**:中田勇次郎『歴代名詞選』(集英社、漢詩大系、一九六五)、波多野太郎『宋詞評釈』(桜楓社、一九七一)、佐藤保『宋代詞集』(学習研究社、一九八六)、村上哲見『宋詞の世界―中国近世の抒情歌曲』(大修館書店、あじあブックス、二〇〇二)、同『李煜』(岩波書店、中国詩人選集、一九五五)

○**通代**:川合康三『新編中国名詩選(上・中・下)』(岩波文庫、二〇一五)、福本雅一『律詩墨場必携(①唐②宋③金元④明⑤清)』(二玄社、一九九八~二〇〇〇)

○**工具書**:近藤春雄ほか『中国学芸大事典』(大修館書店、一九七八)、貝塚茂樹ほか『アジア歴史事典(全12巻)』(平凡社、一九八四)、近藤春雄『日本漢文学大事典』(明治書院、一九八五)、松浦友久ほか『漢詩の事典』(大修館書店、一九九九)

時代	西暦	中国	世界
殷	前一六世紀	〈湯王、夏を滅ぼし商を建てる。当時の王朝は商と自称したが、後世からは殷と称せられる〉	ハムラビ法典（前一七五〇頃）
西周	前一一世紀	〈武王、殷の紂王を討ち周を建て、鎬京（西安）に都を置く（西周の成立）〉	
西周	前七七一	〈幽王、殺され、西周滅ぶ〉	ローマ建国（前七五三）
東周 春秋	前七七〇	〈平王、都を洛邑（洛陽）へ遷し、周を再興する（東周の成立）〉	ペルシャ戦争（前四九二－前四四九）
東周 春秋		『詩経』成る（前六世紀中頃）。　孔子（前五五一?－前四七九）	釈迦（前四六三頃－前三八三）
東周 戦国		屈原（前三四〇?－前二七八?）　孟子（前三七二?－前二八九?）　荘子（前三六九?－前二八六?）	プラトン（前四二八－前三四八）
秦	前二二一	〈始皇帝、全土を統一（秦の成立）〉　韓非子（?－前二三三）	
前漢	前二〇二	〈劉邦（高祖 前二四七－前一九五）、垓下の戦いで項羽（前二三二－前二〇二）を破る（漢の成立）〉	
前漢	前一二〇	〈武帝（前一五六－前八七）、楽府を設置〉　司馬相如（前一七九－前一一七）	
前漢	前九三	司馬遷（前一四五?－前八六?）、『史記』を完成　蘇武（前一四二?－前六〇）　李陵（?－前七四）	『旧約聖書』（前一六五頃）
新	八	〈王莽、漢を滅ぼし新を建てる〉　揚雄（前五三－一八）	キリスト（前四頃－三〇頃）
後漢	二五	〈光武帝、漢を再興〉　張衡（七八－一三九）	
後漢	一一六	王逸、『楚辞章句』を完成。　このころ許慎（五八?－一四七?）、『説文解字』を編む。	倭奴国、漢倭奴国王印を受ける（五七）
後漢		「古詩十九首」、後漢の中頃に成る。	
後漢	二〇八	〈赤壁の戦い。天下三分の形勢固まる〉　建安七子（孔融・陳琳・徐幹・王粲・応瑒・劉楨・阮瑀）	
三国	二二〇	〈曹丕（文帝 一八七－二二六）、帝位に就く（魏の成立）〉　曹操（一五五－二二〇）　曹植（一九二－二三二）	
三国	二二一	〈劉備、帝位に就く（蜀漢の成立）〉　諸葛亮（一八一－二三四）	ササン朝ペルシャ成立（二二六）
三国	二二二	〈孫権、帝位に就く（呉の成立）〉　竹林の七賢（嵆康・阮籍・山濤・劉伶・王戎・阮咸・向秀）	
西晋	二六五	〈司馬炎（文帝）、魏を滅ぼす（西晋の成立）〉　杜預（二二二－二八四）	邪馬台国の卑弥呼、魏に使者を送る（二三九）
西晋	二九一	〈八王の乱（～三〇六）〉　潘岳（二四七－三〇〇）　陸機（二六一－三〇三）　左思（二五二?－三〇六?）	
西晋	三一一	〈永嘉の乱。漢族政権、江南へ亡命。華北は諸国が分立興亡する〉	
東晋	三一七	〈司馬睿（元帝）、建康（南京）に晋を再興（東晋の成立）〉　郭璞（二七六－三二四）	大和王権成立（三五〇頃）
東晋	三五三	王羲之（三〇三－三六一）、蘭亭の会を催す。　顧愷之（三四九?－四一〇?）	ゲルマン民族大移動（三七五）
東晋	三八三	〈淝水の戦い〉　劉義慶（四〇三－四四四）	ローマ帝国、東西に分裂（三九五）
宋	四二〇	〈東晋滅ぶ。劉裕（武帝）、即位（宋の成立）〉　陶淵明（三六五－四二七）　謝霊運（三八五－四三三）	
宋	四三九	〈北魏、華北を統一する〉　顔延之（三八四－四五六）　鮑照（四一四?－四六六）	
南斉	四七九	〈宋、滅ぶ。蕭道成（高帝）、斉を建てる（南斉の成立）〉	フランク王国、成立（四八一）
南斉	四八三	永明年間（～四九三）、竟陵八友（蕭衍・沈約・謝朓・王融・蕭琛・范雲・任昉・陸倕）を中心とした文壇が	

（時代欄：殷／西周／東周（春秋・戦国）／秦／前漢／新／後漢／三国／西晋／五胡十六国（東晋・宋・南斉）／魏）

唐　隋　北周　北斉　東魏　西魏　陳　梁　北

年	中国	日本・その他
	盛んとなる。「四声八病」説おこる。　沈約（四四一－五一三）　謝朓（四六四－四九九）	
五〇二	〈南斉滅ぶ。蕭衍（武帝）、即位（梁の成立）〉　江淹（四四四－五〇五）　何遜（四七二？－五一九？） 劉勰（四六六？－五三二？）『文心雕龍』、鍾嶸（四六八？－五一八？）『詩品』、このころ成る。 蕭統（昭明太子）・劉孝綽ら、『文選』を編む。徐陵、『玉台新詠』を編む。（五三〇年前後）	
五三五	〈北魏、東西に分裂する〉　斛律金（四八八－五六七）	百済から仏教伝来（五三八）
五五〇	〈東魏、滅ぶ。北斉の成立〉　庾信（五一三－五八一）	
五五六	〈西魏、滅ぶ〉	
五五七	〈梁、滅ぶ。陳覇先、陳を建てる〉〈宇文覚、北周を建てる〉	
五七七	〈北周、北斉を滅ぼし、北方を統一〉	ムハンマド（五七〇頃－六三二）
五八一	〈北周滅ぶ。楊堅（文帝）、隋を建てる。首都は長安（隋の成立）〉	
五八七	〈九品官人法を廃止し、科挙制度を施行する〉	
五八九	〈隋、陳を滅ぼし、全土を統一する〉　江総（五一九－五九四）	遣隋使開始（六〇〇）
六〇一	陸法言ら、『切韻』を編む。　煬帝（五六九－六一八）	聖徳太子、十七条憲法を制定（六〇四）
六一八	〈隋、滅ぶ。李淵（高祖）、帝位に就く。首都は長安、副都が洛陽（唐の成立）〉	
六二六	〈玄武門の変おこる。李世民（太宗）即位、貞観の治はじまる〉　『芸文類聚』（六二四）	遣唐使開始（六三〇）
六五八	李善（？－六八九）、『文選注』を高宗に献上する。	
六九〇	〈則天武后、帝位に就き、周を建てる〉　初唐の四傑（王勃・楊炯・盧照鄰・駱賓王）	持統天皇即位（六九〇）
七〇五	〈李顕（中宗）、帝位に復し、国号を唐に戻す。武后、死去〉　陳子昂（六六一？－七〇二）	
七一二	〈玄宗、即位。開元の治はじまる（～七四一）〉　宋之問（六五六？－七一二？）　沈佺期（六五六？－七一四？） 張説（六六七－七三〇）　孟浩然（六八九－七四〇）　王之渙（六八八－七四二）　賀知章（六五九－七四四）	『古事記』（七一二）『日本書紀』（七二〇）
七五五	〈安禄山の乱おこる（～七六三）〉　王昌齢（六九八？－七五七？）　王維（七〇一？－七六一）　李白（七〇一－七六二） 高適（七〇〇？－七六五）　杜甫（七一二－七七〇）　岑参（七一五？－七六九？）　銭起（七一〇？－七八二？） 元結（七一九－七七二）　劉長卿（七二五？－七八五？）　韋応物（七三七？－七九一）	『懐風藻』（七五一）『万葉集』（七五九） 阿倍仲麻呂（六九八－七七〇） 淡海三船（七二二－七八五）
八〇五	〈永貞の革新おこり、王叔文ら失脚〉　孟郊（七五一－八一四）　李賀（七九一？－八一七？）　柳宗元（七七三－八一九） 韓愈（七六八－八二四）　劉禹錫（七七二－八四二）　賈島（七七九－八四三）	
八二一	〈牛李の党争はじまる（～八四七）〉　白居易（七七二－八四六）　元稹（七七九－八三一）　牛僧孺（七八〇－八四八） 李徳裕（七八七－八四九）	『文華秀麗集』（八一八）『経国集』（八二七）
八三五	〈甘露の変おこる〉　杜牧（八〇三－八五二）　李商隠（八一二－八五八）　温庭筠（八一二？－八七〇）	空海（七七四－八三五）
八四五	〈会昌の廃仏。武宗、道教以外の宗教を禁止する〉　魚玄機（八四四？－八六八）	嵯峨天皇（七八六－八四二）
八七五	〈黄巣の乱おこる（～八八四）〉　陳陶（八〇三？－八七九？）　陸亀蒙（？－八八一？）　皮日休（八三三？－八八三？）	橘逸勢（？－八四二）

時代	西暦	中国
五代十国	九〇七	〈朱全忠（朱温）、唐を滅ぼす。以下、華北で五代の王朝（後梁・後唐・後晋・後漢・後周）が交替し、その他の地域でも諸国が乱立する。社会の変動期「五代十国」時代を迎える〉 司空図（八三七－九〇八）
	九四〇	趙崇祚、中国最初の詞集『花間集』を編む。 韋荘（八三六－九一〇） 韓偓（八四二－九一〇）
北宋	九六〇	〈趙匡胤（太祖）、後周を滅ぼし宋を建て、開封に都を置く（北宋の成立）〉
	九七三	〈殿試はじまる〉 李煜（九三七－九七八）
	九七九	〈宋、北漢を滅ぼし、全土を統一〉 楊億（九七四－一〇二〇） 林逋（九六七－一〇二八） 柳永（九八七?－一〇五三）
		范仲淹（九八九－一〇五二） 梅尭臣（一〇〇二－六〇） 蘇洵（一〇〇九－六六）
	一〇〇八	陳彭年ら、『大宋重修広韻』を編む。
	一〇一三	宋四大書（『太平広記』（九七八）・『文苑英華』（九八六）・『太平御覧』（九八三）・『冊府元亀』）揃う。
	一〇三九	丁度ら、『集韻』を編む。
	一〇五七	〈欧陽脩（一〇〇七－七二）、権知貢挙（科挙の試験官）に就き、達意の古文による答案を及第とする〉
	一〇六九	〈王安石（一〇二一－八六）、新法を発布。新法・旧法両党の抗争が始まる〉 曾鞏（一〇一九－八三）
	一〇七九	蘇軾（一〇三六－一一〇一）、詩で政府批判をした罪に問われ、投獄される（烏台詩案）。
	一〇八四	司馬光（一〇一九－八六）、『資治通鑑』を完成。
	一〇八六	〈司馬光、宰相に就き、新法を廃止する〉 黄庭堅（一〇四五－一一〇五） 秦観（一〇四九－一一〇〇）
	一〇九四	〈新法党が復活、旧法党を排斥する〉 蘇轍（一〇三九－一一一二） 陳師道（一〇五三－一一〇一）
	一一一一	呂本中（一〇八四－一一四五）、『江西詩社宗派図』を作り、「江西詩派」あらわる。
金	一一一五	〈女真の完顔阿骨打（太祖）、金を建てる（金の成立）。翌年、北宋の都汴京（開封）を陥れる〉
南宋	一一二七	〈徽宗・欽宗、金軍に捕らえられ（靖康の変）、北宋滅ぶも、高宗が南京で宋を再建（南宋の成立）〉
	一一二九	〈宋、金に追われて南遷、臨安（杭州）を都に定める。江南が、さらなる発展を遂げる契機となる〉
		李清照（一〇八四－?） 陳与義（一〇九〇－一一三八）
		范成大（一一二六－九三）・陸游（一一二五－一二一〇）・楊万里（一一二七－一二〇六）・尤袤（一一二七－一一九四）「南宋四大家」
	一一七七	朱熹（一一三〇－一二〇〇）、『論語』『孟子』の集注を著す。 辛棄疾（一一四〇－一二〇七）
		永嘉の四霊（徐照・徐璣・翁巻・趙師秀） 耶律楚材（一一九〇－一二四三）
	一二二五	陳起、『江湖集』を刊行。姜夔（一一五五－一二二一）・劉克荘（一一八七－一二六九）・戴復古（一一六七－?）らが「江湖派」として活躍。
	一二三四	〈モンゴル、金を滅ぼす〉
	一二五〇	元好問（一一九〇－一二五七）、『中州集』を編む。周弼、『三体詩』を編む。 文天祥（一二三六－八二）
元	一二七一	〈モンゴルのクビライ（世祖）、国号を元に改め、大都（北京）に都を置く（元の成立）〉
		元詩四大家（楊載・范梈・虞集・掲傒斯） 趙孟頫（一二五四－一三二二）

世界

- 『古今和歌集』完成（九一三頃）
- 菅原道真（八四五－九〇三）
- 承平・天慶の乱（九三五・九四一）
- 高麗、朝鮮半島を統一（九三六）
- 神聖ローマ帝国成立（九六二）
- 『枕草子』（九九六頃）『源氏物語』（一〇一〇頃）『本朝麗藻』（一〇一〇頃）『和漢朗詠集』（一〇一八頃）
- セルジュクトルコ建国（一〇三七）
- 『本朝文粋』（一〇五八頃）
- カノッサの屈辱（一〇七七）
- 白河上皇の院政（一〇八六）
- 十字軍の遠征（一〇九六－一二七〇）
- 『今昔物語集』（一一二〇頃）
- 保元・平治の乱（一一五六・一一五九）
- 壇ノ浦の戦い（一一八五）
- 『新古今和歌集』（一二〇五）
- マグナカルタ制定（一二一五）
- 承久の乱（一二二一）
- 御成敗式目、制定（一二三二）
- 『平家物語』（一二四〇頃）
- 虎関師錬（一二七八－一三四六）
- 義堂周信（一三二五－一三八八）

明　後金　清　中華民国　中華人民共和国

一三五一	〈紅巾の乱おこる（〜六六）〉　薩都剌（一二七二－？）　楊維楨（一二九六－一三七〇）　劉基（一三一一－七五）	オスマントルコ帝国成立（一二九九）
一三六八	〈元、滅ぶ。朱元璋（太祖洪武帝）、明を建てる〉　宋濂（一三一〇－八一）　高啓（一三三六－七四）	『徒然草』（一三三一頃）
一三九九	〈靖難の変おこる。四年の内紛の末、永楽帝が即位。都を南京から北京に遷す〉	英仏百年戦争（一三三九－一四五三）
一四〇八	『永楽大典』、完成する。	室町幕府、南北朝を統一（一三九二）
	李東陽（一四四七－一五一六）ら「茶陵詩派」隆盛（一四五〇前後）	勘合貿易（一四〇四）
	唐寅（一四七〇－一五二三）　王守仁（一四七二－一五二八）　楊慎（一四八八－一五五九）	足利学校、再興（一四三九）
	李夢陽（一四七二－一五二九）・何景明（一四八三－一五二一）ら「前七子」（一五〇〇頃）	応仁の乱（一四六七－一四七七）
	李攀龍（一五一四－七〇）・王世貞（一五二六－九〇）ら「後七子」（一五五〇頃）　帰有光（一五〇六－七一）	一休宗純（一三九四－一四八一）
	袁宏道（一五六八－一六一〇）ら「公安派」、性霊説を主張（一五九〇頃）	ルター、宗教改革（一五一七）
	馮夢龍（一五七四－一六四六）、「四大奇書（『三国志演義』『水滸伝』『西遊記』『金瓶梅』）」を唱える	コペルニクス、地動説を確信（一五三〇）
一六一六	〈女真のヌルハチ（太祖）、後金を建てる〉　鍾惺（一五七四－一六二五）　譚元春（一五八六－一六三七）	関ケ原の戦い（一六〇〇）
一六三六	〈後金のホンタイジ（太宗）、国号を清に改める〉	林羅山（一五八三－一六五七）
一六四四	〈李自成の反乱軍、北京を占領。明、滅ぶ。清、李自成軍を破り、北京に遷都〉	鎖国令（一六三九）
一六六三	〈文字の獄〉　銭謙益（一五八二－一六六四）　呉偉業（一六〇九－七一）　顧炎武（一六一三－八二）	伊藤仁斎（一六二七－一七〇五）
	黄宗羲（一六一〇－九五）　王夫之（一六一九－九二）	松尾芭蕉（一六四四－九四）
一六七三	〈三藩の乱（〜八一）〉　李漁（一六一〇－八〇）	ニュートン、万有引力を発見（一六六五頃）
一六七九	〈博学鴻詞科の実施。明の遺民を懐柔〉　朱彝尊（一六二九－一七〇九）	荻生徂徠（一六六六－一七二八）
一六八八	王士禛（一六三四－一七一一）、『唐賢三昧集』を編む。神韻説を主張。　査慎行（一六五〇－一七二七）	服部南郭（一六八三－一七五九）
一七〇六	康熙帝（在位一六六一－一七二二）勅撰の『全唐詩』が完成。一七一六年には『康熙字典』が完成。	享保の改革（一七一六）
一七一九	沈徳潜（一六七三－一七六九）、『古詩源』を編む。格調説を主張。　鄭燮（一六九三－一七六五）	
	袁枚（一七一六－九七）、性霊説を主張。　趙翼（一七二七－一八一四）　翁方綱（一七三三－一八一八）	
	段玉裁（一七三五－一八一五）　黄景仁（一七四九－八三）　張問陶（一七六四－一八一四）	市河寛斎（一七四九－一八二〇）
一七八二	『四庫全書』、完成する。　曹雪芹（一七一五？－六四頃）　龔自珍（一七九二－一八四一）	アメリカ、独立宣言（一七七六）
一八四〇	〈アヘン戦争（〜四二）〉	頼山陽（一七八〇－一八三二）
一八五一	〈太平天国の乱（〜六四）〉　黄遵憲（一八四八－一九〇五）	フランス革命（一七八九）
一八九九	〈義和団の乱おこる（〜一九〇〇）。大量の文物が国外に流出〉	大政奉還される（一八六七）
一九一一	〈辛亥革命〉　王国維（一八七七－一九二七）	森鷗外（一八六二－一九二二）
一九一二	〈孫文（一八六六－一九二五）、中華民国の成立を宣言。清、滅ぶ〉	夏目漱石（一八六七－一九一六）
一九一九	〈五・四運動おこる〉　魯迅（一八八一－一九三六）　胡適（一八九一－一九六二）	幸田露伴（一八六七－一九四七）
一九四九	〈毛沢東（一八九三－一九七六）、中華人民共和国の成立を宣言〉　老舎（一八九九－一九六六）	永井荷風（一八七九－一九五九）
一九七八	〈日中平和友好条約を締結〉　銭鍾書（一九一〇－一九九八）	芥川龍之介（一八九二－一九二七）

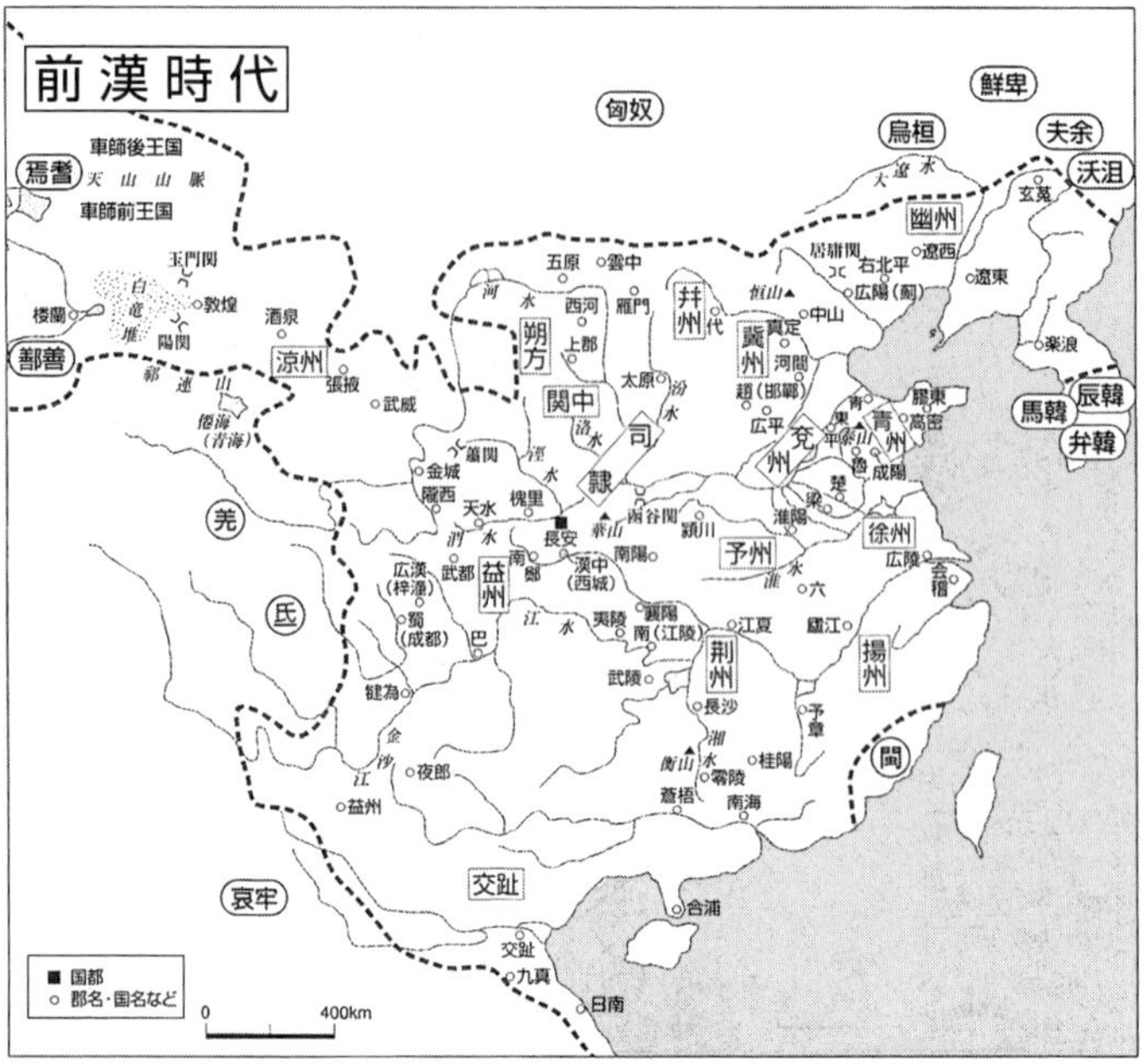
前漢時代
匈奴
鮮卑
烏桓
夫余
沃沮
焉耆
車師後王国
天山山脈
車師前王国
玉門関
白竜堆
楼蘭
敦煌
陽関
酒泉
鄯善
涼州
張掖
武威
郭連山
僊海（青海）
羌
氐
五原
雲中
河水
西河
雁門
朔方
上郡
幷州
代
恒山
居庸関
右北平
遼西
遼東
幽州
広陽（薊）
中山
真定
冀州
河間
趙
広平
玄菟
楽浪
馬韓
辰韓
弁韓
太原
汾水
関中
司隷
涇水
蕭関
金城
隴西
天水
槐里
渭水
長安
華山
函谷関
潁川
南陽
予州
淮陽
淮水
兗州
泰山
青州
膠東
高密
魯
成陽
楚
梁
徐州
広陵
会稽
六
広漢（梓潼）
武都
益州
南鄭
漢中（西城）
蜀（成都）
巴
江水
夷陵
襄陽
南（江陵）
江夏
廬江
荊州
揚州
武陵
長沙
湘水
衡山
零陵
桂陽
予章
閩
犍為
金沙江
夜郎
益州
蒼梧
南海
哀牢
交阯
合浦
交阯
九真
日南
■ 国都
○ 郡名・国名など
0 400km

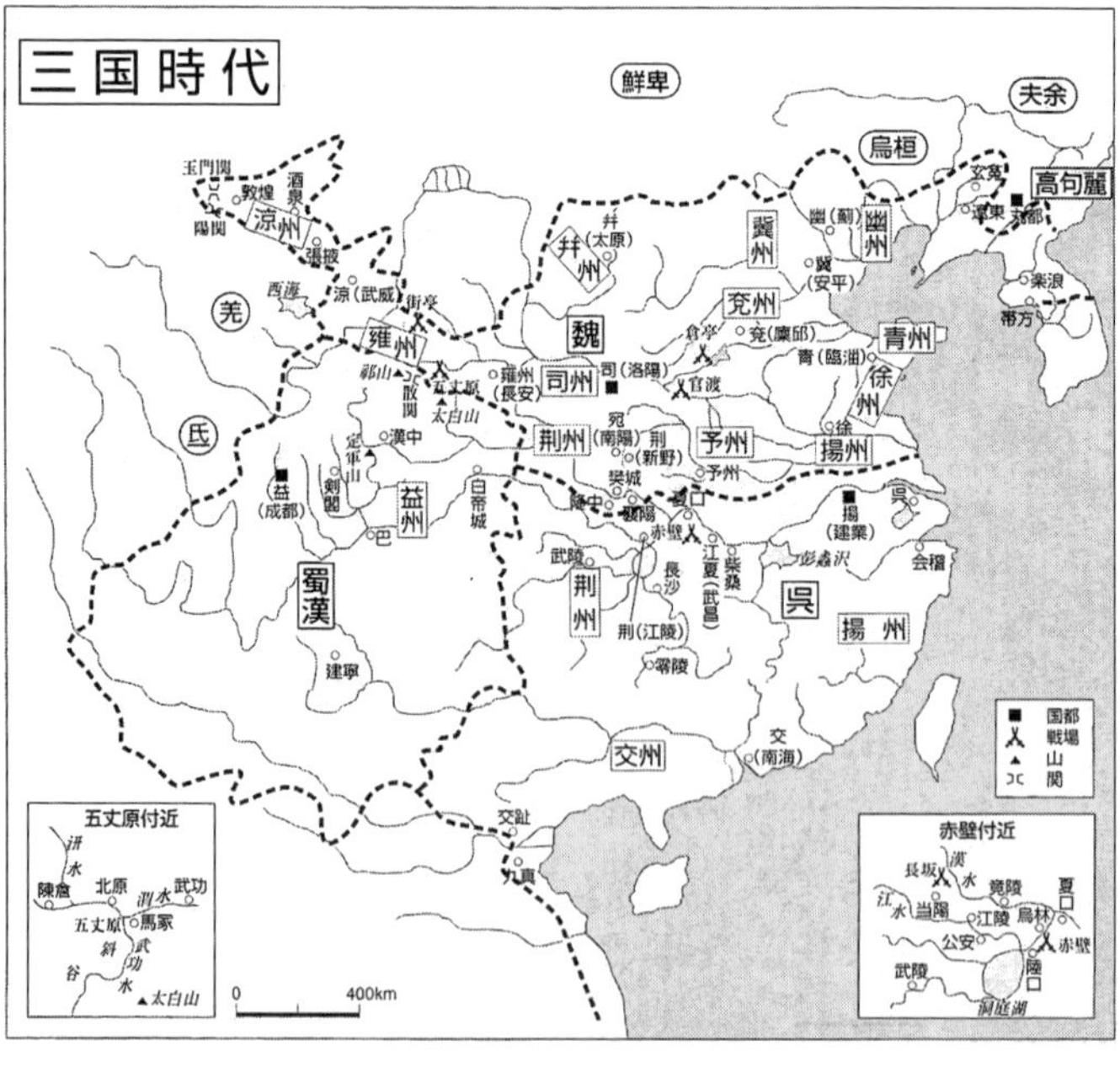
三国時代
鮮卑
夫余
烏桓
高句麗
玄菟
遼東
楽浪
帯方
玉門関
敦煌
酒泉
陽関
涼州
張掖
西海
涼（武威）
街亭
羌
雍州
郿山
散関
五丈原
太白山
雍州（長安）
幷（太原）
幷州
冀州
幽州
幽（薊）
冀（安平）
魏
兗州
倉亭
兗（廩邱）
青州
青（臨淄）
徐州
徐
司州
司（洛陽）
官渡
予州
予州
荊州
宛（南陽）
荊（新野）
揚州
氐
益（成都）
定軍山
漢中
剣閣
益州
巴
白帝城
樊城
隆中
襄陽
夏口
赤壁
揚（建業）
呉
彭蠡沢
会稽
武陵
荊州
長沙
江夏（武昌）
柴桑
荊（江陵）
零陵
呉
揚州
蜀漢
建寧
交州
交（南海）
交阯
九真
■ 国都
戦場
▲ 山
関
五丈原付近
汧水
陳倉
北原
渭水
武功
五丈原
馬家
斜谷
武功水
太白山
赤壁付近
長坂
漢水
竟陵
夏口
江水
当陽
江陵
烏林
公安
赤壁
陸口
武陵
洞庭湖
0 400km

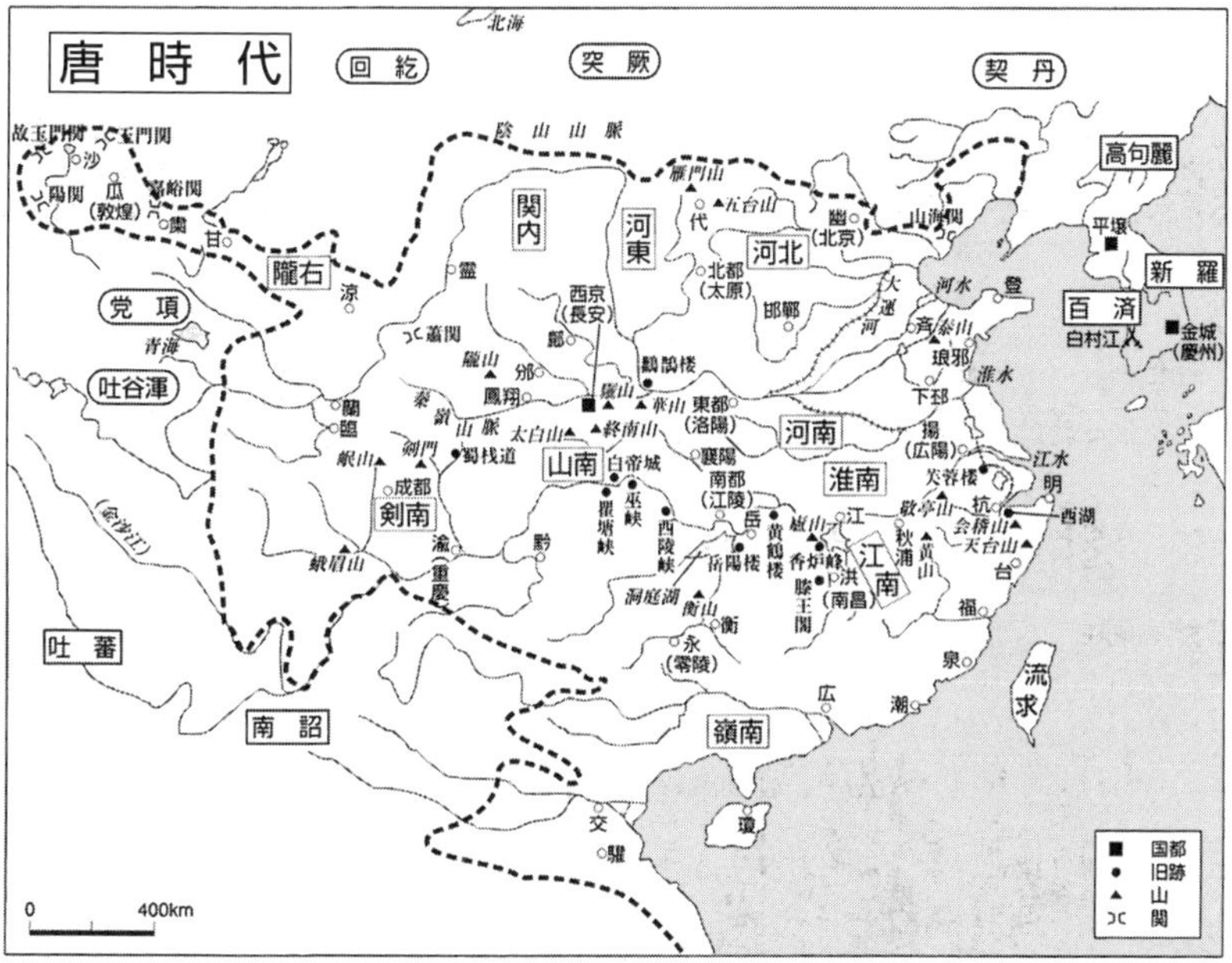

（以上４図『全訳 漢辞典』三省堂より転載）

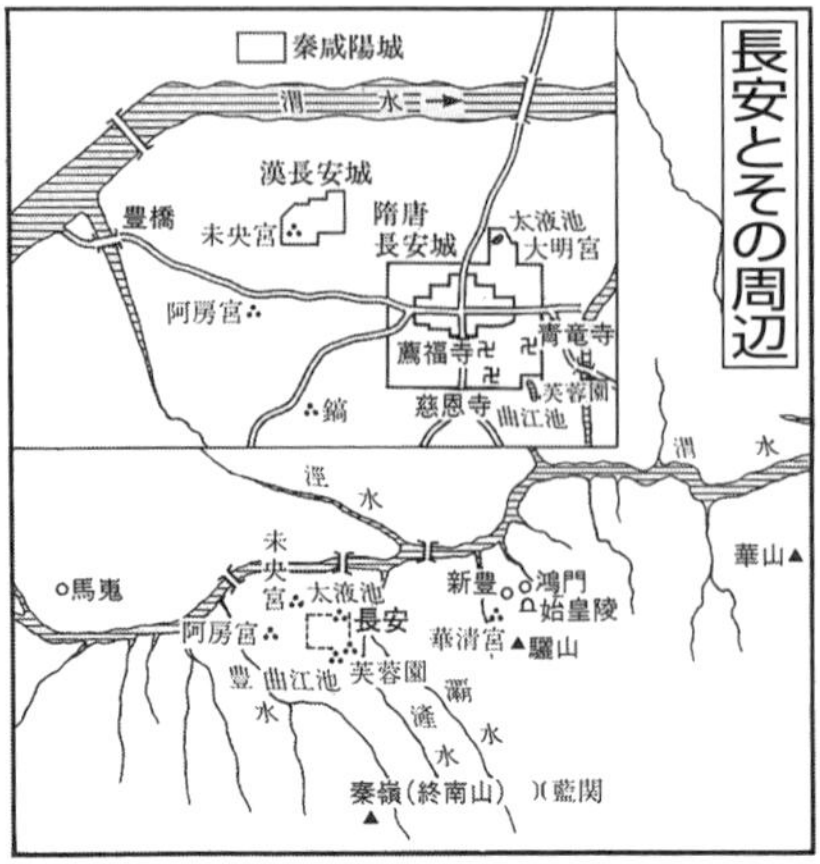
長安とその周辺
秦咸陽城
渭水
漢長安城
豊橋
未央宮
隋唐
長安城
太液池
大明宮
阿房宮
青竜寺
薦福寺
芙蓉園
鎬
慈恩寺
曲江池
渭水
涇水
華山
未央宮
馬嵬
太液池
新豊
鴻門
始皇陵
長安
阿房宮
華清宮
驪山
豊水
曲江池
芙蓉園
滻水
灞水
秦嶺(終南山)
藍関

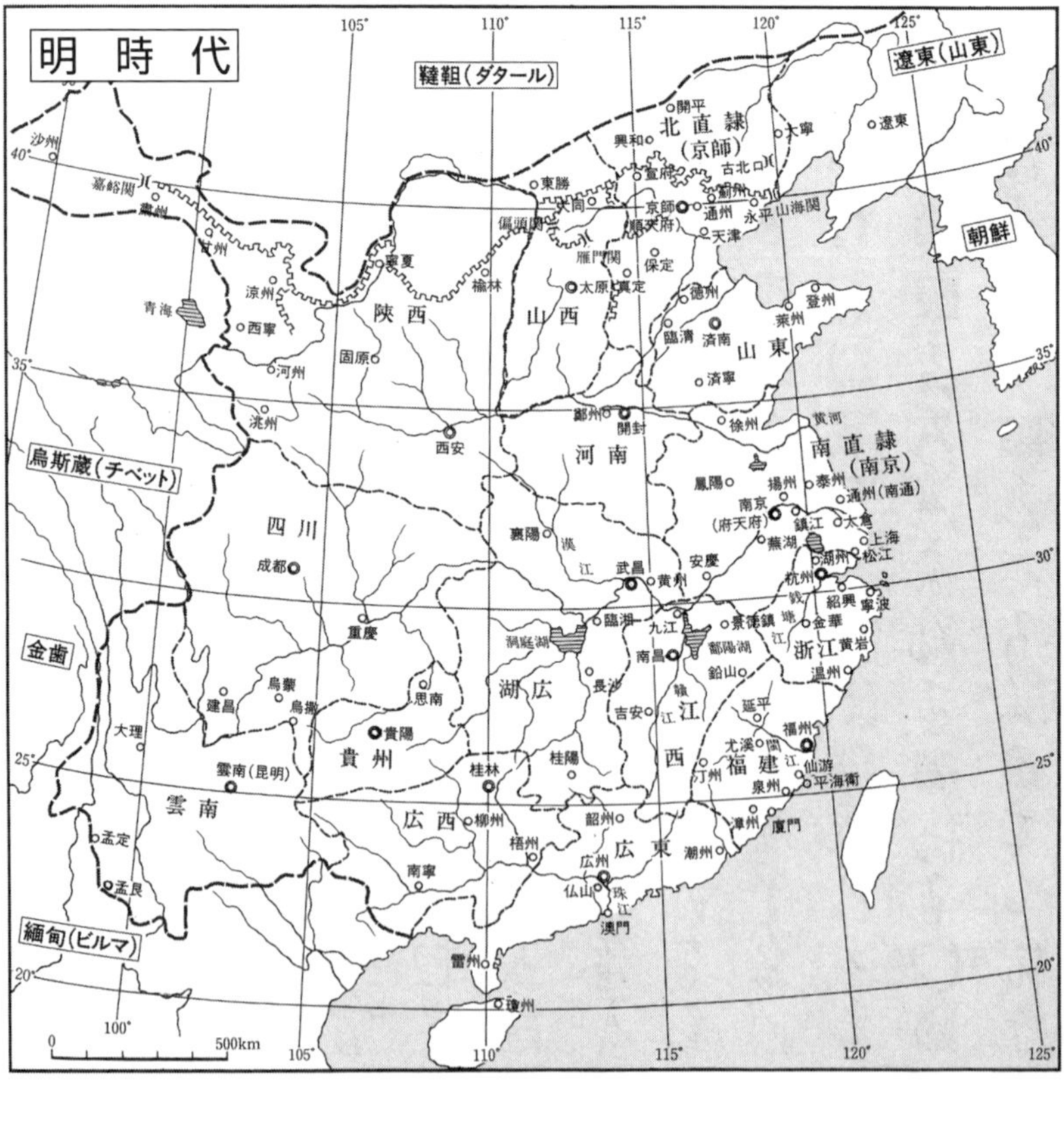
明時代
韃靼(ダタール)
遼東(山東)
朝鮮
烏斯蔵(チベット)
金歯
緬甸(ビルマ)
北直隷
(京師)
南直隷
(南京)
陝西
山西
山東
河南
四川
湖広
江西
浙江
福建
貴州
雲南
広西
広東
沙州
嘉峪関
粛州
甘州
涼州
西寧
青海
河州
洮州
寧夏
楡林
固原
西安
東勝
大同
偏頭関
雁門関
太原
真定
保定
開平
興和
宣府
古北口
薊州
京師
(順天府)
通州
天津
永平
山海関
大寧
遼東
徳州
臨清
済南
済寧
萊州
登州
徐州
鄭州
開封
黄河
鳳陽
揚州
泰州
通州(南通)
南京
(府天府)
鎮江
太倉
上海
蕪湖
湖州
松江
杭州
紹興
寧波
襄陽
漢江
武昌
黄州
安慶
成都
重慶
臨湘
洞庭湖
九江
景徳鎮
鄱陽湖
南昌
金華
黄岩
温州
鉛山
長沙
吉安
贛江
延平
福州
尤溪
閩江
仙游
泉州
平海衛
漳州
廈門
潮州
韶州
桂陽
思南
烏蒙
烏撒
建昌
大理
貴陽
雲南(昆明)
桂林
柳州
梧州
広州
仙山
珠江
澳門
南寧
孟定
孟艮
雷州
瓊州
0
500km

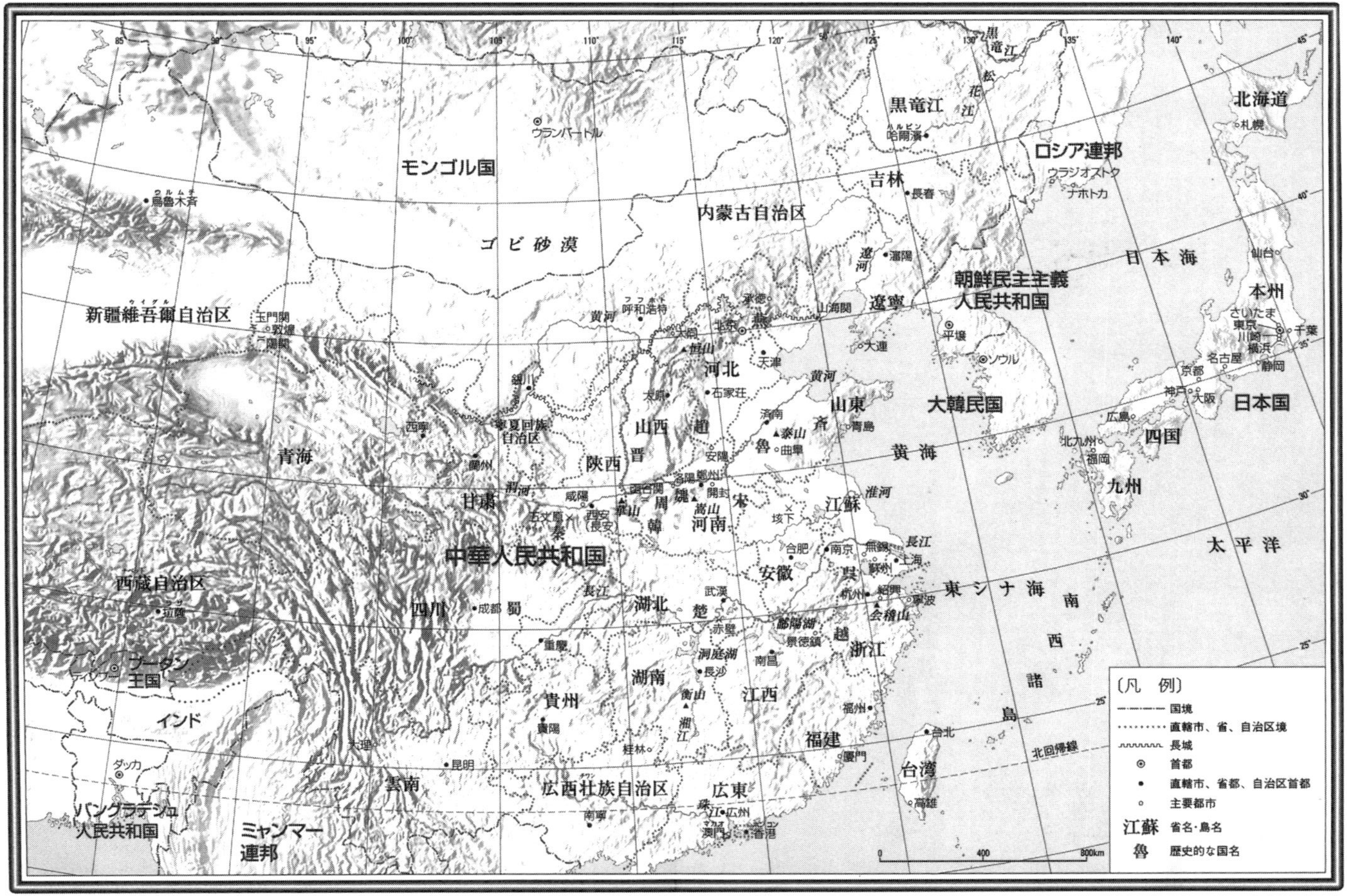

（『全訳 漢辞典』三省堂より転載）

索　引

あ 行

か 行

さ 行

た 行

な 行

は　行

ま　行

や　行

ら　行

わ　行

松原　朗（まつばら　あきら）
1955年　東京都生まれ　博士(文学)　専修大学文学部教授
著書：『中国離別詩の成立』（単著、研文出版）、『晩唐詩の揺籃―張籍・姚合・賈島論』（単著、専修大学出版局）、『唐詩の旅―長江篇』（単著、社会思想社）、『漢詩の事典』『校注・唐詩解釈辞典』『(続)校注・唐詩解釈辞典』（以上共著、大修館書店）、『漢詩で詠む中国歴史物語(3)隋～唐時代前半期』（漢詩執筆、世界文化社）
訳書：李浩著『唐代〈文学士族〉の研究―関中・山東・江南の三地域に即して』（共訳、研文出版）、『杜甫全詩訳注（全四冊）』（編訳、講談社学術文庫）

佐藤浩一（さとう　こういち）
1970年　東京都生まれ　博士(文学)　東海大学准教授
著書：『新潮ことばの扉　教科書で出会った古文・漢文100』（共著、新潮文庫）、『書いて覚える中国語―文法ドリル初級編』（楊達氏らと共著、トランスアート）
主要論文：「仇兆鰲『杜詩詳註』の音注について」（『日本中国学会報』58。日本中国学会賞［2007年度文学語学部門］）等
訳書：尹夏清著『隋唐―開かれた文明』図説・中国文明史 第6巻（創元社）

児島弘一郎（こじま　こういちろう）
1972年　東京都生まれ　博士(文学)　元駒澤大学専任講師
2010年 逝去
著書：『中國文人傳』第二・三・四巻（共著、藝文書院）、『朱子絶句全譯注』第二・三・四冊（共著、汲古書院）、『児島弘一郎遺稿集』（藝文書院）
主要論文：「幸田露伴『運命』にみるジャンル意識と文体―中国「四部分類」との関連」「明清時代における「連作詠史楽府」―「明史楽府」を中心に」等
訳書：王莉著『明―在野の文明』図説・中国文明史 第9巻(創元社)

教養のための中国古典文学史

2009年10月10日初版第1刷発行
2022年4月5日初版第8刷発行

定価［本体１６００円＋税］

著　者© 松原　朗
佐藤浩一
児島弘一郎
発行者　山本　實
発行所　研文出版（山本書店出版部）
東京都千代田区神田神保町2－7
〒101-0051　TEL(03)3261-9337
FAX(03)3261-6276

印刷・製本　モリモト印刷

ISBN978-4-87636-304-9　2009 Printed in Japan